盧克警探系列③

A DI CALLANACH
BOOK 3

Perfect Death
完美死亡

Helen Fields

海倫·菲爾德——著　楊沐希——譯

A THRILLER

獻給薩利

一次用一個微笑改變世界。
我親愛的男孩，記住這一點，
你能成就的事物沒有極限，完全沒有。
你讓我驚喜。

1

莉莉的生命即將走到盡頭，只是她還不知道。他撫摸她的照片，這張照片過去幾個月都擺在他床邊。畫面上的她在池塘邊彎腰，拿麵包餵鴨子，臉上掛著歡笑，完全沒察覺到她的未來即將戛然而止。

天黑之前還有很多事要做，但他允許自己花點時間把玩他那一盒寶貝。他拉開床邊桌的底層抽屜，雙手伸進下方黑暗的深淵，拿起木盒。是他在學校木工課親手製作的（在那段漫長荒廢的人生裡寥寥可數的幾件成就），但之後他經常搬家，學業表現也毫無起色。

滑開蓋子，他屏住呼吸，看著裡頭擺放的生命片段。一只嵌著好幾顆半寶石的胸針，石楠花花束的形狀。他記得為了這枚胸針，他做了幾個小時令人背痛的園藝工作，不能休息躲雨，但到頭來非常值得；然後是銀色的小拆信刀，由於頻繁撫摸使用，把手部位的漩渦裝飾有點磨損；一直放在口袋或錢包裡的幸運錢幣，或至少它的主人是這麼想的，卻只證實了天底下沒有好運這種事；最後是一顆牙齒，嚴格來說是一顆牙冠，在折磨與戲劇性的最後一刻脫落，那次沒有一件事按照計畫進行。他喜歡這顆牙冠光滑的表面，喜歡這顆牙冠扮演的角色，讓他終結的生命變得完整。死亡的過程結束後，身體的能量去了哪裡？他再次回想起上學的日子，什麼能量轉換會改變形態，但能量永遠不滅。他沒有足夠的知識通過科學考試，但些許的智慧就能滿足他。他好奇能不能吸收將死之人的能量。

他在盒子中央清出一個小小的空間，想像新的戰利品放在這裡。他在這件物品的主人身上花特別久時間。莉莉很低調，喜歡待在家裡，非常認真。沒多久，他就會擁有她的紀念品，和其餘費心耗時搜集來的物品擺在一起，好好欣賞。

他檢視起他花了幾星期萃取的大麻油。他分散購買地點，避免冒著一次買很多、引起注意的風險，這麼做雖然浪費時間，但很值得。之後的過程就輕鬆多了，他只在測試的時候吸食，然後睡死，以至於隔天睡過頭無法起床工作。這樣不成，他需要花錢，這麼複雜的使命在財務上需要精打細算，而直接領現金的工作機會並不是非常多。

他將盒子塞回抽屜，腦海中再次爬梳各種細節。車子準備好了，車燈都會亮，不會因為車燈壞掉引起警察注意。接觸物品時都會戴手套，他不會直接抓取每一件用具。他看了很多真實犯罪題材的電視節目，曉得眼下的問題不是指紋，皮膚細胞留下的ＤＮＡ就足以成為呈堂物證。他不想落網，還有好多事要做，這麼多人需要他的關注。

都準備好了，他還有時間再睡一下。他有這麼多事要做，別累壞了，不只是生理層面，殺人真是苦差事，只有蠢蛋才會相信犯罪影集的劇情，人們幾秒就死透了。通常，死亡就是個慢條斯理的脫衣舞孃。的確有速戰速決的方法，槍殺、爆炸、頭部重創，但親手殺人就是花時間。窒息與溺斃真的很費時，而且你還可能會受傷，抓傷、要害被踢、骨頭斷掉，真是受夠了。

他躺回床上，閉起雙眼。期待的心情也是其中一環，匆忙了斷就像讀一本書卻直接翻到最後一章。重點在於鋪陳、投入角色，成果才會令人驚喜。要找理想受害者並不容易，現在卻一口氣冒出三個。他大笑起來，這是如爆竹在空中炸裂的殘暴的哽咽聲，是冷血的笑聲，但他不是冷血的人，沒這個必要，他只在必要的時候冷血。

2

莉莉從夜店洗手間回來時，喬說：「嘿，親愛的，再請妳喝一杯吧。」莉莉推擠過最後一批尋求週五夜晚赦免解放的人群，卻沒注意到她轉身經過時，其中一人正盯著她的臀部。喬心想，當然啦，這副身材的確值得「注目禮」，但他才不會為了這點小事就和別人大打出手。

「喬，換我了。不能每次都你請客。」她坐在他旁邊的位置。在偪促的狹小空間內，他們緊挨著彼此，酒鬼、音樂、木頭地板上移動的腳步聲讓他們不覺提高音量。

「妳不是要存大學學費嗎？」他收拾起他們的空杯。

「你很清楚啊。」她說：「但這不代表……」

「妳不是拚命要成為最棒的醫生嗎？」喬低頭吻她。和他們併桌的幾個女孩翻起白眼，口中嘖了幾聲，一副嫌棄又羨慕的神情。

「你瘋了。」莉莉回吻他。

「我這是拉世界一把，讓莉莉．尤思提斯小姐能夠開展她的學業，少煩惱……」他看了一眼天花板，在腦中計算。「少煩惱八鎊四十六便士。」

「好啦、好啦。」莉莉大笑，再次吻他，通紅的臉壓在他的頸子上。

「沒錯，妳發現了，我就是喜歡穿白袍、拿聽診器的女孩。這是默默贊助我腦中妄想的方式。」喬說。他走出去的時候，莉莉假裝搥了一下他的手臂。他沒聽到盯著他的女人們低聲吹起口哨，也沒注意到坐在他們旁邊的女孩那瞪著莉莉的冰冷目光。他們就是迷失在彼此身上的愛侶。

前往吧檯就像爬山一樣。雙手太忙，酒水亂灑，客人餐飲不斷送錯，態度不佳，音量提高。有人喊著要換音樂，有人抱怨才兩間女廁一間卻鎖著死也不開門。一支啤酒泵空了。喬耐著性子站在那裡，露出微笑，原諒踩到他、撞到他的人。他有莉莉，她是他夢想的一切。

他車上有這浪漫夜晚所需的物品，木材、火種、火柴、一壺驅寒的烈酒、睡袋。就連天氣都很仁慈，冷歸冷，但沒有下雨。他幾天前還特別上去察看他們的目的地。愛丁堡會雄偉地展現在他們下方，燈火反照著天上星斗，雲層散開。到時他終於能夠完全擁有莉莉，是時候讓她明白，她對他的意義了。

⁂

天氣太冷，誰都不該渾身赤裸待在室外，這是馬克．麥克維的第一個念頭，也是最荒謬的念頭。他從沒想過他的無人機會捕捉到這種畫面。冬日冰霜、荒蕪石塊，他看過；空曠銳利的天空漫著一片水平擴散的霧氣，他也看過；女人倒地，一腿曲起，一腿平放，一手枕在腦後，另一手橫放一側，他從未看過這種景象。風吹亂她長長的紅髮，彷彿是罩在眼上的一層飄動面紗。她腳邊是柴火的餘燼，身邊有一盒火柴。他讓無人機移近一點，想要說服自己女人的胸腔仍在起伏，沒看到。馬克操縱無人機對準她的臉龐，希望不會因此被視為變態，他同時向神明禱告，祈求他的直覺是錯的。要是他錯了，應該是件好事。無人機在山脊之外，他肉眼看不到。他控制機器往下飛，小心避開女人上方，免得她忽然醒來，坐直身子撞上去。可仔細看也很不妙。無人機的鏡頭很好，他的螢幕上呈一片藍色，但那不是冰霜，也不是冬天凍壞的石楠花。藍色是她的嘴唇、她睜開的雙眼、她的血管，以及她缺氧的皮膚。

馬克拔腿就跑，加快速度。他曉得這麼做可能沒有意義，但光是想到慢慢走去那死掉的女人身邊，就覺得自己一點也不尊重她。他手腳並用爬上山脊，完全不考慮地勢平緩的山頂邊稜，那樣繞太多路了。他終於親眼看到她的時候，身上已經破皮流血了，那像是一幅繪在地面的圖畫，遠方愛丁堡的善良百姓剛清醒，絲毫未覺頭頂上亞瑟王座的變化。馬克無視破皮的膝蓋與割傷的雙手，沿著碎石坡道往下滑，一邊滑，一邊對她喊叫。

他的無人機擱在地上，成了幾公尺外一團還在運轉的塑膠與金屬，他完全沒發現自己掉了遙控裝置。口袋裡的手機像在和他的手指玩貓捉老鼠一樣。然後他跪在她身旁冷冰冰的地面，手按壓她的頸子，儘管他很清楚泛著藍色的軀體不可能會有脈搏。他明明知道她已經沒了生氣，卻還是脫下他的冬季大外套遮掩她赤裸的身子。之後，他報了警，盡可能明確描述位在蘇格蘭首府昂然挺立於山景間的所在位置。

馬克走近，發現她比他想像得還年輕，寒冷的夜晚奪走了青春的紅暈。他心想，她和他似乎都是走在青少年跨越到成人路上崎嶇難行的深淵裡。女孩鼻翼上的小小鑽石捕捉到了冬日清晨的第一縷光束，替她紅銅色的秀髮添上些許美麗的金黃色調。他這才沒將她臉上的髮絲撥開，不然他就會看清楚她的眼睛了，而其實他並不想要看得更清楚。馬克起身，望向山脊，查看有沒有交通工具接近，但根本看不清道路。他記得夏天時，沒有屍體，這裡很隱密，充滿田園氣息。二十公尺外灌木叢野草間的一抹紅色吸引了他的目光。

「我很快就回來。」他說。就算是面對屍體，什麼都沒說就跑掉好像還是太失禮了。他沒穿外套，開始感覺到寒意。他逼迫自己小跑步，保持溫暖，思索警方還要多久才會抵達，畢竟這一帶真的很難上來。他的車停在一點六公里外的山腳，像這種陡坡與碎石小徑，除了四輪驅動車，什麼車都上不來。

那抹紅色原來是一件襯衫，溫暖的厚棉襯衫，適合在營火旁過夜，也適合在酒吧裡喝酒。他撿起衣服，回頭望向女孩，估計了一下尺寸，應該合身。沿著山坡又走了兩分鐘，他找到一件掛在尖銳石塊上的純白胸罩，他指尖摸到冰冷的金屬扣環。

馬克還沒看見直升機，就先聽到了螺旋槳轉動聲，野生動物被嚇跑，那巨響迴盪在岩石間。警方包圍區域，在屍體附近與犯罪現場小組聯絡，看得到下方的警示燈光了。馬克拿著他在山堤發現的衣服，跑回女孩身邊。

一人翻過山脊，然後是兩個人。帶頭的人直接走向馬克，伸出手。

「早安。」他的法國口音略為短促，但還是聽得出來。「我是盧克・卡倫納督察。我猜是你報的警？」馬克點點頭。「我們要封鎖現場。你還好嗎？」

「不太確定。」馬克說：「我猜比那女孩好。」

卡倫納心想：的確比那女孩好，希望她只是意外死亡，不然他又要花多少時間望著案情室的白板，她臉部的特寫會貼在那裡。他不禁好奇，是否有人一早起床時，察覺自己今天會死？他們匆忙離家上學、上班前會多望鏡子一眼，覺得宇宙好像哪裡變得不一樣了嗎？在一掃而過的憤怒中，他痛恨起蘇格蘭的冰冷天氣、潮溼與灰濛濛的景象。女孩死在冰凍之中，看著最後一絲鼻息飄進空中。無處可逃，苦澀荒涼又寂寥的死法。他只希望她當時沒意識到自己的生命即將走到盡頭。

3

總督察艾娃．通納上任五個月，還是受到慢性的「冒名頂替症候群」所苦。不是因為她要指揮很多人，也不是因為她得參加很多會議，更不是因為換了新辦公室，只是因為她覺得自己不能繼續待在案情室、喝咖啡、分析當日事件，或在狀況允許時和同事有說有笑。她更討厭的是需要拿捏公眾福祉與蘇格蘭警署莫名其妙消失的預算，壓力實在太大了。感覺「不行」已經成了她最近的預設回答，某個案子可以多請一位專家嗎？不行；可以請制服警員支援重案組拜訪問話嗎？不行；可以試試過濾監視器的新科技軟體嗎？你覺得答案會是什麼呢？艾娃並不後悔升職，只不過每爬上一階，她想要做好事、偵破案件的企圖就愈像漏了水的水龍頭，令人失望。

她的工作、生活開始活躍在公眾視野，但私生活倒是挺荒涼的。重案組同事覺得他們與總督察的距離愈來愈遠，偶爾上酒吧也不會找艾娃；而她覺得就算他們邀請，她也應該找理由推掉。事實上，她的同儕下班後忙著顧小孩、與伴侶相處，根本不會想社交。艾娃三十多歲，是同期警官中最年輕的，也還沒結婚；她實在不想要那些讓人分心的生活。她最好的朋友正處在比卡羅萊納死神辣椒還要火熱的新關係中，直到娜塔莎與她女友想起臥房之外還有另一個世界，她們才會不情願地擠出時間來應付外面的生活。成功的代價似乎就是無盡的漫漫長夜。艾娃盯著辦公桌上的電話，曉得電話不要響比較好，她一有事做就代表有人要付出代價。

快六十歲的賴弗利警佐還是一點也不政治正確，沒敲門就走進來。艾娃考慮要提醒他，畢竟所有人都知道表明來意是種禮貌，但她很高興這時有人來陪她，決定先收起責難。

「找到卡倫納督察了嗎？」艾娃問。

「找到了。我們先去男廁，他通常離鏡子不會太遠。但今天真驚喜，他居然去外頭執行勤務，長官。」

「賴弗利警佐，感謝通知。要是你的嘲諷結束了，也許可以讓我了解你的長官正在忙什麼案子。」艾娃說。

賴弗利笑了笑。他和卡倫納起初關係不佳，不過最近變成寧可無視對方或頂多偶爾才口出惡言。「亞瑟王座的山丘上尋獲一具屍體，還需進一步調查，但初步報告指出非出自謀殺。病理學家到過現場，死者身上沒有明顯的外傷或暴力痕跡。屍體已經送去驗屍。唯一還沒確認的是死者身分，一旦確認就會通知家屬，這案子似乎挺直接的，我敢說無需長官操心。」

「好吧，卡倫納督察回來後，你請他來向我報告。我想追蹤案子的後續狀況。」艾娃說完，望向賴弗利手裡的馬克杯。「我猜那應該不是給我的？」她面露微笑。

賴弗利啜了長長一口。「抱歉，長官，我可以幫妳泡一杯，但我知道現在不妥，總不能讓人以為妳是那種期待下屬替妳泡咖啡的長官吧？這行為與現代警察管理制度可是背道而馳。」說完隨即轉身離開。

艾娃向後靠上椅背，提到新案件，她就腎上腺素飆升，真是的。沒事的時候，警察不會覺得愉快，反而覺得無聊，這是既病態也哀傷的指控。一道靈魂在亞瑟王座殞落，這是一場悲劇，艾娃慶幸目前看來不像犯罪事件，但她得找點批准重案組年度餐會之外的事情來做。

愛搞笑的人將今年的活動訂在法國餐廳，她心想，這是要挖苦卡倫納。他去年從國際刑警組織加入蘇格蘭警署後，那一半法國、一半蘇格蘭的血統總是惹來嘲諷。

但當同事們曉得他曾是模特兒之後，對他口音的奚落就顯得微不足道了。卡倫納那張臉讓人無法移開目光，女性通常會目不轉睛地望著他。深邃的雙眼、修長睫毛、線條俐落的下巴，還有小麥色肌膚，就像永遠無法融入人群一樣。他們每次相處，艾娃都覺得很有趣；她糾正自己，是他們「過往」相處的時候。從她升職以來，他們總是尷尬地玩著拋接遊戲，唸著該一起做什麼，但從來沒明說要做什麼、或哪個時間做什麼。

她一手擺在話筒上，準備打給卡倫納確認狀況，握著的電話卻先響了起來。她一把抓起話筒。「我是通納。」

「老天，拜託妳別這樣接電話？我不希望我一聯絡重案組，都還沒表明身分就以為你們又處在什麼危機裡。我們沒遇上危機吧，對嗎？」是歐韋貝克警司。

「長官，沒有。」艾娃說：「抱歉，我只是以為……」

「很好、很好，我遴選了幾個督察空缺的申請人。我希望妳能在我們面談前先看過，我今天下午會寄名單給妳。要是妳明天能讓我知道結果就太好了。妳今晚受邀參加市議會的酒會，但妳不打算出席，是怎麼回事？」

「哦，是今晚嗎？我約了物理治療師。我不想約上班時間，所以排在今晚。要是取消就得再等一個月了。」艾娃慶幸是講電話，而不是面對面被質問。雖然多年來看人們在問訊時撒過各種謊，她還是沒能掌握這項技能。

「妳當然不該在上班時間做什麼『馬殺雞』，但我猜現在改約也來不及了。之後妳可要記住，這遊戲就是這樣玩的。下次別錯過。也要控制好下個月的加班時數，我們終於抓在預算內了，至少委員會這次不會再找我麻煩。我喜歡保持這樣。」歐韋貝克不屑地說。

「遵命，長官。」艾娃對著已經掛斷的電話說。她寫了一封電郵給愛丁堡的首席病理學家艾爾莎．藍伯特，詢問她亞瑟王座那具屍體的狀況，然後忙裡偷閒看起電腦上播放的電影。她喜歡重新上映的經典老電影，有時會去看午夜場，但現在只要能讓她無腦抱著大盒爆米花盯著瞧的東西都好。她真走運，晚上十一點有義大利導演塞吉歐．李昂尼的《狂沙十萬里》。今晚艾娃和查理士．布朗遜有場約會，比獨自度過夜晚稍微好一點，相較於市議會的酒會，根本就是中樂透大獎。酒會乏味至極，八十歲的老先生還會叫妳「親愛的」——他覺得他有權這麼叫妳，只因為妳不同於他的性別，然後他會請妳去幫他拿酒，他則繼續分享高爾夫球的術語，妳只能默默站在一旁，流露出一臉欽佩。歐韋貝克警司也許習慣玩這種只為了往上爬的遊戲，但艾娃無法忍受，她並沒有那麼野心勃勃。

她的門開了，賴弗利警佐再次出現。

「放過我好嗎？」艾娃嘆了口氣。「要是來嘲諷我咖啡的事，那我建議你……」她看著他的神情，話沒說下去。警佐那張永遠透著不滿、憤世嫉俗的臉此時鬆弛了下來，他看起來脖頸的肌肉緊繃，喉嚨在動，但沒有出聲。她驚覺賴弗利正努力壓抑淚水。「快告訴我。」她說。

「貝格比總督察……」賴弗利說：「我很遺憾。」

艾娃起身，明白警佐的表情意味著什麼，但她需要他說清楚。「賴弗利，別遺憾了，快說。」

「長官，我不確定出了什麼事。有人發現他的車，但已經來不及了，他死了。」

艾娃感覺胸口一陣錐心的痛。她喘著大氣，猶如遭到重擊，情緒也反映在身體上。她的前主管與十多年交情的朋友就這麼走了。

4

出了愛丁堡北邊的吉普賽坡地休閒園區，風從側面颳來，大風將聲音與筆記本吹亂，拍打著頭髮，地景荒寂無比。園區入口的道路上了封鎖線。艾娃坐在車裡，不自覺拖慢了走去遠方那輛車子的步伐。車燈還沒滅，裡頭坐著貝格比。剛退休的喬治·貝格比總督察是警察中的警察，個性堅忍不拔，脾氣偶爾暴躁，為人直來直往，會替受害者打抱不平。艾娃和貝格比共事的那幾年，從沒見過他錯過重點。每個案件核心，少不了人們的受傷或失去，而「老大」總是盡全力替這些人爭取，無視上頭施壓，不在乎媒體，也沒將政客放在心上。他夠精明，卻從不要求下屬陪他投入同樣漫長的工時裡。

貝格比將艾娃從原本會賠上她執法生涯的厭女情節中拯救出來，讓她進入重案組，排除其他人選，提拔她當督察。儘管不久前曾因她違反程序要求她停職，但她曉得他並不好過。他們在深夜的犯罪現場與人手不足的清晨勤務中培養出堅定的友情。當艾娃只是初級警務人員時，貝格比就讓她參與大小會議，看中了她的潛力。要說其他同事敬重他，艾娃更像對待叔伯輩一樣敬愛他。這位長輩偶爾會吼她，要她一連工作三天無法闔眼，儘管如此，他還是她繼續當警察的主因。如今，她難以相信他不在了。

艾娃鎖上車門，徒步行走，思索為什麼喜歡溫暖酒吧、舒適座椅的喬治·貝格比會選在這荒涼之地向世界道別。眺望北海，左邊是克拉蒙德島，右邊是格蘭頓港，冰冷水面返照的僅剩遼闊的灰色蒼穹，對心胸如此寬廣的人來說，這種結局也太冷峻淒涼。

艾娃駐足在小路頂，一直走就會到拖車與保養車輛進出的區域，貝格比那輛老舊的荒原路華停在哪裡。他將車停在距離步道很遠的地方，面向海浪。沒有人會自願走近獨坐車上的男人，尤其是如此人高馬大的男子，看起來挺嚇人的。艾娃穿戴白色防護衣、鞋套、手套，但這些隔離措施已經沒用了，已判定為自殺，即將展開驗屍。蜿蜒的管子從車窗上被扯了下來，動也不動躺在草地上，即便如此看起來也令人感到不祥。棚子架起來保護現場，主要是為了抵擋窺探的目光，而不是保存證據，犯罪現場人員的忙碌身影來來往往。

艾娃手插口袋，沿著青草緩坡往下走，她注意到天光逐漸遠去，燈架馬上就會立起來。一名制服乾淨整齊的年輕警佐神情凝重地朝她走來。

「妳有證件嗎？」他問。

艾娃遞給他看，疲憊得無法解釋自己的身分。

「重案組？」警佐問：「我不曉得這是你們的工作範圍。」

「警佐，當你關心完總督察該出現在哪裡、該做什麼之後，也許你可以先請草地那頭正在遛狗的人離開現場。而且你該稱呼我為長官或總督察。現在你可以走了。」

「是的，長官。」他立起領子，迎著猛烈的風走去。

艾娃深呼吸。她不喜歡失禮，特別是上司對下屬頤指氣使。若說貝格比當主管這幾年裡曾教會她什麼，那就是階級還伴隨仁慈與聆聽的責任。她整理自己的情緒。

「艾爾莎．藍伯特博士呢？」艾娃問起經過的犯罪現場警員。

「她還在別的現場。」女警繞過艾娃，從盒子裡抽出另一雙新的塑膠手套。艾娃拉住她的手臂。

「她在忙？死者是前任總督察。他在犯罪現場工作了二十年，而目前他不是最該被關注的？我要知道這裡發生了什麼事。喬治．貝格比不可能自殺。」

警員繃緊下顎，將手臂抽開，退開一步。

「半小時前，一輛小巴士在冰上打滑後翻車，車上有八名孩童，兩個孩子喪生。藍伯特博士認為那裡才是首要工作。請容我告退。」

「我還不知道這個案子。」艾娃對命案現場工作人員的背影說：「對不起。」

「通納總督察？」她身後有人開口。現場警員離開，一名男子走了過來，伸出手。「我是狄米崔總督察。我沒有榮幸與喬治．貝格比共事過，但我聽說他的下屬同僚都很敬重他。咱們為何不讓鑑識人員盡力工作呢？他們作業的時候，我常覺得自己幫不上忙。如果妳不介意，我們可以先在我車上等病理學家過來。」

「不要緊，感謝你的提議，」艾娃說：「但我想再看看現場。我猜這是你的轄區？」

「我受命處理，但目前看起來不像需要調查的案件。」他停頓了一下，望向貝格比的車。「我也失去過同事，打擊很大。關鍵在於別將整件事看得像聖戰一樣。妳一味鑽牛角尖，只會將自己帶往錯誤的方向。我不是敷衍妳，但這件事最好交給我們吧。交給我，妳可以放心，需要任何資訊儘管開口就好。」

艾娃仔細端詳這位總督察，她聽說過這個人，今天還是第一次見面。他的語氣非常溫柔，她必須傾身才聽得清楚。近看才發現他的雙眼是極淺的藍色，讓人難以移開目光。他頭髮花白，但不是因為年紀。她猜他約莫五十五、六歲，臉上的輪廓就像是以有機材質雕刻出來的線條，卻並不顯老。艾娃還來不及回應，擔架就出現在車旁，上頭是屍袋，正要推向等待的廂型車，一路送往市立停屍間。無論他們在現場做出任何假設，還是得先進行驗屍。

「我送妳回車上。」狄米崔總督察說。

「不必。」艾娃搖搖頭。「如果你不介意，我想親自通知喬治．貝格比的夫人。我想你的警官會跟蹤後續狀況，向她進行問話，但今晚……我認識她。喬治會希望這件事由朋友通知。」

「我明白。」狄米崔點頭。「目前掌握的事實相當有限，一對情侶在海邊小徑散步時聽到汽車引擎聲，抄路繞過來，看見廢氣排進車內。他們拉開車門，顯然後門沒鎖，但已經晚了一步。他們報警、叫救護車。第一批人員進行車牌核對後，我們才曉得他的身分。如果妳願意這麼想，恐怕就是標準的自殺，是場悲劇。副駕駛座上有威士忌的空酒瓶，收音機沒關，沒有掙扎、門窗的鎖沒有破壞的痕跡。」

「唔，」艾娃低聲說：「謝謝你詳細告知，我的手下都會很難過。但之後你能讓我得知你們的結論？」

「當然，我保證我們會很重視。」狄米崔答應。

艾娃點點頭，手深深插入口袋，默默走開。上車前，她轉頭看一眼翻騰的大海，自然的力量如此具毀滅性、如此無情，就像她即將告訴格莉妮絲的消息一樣。

貝格比家位在愛丁堡東部郊外的波特貝羅，聖馬克巷與亞蓋爾街交會之處。傳統老式建築，多年降雨，石牆從咖啡色變成黑色，一側立起的迷你角樓讓這棟屋子鶴立雞群。艾娃想起總督察曾打趣說這棟房子就是他的城堡，看起來也的確像規模較小的城堡。他和妻子非常喜愛這裡，他們十年前搬來，就艾娃所知，他們打算在這裡共度可預見的未來。然而，這未來已經硬生生被抹殺。過往艾娃造訪時，這裡充滿溫暖與笑聲。今天這一趟會讓那一切畫下句點，再也回不去。受影響的不只是她，顯然在她報喪後，格莉妮絲．貝格比的人生將永遠不同。她坐在車裡，馬克．諾弗勒在收音機裡唱著豺狼與渡鴉，她不禁期待起貝格比的未亡人會走出家門，受第六感的驅使上街，朝艾娃走來。她沒出現。艾娃關掉收音機，整理好服裝儀容，然後踏上屋前小徑的階梯，朝大門走去。

「艾娃！我親愛的，看到妳真好。喬治沒說妳要來，不然我就能先烘焙些點心了。那個人啊，真是的，總是心不在焉……」

「格莉妮絲。」艾娃打斷她，一度說不出話來。艾娃想起電視劇中的那種時刻，警察無預警造訪，屋主驀然理解與哀傷的預兆在此時爆發。但這一刻並沒有出現。

「來，快進來。在外頭都要冷死了。可能我年紀大了，最近每天都覺得好冷。外套給我。我打給喬治叫他回來，要是他沒見著妳，他會氣死。」

「格莉妮絲。」艾娃又說了一遍。「我們先坐下吧。」來了，她的笑容變得遲疑，表情變化前還眨了兩下眼睛。

「當然，來客廳。抱歉很亂，我剛剛在寫卡片。妳確定不要來杯熱的嗎？」

艾娃坐在沙發上，等格莉妮絲坐進扶手椅裡。

「我很遺憾必須告訴妳這件事。喬治死在他的車上，目前初步判定是自殺。」

格莉妮絲想開口，眉頭糾結。她微微搖頭。這表情艾娃看過太多次，到了抵抗的時刻，拒絕接受親密之人的死訊。她等著格莉妮絲說點什麼，家屬的第一個反應永遠是問句，在哪裡？

什麼時候？怎麼會這樣？遇上自殺案件，多數時候他們會問：為什麼？

「不對。」格莉妮絲的語氣帶著一絲顫抖。

艾娃望著她。「他的心臟又出問題了？醫生對他說了什麼壞消息嗎？」

格莉妮絲搖搖頭。「我沒聽喬治提過。就我所知，他恢復得很好。不過這兩個禮拜他都……怎麼說呢？悶悶不樂的，一點也不像他。」

「抱歉這麼問，但妳是否曾懷疑他可能會傷害自己？他找妳談過嗎？」艾娃問。

「不、不，有的話我就會找人幫忙了。他現在在哪裡？」

「正要去……正要去艾爾莎．藍伯特的辦公室。艾爾莎會好好照顧他的。」艾娃說。

「現在說也來不及了，是不是？他的晚餐還在烤箱裡，很多綠色蔬菜，沒有高脂高糖的食材。但他不喜歡這些口味，他心臟病發後都吃這些。但他一句怨言也沒有，每餐都吃個精光。我們以前每週五會吃鮮奶油蛋糕，妳知道，打打牙祭。但半年沒吃了。我猜那是他最想念的食物。」

「格莉妮絲，讓我替妳打幾通電話，妳需要家人在身邊。」

「要是妳不介意，我想去看喬治。我沒搞錯的話，應該會進行驗屍？」

「對。」艾娃低聲回應。

「他是怎麼自殺的？」格莉妮絲問，因顫抖而癟起的嘴角橫在她的臉龐。

「汽車廢氣。」艾娃說。格莉妮絲想起身，站不住，又跌回椅子上。「我幫妳倒杯水，妳坐著。」艾娃走進廚房，才打開碗櫥找玻璃杯就聽到身後的腳步聲。

「他受苦了嗎？艾娃，我要聽實話。我嫁給警察三十五年，騙我沒有用。」

艾娃先放著讓自來水流，確保水是乾淨的，同時思索如何回答這個問題。喬治．貝格比的妻子不是傻瓜，也肯定聽過重案組能掌握的案件細節。這就是嫁給警官的負擔。

「頭痛、想吐，他會感覺暈眩。要是他發現身體缺氧時意識還清醒，應該會非常驚慌。他也許會胸痛，尤其是他原本就有病史。最後可能會抽搐。」艾娃說：「我很遺憾，我希望……」

「拜託，等等。」格莉妮絲說：「讓我先喝口水。」

艾娃將玻璃杯交給她，向後靠在廚房櫥櫃上，搓揉起太陽穴。

「妳剛剛說不對，為什麼？」艾娃說。

「最近有幾通深夜打來的電話，打到他手機兩次，市話至少一次。他從來不說是誰打來的，總是開玩笑轉移話題。我們出門採買時，在門口收到一個包裹，沒有任何標示。我對他說我們應該報警，畢竟他關過那麼多人，他曉得他還是某些人的目標。他將包裹拿去他的棚屋，胡扯說只是免費的樣品。他說謊時我看得出來。」

「妳覺得無論裡頭是什麼，都有可能讓他……」艾娃沒說下去。

「喬治憎恨自殺，他說那對活人來說最殘忍的事。但假設妳是對的，他的確是自殺，那就表示我完全不了解自己相處了大半輩子的男人。現在我想去看看他，好嗎？」

＊

半小時後，他們抵達愛丁堡市立停屍間。艾爾莎．藍伯特博士在門口招呼她們，給了格莉妮絲一個擁抱。艾爾莎帶她們進驗屍間時，眼底含著淚水。一具屍體躺在金屬桌面上，全身蓋著白布。

「抱歉我們只剩下這裡，其他地方都在進行別的工作。格莉妮絲，妳確定要繼續嗎？我可以正式確認他的身分。妳不需要記得喬治最後的樣子。」艾爾莎說。

「我必須這麼做。」格莉妮絲緊捏著手帕，盯著白布下的軀體，那是她深愛多年的伴侶。

艾爾莎拉開白布，露出頭部與肩膀。格莉妮絲倒吸一口氣。艾娃伸手攬著她的肩膀，想要別開目光，但格莉妮絲很勇敢，完全不顯得膽怯。不過，目睹屍體很可怕。當你盯著死亡的面容時，會感到死亡居然如此決絕。艾娃不想看到總督察下巴鬆開的樣子，他臉頰上的肉往耳朵的方向鬆弛，彷彿那副軀體早已捨棄人的偽裝。生命已離他遠去。

「他為什麼變這麼紅？」格莉妮絲問。

「一氧化碳中毒死後就會這樣。」艾爾莎說：「妳確定是喬治？」

「是他。」格莉妮絲說：「哦，天啊，真的是他。」她轉身奔出門到走廊。艾娃讓她離開。

「艾爾莎，妳有時間看看他了嗎？可以給我任何資訊嗎？」艾娃問。

「我才進行了幾分鐘，就這樣，今天事很多。」艾爾莎再次拉起白布蓋住貝格比的臉。

「我聽說了。」艾娃說：「真抱歉，很多家屬此時更需要妳。」

「的確，但喬治是我的朋友。妳還沒畢業，我就和他共事了。我從來沒想過我會替他驗屍。症狀是典型的一氧化碳自殺，他皮膚上的櫻桃紅色表示他肯定吸入了那種氣體。如果妳希望我說有人殺了他，再讓他坐進車裡，我辦不到。他沒有外傷，車內沒有束縛的跡象，他身上也沒有防衛痕跡。」

「什麼都沒有？」艾娃問：「艾爾莎，真的嗎？妳對他的了解比我深，但我很清楚總督察絕對不會自我了斷。」

「妳根本不懂妳在說什麼。艾娃，人會崩潰，聽到壞消息，失去了什麼，沒了工作，忽然間覺得生命空虛。他們有天望著鏡子，察覺自己老去，這樣就足以嚇死他們。」

「那是懦夫的行為。」艾娃說：「他不是這種人。」

「自殺是最富人性、最寂寞的行為，沒有妳批判的餘地。」艾爾莎說。

靜默了一會兒。艾娃對著白布下的男子伸出手，然後又抽開手，轉身面向牆壁。

「我知道，抱歉，艾爾莎，我不是故意的。感覺我好像辜負了他。他心臟病發之後，我該多去看他，我該確保他能接受這一切，我總是在工作，總是太忙。」

「當人們自殺之後，所有人都會覺得一切是自己的責任，他們少做了什麼、少說了什麼，或忘記了什麼。但艾娃，這與妳無關，與格莉妮絲、他們的孩子或任何人都無關，關鍵是喬治最後的處境。老實說，我不覺得驗屍能查出什麼，我還聯繫他的醫師，想要查看近來的診斷。目前他全身上下只有一處記號。」艾爾莎拉開喬治．貝格比身體左側的白布。「這裡，在他內側手腕，起初因皮膚泛紅，看不太清楚。但仔細瞧很像字母，雖然筆跡很拙劣，大寫的N和小寫的c。我猜是刮傷。」

「我看不出這代表什麼。」艾娃說：「大寫的N和小寫的c，我會調查。我最好先送格莉妮絲回家，其實她比我預期得冷靜，但肯定還處在驚嚇中。雖然她是資深警官的妻子，這麼多年來多少也做了心理準備，但還是需要時間接受，並聯絡家人。等妳有全面的驗屍結果，請讓我知道。」

「當然。妳也該回去休息了。如果這種日子教會我們什麼，那就是妳永遠不曉得下一刻會發生什麼事，分分秒秒都無比重要。」

5

「我、我想當志工。」男子說，他的喉結像是脫離身體獨立上下移動一般。

「你知道這裡不會付薪水，對嗎？目前沒有釋出正式的職缺。」女人說，她身上的衣服通常只會出現在倫敦時裝週那些襲擊觀眾雙眼的伸展臺上。

「我知道，我不是為了錢來的。我只是真、真的想幫忙。你們做的是好事。」他說。

「你應該有其他的謀生方式可以賺錢養活自己，對嗎？」女人打量起他的髮型，還有他的鞋子，微微露出詫異的神情。

「我在、在別的地、地方有工作。」他咕噥著。「我只想一週來這裡幾、幾個小時回饋社會，就算只是泡咖啡或填、填些文件都好。」

她嘆了口氣，從抽屜拿出一張表格，按下筆頭，等他說完話。

「我可以先登記你的名字，但我不確定有適合你的工作。」

「香安，沒事，交給我吧，謝謝妳。」另一個女人出現，將手溫柔地放在時裝災難身上，露出溫暖的微笑。「你何不來我的辦公室？我是柯蒂莉亞．穆爾。怎麼稱呼你？」

「傑若米。」他跟在她身後，內心覺得放下一顆大石。她的年齡介於四十到五十歲之間，骨架非常漂亮，肌膚富彈性，加上苗條的身材，教人猜不出實際年齡。媒體對她的年紀猜測不一，都不足採信，但所有的報導都同意她的慈善機構在非洲國家推動了許多善行。「晶澈」是一間淨水公司，目的是教育社區造井，資助村民指導鄰近村莊，建立安全永續的水源系統，讓這個系統像活生生的蛛網一樣擴散出去，改善當地人的生活、保障他們的未來。

「好啊，傑若米，我必須說，你願意來當志工真是太慷慨了。香安是我們的行政人員，她對世界有一套嚴格的看法，但她沒有惡意。我希望她沒讓你卻步，但我們的確無法提供報酬，這點她倒是說得沒錯。我們資源有限，我必須確保每一塊捐款都抵達該去的地方。我不喜歡養高薪主管和一堆冗員。」

「所、所以我才會來。」傑若米低頭望著自己的大腿。「我看過妳的報導，所以我才想來幫忙。妳看起來……」他眨了幾下眼睛，咬著下脣。「妳看起來是好人。」

「你這麼說真是太客氣了。」她說：「如果你是認真的，我很樂意你來幫忙。能向我聊聊你自己嗎？」

傑若米漲紅了臉，深吸了一口氣，接著似乎鼓起勇氣看著她的雙眼。

「我二十五歲。」他說：「我喜歡幫助別人。」他刻意放慢速度，每字每句都經過斟酌。「我、我是被領養的，他們是好人，我想回饋。我平常做的是園、園藝工作，冬、冬天沒什麼生意。」

「我猜的確沒有。」柯蒂莉亞溫柔地說：「我懂你說想回饋的心情。我很幸運，我的父母來自肯亞，但他們出生在環境優渥的家庭。我四歲時，他們搬來這裡，那時還有種族隔離政策。我父親任職於金融業，我上了體面的學校，會去國外度假，一路念到大學都沒有負債。取得學位後，我加入大型企業，替人們賺了很多他們根本不需要的錢。我猜我受夠了，想要找到生命的意義，所以我才在這裡。從事改善非洲人民生活的工作，對我來說這就像回到圓的起點與終點。你知道，我覺得你會成為這裡的寶貴資產。我認為最重要的是和態度積極、一心向善的人共事。你何不下週進來，花幾個小時了解我們的使命，以及你能在哪些領域幫上忙？要是你感興趣，你可以經常過來。現在要請你填寫志工表格，介紹人也一併寫上去。」

「我有。」傑若米允許自己露出淺淺的微笑，點點頭。

「你離開之前，我泡咖啡請你喝怎麼樣？讓你體驗我的功力有多差。這裡的人都不希望燒水的是我。」

她遞給他筆和表格，上頭要求填寫基本的個人資料，地址、國家安全號碼、聯絡電話、緊急聯絡人，接著她離開，在水槽張羅起杯子與茶匙。他迅速填完表格，張望著柯蒂莉亞．穆爾的辦公室。辦公桌上得意地立起家人照片，她和她的孩子們。女孩比較大，還有個男孩，從柯蒂莉亞的外表看來，照片應該拍了有段時間。傑若米做過功課，他知道她女兒在外地讀書，她兒子在愛丁堡讀預科學校。他不確定她是否會介意他拿起照片，便從玻璃隔間看出去，她正打開冰箱門，將牛奶放回去。

「妳的孩子真可愛。」傑若米說，她正拿著兩個馬克杯走回來。

「謝謝。」她將熱騰騰的飲料放在他面前，完全不在意他拿起寶貴的相片。「我丈夫兩年前過世，拍這張照片的時候，他已經是末期了。我女兒適應得比較好，蘭道才十七歲，我想男孩都需要男人在身邊協助他們經歷過渡時期。」她笑了笑。

「我父親過世時我兩、兩歲。」傑若米將照片放回桌上。「他和我媽死於巴士事故。我的養父母盡力了，但青少年時期還是很難熬。我、我當時很看不開。」

「我相信你不會比其他青少年更壞，對你來說肯定相當辛苦。現在的你一定會讓父母很驕傲。」她露出微笑。「你填好了？太好了。禮拜一早上進來，怎麼樣？我正要開始一個新的計畫，希望能有幫手。恐怕不是什麼光鮮亮麗的工作，但我很樂意有你在。」

傑若米顯得喜形於色，顫抖的手拿起馬克杯，喝了一口咖啡。

「那就太、太好了。」他說：「謝謝妳，穆爾太太。」

「叫我柯蒂莉亞，我們這裡都叫名字。」她說：「傑若米，我覺得是命運帶你來到我們這裡，我非常相信命運。歡迎加入我們。」

＊

卡倫納在艾娃．通納的辦公室等她。她走進來，他連忙起身。

「盧克。」她說：「亞瑟王座的屍體有什麼消息？」

她揮手要他坐回去，他一邊坐下，一邊說：「長官，目前沒新發現。」

「你可不可以別叫我長官？我是說，在別人面前可以，但只有我們就免了。你知道我聽了很不自在。」

「不叫長官換我很不自在。」他說：「我聽說老大的事了。我來看妳，順便問問有沒有我能幫上忙的？」

「你晚點想陪我去喝個酩酊大醉，送我安全回家，在我嘔吐時幫我抓著頭髮，然後整夜坐在我身邊，確保我不會被嘔吐物噎死嗎？」艾娃的頭幾乎要壓在面前的桌上。「老天，抱歉。我不曉得我這話從哪冒出來的。大家都知道了嗎？」

「賴弗利警佐知道，」盧克說：「所以多半廣播出去了。我答應妳，要是妳需要我那麼做的話。」艾娃抬起頭，疑惑地看著他。「抓著妳的頭髮，確保妳不會噎死。」

「我相信你今晚有別的事可做。」但艾娃心想應該沒有。卡倫納的模特兒外表在公眾場合總是惹人側目，但經歷國際刑警組織同事子虛烏有的性侵指控，他的私生活變得非常孤僻。

「反正我還得工作，說說亞瑟王座上的女孩吧。」

「莉莉．尤思提斯，十九歲，高中畢業，目前休學一年，因為她想先工作籌學費。她明年九月原本計畫就讀聖安德魯斯大學醫學系。已經通知她的家人，家裡有父母和姊姊。是我回應報案中心，但目前看起來不像重案組的工作。初步死因是體溫過低。」

「她怎麼上去那麼高的地方？」艾娃問。

「我們還不知道。她沒有車，與父母同住。顯然她昨晚出門是和朋友在酒吧見面，然後就沒回家了。這不尋常，但也不是沒發生過，只是她父母說女兒通常會打電話回家，讓他們知道她在哪裡過夜。」

「你和她朋友談過了嗎？」艾娃做筆記。

「沒有人曉得他是誰。父母懷疑她是和男性見面，但不確定。她姊姊聯絡上莉莉的幾個朋友，但沒有更多的線索。」

「這個案子先留在重案組，艾爾莎應該優先幫莉莉驗屍，再向我更新後續進度。」

卡倫納起身。「晚點要不要我送妳回家？」他說：「妳的車留在這裡，我明天一早去接妳。」

「你覺得我現在開不了車？盧克，我是悲傷，不是醉了。」艾娃嘆了口氣。「老天，對不起。我沒辦法好好處理這件事。謝謝你的建議，但我沒事，真的。我必須向同事宣布總督察的死訊，他們會想知道我掌握的細節。可以請你三點叫大家去會議室嗎？」

「沒問題。」卡倫納說：「無人機拍到的莉莉．尤思提斯陳屍照片應該也來了，到時準備一份讓妳在簡報後看。」

「好，我們再一起去停屍間找艾爾莎。」艾娃電話響起，卡倫納正要離開，她叫住他。「盧克，等等。」她對電話另一端的人問：「你確定？你確認過她的身分？不，別讓她上來。我得先和盧克談談，他在我辦公室裡，給我五分鐘，晚點回你電話。」

盧克的背靠在艾娃門上，雙手插進口袋，歪著頭。

「是艾絲翠？」他小心翼翼地問：「我就知道她永遠不會放過我。但她做了那種事居然還敢來……」

「不是艾絲翠。」艾娃說。她很清楚要盧克面對艾絲翠有多艱難，就是那女人做出了虛假的性侵指控。但要他去見樓下的女人，遠比見艾絲翠來得更糟。「盧克，我不曉得出了什麼事，她沒解釋她來的原因……但你母親就在樓下。」

盧克抬起手梳攏頭髮，似乎想開口卻無言以對。

「我不想見她。」他終於說出口。艾娃繞過座位，走向他。

「我明白，」艾娃說：「你有權利這麼想。畢竟你最需要她的時候，她拋下了你……」

「不只是拋棄，妳不會懂的。我被指控我沒有犯下的罪，我身心俱疲，我甚至不確定我能否撐到審判結束。而她應該是最清楚的人，根本不用多問，她應該知道我做不出那種事，我內心完全沒有如此邪惡的一面。她離開時，我正準備開庭，我當時甚至懷疑自己。有時我會想，我是不是真的性侵了艾絲翠，只是腦袋裡捏造出另一種現實。所以連我的親生母親都無法再陪我撐下去，我真的是無辜的嗎？」

「盧克，很抱歉這一切讓你如此驚嚇，但她此刻就在樓下。她過來想必是有原因的。你難道不想了解是怎麼回事嗎？」

「不想。」他回答。

「你要我下去先和她談談嗎？」艾娃建議。

「她換了手機號碼。」盧克說：「我打電話給她、留語音訊息、傳訊，還寫電郵，甚至寄信給她。她每一次的沉默，就是在那具埋葬我們母子關係的棺材上釘入一根鐵釘。艾娃，那長達好幾個月。案子撤銷、我恢復自由前幾個月她就消失了。就算我強迫自己理解她在開庭前根本不想支持我，但等一切結束後，她還是過了足足一年才聯絡我。她沒有理由這樣對待我，也完全說不過去。」

「盧克，拜託，我失去了我母親，等到我知道她病危時，已經來不及挽回我們失去的歲月。我一直太忙，時間只投入在自己身上，沒多少機會與她相處。我始終沒機會原諒她在我成長過程中那些微不足道、我自以為的冷落，我不希望你也犯下和我一樣的錯誤。」艾娃說。

「艾娃，這是我的人生，與妳無關。而且這不是我自以為的冷落，而是最真實的打擊。我沒有錯。」他說。

「我明白，真的，我懂，但下去見見她吧？要是沒什麼好說的，不妨將你的感受告訴她，想辦法了結一切。總有一天，你都需要了結這段關係。」她說。盧克朝門口走去。「你會和她談？」

「她怎麼對我，我就怎麼對她。」他說：「我會讓她說到滿意為止。她可以求我原諒，要說什麼都可以，隨便。然後我會永遠斷絕母子關係。」

6

「克里斯欽，我不想再待在家裡了。」莉莉的姊姊米娜對著手機壓低聲音。「我爸媽一睡著，我就要離開這裡。你可以來接我嗎？」

「米娜，妳父母需要妳。要是他們醒來發現妳不在家，他們會嚇死。」他說：「妳知道如果妳希望我就會來，但我不認為大半夜出門是個好主意。」

「我快窒息了。莉莉的房間就在我房間旁邊，我媽不准我關門，說關門就像是在推開莉莉。我每次經過都會看到她的東西，圍巾、筆、該死的髮帶，然後又開始了。我有時覺得我永遠哭不完。」

「好，我去接妳。妳在妳家外面的公車站等我。幫個忙，寫張字條給妳爸媽，解釋妳只是需要喘口氣。讓他們一醒來就看到空蕩蕩的臥房，太不為他們著想了。」克里斯欽說。

「你說得對，我來寫。拜託快點來。」她掛斷電話。

克里斯欽沖澡，換衣服。他晚上才去過廉價酒館，那裡正舉辦開放式麥克風的單口喜劇脫口秀，後面有隱密的吸菸區，他衣服上都是菸味。米娜不喜歡菸味，而他希望待會能夠好好地安慰她。他換上牛仔襯衫和黑牛仔褲，套上圍巾，然後抓了厚厚的粗呢外套。出門時，他還帶上一本書，隨手扔在後座。《沉睡谷傳奇》，是愛丁堡大學研究所下學期美國文學課程的上課用書。米娜對他讀什麼總是很感興趣。

他的車是普通的學生交通工具，最近的汽車檢驗勉強過關，買的是最便宜的保險，車內可以看見坐墊外露的彈簧，但多數日子裡還是發得動，不會拋錨。他離開家前，泡了兩杯熱巧克力，放在可重複使用的外帶馬克杯裡（米娜很在乎環保），然後抓起一包棉花糖。現在的他無法逗米娜笑，但至少這個他還辦得到。

她在雨中等他，從公車站探出頭來找他的車。克里斯欽停車，閃著方向燈，將副駕駛座車窗內的冷凝霧氣抹掉，讓她看清楚是他。

「嘿，」他說，她一屁股坐進副駕駛座。「妳有特別想做什麼嗎？」

「我們開車到處繞一下？」米娜問：「我想知道我的世界還在轉動，我周遭的一切似乎都靜止了。」

「沒問題，」他說：「我們甚至不用聊天。妳要去哪裡？」

「帶我去離亞瑟王座最近的地方。」米娜說：「我得親眼看看，我想搞清楚為什麼莉莉要這麼做。」

克里斯欽將一杯熱巧克力塞進她手中，然後發動車子。

「米娜，妳確定要去亞瑟王座？我相信莉莉不會喜歡妳傷害自己。」

「嘿，你又沒見過她，別說她喜歡怎樣、不喜歡怎樣。哦，老天，克里斯欽，對不起，我不曉得我怎麼會這麼說。」米娜移開目光，盯著車窗外。「我連自己都搞不懂了。該死，聽著，你可以讓我下車，要是你現在想回家，我完全可以理解。謝謝你的熱巧克力，我不配，也配不上你。」米娜拉著被雨水打溼的袖子抹眼睛。

克里斯欽看著她垂頭喪氣的模樣，頭髮在妹妹屍體被發現後已經兩天半沒梳洗過，她雙腳交纏，彷彿想讓身體消失在世界上。他伸手進駕駛座車門上的儲物格，拿出棉花糖。

「我哪裡也不去。」他說：「但我會堅持妳至少得吃十二塊這個。妳需要糖分，還有朋友。要我拋下妳，只對我大小聲是辦不到的。」米娜將臉轉回來，硬擠出微笑。「妳要去亞瑟王座，我們就去。妳失去了心愛的家人，妳目前所做的沒有對或錯，撐過每一天就好。說不定妳會感應到什麼呢，我們很快就知道了。」

他們開了十五分鐘，車流不成問題，問題在於傾盆大雨，克里斯欽最後將車停在女王車道上，這是他能停在最靠近亞瑟王座的道路區域。眼前一片黑暗，連市區的光害都不敢翻上山坡。他熄火，靜靜坐在車內等米娜開口。

「莉莉去上面做什麼？」米娜低聲地說：「她從來沒提過要上去。我們小時候上去過，我想她後來校外教學也去過一次。但十二月的半夜到底為什麼要上去？」

「警方有什麼消息嗎？」克里斯欽問。

「他們說明天會通知初步的驗屍結果，但沒有其他進展了。沒有人出面表示當天和她在一起，莉莉的朋友也不曉得她那天和誰出去。」她將棉花糖泡進熱巧克力裡，等它稍微融化，然後放進口中。「好好吃。」她說：「謝謝你來接我。」

「沒事的，」克里斯欽說：「我想幫忙。我只是不確定妳需不需要空間，還是想和家人在一起。」

「我需要的是搞清楚她怎麼能這樣拋下我！」米娜氣急敗壞地說，棉花糖碎塊從她嘴中飛噴而出。她嗆到了，靠向前，熱巧克力咳在牛仔褲上，然後她失手鬆開杯子。

「米娜。」克里斯欽溫柔地說。

「抱歉，我會清乾淨。」她嗚咽起來，兩隻手臂抱住腹部，頭髮披散在臉上。

「別道歉。過來。」他伸出左手攬住她的肩膀，另一手從她身上拉開她的右手，讓她靠過來搭著他。他將她抱在懷裡，輕撫她的頭髮。「沒事的，就哭吧。」他細語道：「我哪裡也不去。」

米娜屈服於安慰，頭靠在他胸膛，讓自己崩潰。克里斯欽緩緩搖晃著她，讓她哭，擁抱她，臉埋進她頭頂，克制住內心湧上來的情緒。她好脆弱，居然要獨自承受這麼巨大的打擊。過了幾分鐘，米娜稍微停下哭泣，取而代之的是胸口止不住的抽噎。她愈想壓抑，身體就顫抖得愈劇烈。

「我辦不到。」她低聲說，呼吸像卡在喉頭。「我永遠也放不下她。我媽好像也跟著死去了，她在我面前變老，地心引力像扭曲了她的臉，變成一張灰色的面具。我說不清楚。」克里斯欽讓她說，他曉得不該告訴她一切都會好起來。他也失去過所愛的人，傷痛才剛誕生，任何安慰都沒用。米娜退開，望著他的臉，膝蓋縮到胸口。「我一直在想，如果她是生病，感覺會不會好一點。我可以道別，握著她的手，但我永遠不會知道她……她會不會怕。我是說，老天，要是她真的想死在上面怎麼辦？你覺得她是因為這樣才上去的？一般人怎麼能接受這種事？感覺我們像被寫進了故事裡。」她再度啜泣出聲。克里斯欽眼裡的她，原本是個無憂無慮的女孩，如今那張明亮的臉龐變得扭曲苦澀。「他們切開她了，現在就是這樣。莉莉躺在金屬托盤上，變成一個個肉塊。我沒辦法幫她。我不能對她說我愛她，我甚至不能指責她愚蠢又自私。我覺得我恨她，我恨她離開我，但她死了，我又該怎麼恨她？我覺得我體內好像也跟著腐爛了。」

米娜拉開車門往外跑，還沒到水溝蓋，就停下腳步嘔吐。克里斯欽跟著跑上前，然後拉住她，以防她因胃痙攣往前跌倒。她又吐了兩次，身體才放鬆下來。他讓她慢慢站直。

「我該送妳回家了。」他說：「這樣沒有幫助。妳一次只能一天、一個小時沖淡妳的感受。警察查出真相後狀況會好轉的。走吧。」他一手攬著她的肩膀，帶著她往車上走。「我都會在，無論早晚，只要妳需要有人聊聊，我都會在。」

「謝謝。」米娜沙啞的嗓音說：「我很感激有你。答應我，你不會拋下我。沒有你，我撐不下去。」

7

卡倫納放下鑰匙，前往廚房，出於習慣伸手去拿咖啡罐。櫥櫃裡有一瓶他放了好幾個月的單一麥芽蘇格蘭威士忌，他壓抑住想要打開它的渴望。他通常不喝烈酒，但有些狀況時他還是會喝，現在就是很適合的時機。

他母親薇若妮克坐在沙發上，外套鈕釦一路扣到下巴，手提包放在大腿上，雙手緊握提把，彷彿包包隨時會飛走一樣。卡倫納盯著她在他奧巴尼街公寓窗上的倒影，這裡距離約克廣場喧鬧繁忙的餐廳與酒吧只需兩分鐘腳程，但他不想待在外頭。自從他調職到愛丁堡的蘇格蘭警署後，他花了十五個月才將這間公寓看成自己的家。此時離遭受不實的性侵指控，然後停職，已經整整過了兩年。幾個朋友依舊支持他，但站在他這邊的同事不多，而傷他最深的莫過於母親的疏遠。就算如此，他還是愛她，所以他才不想讓她回到他的生命裡。畢竟從她造成的傷痛中走出來一次就夠折磨了，他不想再經歷一次。

他攪拌咖啡，不確定母親是否需要加牛奶。她消瘦得教他吃驚，他第一次注意到。上回他們見面是在法國里昂，他被保釋，但能前往的場所與接觸對象都遭到嚴格限制。她拿著過夜包出現在他家門口，嘴上不斷唸著一切都會沒事，安慰他指控遲早會撤銷。儘管她的預言實在錯得離譜。直到現在，他的世界還是扭曲的。當時母親陪伴他兩個禮拜，每過一天，氣氛就變得愈緊繃，他們等待法國檢察官恢復理智，明白一切只是惡毒的謊言，是迷戀他的女人憑空捏造。

後來，母親逐漸疏遠他，起初是保持距離，話也愈來愈少，看得出來她放棄他了。直到有天她出門，他再也沒有她的消息。連艾絲翠．柏德決定不出庭作證、無罪判決出爐後，他母親還是沒和他聯絡。他對她來說，彷彿死了一樣。失去母親的日子，卡倫納哀悼過了，但此刻她又回來了，是不同於他記憶中如鬼魅般消瘦的她。她不敢望向他的雙眼，孩子印象裡的母親充滿自信與歡笑，現在只剩下低語。

「糖？牛奶？」卡倫納說的是法語，然後在腦袋裡快速轉換成英語，彷彿他從來沒在法國生活過一樣。

「都不用，謝謝你。」他母親禮貌地拒絕。

他拿著兩個馬克杯回到客廳，放在他們之間的茶几上，他選了她對面的椅子，試圖在兩人間築起屏障。他從口袋裡掏出手機，放在椅子扶手上。他讓艾娃向組員說明情況，約好晚上十點在市立停屍間見面。他應該還有一個小時。但他其實並不在乎。都過了那麼久，無論他母親想說什麼都會在六十分鐘內結束，而那根本改變不了什麼。

「我喜歡你的公寓。」她啜飲咖啡，緊握杯子，彷彿那是她的靠山。卡倫納不作聲。在警局時，他從辦公室走向樓下接待櫃檯的路上意識幾乎是恍惚的，他相信只是認錯人或是同事間愚蠢的惡作劇，而他們完全不曉得自己踩上了他的禁區。然後？她就在這裡了，穿一身黑，一頭深色長髮，但已摻雜白髮。她年輕時很美，如今雙眼浮現黑眼圈，嘴角像釘在了下巴上。她在警局向他打招呼時，低頭看著自己的鞋子。

「盧克，」她說：「我們可以談談嗎？」

「可以，薇若妮克。」他說，替她拉開通往街道的門，曉得他必須帶她離開警局。她在他的新生活裡沒有一席之地，他不想要她出現在辦公室，他也不能允許自己叫她母親。她已經不是盧克的母親了，她的疏遠說明了這一點。他讓她上車，尖峰時間已經過去，他們在車上一路沒有交談。此刻她在這裡，他完全不曉得該說什麼，也不曉得她來找他是為了什麼。

「妳會在愛丁堡待上一陣子？」他望向窗外。

「我住在麗笙酒店，訂了一個禮拜。」她說。

「妳來蘇格蘭度假？」卡倫納問。

「不是。」她終於將包包放在地上。「盧克，我是來看你。我很高興你過得很好，你喜歡蘇格蘭嗎？」

「我想念法國。」他說：「但我現在習慣了。這裡經常下雨，而我花了一年才適應這裡的口音。」

薇若妮克不覺露出淺淺的微笑，她的右手碰觸左手的婚戒。雖然他父親過世多年，她還是戴著戒指。那時卡倫納四歲，記憶中父親是個高大的男人，但總是輕聲細語，感覺很溫暖，喜歡大笑。很模糊的記憶。

「就算和你爸交往那麼多年，他每次說話一快，我就聽不太懂他在說什麼。回到這裡，我感覺還是很不自在。」她說。

「妳為什麼回來？」卡倫納問。

薇若妮克抬起手搓揉雙眼。他等著。不難，他都等多久了，不差那幾分鐘。

「我從來就不希望離開你。要是能做什麼挽回過往的一切，我都願意做。」她說。

「就這樣？」卡倫納的聲音低沉冷漠。「妳大老遠跑來只是告訴我，妳希望一切回到過去？」

「事情很複雜。」他母親扯著裙襬。「你當時完全封閉自己，不肯對我說究竟發生了什麼事，證據又接連出現。他們第一次向你問話的時候，你什麼都不肯說……」

「那不代表我有罪。」他說。

「不只是你的事。」她說，淚水在眼眶打轉，她顫抖的手伸進包包裡拿出手帕。

「那是誰的事？妳嗎？我讓妳丟臉，是嗎？妳究竟是何時對我進行審判、直接給我定了罪？是妳去里昂之前，還是打算聽完我的說法才決定？」他提高音量，但放慢速度，確保每一個字都極富衝擊。他足足等了兩年才將他內心的感受傾洩而出，可不會匆促了事。

「艾絲翠來找過我。我一直沒辦法告訴你。」他母親說：「你那時似乎不想和我溝通，而我也找不到機會提。於是我決定離開。後來我看到她的傷勢，有人寄照片到我的信箱。」

「妳和艾絲翠談，卻不告訴我？是妳和她安排的？」

「不，盧克，不是，我絕對不會做那種事。她肯定是從你家跟蹤我。我當時出門採買，那女人在街上攔住我。她說她得找我談你的案子。我原以為她是記者，或是檢方的人。我以為我能以你的名義發言，確保他們改變想法，所以我們去了咖啡廳。坐下之後她才表明身分，我一聽連忙起身，她卻說我膽敢離開，她會讓你更難過，我只好又坐下，表示我會聽她說。」

「我不想聽這些，」卡倫納說：「妳怎麼能那麼愚蠢？」

「她看起來很冷靜，我真的很難相信她是你說的那種女人。她話不多，打扮得很保守，頭髮紮起來，沒有化妝。我記得我當時心想不可能是這女人。她說她只想從她的角度向我解釋發生了什麼，告訴我那些事。我想也許我讓她說，她就會撤銷告訴。這值得我花上十分鐘聽她說。」

「我沒對妳說過那女人多會操縱人心嗎？我沒說過她有多迷戀我？」卡倫納走向窗邊，凝視外頭黑暗的一切，盡量無視母親的倒影。

「所有證據都對你不利。你告訴你的好朋友，脖子是在健身房弄傷的。你說艾絲翠攻擊你，鄰居卻聽到你對她大吼，然後你離開她家。種種線索都對你不利，你陳述的一切也沒扭轉局面。我只是想幫忙。」薇若妮克雙手環胸，微微前後搖晃身體。

「然後呢？」卡倫納問：「無論妳原本的意圖是什麼，我的狀況顯然沒有改善。艾絲翠直到開庭當天才撤銷案件，她甚至從未坦承一切是她杜撰的謊言。接下來四個月，所有人還是當我是性侵犯。」

「我知道，」薇若妮克的聲音很微弱。「我都知道，我很抱歉。要是我能回到那時候……」

「妳知道嗎？我辦不到。」盧克說：「我以為我可以，但還是太沉重了。我不確定妳找我說這件事的目的是什麼，但顯然沒有幫助。要是妳大老遠跑來只是想讓妳的良心過得去，妳完全誤會了。」

「不是這樣。」薇若妮克將手提包扔在沙發上站起來。「讓我的良心好過一點，對。我知道你沒有理由原諒我，我沒辦法期待你原諒我，但她找我談的時候……盧克，我也很難過。她讓我信任她。她就像被車子撞到的小動物一樣，殘缺破碎。我無法再夾在中間，而你當時的態度又如此冷淡憤怒。」

「換作是妳被所有人冤枉，妳會是什麼態度？」他問。

「盧克，我只是想解釋在那種狀況之下，我沒辦法做出最好的判斷。我當時知道我和她談過的事不能告訴你。接著驗傷報告出爐，那麼多內傷、身上的瘀青，她指甲裡還有你的皮膚組織。我不曉得該怎麼想，我只能離開。我知道我沒辦法成為你需要的人，但這不是個好理由。我多說什麼都無法讓整件事好轉起來。總之，我很抱歉。」

「妳很抱歉？假設我接受，假設我承認艾絲翠是多麼高明的演員，而且多麼危險，但最後妳拋下我，讓我獨自面對可能長達好幾年的牢獄之災。等一切結束之後，妳不回信、不接電話，我終於得知我恢復自由之身時，我寫信給妳，信件卻原封不動退回來。光是聽艾絲翠那半小時的告白，就讓妳拋棄了妳的兒子？」

「我那時心裡一團亂，請原諒我，我的確想聯絡你。我想回去把你擁入懷中，做一個母親該做到的。但我感到羞愧，我不夠堅強，我讓我的需求、我的感受淹沒了我。我覺得自己比你重要……做出這種事後，我怎麼能面對我的兒子呢？我辦不到。我知道我再也不配做你的母親。」

「妳說得沒錯。」卡倫納說：「妳的確配不上。我不允許自己再捲進這個黑洞裡，我封閉自己，不去想艾絲翠，不去想被逮捕的噩夢；我無視朋友背叛，假裝看不見妳的遺棄。我不會再經歷那一切，只為了讓妳心安理得。我振作起來，儘管那是我當時最不想做的事。我離開我的國家，重新訓練，強迫抬頭看著鏡子裡的自己，而我正要展開新的人生。無論妳需要什麼，無論妳覺得我能給妳什麼，我都辦不到。該走了，我送妳回飯店。我晚點還要去停屍間。」

「盧克，再給我一點時間。」他母親拿起手提包，定定站在沙發與茶几之間。「我想說的很難啟齒。」

「我很抱歉，但妳有過全世界的時間。」卡倫納說：「我真的得走了。」他替她開門，查看手機訊息，等他母親穿上外套。

薇若妮克在公寓內張望，緩緩開口：「家裡沒有照片。」

「我要新的生活，不要回憶。虛假的照片一點意義也沒有。」他出門，站在走廊上，拉著門，站得遠遠的。

「連你爸的照片也沒有？」薇若妮克說：「他不會喜歡這樣。」

「妳的意思是，他不會喜歡妳這樣？」卡倫納冷冷回應。

薇若妮克轉身，手握拳放進口袋裡，顯得垂頭喪氣。她急忙走過卡倫納身邊，下了樓梯。

他在人行道追上她，拉開車門要她上車。

「不用了。」她說：「我走路就好，這樣對我們都比較輕鬆。」

「對，」卡倫納說：「肯定會。」他穩住情緒，又一次離開母親。

8

艾娃與卡倫納約在市立停屍間的停車場。她靠在車上等他停好車。

「你想談談嗎？」艾娃在他下車時問。

「不想。」他說：「會議進行得如何？」

「大家都很驚訝，多數同仁幾乎都曾直屬於貝格比。我想目前有些耳語，大多認為害死他的是讓他退休的心臟病。忙了這麼多年，最後加入高爾夫球俱樂部，吃起他痛恨的飲食，可那麼做根本無法改善他幾乎成了習慣的腎上腺素飆升及單一麥芽威士忌。我們進去吧，艾爾莎特別為我們加班了。」

他們走進停屍間，臨床的化學氣味深入外層的玻璃門，像是散發著「絕望」的警告氣息。艾爾莎．藍伯特博士在辦公室，她的助理看起來非常疲憊，一邊穿外套，一邊向他們道晚安。艾娃敲門。

「艾爾莎，」艾娃說：「方便見我們了嗎？」

「請進，」她說：「我倒想找你們喝一杯，但我不允許工作範圍內出現酒精，就算我需要也不行……」她停頓，拿起一個貼著「喬治．貝格比總督察」標籤的檔案。「我們開始吧。我很確定喬治的死因是一氧化碳中毒，他身上沒有死因之外的內外傷。毒物樣本已經採樣，明天會送出去分析，但我先替他的血液做了酒精檢測。他是清醒的，我不是指酒測值很低，我是說，他血液裡完全沒有酒精。他決定結束生命的時候，他是完全清醒的。」

「肯定有什麼誘使他這麼做。」艾娃說：「有查到其他疾病？讓他絕望到相信自殺是唯一的解決方法？」

「沒有腫瘤，他的心臟狀況和器官都算完好。我聯絡了他的家庭醫師，他最近才做全身健康檢查，包括血檢什麼的，數值很不錯。喬治看起來心情很好，沒有情緒問題，好吃好睡，連膽固醇都降低了。顯然他計畫在結婚週年時給格莉妮絲一個驚喜假期。那位家庭醫師替他們看診好多年了，他和我們一樣震驚。」艾爾莎說。

「所以他開車去海邊，從車尾接管子到車內，然後坐在車裡等死，心下明白格莉妮絲正在替他做晚餐。他非常清醒，但車上有個威士忌空酒瓶，身體沒有任何狀況。老天，艾爾莎，一切都說不通。」艾娃說。

「我的確注意到了，」艾爾莎說：「他左手腕內側有記號。」她打開螢幕，出現了貝格比手腕的放大特寫照片。「照片看得更清楚，因為我們還過濾了顏色。你們可以看到這裡有個大寫的N，是由刮痕組成的，三道獨立的線條，刮得很深，表皮都破了，每一道劃了很多次；小寫的c是單一的弧線，在同一個地方也重複刮了很多次。」她又點了一下，放大小寫的c。「曲線上方的刮痕很深，都要出血了。沒有工具還能刮出這些痕跡來實在不容易。」

「沒有工具？」卡倫納說：「妳是說他……」

「他的右手食指。指甲裡還有刮下來的皮膚組織，不用顯微鏡都看得到。我們會送這些組織去做DNA檢驗，但應該就是他自己刮的沒錯。」

「我不懂小寫的c代表什麼。」艾娃說：「之前遇過一氧化碳中毒的死者，但我不清楚他們死前的過程。車裡充滿氣體之後，他們會處在什麼樣的狀態？」

「會頭暈腦脹，意識不清，無法保持專注，還會噁心想吐。」艾爾莎說。

「也許這兩個字母反映出他的抗拒？」艾娃說：「也許兩個字母都該是大寫？」

「可能是誰的名字縮寫嗎？」卡倫納問。艾娃點點頭。「有想到任何人嗎？」

「目前沒有。」艾娃說：「我一早請崔普查。」

「艾娃，」艾爾莎低聲說：「看起來沒有犯罪跡象。我們眼前是一樁悲劇，而他的家人必須承受。我的報告會說明死因並無疑點。」

「太荒謬了。」艾娃說：「這完全不像他，而且他手上有記號……」

「可能是他死前幾個小時刮的，也許和他的死完全無關。或者，也許那正證實他當時狀況並不好。沒辦法證明這是謀殺。」

「當然還需要仔細調查。」艾娃說：「要說這是毫無疑點的死亡？我不接受。」

「歐韋貝克警司要求一份驗屍報告副本。」艾爾莎說：「我別無選擇。樣本還要等毒物鑑定報告，我初步研判屍體該進行下葬或火化了。喬治的家人受夠多苦了，沒理由讓他們等。」

「艾爾莎，妳可以不用那麼快結案，我知道妳辦得到。我是總督察，如果我不能決定該調查什麼案子，那我……」

「艾娃，」卡倫納說：「妳不能要求藍伯特博士提供她專業以外的意見，她說得對，總督察的妻子，我們必須讓格莉妮絲好好哀悼。將這個案子擴大成其他事件只會讓她更難過。」

「你說得對。」艾娃說。她深呼吸，緩緩吐氣。「艾爾莎，抱歉，我來不是想向妳施壓。我只是需要想清楚。盧克，你想問的是哪一個案子？」她移開目光。

「莉莉．尤思提斯，陳屍在亞瑟王座的年輕女性。有進一步的結果嗎？」卡倫納問，掩飾他對艾娃的擔憂。

艾爾莎．藍伯特一如往常，不在乎她的舉止會讓旁人做何感想，她開口時，直直望著卡倫納與艾娃。「對，莉莉，可憐的女孩。我今晚聯絡過她的父母，他們需要的答案我無法提供，但主要死因是失溫導致的多重器官衰竭。並不意外。這麼冷的十二月夜晚上山，幾乎可說必然如此。我去過命案現場，屍體旁曾搭起小營火，應該短時間還能讓她保持溫暖。」

「她被尋獲時一絲不掛。」卡倫納說：「在那種狀況下要保持暖和，需要很大的營火。」

「也可能是低溫造成的結果。」艾爾莎說：「這叫反常脫衣，人在低溫狀態時神智不清，會不自覺脫衣服，反而加速失溫。」

「她是否可能被人強行拖上去？」卡倫納問。

「我只能說她沒有受到性侵或暴力傷害。身上沒有抵抗跡象，沒有傷口。她是非常健康的年輕女性，肌肉組成也不錯，基本上沒有多少脂肪……」艾爾莎沒說下去。

「妳遲疑了。」卡倫納說：「怎麼了？」

「也沒什麼。」艾爾莎一邊說話一邊打字。「但我想補充我的理論。當我經歷了稍微失溫以至於嚴重失溫幾個階段，促使我脫下衣服扔到山邊時，我會處於什麼樣的狀態？」

「激動，甚至狂躁，但很虛弱。」卡倫納臆測。

「沒錯。」艾爾莎指著螢幕上的另一張照片。莉莉．尤思提斯躺在地上，就像卡倫納第一次看到她的時候，仰躺，渾身赤裸，藍色的部位已經轉成深黑色，雙手分開在身體兩側，彷彿只是睡著一樣。

「艾爾莎，妳的重點是什麼？」艾娃問。

「她看不出來激動狂躁的感覺吧？」艾爾莎說：「看起來只像是有點累，想要小睡片刻。她的身軀沒有縮起來、沒有掙扎，顯然也沒有在接近死亡時出現潛伏躲藏的徵狀。照理說在那樣的階段，她應該會縮起身子、尋找掩護，盡可能讓自己縮得愈小愈好。她指尖裡沒有東西，沒有泥土或皮膚組織。她的皮膚上只有一個痕跡，腹部上一道兩公分長的印痕，是拉鍊印上去的。」

卡倫納查找他的筆記。「她當時穿的是有拉鍊的牛仔褲，衣物都在證物室。」

「沒錯，她似乎掙扎了一段時間才拉下拉鍊，也許她因為神智不清，手指動作也變得遲緩，脫下褲子時將拉鍊的金屬部分壓在皮膚上。除此之外，她身體上找不到證據，就像從未經歷失溫就死去了。」

「妳的語氣聽起來就像這是個壞消息。」艾娃沒好氣地說：「難道我們要假設她該受到什麼創傷嗎？」

「當然。」艾爾莎沒理會艾娃不耐煩的語氣。「人類本能上會對抗死亡，逃離危險。我剛才描述的『不躲藏就得死』的失溫症狀，正是死前的潛伏躲藏階段。但她的姿勢和她的狀態，就我看來完全說不通。」艾娃嘆了口氣。「莉莉的毒物測試明天會和喬治・貝格比的樣本一起送出去，在那之前，我不想過多臆測。」

「要是妳相信莉莉是死於失溫，為什麼要進行毒物檢測？」卡倫納問。

「她胃部的內容物有一股味道，我不能確定，但不太符合她胃裡食物與飲料的氣味；她的皮膚聞起來也有點異常，不過時間很短，她一離開屍袋味道就消失了。如我才說的，我此刻不想過度臆測。」

「好吧。」卡倫納說：「毒物檢測包含哪些部位？」

「毛髮、肝臟、膽汁、眼睛的玻璃體，當然還有胃部內容物，血液和尿液是少不了的，還有一些骨骼樣本。」艾爾莎說：「我目前對於莉莉的案子只有這些發現，還有什麼問題嗎？」

他們搖搖頭，艾娃在艾爾莎還沒關螢幕前就穿上外套。卡倫納連忙道別，艾娃已經沿著走廊離開。

「艾娃，」他一邊喊，一邊追上她，她已經走出門，朝停車場走去。「妳剛才對艾爾莎太嚴厲了。」

「我只是在評估我的案件。」她說。

「我知道，但艾爾莎和貝格比相處的時間遠超過重案組同事。要是她覺得事有蹊蹺，肯定會繼續追蹤。」

「說完了沒？」艾娃說。卡倫納沒有回答。「好，我還有工作要做，你今天辛苦了。我建議你回家，明天一早再通知莉莉．尤思提斯的父母目前的發現，有什麼跟進的報告就擺在我桌上。」

「是的，長官。」卡倫納回答。這一次艾娃沒有費心糾正他，直接上了車，迅速駛離。

9

他靠在後臺的一堆道具上，看著眼前亟欲成名的人們，他們扭動脖頸，進行發聲練習。真是可悲透了，形形色色的年輕男女大聲疾呼，企圖讓「偽裝」成為他們的職業。演戲基本上就是專業的撒謊。他露出淺淺的微笑，假意查看手機裡的訊息逃避交談。事實上，他幾乎就是最適合這個角色的人，畢竟他的演技已然磨練成熟。他轉頭望向下一位登臺的尚恩·歐可霍，青春洋溢，充滿熱情，精神抖擻。他讓自己專注，他已經做好了準備。尚恩身高一七五，這位明日之星身材精壯，體重多半沒超過六十公斤，這體格他還應付得來。

取人性命的困難程度超乎一般人想像，不能臨時起意，他必須確保他扛得動尚恩。每天舉啞鈴讓他能達成這項任務，還有運動，維持身材健壯、也令人垂涎。他並不虛榮，但佯裝客氣也沒有意義。好看的長相與緊繃的肌肉可以讓生活輕鬆一點。然後是對抗或逃跑，生命難以預測，最好先預想潛在的衝突，做好準備。他喜歡作戰、駕馭、發揮，可他也知道何時該跑。這是他童年時期學到的第一課，什麼時候該跑、什麼時候該藏、什麼時候該沉默。保持良好體態可以減少被追捕的機會。

他看著正在暖身的尚恩，那是一個如此快活的人，而且引以為傲。他對周遭的人都面露微笑，是那種「世界多美好」的笑容，非常真誠。尚恩想要喜歡別人，也希望別人喜歡他。如此一來接近他就變得輕鬆多了，操控他根本算不上挑戰，真是可惜。尚恩的身高體重是關鍵，他必須知道自己要準備多少劑量，才能讓尚恩無法動彈。他不希望太快殺死對方，那樣一點意思也沒有。哀傷需要慢慢品嘗，點點滴滴的情緒，他想舔舐尚恩所愛之人臉上的每一滴淚水。事情還多著呢，要先建立信任，還要點燃火焰，他想起莉莉。他閉上雙眼，回憶會讓他分心。他繼續盯著尚恩，這男人真的很有活力，令人陶醉。他蠢蠢欲動，想要擁抱這個大男孩。

「尚恩·歐可霍？」一位年輕人高喊。尚恩從鏡子前面走開，揮起手來。「輪到你了，準備好了嗎？」

「好了。」尚恩高聲答應，想要享受這一刻。「任何觀眾都是好觀眾。」這是經紀人的格言，一切都是持續行進的學習過程，有時會失敗，往往不成功，但每一次上臺都將離你的目的地更近一步。尚恩並不完全相信這種說法，他上臺通常只是加快被淘汰的速度，當演員真的很難。當然沒有當外科醫生或軍人那麼辛苦，他很清楚，但接連不斷的失望會讓他容易怯場，有時他覺得臉皮都薄到要破了。

「尚恩，對嗎？」小劇場的後排有個女人開口：「跟我們聊聊你自己。」

「當然，這個，我是北愛爾蘭人。前陣子才從貝爾法斯特搬來愛丁堡。」他記得要微笑。

「為什麼選擇愛丁堡？」女人打斷他，他猜她應該是劇團的負責人。

「顯然是因為我沒錢搭飛機去洛杉磯。」尚恩說。負責人身邊幾名負責記錄的人立刻笑出來，後臺兩側等著試演的人也都笑了。「不過，我去年到藝穗節，看到這個劇團的表演，覺得我想來這裡。加上方格紋真的很適合我，逛街時還可以穿裙子。」又是一陣笑聲，這次比較大聲，他們接受了尚恩式的幽默。他放鬆了下來。

「尚恩，你今年幾歲？」

「妳想知道的是我護照上的年紀，還是我經紀人要我回答的年紀？」他笑了笑。

「接近真相的年紀。」負責人大笑著說。

「如果我喝火焰豬仔威士忌，那我就是三十五，起床沒有宿醉是二十八，化起妝來比較像二十六。」

「好，我們有你選的歌，還有一段獨白。你要是能先唱歌，然後接著演一段那就太好了。」負責人說。琴師已經開始演奏。

「尚恩，真是太精采了，你在哪裡訓練的？」負責人問。

「阿爾斯特大學。」尚恩說。

「好，太好了。這次是開放甄選，我們會面談很多人，然後禮拜五決定人選，下禮拜會透過電郵通知過關的人，請他們再過來。謝謝你今天付出的時間。」這是她的結論。

他下臺時，滿腦子想的都是他們沒有打斷他。他唱完歌，臺下不斷點頭，他也很享受獨白的時刻，完全不是那從頭到尾緊張得要死的感覺。他拿出手機，想要發訊息給布萊德利，一邊拿起外套。訊息打了一半，他又決定刪掉。他很確定這樣會觸霉頭，在舞臺上可不能沾沾自喜，他得低調點，冷靜點。他們同居後，他已經不曉得浪費多少時間參加試演了，但他覺得這次結果會不一樣。他決定等劇團通知他入選後，再告訴布萊德利。在這個階段，他只是其中一個爭取這份工作的人，薪水不會太高，但能夠加入劇團、參與戲劇演出，就是腳踏實地的開始。

他朝門口的男人微笑，對方似乎正等著試演。

「幹得不錯。」男人說。

「謝謝。」尚恩喜孜孜地說。他看見男人棕金色的頭髮與展開的笑顏，於是伸出手。「我是尚恩。」

「我是傑克森。」男人和他握手。

「我喜歡你的名字。你等著上臺嗎？」尚恩一邊問，一邊穿起外套，準備抵禦外頭溫度降至零下的天氣。

「應該沒什麼機會了，」男人露出微笑。「感覺你已經得到了這個角色。」

「這可不好說。」尚恩希望陌生人是對的。「總之，祝你好運。」尚恩急忙從他身邊經過。男人露出最後的笑容，一路望著尚恩離去的背影。尚恩心想：真是好人。

布萊德利急著想打電話給男友。對於尚恩最後能不能進入劇團，他們其實已經半放棄希望，但他們都不想成為第一個拋出負面看法的人。這一次的試演，尚恩肯定能好好發揮這個角色，劇團要的是能唱能跳的演員，能夠「讓喜劇成功」，這是他們在徵人啟事上用的字眼，尚恩顯然可以。他沒有電影明星的外表，永遠也當不上主角、硬漢或目光冷冽的反派。但說起尚恩，他可是很擅長即興演出，信手捻來就是絕佳笑點，也很好相處。如果他能表現出這些特點，劇團肯定會錄用他。

布萊德利撥打尚恩的電話，又在接通前掛斷。他不想給尚恩壓力，他希望尚恩充滿自信，也想讓尚恩知道，就算這次不成功，總有一天可以。他們預算有限，但回家路上帶瓶好酒應該不錯。他們可以在晚餐時聊聊試演過程，隨口提起應該比較好。

布萊德利關掉電腦，整理筆記，穿上外套。身為保險精算師，他的生活不太有戲劇性，也沒有登臺的興奮感，但他熱愛這份工作，至少能夠帶來穩定的收入，這點實在沒什麼好挑剔的。尚恩是那種會坐好傾聽布萊德利閒聊他整天生活的伴侶，彷彿覺得那是全世界最重要的事情，而且，他至少會假裝很感興趣。要說他們不同的職業帶來任何缺點，那就是尚恩的世界充滿變化，布萊德利常覺得自己只是無趣的跟班。尚恩的舞蹈班與肢體訓練課程裡滿滿是常去室內曬黑沙龍的肌肉帥哥。尚恩從未刻意讓布萊德利覺得自己被冷落，但尚恩是劇團演員，自然會吸引旁人接近。他們認識的人當場就會記住尚恩的名字，社群媒體的好友邀請也不斷湧入。有時，只是有時，布萊德利也希望自己能夠成為人群的焦點。他下班前在公司茶水間洗咖啡杯時，又不禁責備起自己不知感恩。有尚恩一起的生活非常美好，就算他偶爾會因他情人那耀眼的個人特質而喘不過氣，那又怎麼樣？那是親密與甜蜜時分的代價，很合理。就算他辦得到，他也決不會改變他們如今擁有的一切（所謂「一切」其實也不過如此），布萊德利一邊對自己說，一邊繞上圍巾，走進愛丁堡寒冷的夜晚。

10

莉莉．尤思提斯案又過了一個禮拜，卡倫納還是沒有掌握到她登上亞瑟王座前和誰在一起。她沒出現在常去的場所；警方聯絡了她的朋友，也看過監視器畫面，而她手機活動與社交媒體一片空白；她的手機通訊錄裡幾個號碼是空號，但這也算正常。

艾爾莎又聯絡上莉莉的父母，解釋屍體必須保存到毒物鑑定結果出爐，而且說不定需要進一步調查。卡倫納也拜訪他們，卻只提出問題而非答案，繼續打擾這家人。尤思提斯一家似乎看得見女孩的亡魂，莉莉過往讀書的椅子，總是一次踩兩個臺階上樓，刷牙時會哼唱沒人聽得懂的歌曲。這些是莉莉的母親告訴卡倫納的生活片段。他喝著茶，點頭，讓她說。這麼做也許沒辦法幫助他解決莉莉的案子，但能讓她母親感覺寬慰，他只需要聽就好。

莉莉的姊姊米娜無精打采地坐在沙發上，咬著指甲，扯著幾縷沒綁上馬尾的髮絲。

「她絕對不會自己去那裡。」米娜說：「有人和她在一起。」

「我們正從這個角度調查，」卡倫納轉向她。「但沒有人出面提供資訊。我們首席病理學家的意見是，目前她身上沒有傷勢或任何犯罪證據。」

「就這樣？」莉莉的父親從角落的扶手椅上沒好氣地說。他整個人隱身在窗簾緊閉的黑暗中，卡倫納幾乎看不見他。

「除非取得進一步的鑑識證據，或有目擊者出面。檢察官可能會要求猝死報告，但重案組不會在其中扮演任何角色。警方的聯絡人今天會提供你們聯繫管道，往後想起任何線索都可以通知警方。」

話一說完，沒有人開口。卡倫納原本期待這家人會表現出憤怒，或至少是些微挫敗感，但他們因失去所愛而變得麻木。卡倫納靜靜起身道別，朝門口走去。只有米娜跟著他前往走廊，他穿起鞋子。

「我們什麼時候可以去拿她的東西？」米娜問。

「我會替妳聯絡市立停屍間。」卡倫納說：「她身上或口袋裡的物品都算證物，但如果不涉及案件就可以還給你們。」

「謝謝。」她低聲說，替他開門，在他沒轉身道別前，就關上大門。

整天下來，卡倫納只想找五分鐘和艾娃獨處，她卻一直找理由迴避，他覺得很不習慣。走進她辦公室，期待她有空一起推斷案情或聊聊蘇格蘭警署的官僚政治，隨著她升職，這樣的交流也不復存在。他在她手機留了兩則語音訊息，又寫電郵給她。

終於，星期五快下班時，她出現在他辦公室門口。

「現在忙嗎？」她問。

「正確答案是什麼？」他一邊說一邊蓋上筆電。

「港式飲茶。」她說。「我已經想了一整天。飲茶應該能讓這糟糕的一週感覺起來沒那麼可怕。」

「去穿外套。」卡倫納說。

「對長官是這口氣？」話聲剛落艾娃已經轉身離開。十分鐘後，兩人在街上碰頭，而且決定不要開車，因為今晚應該會小喝一杯。「我叫了計程車，」艾娃說：「也訂了亞伯克倫比街那間粵式餐廳。」

「我穿個外套妳就包辦這麼多事？」卡倫納問。交談間計程車駛來。

「我可能去找你之前就訂位了。」艾娃上車時說。

「好像知道我週五晚上很閒一樣。」卡倫納咕噥著，艾娃告訴司機目的地。

「別太敏感。」她轉回來面向卡倫納。「要找人吃飯，我有五個人選。總有個朋友有空。」

「真希望我稍微矜持一下。」卡倫納笑著說。

「兩位是約會嗎？」司機插嘴。「我和我老婆每週五都約會，直到我做了這份工作。禮拜四晚上約會感覺可就沒那麼浪漫了。你們結婚了嗎？」

艾娃看著卡倫納，想開口回答，卻噗哧笑出聲。

「事實上，這位女士是我主管。」卡倫納說。

「那也和結婚差不多啦。」司機使起眼色。五分鐘後，車停好，他們下了車。「你們是很好看的一對，不妨考慮看看。祝你們今晚愉快。」他發動車子開走。

艾娃望著車尾，雙手叉腰。「要到哪裡才不會有人說你帥？」她問。

「也說妳啊。」卡倫納說：「我們可以進去吃飯了嗎？」

「真希望我剛剛沒給小費。」她說。

「妳真的無法容忍恭維。」卡倫納笑著說。

「什麼？說我們結婚叫恭維？我現在顯然要來一杯了。給你請客，因為我知道接下來這小時要不斷忍受女服務生對你拋媚眼。」

「這我有辦法。」卡倫納說：「走吧，看看飽和脂肪能不能讓妳心情變好。」

「我等了一輩子才有男人對我說這句話。」艾娃大步走過他身邊進入餐廳，不等帶位就將外套掛起來，逕自坐進窗邊最好的位置。

「不好意思，女士，那是四人座，可不可以請妳移到後面的座位？」

卡倫納看著艾娃一回頭臉色變了，那張桌子很小，一側是廚房的門，另一頭面向廁所走道。艾娃是他見過最不愛張揚作態的女人，但他曉得今晚別惹毛她為上策。他走上前。

「妳好。」他對女服務生微笑。

她露出驚喜的神色，不知為何咯咯低笑出聲。「是的，先生，有什麼可以幫上你的嗎？」

「今天是我和我太太的結婚紀念日。」他比了比艾娃。「我們真的很想要坐那張桌子，妳可以特別安排一下嗎？」

「我沒發現你們是一起的。」女服務生連忙去一旁替他拉來椅子。「好，當然好。既然是特殊的日子，那就來點香檳？」她問。

「當然。」他盡量不去看臉埋在掌心的艾娃。女服務生連忙去開香檳、挑杯子。

「看吧，今晚不會有人拋媚眼了，畢竟我正和太太慶祝……唔，幾週年呢？」他問。

「如果可以不鬧上隔天的晨間新聞，我倒希望你說你是我花錢請來的男公關。」艾娃瞪著菜單。「我不在乎吃什麼，看起來都很美味。」女服務生將杯子放在桌上，倒起香檳。「點餐就交給先生了，」艾娃裝傻，然後笑著說：「他超會點菜的！」

「我們要一份精選港點。」卡倫納說：「主廚建議什麼都好。」女服務生離開，他舉起酒杯。「敬失去的朋友。」他溫柔地說：「最近好嗎？這禮拜都找不到妳，我很擔心。」

艾娃想擠出堅強的微笑，但很快就放棄，低頭望著自己的大腿。「這禮拜過得很糟。我以為去年夏天失去母親就夠慘了，現在老大也走了，我覺得坐在他位置的我就像個冒牌貨，耳邊總是響起他的聲音，叫我小心謹慎、撐過去就對了。過去這幾年，我和他相處的時間很長。我猜我們不見得都樂見這一點，但警隊就是個大家庭，你不會喜歡每一個人，大半數也不會是你選擇的夥伴，可不管好壞，他們永遠都在。而貝格比是其中的好人。」

她一口氣喝完香檳，卡倫納又替她倒滿。

「他的妻子能接受嗎？我知道妳和老大還有他妻子很親近。看著她哀悼一定很難過。」他說。

「格莉妮絲很了不起，嫁給一個警察，像是嫁給整個警隊一樣。她目前還是很冷靜，但長遠來看，我不曉得她該怎麼接受這件事。如果這麼說不嫌老套的話，他們讓彼此的生命變得完整。老大是她的全世界。」

「能擁有彼此真是太幸運了。局裡很多人在問葬禮的事，有什麼計畫嗎？」卡倫納問。

「正裝制服葬禮，但只限親友與同事參加。」艾娃說：「格莉妮絲今天又遭受另一個打擊。她聽說他們的壽險不理賠，因為這不是精神疾病引發的自殺，而且貝格比沒有憂鬱症或短期的心理重創。要是她負擔不起貸款，就得搬去和女兒同住。真不敢想像她要經歷這些。」

「我根本沒想到經濟問題。」卡倫納說：「除了丈夫的死，還要面對這些，我們能幫上她什麼忙？」

「幫她找到未來二十年的穩定收入來源？沒辦法，我們幫不上忙。」艾娃說：「她可以領到貝格比一部分的退休金，但這點錢無法支撐房貸與她接下來二十年舒適的生活。她一直是妻子與母親，這輩子沒工作過，也沒私房錢可用。食物！我餓了。」擺著一堆點心的蒸籠就在桌子中央。「真不曉得是不是只有我這樣，但哀傷讓我飢餓。我最近吃下肚的熱量遠超過……哦，盧克，我真的很抱歉，我幾乎忘了問，你母親怎麼會忽然來找你？我腦子肯定愈來愈不行了。」

「嗯，我這位妻子的確滿粗心的。」他一邊說，一邊將醬油倒進小碟子裡。「妳不需要道歉，那件事其實沒什麼好說的，她只說她後悔沒有為我想，顯然艾絲翠曾在她面前偽裝成受害者，還裝得很像，而她沒發現那些證據都是假的，於是她跑了，離開我，就這樣。這蝦子的點心很不錯。妳打算自己喝完整瓶香檳嗎？」

「別這樣。」艾娃說。

「我怎樣？妳找我吃飯，我正在吃飯。」

「改變話題。」艾娃說：「我知道這一切對你來說很煎熬。她沒有解釋嗎？像是你無罪之後，她為什麼還是沒有消息？畢竟你聯絡她那麼多次。她總有些說法吧？」

「沒有。她只說她難以啟齒，她需要時間，感覺很怪。」卡倫納在自己杯子裡倒酒，又請服務生送一瓶來。

「就這樣？」艾娃問：「都過了那麼久，為什麼現在才出現？」她從服務生手上接過酒，替兩人斟酒，然後一口氣喝完。

「她說她想解釋，但她沒有，至少沒解釋到說得通的程度。我們可以換個話題嗎？拜託？我比較喜歡惹妳不高興。」卡倫納說。

「不能換。你得再找她談，話要說清楚，再拖下去，這件事會糾纏你一輩子。」艾娃說。

「我不知道還要說什麼。她在麗笙酒店待到明天，然後我猜她就會回去摩納哥。我花了不少時間習慣她拋棄我，我不確定我能扭轉這一切。」

「你是不能，還是不想？」艾娃一邊問，一邊將辣味蝦鬆往自己的盤子上堆。「相信我這一次，等到你快失去對方時才彌補多年的誤會，根本是一場災難。我非常清楚，我媽病危時，我當時做出的決定都爛透了。我希望你不要重蹈我的覆轍。」

「我希望我還算理性，就算牽扯感情也一樣。」卡倫納說：「我同意妳的說法，妳之前的確判斷失準。」

「夠了，我只是想幫忙。你再這麼失禮，我就默默吃到我撐死為止。香檳真的很順口。」

艾娃又替自己斟酒。

「妳知道妳不到一個小時就喝完了整瓶香檳吧？」

「觀察力放在案件上吧。對，食物都吃完了，酒也喝得差不多。我去洗手間，給你時間去埋單，然後我們換個地方快活。」艾娃起身，餐巾扔在盤子上，抓起手機離開座位。

十分鐘後，計程車停在餐廳外頭。艾娃嘆了口氣。

「又是你？」她望進駕駛的窗戶。

「用餐愉快嗎？你們好像吃得很快？」司機問。

艾娃沒回答。「叫車中心應該說了我們要去哪裡，對嗎？」

「有，地址都有。只是很意外這麼快又遇見兩位，還以為你們會慢慢享受美食。那地方不錯。妳要不要考慮一下我的建議？」他不懷好意地對卡倫納笑了笑。

「如果接下來一路上你都不開口，我再給你小費。」艾娃說。

「哪有什麼問題，」司機說：「不過就五分鐘。路上沒什麼車。」

計程車在主街與南橋交叉口停下，艾娃正和卡倫納討論警方的預算。

「我不住這裡。」卡倫納說。

「我知道，但你母親住這裡。」艾娃說。

「辦不到。」卡倫納冷靜而堅定地說：「我可以走回去，這裡下車也行。」他下了車，替艾娃拉著車門。「我不是不感激妳這麼做，只是這種事沒有特效藥。就算我和我母親之間早晚能冰釋，也不是短暫聊過一次就能解決。妳不可能搞定所有的事。」

「但我需要搞定某些事。」她說：「老大從來沒有找我談他的困境；我母親都病危了，卻還是瞞著我好幾個月。我常想，要是我們感情更緊密，或我是個更好的女兒，也許她會早點告訴我，也許他們就能及時治癒她的癌症。」

「責任不在妳，而且這是兩碼子事。我幫妳叫車，妳從這裡走回去也太遠了。」

「我覺得好冷，」艾娃說：「需要好好來一杯，至少讓我請你一杯單一麥芽威士忌，這裡的酒吧溫暖又愜意。總之進去不會要你的命啦。我還沒打算回家。」

卡倫納懷疑早在她走進他辦公室，找他共進晚餐前，就盤算了這個計畫。要讓艾娃措手不及很難，她的大腦通常比別人快十步，所以她才是令人佩服的警官。話雖如此，但她現在闖進了他極度私人的領域。不過，他也還沒打算回到自己那空蕩蕩的公寓。他母親不會上酒吧，除非和朋友一起用餐，否則是滴酒不沾。他甚至不確定母親是否還住在酒店，她說不定提早離開了愛丁堡。

＊

「就一杯。」他說：「然後我送妳回家。」

「好。」艾娃說完搶在他前面穿過接待櫃檯，右轉進入飯店的酒吧。

他們坐在高腳椅上，酒吧生意很好，但不至於人擠人，幾個順道來解決晚餐的客人不是剛用完甜點，就是正喝著咖啡，那些雜沓的人聲是背景裡友善的低語。

「兩杯拉佛格單　純麥威士忌，謝謝。」艾娃對酒保說：「不要摻水，也不要加冰。」

「妳確定妳不要直接就著瓶子喝？」卡倫納問。

「如果在法國，你可以替我上堂法國葡萄酒的課，但千萬不要唸蘇格蘭人喝威士忌的方式，只會讓你上醫院縫傷口。」

「盧克？」他們身後傳來一個溫柔的聲音。

卡倫納瞪著艾娃。

「瞪我也沒用，」艾娃說：「你好像沒發現我從來不會接受『不』這個答案。」

「妳無權這麼做。」他靠在她耳邊壓低聲音。

「這我接受。」艾娃說：「但我也知道，你要不是也想碰運氣遇見你母親，你不會跟我進來。你可以選擇道別或聽聽她要說什麼，快決定吧。」她轉過身。「卡倫納夫人。」她伸出手。「我是艾娃．通納，我們剛剛通過電話。我就不打擾你們了，我猜我做的已經夠多了。」

「的確如此。」卡倫納說。

艾娃笑了笑，拿起酒杯，一口喝完杯中物。「慢慢來。」她對卡倫納說，又對薇若妮克說：「很高興見到妳。」然後穿好外套離開。

「我明白了，你同事沒對你說她和我聯絡。」薇若妮克說：「我很抱歉，我並不想騙你過來見我。」

「這個嘛，我都來了。」卡倫納說：「要是妳還有想說的話，就把握時間吧。」

「我們該去我房間嗎？那裡比較安靜，我不確定這裡適合……」

「我兩分鐘後就走，妳應該不會想浪費時間移動。這裡很好，窗邊有空桌。」他拿起飲料離開吧檯，抿著嘴，心底暗自責備艾娃多管閒事。他們坐了下來。「妳想說什麼？」

他母親望向窗外。「我不曉得該怎麼開口，我想修復我造成的傷害，我想要我兒子回來。」

「還有哪些話是我沒聽過的嗎？」卡倫納說：「我不會重複我們在我家的對話。妳說妳需要時間，但恐怕沒剩多少時間了。」他推開酒水。

「盧克，拜託。」他母親伸手想拉住他。「一想到會永遠失去你，我就無法忍受。我活著就沒有意義了。」

「妳離開我的時候，我也是這麼想。至少我們現在有共同點了。現在只是浪費彼此的時間。」他起身。「薇若妮克，再見，回家路上小心。」

「不，盧克。我要說的話的確難以啟齒，那是很久以前的事，我從來沒向你提過。艾絲翠指控你的時候，她的說詞讓我彷彿回到過去，而我無法承受。」她停頓，顫抖的手掩住嘴，壓低聲音。「很久以前，我曾遭到性侵。你知道，那種事永遠不會離開你。但我沒料到艾絲翠的話居然影響我那麼深。我很抱歉你需要我的時候我卻缺席了，只是一切如此沉重。我知道我辜負了你。但只要你能原諒我，要我做什麼我都願意。」

11

「通納。」艾娃接起手機。

「長官，我是賴弗利警佐。我們有一件交通事故。妳的車還在局裡，所以我猜妳在附近。」

「我在市區，正要招計程車。車禍和重案組有什麼關係，警佐？」

「很嚴重，車內外都是血跡，地點在A702道路接近朋特蘭丘陵地區公園地段。我正要過去。現場剩一輛車，但輪胎痕跡顯示有第二輛車。」

「我還是沒聽到為什麼我會接到這通電話的原因。」

「長官，車上沒有屍體，現場完全沒有人。」賴弗利說。

「看來駕駛受了傷，另一輛車的人送他去醫院。今天值班的督察是誰？這種事不需要我。我已經下班了，不管什麼狀況，我現在沒辦法開車去現場。」

「必須勞駕總督察。事故車輛登記在一位叫做路易斯．瓊斯的男子名下，警方知道他這個人，但他的檔案註記只有總督察或更高層級才能調閱，這是貝格比總督察的命令。」賴弗利說：「也許可以明天再處理，但我想先向妳說一聲。」

「我在皇家一英里大道和新街交叉口。調車來接我，快點，這裡冷死了。」艾娃說。

二十分鐘後，艾娃握著咖啡，坐在自己的座位上。她看著眼前的大信封，裡頭的東西還沒有上傳雲端儲存，她想先讓腦袋清醒。她吃的食物吸收了一點酒精，但要是她不專注在某一點上，會覺得整個辦公室就像飄浮在空中。封簽命令由貝格比下達，過去幾年開過這只信封的人都在上頭簽名，最後一個簽名來自幾個月前的喬治．貝格比。艾娃伸手撫摸封印，想像前任總督察和現在的她一樣打算閱讀眼前的文件，他還會拿著筆敲桌面——他不耐煩的時候就會這樣。

裡頭是一個咖啡色的卷宗夾，封面是路易斯．瓊斯的個人資料：姓名、生日、居住地址和職業，這份檔案很薄。艾娃打開，果不其然裡頭有張紙，標題是「警方註冊線人，一九九七年十一月始。聯絡人：喬治．貝格比」。艾娃心想，保密這些資料的唯一原因就是這個男人是線民，但她完全沒料到自己的名字也出現在檔案中。她迅速掃視文件。

「路易斯．瓊斯，汽車報廢廠老闆，進行私人租車業務。利用已廢棄車輛提供、製造假車牌。坦承租車給雷吉納．金博士，聲稱不了解對方用途。路易斯．瓊斯提供的車輛被金用於綁架艾娃．通納督察。瓊斯協助提供金在堤道街的車庫資訊。審訊人卡倫納督察，全程由貝格比總督察監督。不起訴。」

艾娃閉上雙眼。雷吉納．金是個危險的心理變態，那天晚上，他從車上綁架她後，將她監禁在自家，還當著她的面殺害一名少女。包含這名少女在內，他總共殺害了三個女人。在法庭上，他以精神疾病進行抗辯，目前無限期羈押，同時進行治療。遭綁的那幾個小時是艾娃生命裡最可怕的時刻，路易斯．瓊斯租車給金，從中獲利，但卡倫納和貝格比從未向她提到這男人的名字。她翻著內頁，逼自己專注，不要陷入泥淖般的黑暗回憶中。這麼多年，瓊斯肯定提供給貝格比許多重要的線人資訊。

接下來幾頁的墨水褪色。艾娃打開辦公桌上的燈，冷靜下來。第一頁是一九九九年的起訴案件摘要，被告是狄蘭．麥基爾與雷蒙．崔斯柯，兩人是格拉斯哥地區幫派的共治老大，犯下一連串密謀盜竊的罪行，含括詐欺、恐嚇到施暴。他們的目標幾乎都是銀行，利用職員提供安全系統的機密訊息，在暴力威脅下進行非法轉帳。罕見幾次職員英勇反抗，卻遭到施暴，凶器似乎是農作用具。媒體大肆報導這場起訴，當時才十六歲的艾娃也有印象。愛丁堡主要犯罪集團遭到清剿，審判過程長達三個月，掀起蘇格蘭的群眾運動。

檔案包含證人的證詞、銀行文件和當事人前科，還附上被告及慘遭毒手的受害者照片。狄蘭．麥基爾身材高大，那口鬍子讓他看起來像維多利亞時代的惡棍，幾乎每張照片都菸不離手。雷蒙．崔斯柯膚色較黑，中東面孔，有一雙嚇人的綠色眼睛。艾娃心想，只要知道那男人的身分就絕對不會認錯。照片裡也拍到好幾位極美麗的女子，彷彿他知道自己正被人偷拍一樣；接著列出一串他們加害的死者名單，像是敵對的幫派分子、叛變的手下，其中至少有一名警察，這些人的死因都離自然死亡非常遙遠。不過，這些命案都沒有直接牽連到麥基爾或崔斯柯，檢察官最後以算不上嚴重的罪名送兩人入獄；但結局差不多，刑期非常長。

最後一部分是由檢察官與路易斯．瓊斯共同簽署的文件。艾娃繼續讀檔案，道上人稱「扳手路易斯」的路易斯．瓊斯專門提供車輛及五金工具，當時貝格比還是警佐，從瓊斯經營的生意中得到足以讓他坐上十年牢的資訊。結果呢？貝格比找瓊斯問出雷蒙．崔斯柯的犯罪行為、受害者資訊。貝格比與扳手路易斯蒐集情報長達兩年。艾娃心想，兩人當時面臨的狀況肯定很緊繃，崔斯柯和麥基爾可不是能隨意找碴的對象；他們似乎誰都動得了。不過，靠著貝格比與線人的關係，瓊斯在任何狀況下都不用出庭；貝格比則在兩名被告最後一次上訴駁回後，立刻升職為督察。

而現在，有人開著路易斯·瓊斯的車失蹤了，只不過還需要釐清駕駛是瓊斯本人還是租車客。艾娃記下瓊斯最後的地址，蓋上檔案，放回信封，然後密封、簽名，一切又回到機密文件中。她拿起電話想打給卡倫納，但又放下話筒。希望他還和他母親在一起，現在打斷他們，前面的鋪陳就白費了。不只如此，她其實不確定他還會接她的電話。她已經踰矩了，去侵犯他的私人領域。

艾娃打電話給賴弗利，要求派追蹤犬去車禍現場，說不定意識不清的駕駛踉蹌下車，穿過附近的綠地；要是駕駛重傷，十二月的天氣很可能讓他致死。但如果開車的人是扳手路易斯，艾娃倒是不太在乎他的死活。想到那傢伙就此吐出最後一口氣，在寒風中縮成一團死去，她反而覺得安慰。貝格比讓瓊斯供出雷吉納·金的車庫地址之後，居然就放他走了，貝格比當時很清楚艾娃可能會死，或是其他女性受害者早已遭到殺害。回頭看來他的做法似乎不太合理。不管瓊斯二十年前提供多少線報，艾娃仍完全能預料到檢察官會抗辯狀況已不再適用，畢竟瓊斯的確協助連環殺人魔犯案。但艾娃知道貝格比絕對有他的理由，這位前總督察在許多情況下都證明了他對她的忠誠，但艾娃還是感到難過。怎麼看都不對勁，就是個關起門來點個頭握手的交易？她壓下升起的憤慨與怒火，提醒自己，過往的她非常關心貝格比，而這關心是互相的。他不可能背叛她。

艾娃撥電話給警員崔普，她看到他在案情室裡。

「崔普，我要你載我去一個地方，開沒標記的車。」她說。

「遵命，長官。」崔普說：「我在外頭等。妳可以先給我地址，我留字條告訴同事我們要去哪裡。」

「不用，」艾娃說：「我還不確定那個地點的重要性，而且地址是從機密檔案裡找到的。」

「那好。」崔普說：「要替妳外帶咖啡嗎？」

「不用了，唔，還是幫我外帶一杯。警員，你別那麼熱情。我的香檳與威士忌宿醉快上來了，會笑的人都可能被攻擊。」

「這樣的話，長官，我順便掃蕩餅乾盒好了。消化餅對酒醉最有效了。」崔普說。

「等會兒上了車我們還是別開口吧。」艾娃說。

12

蘭道．穆爾放下替他帶來驕傲與愉悅的吉他，拿起前一個小時愛喝不喝的蘋果酒。但如果他想和酒吧裡其他的樂手一起即興演出，他就得慢慢喝。今晚是他頭一次有自信撐完全場。他上次表演前緊張得要死，一不小心喝太多，最後只上演了一場奧運比賽般的找廁所衝刺，肚子裡所有東西吐個精光，回家時，嘴裡只剩下爛蘋果的味道。他母親假裝沒注意到，露出同情的目光，不去深究兒子今晚到底忙了些什麼。

偉大的柯蒂莉亞．穆爾不會批判。她不會勸退他，連他今晚去哪也不太過問，免得引發另一場爭執。自從他父親死後，他母親就抱著笨拙的善意想要填補空白，卻讓還是青少年的蘭道尷尬無比。柯蒂莉亞會出席其他母親避之唯恐不及的足球比賽，全程鼓掌、高喊加油；她會打電話去他喜歡的女孩家裡，禮拜天邀請對方一家人共進午餐；她甚至想和他聊A片，最後又嘮叨著要他尊重女性。蘭道和同學出門過週末的時候，她為他準備了保險套，看他下車時忘了就從車窗塞給他，所有人都看到了。在每個人眼裡，柯蒂莉亞．穆爾是萬能的，而蘭道只希望母親能運用她那天賦異稟的大腦想想，她永遠當不了他的父親。

在父親葬禮上，姊姊盡職地哭了，儀式進行時，蘭道全程懷著對上帝的感激，慶幸離開的不是他們的母親。儘管蘭道知道父親離開後，他的生活再也不像以往那麼美好。他會和父親去露營；父親總會讓他熬夜看母親絕對禁止他看的電影；雖然當時蘭道未成年，父親還是會讓他偷喝幾口啤酒；兩父子會開性方面的玩笑，而不是談尊重或相處上適不適合；然後是玩笑，純粹的玩笑。父親曉得他什麼時候難過，需要拍拍手臂，逗一逗，讓他說出心裡話。他父親將蘭道擺在第一位，擺在他母親全扛在肩上的那些非洲小孩前面。相較於蘭道，母親經營的慈善淨水公司才是她真正的寶貝。

父親死後，吉他就成了蘭道的生命。他八歲時，父親讓他坐在大腿上，按著他的手指，教他基本的和弦。一年後，他送了一把吉他給蘭道當生日禮物。那時，那把吉他是蘭道最珍貴的寶貝。現在蘭道夢想加入樂團，巡迴表演，在收音機裡聽著自己的第一張唱片。不過學校的樂團寫的都是耽溺在愛與渴望的輓歌，他們就著固定的合音唱哀傷的歌，完全不是蘭道每天起床後想彈到手指都流血的音樂。他想要讓自己的音樂爆炸，讓那聲音猶如憤怒的野獸般瘋狂攻擊他。「琴衍酒吧」是他第一個登上的舞臺，他可以插上擴大機，伴著臺上任何人來段即興演奏。

學校的女同學討厭這間酒吧，現場的刺青多到無疑是摩托車黨的根據地。可是蘭道很喜歡。他沒有刺青。他母親是一家之主，他想都別想。他在「琴衍酒吧」認識的新朋友，建議他先嘗試印度式身體彩繪，選個他母親不會發現的部位。今晚，他已經準備好展示他的彩繪紋身了。他出門時明智地穿了大外套、V領毛衣和牛津襯衫，實在熱壞了。來到夜店街角，他統統脫掉，換成黑色T恤和牛仔外套，規矩的衣服一把塞進背包裡。他背起吉他，大搖大擺走進「琴衍」，準備上臺大顯身手，外頭看門的老兄也頭一次朝他短促點著頭示意讓他進去。走進大門時，蘭道覺得自己幾乎長高了足足三十公分。

他選了離舞臺最遠的後方空桌，放下背包與吉他，往吧檯走去。負責酒水的女孩似乎不記得他，蘭道想起沒見過她對任何人笑，她那明顯縮成一點的瞳孔透露了鴉片類藥物的用量。蘭道想了解她。他也想知道用藥是什麼感覺，而不僅僅從衛教手冊或師長口中得知，他們各有偏見與詮釋，他想聽聽使用者經驗。他有必要去聽完全沒用過藥的人談毒品有多危險？吧檯女孩的肩膀到手肘上延伸一道疤痕，蘭道會在腦袋裡隨她手臂上的線條移動目光，這讓他夜裡睡不著覺。

「你要什麼？」女酒保問。

「呃，抱歉，什麼？」蘭道感到臉頰火燙，不禁慶幸吧檯這裡的光線很微弱。

「我說，你要喝什麼？畢夫，音量他媽的小一點，行不行？我他媽的耳膜都要流血了！」她高喊。

「伏特加。」蘭道說：「雙倍不摻水。」在「琴衍」，沒人要他出示證件，只要你付得出錢，他們就覺得你年齡夠了。女孩將幾乎要滿出杯緣、上頭都是指印的玻璃杯放在他面前。蘭道將錢壓在吧檯上，正想微笑，但她已經轉身。他心想，這麼耗體力的工作想必很累，夜店開到凌晨三點，她得全程站著。他決定了，有一天他會待到打烊，提議陪她走回家。應該要有人照顧這個女孩才對。

蘭道拿著酒杯回到座位，確定周遭沒人後，他從背包裡拿出一罐可樂，加在酒水上。要是直接喝，伏特加會讓他想吐，加點可樂後就能忍受了。不過呢，他才不會在吧檯點伏特加配可樂的可悲組合，真正的男子漢才不喝那種玩意。晚餐後，他父親喜歡喝點紅酒；看電視時會搭配單一麥芽威士忌；陽光灑落的午後散步經過酒吧，就進去點杯蘋果酒。他的家人到處健行，母親是永無止盡的鳥類與地形課程，蘭道左耳進右耳出，父親則是開著年輕時豐功偉業的玩笑。全家人最後一次爬山的回憶在蘭道腦海中恍如昨日，父親問他們每個人，如果這輩子只能吃同一種甜點，他們會選什麼。全家爭論了一個小時，可能不只。父親據理力爭的選項是檸檬蛋白霜派，還有三個排排放的布丁；想想那輕盈酥脆的外皮、溫熱的檸檬凝乳，還有融化在嘴裡的蛋白霜，他強調。蘭道選的是李子奶酥蛋糕，他父親同意這僅次於自己的提議。一週後，父親診斷出非霍奇金氏淋巴瘤，兩年後的葬禮註記了蘭道逐漸走下坡的人生。之後他完全無法碰檸檬蛋白霜派。

蘭道在兩桌之外看到克里斯欽（就是建議他嘗試身體彩繪紋身的人）正與人熱切交談。他喝下一大口伏特加可樂，希望對方能夠注意到他，他不想傻傻地在原地揮手。他利用這段時間替吉他調音，儘量不去看克里斯欽是否還在。幾分鐘後，他的耐心得到了回報。

「嘿，兄弟，你又來了，很高興見到你。」克里斯欽與他互擊指關節打招呼。「還弄了個彩繪紋身。蘭道，很好看。」蘭道笑了笑，壓抑自己想拉開領口露出肩膀的念頭，好讓友人看到整片凱爾特結的圖樣，「方向完全正確。我敢說這裡很多人都寧可他們當時也是彩繪紋身。他們身上的刺青有些真的過時了，你懂我的意思？」

「沒錯。」蘭道大笑起來。「嘿，你這禮拜過得如何？我是說，有沒有做什麼很酷的事？」他的語氣過於急切，急欲融入的迫切態度顯得很可悲。但克里斯欽友善地伸手攬著他的肩膀，往後倒向觸感黏膩的假皮沙發上。

「有點難熬。我認識的一個女孩失去了她妹妹，還是凍死的。看到她那麼痛苦實在很難過。我覺得每天早上能醒來、能做喜歡的事真是太幸運了，你懂嗎？」

「超級。」蘭道一說完，暗自責備自己的回應顯得很膚淺。他眼裡最酷的人正向他分享心情，他卻只丟回一句可笑的青少年電影裡會出現的臺詞。他覺得自己很蠢，但學校裡的男生都這麼說。他連忙開口：「我兩年前也失去了我爸。一開始我不曉得該怎麼辦，但我現在想要表達我自己，你知道的。我再也不想掩飾自己真正的想法。」

「嘿，那也很煎熬。我完全不曉得。你能追隨你的夢想真是太好了，對不對？你今晚要上臺嗎？」克里斯欽問。

「有我會的歌就上臺。」蘭道說：「大學沒課的時候你都在做什麼？」

「忙著讀書，太多書了，時間不夠。偶爾打工，存冬天的房租錢。你運氣很好，我剛領薪水，想喝什麼？」克里斯欽問。

「嘿，別這樣，我來，我有很多……」蘭道說。

「不行，換我請你了。」克里斯欽說：「伏特加，對嗎？或是你想趁這個機會搭訕妮姬？」

蘭道望向正在倒酒的女孩，覺得還是保持距離做做夢就好。他高攀不上她，太痛苦了。

「不，你去吧。」他對克里斯欽說：「伏特加就好，謝了，兄弟。」

克里斯欽不疾不徐走向吧檯，那種走路姿態蘭道怎麼也學不來。明明就只是一隻腳踩在另一隻腳前面，但有些人走起路來就是能讓世界充其量只是一面背景。蘭道拿起吉他，刷起幾個音符。今晚開場的樂團還在暖身，他仍有時間確保音準。第一個說服他上臺即興演奏的人就是克里斯欽。那時蘭道一如往常坐在邊疆角落，克里斯欽晃過來，問他可不可以坐下。他們閒聊，蘭道慢慢察覺和克里斯欽交談時，他不再覺得自己是個冒牌貨。那是兩個月前的事了。之後克里斯欽每週四都會來「琴衍」，蘭道有點羞於承認，但在音樂轉大之前，他其實很期待能夠與他聊上短短幾分鐘。克里斯欽總有辦法讓一切說得通（抱著吉他坐在臺下比上臺玩一玩還尷尬吧；很多人都想刺青，但不妨先試試彩繪紋身，確認自己到底能不能接受；如果你知道自己是誰，不向家人談及內心的感受也不算背叛家人）。蘭道終於有了寶貴的體驗——與成年人的第一場友誼。他心想，克里斯欽就是他長大後想成為的人。

13

卡倫納與薇若妮克都沒有開口，但都同意該離開飯店酒吧，要是卡倫納還說得出話來，他會說他們需要一些私人空間。他母親坦承自己曾遭到性侵，他確定她剛剛是這麼說的，但還是需要幾分鐘消化這句話。他朝酒吧內張望。鄰座的男人笑得太大聲，嘴巴忘情地張得老大；自以為凌駕於規矩之上的女人在角落抽著電子菸；另一名男子暗暗伸手摸了一把女服務生的屁股。他看到一滴淚從他母親的眼角滑落，他的世界又恢復原本的速度。他伸手拉著她的手臂，溫柔地陪她去搭電梯，去她的房間，然後他必須問他並不情願、也不欲得到答案的問題；他知道這些事將糾纏他一輩子。

到了薇若妮克房裡，她站在窗邊。下方的皇家一英里傳來笑聲，聖誕樹的燈光在黑暗裡閃爍，照亮她凝視窗外的臉龐。卡倫納坐在角落的椅子上，耐心等候。這種情景他遇過一百次了，要等受害者找到適當的話語，他們才能開口訴說自身遭遇，沒必要催促。他曉得母親和所有的性侵受害者一樣，開口之前，需要先打破內心早已高築的厚實磚牆。

「你想知道多少？」她低聲說。

「全部。」他說：「妳說多少，我就聽多少。」

薇若妮克點點頭，雙臂環抱身軀，指節用力到泛白。她別開頭，試圖隱藏自己的臉，然後緩緩訴說。

「我那時二十二歲。」她說：「我猜也很天真。我和你父親結婚才一年，他人很好，非常溫柔的人，和他在一起，讓我很安心。那時生活很艱難，在蘇格蘭幾乎找不到工作。我們省吃儉用攢下房租，但似乎沒人想僱用法國女孩，只好由他獨力支撐家庭。盧克，你對他有什麼印象？」

卡倫納必須停下來回想。他四歲時的記憶，父親剛過世，很模糊了，但他記憶裡的父親總是將他高高地舉起來，或抱著他。那是強壯也溫暖的大手。

「溫暖。」卡倫納說：「我長大後，他的面目不再那麼清晰，但我還記得他的聲音，還有他的歡笑。我印象裡的他都在笑。」

「對，總是在笑。」薇若妮克說：「就是他，就算日子再苦，他也從來沒有失去他的歡笑。他是好人，也只想看到旁人好的一面。我婚前從未有過其他男人，那個年代的女人大多如此。你父親是唯一我……」

她沒說下去，她的額頭靠在窗戶上，對著玻璃呼吸的冷凝霧氣與她的淚水交織在一起。

「妳不用說下去。」卡倫納說。

「我必須說。」薇若妮克說：「你有權知道這一切。」她放低身子，坐在窗沿上。「你父親終於在『愛丁堡訂製家具公司』找到工作，因為他的經驗與為人，他老闆很快讓他升為領班。後來，我們不再租房，而是搬進自己買的公寓。我們願意花錢，但沒關係，畢竟我們年輕、又深愛彼此，日子總過得去。你父親充滿傲氣，他二十五歲，有份好工作，於是我們考慮組成家庭。那份工作是他的一切，他讓每天都過得很有趣，你知道嗎？他下班會聊同事、他們的家人，還有工作上的小麻煩。他有一張我的照片，是我們婚禮跳第一支舞的時候拍的，就擺在他的辦公桌上。他總說其他男人會誇他運氣好，有個漂亮的妻子。那是愚蠢也虛榮的心態，但我以為沒什麼。」

她啜泣出聲，一手壓在脖子上。卡倫納想擁抱她，但依舊待在原地。性侵受害者重述遭遇時，需要的是空間，不是肢體接觸。他了解這過程，接受過無數次訓練，但那些並沒有讓他準備好接受這一切。

「那天是公司的聖誕派對。」薇若妮克的聲音堅強了起來，深深吸了口氣。「我穿了一件綠色洋裝，你父親特別買的，希望我看起來光彩奪目。那是條圓舞裙，裙襬到膝蓋上方。我對他說那件洋裝太貴了，但他堅持要買。派對在倉庫舉行，經過一番裝飾，有聖誕樹、放音樂，還有潘趣酒。我聽過許多他同事的故事，能夠見到他們很開心，我覺得我似乎很快就和他們熟稔起來。我和你父親跳舞。他要開車回家，所以滴酒未沾，但我喝了，只喝兩杯，卻覺得身體像飄浮著。我不習慣烈酒，我不曉得他們還加了什麼，我只覺得非常濃烈。

薇若妮克彷彿這才意識到自己在旅館房間，她拿起櫃子上方的玻璃杯，打開飯店小冰箱，倒起氣泡水。她慢慢喝了一大口，又坐回窗沿上，雙腿縮進胸口。

「此時一通電話打來，說公司的卡車拋錨了，得拖回車庫。但上頭載滿明天要送達客戶的家具，必須有人開另一輛卡車過去將商品載回倉庫。現場只有你父親沒喝酒，可以開車。我不希望他離開，但別無選擇。我記得我想回家，但有人勸我留下。公司其中一位合夥人詹森說會照顧我，而我並不想表現出排斥社交的態度。」

「你父親一離開，詹森就提議帶我參觀倉庫。他讓我覺得自己是個大人物，說他們很重視我丈夫，我或許想參觀他的辦公室，於是我跟他走。我從來沒想過……現場音樂放得很大聲，非常大聲，所有人在唱歌，舞跳個不停，喝得東倒西歪。我們上頂樓，那裡沒有人。我好奇他為什麼要帶我來，根本沒什麼好看的。走廊很昏暗，不同區域之間是厚重的防火門。我們抵達走廊盡頭，那是離派對最遠的角落，詹森說那裡是他的辦公室。他開了門，裡頭有另一個男人，我不曾和那男人談過話，但我知道他是公司的另一位合夥人老闆魏斯騰。他從座位起身來向我握手，稱讚我的洋裝。他言行得宜，但我忽然察覺我不該待在這裡。我感覺很不自在，就和兩個男人待在那麼小的空間裡。」

卡倫納不願想像，但畫面非常清晰。他的母親，年輕貌美，深怕舉止不得體，不敢要求回派對。他父親的兩位老闆，高高在上，借酒壯膽，曉得沒人會發現這樁惡行。這個場景在歷史上出現過多少次？跨越時間、社經地位與性別，權勢之人壓迫弱小之人，只因他們能恣意妄為。

「我說我要去洗手間，我該回樓下了。他們立時笑了起來。我想不起來他們為什麼笑，但當我看到魏斯騰對詹森點點頭。我想當我看到那動作時，我就知道我有麻煩了，就是那個動作，他們無視我存在的對話。他們就那樣……」她變得激動，喘著氣，一副垂頭喪氣的模樣。

「薇若妮克，妳不需要……」卡倫納想阻止。

「我必須說完。」她打斷他：「他們冷不防拿起一個袋子罩在我頭上，袋面很粗糙，然後其中一人壓著我，另一人就……過程很快，為此我感謝上帝，而且就那個男人……然後電話響了，我不知道，他們好像……好像大夢初醒一樣。彷彿他們忘了自己在哪裡，或他們是誰。他們一把將我推開，魏斯騰拉開袋子，扔到我身上，要我清理一下自己。我手臂上有些瘀青，因為我一直掙扎，他們必須壓制我。我的頭髮被袋子罩住而變得一團亂，眼上的妝都糊了。我渾身顫抖，手腳不聽使喚。我想詹森看煩了，不住催促我。

薇若妮克停頓，盯著手裡緊握的空玻璃杯，逼迫手指放鬆，才能放下杯子。

「他有什麼反應？」卡倫納問，他必須將故事推進，儘管他曉得這很自私。他母親終於鼓起勇氣重返生命裡最可怕的時刻，而他卻只想抹除腦海裡的畫面。他想讓時光倒轉，不願聽到這一切。

「我沒告訴他。」薇若妮克說：「我找到我的鞋子，我肯定是反抗時將鞋子踢了老遠……我擦掉臉上的淚水，想要離開。我開門時，魏斯騰揪住我。『敢說出去，妳丈夫就沒工作了，我會向全愛丁堡的人說他手腳不乾淨，他就永遠別想再找到工作。妳現在也不是什麼自以為了不起的漂亮法國妞了嘛！』這些話在我耳邊迴盪了很多年，他的聲音，言語間的憎恨。我不曉得是因為你父親桌上的照片，還是我自稱法國人的態度讓他們臨時起意，但他們找上了我，很清楚他們在做什麼，也賭我永遠不會對你父親說，他們的確賭對了。後來我去女廁，稍微清理過。我在寒冷的室外等你父親等了一個小時。我對他說我不舒服，他帶我回家。一到家我就吐了，他覺得是我喝多了，我沒有糾正他。」

「妳沒告訴他？」

「盧克，失去工作還是最好的狀況。你父親很愛我，那些男人傷害我，他會殺了他們。我不在乎失去房子，我們就算睡大街還是很快樂；我也可以回法國找工作，和我家人一起住。但你覺得你父親能離開嗎？不可能，最終他會為了分擔我的痛苦而殺人入獄。我太愛他，所以我不能說。盧克，多少女人遇過更可怕的狀況，我不斷這樣告訴自己。保持沉默、獨自承擔恥辱對我而言更輕鬆，好過冒險失去一切。」

「沒有任何人知道？」卡倫納問：「這麼多年來，妳獨自背負這一切？」

「你父親過世、我們搬回法國之後，我曾告訴我母親。你父親的死讓我心碎，但同時我也不需要再待在這裡，離那些禽獸那麼近。我可以帶你遠走高飛，重新開始，不需欺騙我愛的男人。對不起，你不需要聽到這一切。」

「現在有心理諮商。即便過去那麼久，找人談一談都會有幫助。」卡倫納說。

「我不想談。」薇若妮克溫柔地笑了。「我不希望那一切成為我的現在，那是過去的事了。我很抱歉過去無法告訴你，反而轉身離開。我不是要逃避你，而是逃避那些回憶。」

「我了解那樣的創傷。」卡倫納說：「但妳了解我，妳知道我永遠不會像那些男人一樣，做出那種事。」

「我知道，真的，我知道，但不只如此。」薇若妮克說：「如果我現在不說，我就永遠不會說了。派對後過了八週，我發現我懷孕了。我和你父親依舊維持正常的夫妻關係，我知道要是不繼續，他會察覺事有蹊蹺。」

「別說了。」卡倫納說：「拜託別說了，妳難道要說……」

薇若妮克走了過來，跪在他面前，握起他的雙手。

「盧克，什麼都不會改變，你才是最重要的。你一直當成父親的人就是你父親，只有他會影響你的人生。他很愛你。你出生後，我就像失去了半個他，因為他的心思都在你身上，但我不在乎，一點也不在乎。他看你時，笑容最燦爛。他一抱你就會抱上幾個小時，看著你入睡。」

卡倫納倏地起身，低聲說：「妳早該告訴他。」

「為什麼？」薇若妮克說：「如果他曉得真相，我內心的痛楚會讓他盲目。但我很清楚，他不會因此減少對你的愛，完全不會，我也一直相信你就是他的兒子。」

「不，艾絲翠告訴妳那些謊言之後，妳就改變想法了。那時妳相信另一種說法。妳以為妳現在說這些就能擺脫罪惡感？無論那一刻多短暫，妳當時想的是有其父必有其子，妳想的是我的生父強暴了妳，所以我和他一樣。所以妳逃離我。」卡倫納拿起外套。

「盧克，一切不是非黑即白。過往的回憶又湧現時，我太絕望了，我知道你聽不進去，我離開是因為我再也掩飾不了痛苦。而你當時要面對的狀況夠多了。就像現在的對話，我知道我們遲早會說開，但這些話對當時的你來說太沉重了。」

「對現在的我也太沉重！」卡倫納大吼一聲，朝門口走去。

薇若妮克擋住他。「拜託，你別走。我懂你的心情，我想幫助你。」

「妳幫助我知道自己可能是因為一場性侵而出生，而我這輩子相信是我父親的男人可能和我沒有血緣關係。妳才不懂我的心情！」

「我不該告訴你。」薇若妮克抽泣著癱坐在椅子上，頭壓上膝蓋。「我以為我是對的，我以為你知道後會原諒我。」

卡倫納輕輕關上門，坐回床邊，望著他母親。「沒什麼原諒或不原諒。」他說：「妳回法國吧，給我一點時間。」

他起身，默默離開房間，走到街上。外頭的景色看起來和初到時一模一樣，但他覺得應該要有所不同，街景要和他一起改變才對。他對自己的認知也許都是謊言，他腳下穩固的地面崩毀。事實上比起他，他母親才是受害者，但他已經成不了她能倚賴的男人，有能力安慰她，讓她安下心來。卡倫納在寒風中立起衣領，徒步回家。一路上，他告訴自己，臉上的淚水都是因為冷風掃過了眼睛。

14

路易斯・瓊斯的廢車場大門上了鎖，還卡上門閂。艾娃讓崔普警員留在車上，繞去附近尋找進去的方法，結果毫不費力氣。穿過短巷子，後面有個柵門，剪線鉗一剪，門鎖就斷成兩截掉在地上。艾娃伸出手肘將柵門整個推開，進去前先戴上手套，打開手電筒。場內滿滿的汽車，每輛車都有風光的過去，而今大多鈑金凹陷變形，要修也不容易。廢車場周圍立著兩百四十公分高的金屬圍欄，內部擺上木板擋起來。瓊斯當然不希望任何人注意到他車輛的車牌。艾娃的眼神游移，懷疑現場哪輛車可能是那男人綁架她時開過的。她又拋開這個想法，她不是為此而來，鑽牛角尖只會回憶起痛苦。她現在該釐清的是肇事車輛的駕駛身分。

沿著廢車場周圍有一座磚造建築，她看到一扇似乎很堅實的門，或許加強過；窗戶則截然不同，區區兩面窗，都被砸破了，碎片反射出手電筒的光線。看來路易斯・瓊斯今天並不好過。艾娃探頭進第一扇窗，手電筒到處照，看起來沒人，但她還是先高喊自己是警察，才跳進去。在她之前，某位善心人士似乎已將低矮窗沿上的碎玻璃撞落。左邊擺著一張辦公桌，每個抽屜都是打開的，裡頭的物品全倒在地上。室內電話機掉在翻倒椅子旁的地上，原本牆上的超級跑車海報變得破爛不堪，眼前一片狼藉。

場內早已遭人翻箱倒櫃，問題是入侵者的破壞是發出警告，還是企圖搜索某樣物品？右側牆上一排車鑰匙都還在，看來不是為了車子來的。艾娃轉頭查看現場是否有電腦，但瓊斯這種人很少願意相信數位儲存裝置這麼實際的載體。只見一扇門半開，門縫裡一片黑暗。艾娃緩緩走過去，踢開門，從外套口袋抽出胡椒噴霧。房間後方傳來一記刺耳尖叫，艾娃連忙低頭，按下胡椒噴霧，手電筒朝房裡左右探照。

「警察，待在原地。」她大喊，沒回音。「門口有另一位警察。」艾娃撒謊。「要是想逃離現場，我們將以武力阻止。」她起身，光線照過去，目光同時移向房間深處，空氣裡瀰漫著慌亂與尖叫。

艾娃走向前，察覺腳下地板的觸感變得柔軟。光束往下照，她看到床單散落一地，角落的床墊翻覆，五斗櫃倒下，地面到處是衣物。她挺直身子，終於注意到角落那只大籠子，籠裡有兩隻鸚鵡。牠們直盯著她看，讓她有點不自在。

「都這年代了還養在籠子裡嗎？」艾娃咕噥著。她接近鸚鵡，鳥兒的反應仍是刺耳尖叫。籠子底部是堆成小山的鳥飼料和一個空包裝袋。「看來有人知道他很久不會回來了，對不對？」她問兩隻鳥。

瓊斯顯然住在後面的房間。接鄰的房間裡有馬桶和蓮蓬頭，與臥室只隔著一張塑膠簾子，角落還有微波爐、烤吐司機、煮水壺等一些烹飪設備。艾娃驚覺她得找防止虐待動物協會來將兩隻鸚鵡帶走，不覺暗自咒罵起來。她回到前面的辦公室，看著丟棄一地筆跡潦草的字條。如果路易斯・瓊斯總是這樣做生意，就算落得只能在床墊生活的下場也毫不令人意外。她拿起電話機，插回電線，按下回撥，查看最後一通打進來的電話，記錄下來後往外走。這裡需要封鎖，事故車輛的駕駛可能安然無恙。不過艾娃心想，如果駕駛真的是路易斯・瓊斯，即便他斷上幾隻手腳也算不上悲劇。

她回車上，坐到崔普旁邊。

「裡頭有兩隻鸚鵡需要照料。」她說：「一早聯絡防止虐待動物協會，飼料還很多，可以撐到救援來。請制服警員出動封鎖現場，直到我們找出廢車場的所有人。」

「長官，這是犯罪現場嗎？」崔普問。

「看起來是，除非屋主熱愛這種另類的裝潢。但此刻沒有接獲任何盜竊報案，也沒有理由朝這方向發展。我還不清楚到底是怎麼回事，等狀況明朗後再啟動調查。」她打電話給賴弗利警佐。

「還沒找到駕駛。」他說：「瓊斯的檔案裡有新的線索嗎？」

「只有不能分享的資訊。」艾娃說：「現場由誰負責？」

「狄米崔總督察。他處理好現場，也找拖車來了。警犬已經撤離。」

艾娃想了一下這個名字。「我見過他，老大的自殺案也是他負責，似乎是個熱心的人。貝格比會喜歡他。」艾娃做出評價。「幫我記住這支號碼。」她報上那支最後打進瓊斯市內電話的號碼。「調查這支號碼，但目前先回報我就好。瓊斯的檔案還是機密。從路易斯·瓊斯的生活環境看來，無論他出了什麼事，都讓人懷疑案情並不單純。」

15

柯蒂莉亞・穆爾覺得身體不太對勁。她皺起眉頭，今天有個重要會議，一家大型企業打算贊助慈善組織，晶澈是他們納入考慮的最後一間受領單位，這可是寶貴的贊助機會。小額贊助很棒，一個人的棉薄之力就能改變世界；但實際帶來改變的還是龐大的捐贈。她這幾天都睡不好，盜汗驚醒，噁心卻吐不出來。週末稍微好轉，但會議安排在下午三點，只剩一個小時，她頭痛欲裂，止痛藥也起不了作用。

新來的志工傑若米敲了門，然後探頭進來說：「我差不多要走了，下班前還有什麼能幫上忙的？」

「麻煩你替我準備一下會議室。」柯蒂莉亞虛弱地說。

「當然好。」他說：「妳沒事吧？」辦公室裡大家都曉得，無論多小的事柯蒂莉亞都盡可能親力親為。

「我頭很痛。」她說：「我可以自己來，只是……」

「別、別擔心，」傑若米說：「我很樂意幫忙。」

「謝謝。我猜我不該繼續碰運氣，但我想來杯茶，感覺口乾舌燥。」柯蒂莉亞從皮包裡拿出手帕，擦拭自己的臉。

「沒問題。我該請連恩取消會議嗎？」傑若米問。

「不！老天，這場會議太重要了，不能取消。我沒事。」她從汗溼的半圓額頭將髮絲往後撥。「也許我該吃點東西。」

傑若米去泡茶，看著連恩．胡德從座位起身去找柯蒂莉亞。傑若米不太喜歡連恩。連恩這種人會裝忙，同時偷聽你的對話、從你背後偷看你的電郵。傑若米來當志工不過一個禮拜，但他明白這間公司是在做好事。晶澈從八年前創始至今，已經在非洲大部分區域的村莊啟動多項淨水計畫。柯蒂莉亞．穆爾是有遠見與勇氣的女人，傑若米很欽佩她。

傑若米端茶進來時，連恩說：「柯蒂莉亞，我可以替妳主持會議。我有企業背景，我懂那些人在想什麼、還有想聽什麼話。妳回家吧？妳看起來很不舒服。」

「會議室準備好了。」傑若米將茶放在柯蒂莉亞桌上。

「謝嘍。」連恩沒好氣地說。傑若米不悅地瞥了他一眼。

「妳、妳要吃餅乾嗎？」傑若米問：「也許一點糖分會讓妳感覺好、好一點？」

「傑若米，你不介意的話，我們在忙。」連恩說。

「不，沒事。他只是想幫忙。餅乾是好主意。傑若米，謝謝你。」柯蒂莉亞說。

他回到走廊，聽到連恩又勸說柯蒂莉亞別參加下午的會議。傑若米將精挑細選的餅乾放在瓷盤上，心底盤算要遠離連恩．胡德。有些人只會找麻煩。

禮拜一早上，艾娃還沒坐進座位，就和病理學家艾爾莎．藍伯特講起了電話。週末不好過，卡倫納不接她電話，只傳了一條短訊息，內容簡短明確：不要找我。二十幾歲時還能讓糖分與飽和脂肪陪伴度過宿醉，三十之後往昔戰友卻成了強大的反派，她一直不舒服到週日早上。星期一清晨六點，她才發現市立停屍間週五下午就打電話給她，而她沒接到。

「艾爾莎，」艾娃說：「禮拜五你們有人聯絡我。我不曉得是誰，妳知道是怎麼回事嗎？」

「是我請莎莉打給妳的。喬治．貝格比的毒物檢測回來了，速度很快，因為沒什麼好檢查的。如同我最初的懷疑，他體內沒有藥物和酒精，每一項結果都符合一氧化碳中毒。我也和檢察官談過，沒必要留屍體調查。週五傍晚我就去找了格莉妮絲，讓她知道死者可以下葬。喬治目前已經送去殯儀館。」

艾娃不作聲。她並不認為有其他可能，但她也清楚自己的確期待狀況有所不同。結果出爐，毫無疑義。她職業生涯中無論在私交或專業上最敬重的男人，只是突然不想活了。她不禁思索，難道離開了崗位，他的生命就變得如此空虛？追緝犯人的亢奮乍然消逝後，警察都可能走上絕路？她過去擺在神壇上的男人霎時成了一個自私的混蛋，他沒想過自己有多幸運，還有他親密摯愛的家人？

「謝謝妳通知我。妳知道葬禮是哪一天嗎？」艾娃問。

「格莉妮絲希望盡快舉行，在這種狀況下可以理解。她提到禮拜五，但妳還是向她確認比較好。」艾爾莎說。

「我會的。」艾娃放下電話。她前往案情室，打斷賴弗利警佐的黃色笑話專場。「我給你的那支號碼，查到了什麼嗎？」

「的確有結果。長官，我像個蠢蛋一樣，我在車禍現場撥打這支電話，居然打到聖萊納分局。我問了還在現場的狄米崔總督察，他說是他手下向駕照及行照監理局查出瓊斯的車牌，才拿到他的資料。他們撥過去是想確認車子是否遭竊。我竟沒認出分局的電話，實在蠢斃了。狄米崔總督察還對我發了一頓脾氣。」賴弗利說，一旁的警察都笑了起來。

「警佐，我想你的脾氣也沒好到哪去。你要對長官保持禮節，還是我今天該期待正式的申訴？」艾娃說。

「長官，我只是告訴他號碼是妳給我的，要我先聯繫而已。」賴弗利回應。

「就這樣？」艾娃對著賴弗利臉上的笑容，心下暗自嘆息。

「長官，他走開時可能、或可能沒有聽到我說他是個混蛋。」

「棒透了，申訴要來了。好，我現在要去見貝格比夫人。我不在的時候，有事找卡倫納督察。今天有人見到他嗎？」艾娃問。

「他在辦公室。一早就進來了，之後就沒看到他。」崔普說。

「對，他出來倒咖啡時看起來一臉陰鬱，有心事啦，女人就喜歡他這樣，對吧？」賴弗利說，又贏得一番笑聲。

「今天交警那邊缺人，要是誰沒事做，我可以暫時調重案組的人去幫忙。」艾娃說。所有人很快從脫口秀現場返回工作崗位。

格莉妮絲．貝格比拖了一會兒才來開門。艾娃露出歉疚的微笑。「格莉妮絲，我能不能和妳談談。」她看著總督察的遺孀滿是淚痕的臉龐，心想時機不對；但在可見的未來裡，可能都沒有對的時機。

格莉妮絲望向身後的玄關走廊，又轉頭面向艾娃。「現在嗎？」

「妳沒事吧？」艾娃說：「抱歉，這問題太蠢了。我知道妳不好過，但有別的狀況嗎？妳看起來不是很……」

這時格莉妮絲咬起了指甲，艾娃說話不自覺變得吞吞吐吐，畢竟有些事的確不好啟齒。格莉妮絲看起來蓬頭垢面、緊張不安。艾娃略感意外地發現她頭髮上沾著蜘蛛網。

「我剛在睡覺。」格莉妮絲伸手撫平皺巴巴的衣服。

「短暫打擾一會就好。」艾娃說。格莉妮絲向後退開，等艾娃一踏進門廳就在身後關上大門。她感覺到身旁流動的空氣，室內充滿霉味，格莉妮絲衣服上的灰塵灑落在階梯的地毯上。

「我猜妳向艾爾莎談到禮拜五的事。」艾娃溫柔地說。

「嗯。」格莉妮絲說：「葬儀社主任非常幫忙，她禮拜六過來，今天就會安排得差不多了。禮拜五火葬場正好能空出一個時段，妳會出席嗎？」

「當然，還有一些同事，跟喬治最久的人。屋內好冷，暖氣壞了嗎？」艾娃問。

「我得省吃儉用。」格莉妮絲說：「只不過我……」她哽咽落淚。艾娃緩緩走上前，伸手攬著她的肩膀。

「我們坐下來吧。」艾娃說：「妳身上都是灰塵。我到的時候，妳正在忙什麼？」顯然不是睡覺，艾娃心想。她陪格莉妮絲前往客廳、讓她坐上沙發時，思考貝格比的遺孀為什麼要說謊。

「我睡醒後去了閣樓。葬儀社主任建議也許可以展示喬治不同時期的照片，讓大家懷念他。我那些老相簿搬來到現在都還沒從箱子裡拿出來；我之前沒上過閣樓，那些事都是喬治在處理。」她從袖套裡抽出手帕，擦去臉上的淚水與灰塵。「我現在才想到，家中所有的事幾乎都是交給他處理，所有的帳戶和錢也都是他在管。我只偶爾簽一下貸款或儲蓄存款的文件。我從來沒想過那些是打哪兒來的……」

「忽然剩下妳一個人，還得照顧自己肯定很辛苦。妳可以找你們的孩子……」

「不行！」格莉妮絲說：「不能讓他們牽扯進來。」她渾身顫抖，面色比艾娃按門鈴時還蒼白，她看著走廊，彷彿期待鬼魂現身。

「也許我能幫上忙。」艾娃說：「妳目前在擔心什麼？」格莉妮絲緊抓自己的膝蓋，目光定在地毯上不動。「我先去泡茶。」艾娃說：「我不趕時間，妳坐著吧。」

她離開客廳時帶上了門，走進廚房，稍微讓杯子和茶壺碰撞出聲，接著躡手躡腳回到走廊，沿階梯上樓。有些事讓格莉妮絲心煩，但不只是心煩。艾娃看來，她覺得那副憂慮更近乎恐懼。閣樓門板放了下來，梯子從上方垂到地面，裡頭透著昏暗的光線。艾娃低頭看通往客廳的室內梯，門還是關的，她聽到格莉妮絲輕聲啜泣。艾娃回頭往上爬。

就像格莉妮絲說的，閣樓裡滿是打包好的箱子，有些膠帶和標籤都還在。其中幾個箱子打開了，遠遠看得到箱裡的物品。那些箱子就放在閣樓中央到最後側一條空出來的窄道上。艾娃脫下鞋子，躡手躡腳穿過昏暗的空間。

就閣樓來說，陳列算得上井然有序，四周雖結起蜘蛛網，中央的地板卻一點灰塵也沒有。後側的箱子堆得比較高，艾娃必須繞過去，才能撿起掉落的手電筒。她起身時撞到傾斜天花板鬆脫的木板，她移動手電筒，查看掉落的木板，卻發現後頭還有空間。她爬上一個大箱子，上去看個仔細，隔熱材料之間似乎塞了很多包東西。她伸手進去，抓了一包出來，然後從箱子下來，坐在箱上檢視。看起來像個小包裹，差不多手掌大，外面包上一層牛皮紙。她扯開包裝紙，曉得她已經跨過格莉妮絲的友誼紅線，侵犯貝格比夫妻的隱私。但情況明顯不對勁，沒必要再按兵不動。

艾娃手裡是一疊紙鈔，面額五十英鎊，有點皺，肯定用過。她點了點，號碼沒有連貫，她腦袋裡跟著計算，一包至少有一百張，她將那包錢塞進口袋，站直身子，歪著脖子望進牆壁的夾層中。她移動手電筒光束，看到裡頭塞得滿滿的，屋簷的夾層裡有一包又一包的錢，多到她無法細數。她向後退，盤算著如果一小包裡有五千鎊，那裡頭至少有二十五萬。

艾娃將鬆脫的木板放回原位，然後將她剛移動的箱子推回原本的位置，接著穿過閣樓，走向梯子。這時格莉妮絲從閣樓口探頭上來。

「找到了嗎？」格莉妮絲問得簡潔明快。

「找到了。」艾娃說。

格莉妮絲點點頭。「我來泡茶，好嗎？」她爬下梯子。

她們坐在廚房，兩人之間的桌面上放著一疊現金。

「妳曉得錢是哪裡來的？」艾娃問。

「不曉得。」格莉妮絲回答：「我上去找相簿時，天花板的木板剛好鬆脫，我正想將木板推回去，其中一包錢就掉了下來。我現在覺得非常合理，也覺得自己很蠢。回顧過去，也許不要提出正確的問題活得比較輕鬆。喬治無論任何開銷都支付現金，我們過得很好。我是說，他升上督察時薪水就很不錯了，到了總督察，我們可說過得很優渥。就算如此，搬來這間大房子之前我還是有點擔心，我不曉得我們怎麼能付清那麼多貸款，但喬治說他存了很多錢。這麼多年來，他手頭相當寬裕。」

「他沒暗示過他的錢是怎麼來的？賭博是最簡單的解釋。」艾娃伸出指甲頂著鈔票。

「無論怎麼來的，他都瞞著我，就像他連我都要提防一樣。但這麼大的事，他怎麼能瞞著我？」格莉妮絲問。她停止流淚，冷靜下來，露出明顯厭惡的目光看著這疊錢。「艾娃，這一切不會有好結果，我很清楚。妳可以找人來調查了。」

「我們還不清楚這是怎麼回事。」艾娃一邊說，希望她臉上沒有露出內心的絕望。暗地裡，她曉得格莉妮絲說得對，藏在閣樓牆板裡的現金絕對不會來自合法管道。「也許他只是不相信銀行，決定放家裡。說不定他去賭博，擔心妳發現才把贏回來的錢藏起來。還有很多可能的解釋。」

「這說法我不信，妳也不信。」格莉妮絲起身將杯底殘渣倒進水槽。「那通半夜打來的電話，喬治接起後走去客房關上門，不讓我聽。他嘴上說不想打擾我，卻從未解釋到底是誰打來的，艾娃，但事實是，我沒有追問下去。有一次他說是警隊的老朋友酗酒，醉了打電話找他；又有一次他說某人問他過往偵辦的懸案細節。這一切感覺起來都不對勁，但我沒當回事，只想好好過日子。而現在呢？我和屋頂上那堆鬼才曉得多少錢的鈔票困在了這裡，擔心下一期的貸款。我需要他的保險來付清貸款，而喬治的退休金不足以支付全額，可一旦這些錢曝光，誰曉得我還能不能繼續領他的退休金？過去，我對他的事寧可視而不見，現在都是我自作自受。」

「格莉妮絲，不是妳的錯，妳想太多了。除非喬治被捲入犯罪活動，警察的退休金才會停止支付。」艾娃說。停頓良久，目光沒有交會，她們都不想開啟那場對話。「交給我，別對任何人說，家人也不行。如果妳現在擔心貸款，妳沒理由不能用這些錢。至少就我們所知，這筆錢的確是妳的。只不過，妳知道，低調一點，也許將面額換成較小的紙鈔。妳不介意的話，我想帶走一張，看看能否追蹤它們的來源。我該離開了。」

格莉妮絲沒有說話。她跟著艾娃走向門口，艾娃緊緊地擁抱她，隨後離開。艾娃坐在車上，盯著手裡的五十英鎊紙鈔。腦海裡的線索逐漸串聯起來，但還不完整。她心想，也許她並不希望看見事件的全貌。喬治·貝格比絕不是不相信銀行、將錢塞在床墊下的人。他大費周章藏匿現金的方式，無論是竊賊或格莉妮絲都很難找到；艾娃感到相當不安，他居然從未向妻子提起。經過一連串深夜來電及家門口的可疑包裹，這位總督察變得心神不寧，甚至結束自己的性命；如今路易斯·瓊斯也失蹤了。艾娃不相信巧合，至少這件事她不信。世界上只有一樣東西能運作這犯罪世界，從販毒到人口販運，槍枝交易到銷贓，一切都是為了錢，而且是骯髒錢。她的直覺和手裡的鈔票一樣真實。她衷心希望貝格比只是見不得光的賭徒，但這說法連她自己也不信。倘若如此，他不會藏這麼久，而是慢慢存進銀行戶頭，格莉妮絲根本不會發覺。艾娃抹去臉頰上的淚水。她不能再浪費時間去想像貝格比的盤算，她還有事要做。首先，找到路易斯·瓊斯，幾個問題需要他解答，緊接在後的是釐清那筆錢的來源。更重要的是，要是喬治·貝格比之死的確牽扯到他藏在閣樓裡的現金，那些錢是不是多年來的賄賂？對於嫌犯睜一隻眼、閉一隻眼，或調查時無視某些證據，這些行徑都令人厭惡，在警界卻相當常見。只不過，眼下看來還沒人出面試圖拿回那些錢。龐大的金錢暗示著大規模的犯罪，追殺貝格比的人顯然充滿憤怒。艾娃目前想得到唯一符合邏輯的推論就是：某人絕對會來拿走錢，錢沒到手不會善罷甘休。

艾娃居然能在不受下屬攔截回到自己的座位。她登入國家警察電腦系統，進入資料庫。電腦裡有雷蒙·崔斯柯的消息，也就是貝格比與瓊斯聯手送進監獄的犯罪團伙老大，他五個月前從格林諾奇監獄出獄。他的地址登記在格拉斯哥的「戀乳癖」俱樂部。狄蘭．麥基爾還在坐牢，他刺傷獄友，喪失了提早獲釋的機會，還要八個月才能出獄。艾娃登出系統，將她記下筆記的紙張對折後塞進口袋。

她搜尋狄米崔總督察的電話號碼時，卡倫納走了進來。他說：「長官，我現在要去市立停屍間，藍伯特博士請我和她一起檢視莉莉．尤思提斯的案子。」

「盧克，禮拜五晚上……我知道是我隱瞞你在先，我很抱歉。」艾娃說。

「我回來後會交報告。毒物鑑定結果也出來了，我猜這個案子差不多可以畫上句點了。一切結束後我想休假幾天，可以嗎？」

「可以，當然沒問題。雖然有點臨時，但現在手邊沒急迫的案件，應該沒事。能問你為什麼突然想休假嗎？」

他沒回答。「休假時我會關閉所有聯繫方式，請確保妳找得到其他同層級的警官。」卡倫納說完轉身朝門口走去。

「我明白了。」艾娃說：「盡快提出你的休假申請。」卡倫納點點頭，開了門。「盧克，等等，我無意造成你的困擾。如果你需要，我就在這裡。」

「長官，沒有必要。」他說。

「那好。」艾娃說：「我只問你一個問題，之前你調查我的綁架案，曾經聯繫一個叫路易斯．瓊斯的男人，你還記得那次的會面嗎？」

卡倫納停頓片刻，然後反問：「這問題和誰有關？」

艾娃深呼吸，不想對他充滿敵意的態度反應過度。「和貝格比總督察有關。雖然當時證據對瓊斯不利，但我發現他居然不曾被起訴。」

「這件事超越我的層級，我不能說什麼。但瓊斯和貝格比之間的協定顯然存在很久了。」他說。

「我知道。我真正要問的是，瓊斯和他在一起的時候感覺如何？」艾娃說。

卡倫納思索了一會才回答：「看起來認識相當久。應該很多年沒見了，卻能立刻以昔日的模式溝通。還有需要我幫忙的嗎？」

「沒有，謝謝你。你該出發了。艾爾莎不喜歡人遲到。」艾娃說。

他在身後關上門，艾娃伸手進口袋，觸摸那張五十英鎊的紙鈔。路易斯．瓊斯遇上不速之客，可能在車禍裡受傷，現在下落不明；喬治．貝格比死了，家裡閣樓藏了一堆現金。而他們聯手送進監獄的人已經重返街頭。一切都不對勁。與此同時，她明明坐在這個位置上卻試圖串起這些線索，動機實為可議。要是啟動正式調查，恐怕會冒上玷汙貝格比名聲的風險，還可能害他的遺孀失去他的退休金。艾娃拿起電話，撥打賴弗利警佐的分機。

「格拉斯哥有一間叫『戀乳癖』的俱樂部，我們手上有那間俱樂部的相關背景？」她問。

賴弗利爆出笑聲。「警佐，想和我分享嗎？」

「抱歉，長官，妳也許對『戀乳癖』這個詞不熟，但那指的是對胸部有特殊愛好，這應該說明了俱樂部的性質。我個人不太清楚，但如果妳不介意，我可以過去了解狀況。」

「謝謝，但低調一點。這不是警隊的事。」艾娃說。

「了解，」賴弗利回應：「我會將這件事放在我的『胸』上。」

「哦，拜託。」艾娃咕噥著掛斷電話。

16

卡倫納不願去想母親的經歷。他只能撐過這個工作日，然後回家打包行李。他需要逃離，逃離蘇格蘭，逃離他想要找到那兩個傷害他母親的男人、以及殺死他們的欲望。他並不是會施暴的人，年輕時不負責任、愛慕虛榮、自以為是，的確，但他並不喜歡週末在酒吧上演全武行，或不必要時亮出拳頭。現在呢？他卻不住想像骨頭的碎裂聲、鮮血的氣味，以及那兩個男人喘不過來的溫熱氣息。

卡倫納抵達時，艾爾莎．藍伯特博士正戴起手套。她遞上防護衣，讓他跟著她前往莉莉．尤思提斯躺上的驗屍臺。白布拉到她的脖子，若不是她那海水般灰綠色的膚色，她看起來彷彿只是沉沉睡去。這世界少了一個有前途的孩子。艾爾莎將一疊文件交給他，上頭列出各種科學術語，還有數據。其中一列有特殊標記。

「四氫大麻酚。」卡倫納說：「大麻，對嗎？真沒料到。妳認為莉莉應該是在山上參加派對，卻出了意外？」

「顯然是從她的血液中檢測到的。不過，濃度最高的卻是在胃部。她沒有吸食大麻，而是以大麻油的形式消化。督察，是醫療等級。我們在胃裡發現的量很少，但那很純，效果很強。」

「這種東西顯然不容易弄到。」卡倫納說。

「如果你家有電鍋，又能取得品質不錯的大麻花，跟著『食譜』在家也做得出來。先在烤箱裡烤乾植物，加入溶劑，提取出大麻素、然後過濾。電鍋會濃縮、蒸發掉多餘的液體，留下來的就是非常強效的油。在醫學上，光是米粒大小的油就可以止痛、助眠幾個小時。量產技術要很純熟，畢竟它也易燃。」艾爾莎說。

「我們明白了她為什麼會睡得這麼熟。」卡倫納說：「謎題解開了，妳通知家屬了嗎？」

「嗯。」艾爾莎說：「但恐怕我不是太謹慎。莉莉的父母很驚恐，我沒料到這種反應。他們說莉莉這輩子沒用過藥，是那種寧可出門慢跑也不願吃止痛藥的人。顯然莉莉相當反對依賴藥物，包括大麻。」

「他們不會是第一對發現孩子言行不一的父母。事實上，就算吃到摻了大麻油的餅乾也沒什麼。」卡倫納說。

「我同意，但他們很激動。基礎篩檢比較快，這次我等到完整的毒物報告回來，特別是頭髮與骨頭的分析。」艾爾莎將另一疊文件交給卡倫納，這次沒有標記重點。

「我該注意什麼？」他問。

「什麼也沒有，這正是問題所在。莉莉的父母說得對，我採集她的頭髮樣本時，一路連髮根都採了，還提供骨頭樣本。兩者都顯示過去幾個月來，她完全沒有用過藥。她的頭髮可以追溯到兩年前，而一切反應都是空白的。我請他們檢測每一種藥物，看來她的父母是對的，她確實沒用過任何止痛藥物。」

卡倫納伸手撫摸莉莉的頭髮。「可憐的孩子，」他說：「第一次嘗試卻落得這種下場。她父母肯定傷心欲絕。」

「她父母認為她不可能同意食用大麻油，我傾向他們的說法。莉莉即將進入醫學院，這敏感的女孩努力上進，生活檢點。她很可能完全不曉得自己吃進大麻油，她體內有酒精，烈酒，但沒有過量，酒精也可能蓋過大麻油的味道。她死前約一個小時吃了點東西，熱狗還有馬鈴薯之類的。」艾爾莎說。

「大麻油可以抹在熱狗上，或是讓番茄醬或芥末醬蓋過去。妳認為她嚐不出來嗎？」

「我的理論是，她完全沒發現自己吃了什麼，直到一切無法挽回。」艾爾莎從推車上拿起一個袋子，先在標籤上註記她曾開啟檢視。「看這個。」她從塑膠證物袋裡拿出莉莉的牛仔褲，舉了起來。「你看拉鍊。」她說：「你記得我們在莉莉腹部發現的記號吧？就是牛仔褲上拉鍊的位置？」艾爾莎將莉莉身上的白布拉開，戴手套的手指滑過女孩肚臍下方幾公分的淺淺瘀傷。「我們拍照放大。一開始假設這是牛仔褲造成的傷痕，因為她身上沒有其他傷勢能讓我們做出更多推斷。我展示給你看。」她帶卡倫納到電腦前，兩張放大的照片並列，上方有網格比例尺。「你看她身上的拉鍊瘀青以及我們拍攝的牛仔褲特寫，會看到牛仔褲上的拉鍊鍊齒很小。而經過顯微鏡觀察，她身上的鍊齒痕跡兩端比牛仔褲的鍊齒來得大。」

「但她沒有其他外傷。」卡倫納走回莉莉屍體旁邊，仔細端詳她腹部的拉鍊瘀青。「如果有人壓著她，難道她不會有其他瘀青或抵抗的傷痕嗎？要控制一個一絲不掛的年輕女孩，又沒有更多肢體動作，動機是什麼？」

「我只能告訴你證據讓我看到的事實。我唯一能確定的是，莉莉當時幾乎是意識不清的狀態。沒有更多的傷痕，加上拉鍊的瘀青，說明可能是合意行為；但是完全找不到對方的唾液、精液、皮膚ＤＮＡ，實在讓人想不透。」艾爾莎將牛仔褲放回證物袋，重新封裝起來。

「艾爾莎，妳是說有人謀殺了她？」卡倫納問：「我需要明確的答案。」

「親愛的孩子，問題就在這裡，沒有明確的答案。我懷疑她被下藥，但她沒有遭到攻擊或性侵，而這樣根本無法確立動機。」

「也許是意外？幾個孩子嗑藥過了頭，對莉莉惡作劇，讓她吃下大麻油。沒想到出事了，他們就跑了。」

「也許。但這樣無法解釋她肌膚上的鍊痕，這痕跡只會在莉莉已經赤裸的狀況下才會出現，不然不會那麼清楚。光是大麻油不足以致死，死因是氣溫。你問我是不是謀殺，顯然很清楚了；若是意外、或你說的惡作劇，動手的人應該有充裕的時間叫救護車，或送她去醫院。現場的確有另一個人，而那人拋下她。至少從我看來，這是應該受到譴責的殺人案件。」

「妳覺得是謀殺，我該怎麼對她父母說？」卡倫納問。

「說你正朝過失致死的方向調查。」艾爾莎說：「我來看看能不能找出鍊痕符合哪些衣物或特定品牌。我不確定能幫上你多少，但我目前能做到的只有這些。」

卡倫納在車上打電話給艾娃，她手機忙線，他先留了訊息。隨即他暗自思索，現在似乎不是休假的好時機。莉莉．尤思提斯命案需要進一步調查，她的家人需要答案。艾娃升遷後，重案組少了一位督察，目前還沒補人。艾娃仍然沒有接受貝格比總督察的死，卡倫納要是休假一定會增加她的壓力。現在休假說好聽是莽撞，說難聽點是自私。他整個週末都躲著人，窩在健身房裡好幾個小時，讓自己忙碌，好保持理智。如果短時間內他無法替母親伸張正義，他至少要確保莉莉．尤思提斯哀慟的家人能夠得到一切的答案，讓女兒安息。

17

柯蒂莉亞・穆爾的房子一如預期的溫馨。屋內的燈泡散發橘色光芒，令人想起聖誕節、全家團聚的節日，長桌上是美食饗宴，人們忙著拍照，替相簿增添新的回憶。他從對街望過去，警覺地讓臉藏在屋舍大門的陰影裡，他告訴自己，他是來計畫、來觀察的，同時沾沾自喜著這趟來訪。前門的油漆是新刷的，一點刮痕也沒有；門口沒有掛上「不接受上門推銷」的牌子，怎麼可能？了不起的柯蒂莉亞・穆爾肯定會同情那些卑微而絕望之人。她甚至會邀請他們進屋販售廉價衛生紙及摻了水的清潔用品，再端出茶與餅乾招待他們。買下那些品質低劣的產品會讓她感到愉快而驕傲。他心想，柯蒂莉亞之後會扔掉那些嗎？不，別傻了，當然不會。二手慈善商店或街友庇護所曾感激民眾捐贈這類物資。過去幾年間，他待過這些地方，暫時躲避糟糕的天氣與更糟糕的人，還能來碗熱湯與麵包，都是超市賣不掉的過期品。

他皺起眉頭，那是他找到使命之前的歲月了。他背負的使命要他融入這肉眼可見、常人接受的世界，打打零工，睡覺時將紙鈔塞在鞋子裡藏好。滿是跳蚤的雅房、滿是髒汙的地毯，或是一到夏季聞起來更可怕的地方。所幸，他還能沖澡，這意味著能找到薪水更好的工作，於是如此這般。現在，他在尋常的愛丁堡街頭也算是一個尋常的路人了。他在「裡面」了。他有一臺筆記型電腦，能夠連上網路窺探別人的生活，要是人們願意花點時間留意，他們會驚恐於自己暴露了無數行蹤在毫無隱私的社交媒體上，連地址都查得到。屋裡的女人經過二樓窗戶時，他稍微後退。

他的車停在街角。事先從這屋子開車到醫院的測試相當重要，確保他能在對的時機出現在對的地方。一旦柯蒂莉亞上了救護車，有警示燈與警笛的加持，車速會更快；要是由柯蒂莉亞的女兒開車、或搭計程車，就會慢十分鐘。相較於柯蒂莉亞服藥的時間，劑量本身並不那麼重要，他只需要動點手腳；他很清楚哪一天將用上最後一次、也是最高的劑量。他一直慢慢給她下藥，破壞她體內抵抗毒物的機制。到今天傍晚，劑量會高到非送醫不可。他的計畫很精準。柯蒂莉亞每天下午三、四點之間服藥，每劑藥物都會在七到八小時後重擊她的身體。下藥的精準讓他可以事先安排一切。正確的劑量是三點五克，磨成粉投入飲料不會被察覺；少於二點五克，柯蒂莉亞也許不會出現該有的反應；超過四點五克，死亡會太早降臨。他很清楚事發當晚他會在哪裡，率先搶好視野最棒的位置。

棕色磚牆的連棟房屋中一扇窗戶打開，浴缸的放水聲如瀑布般流淌上街道。她此時肯定知道自己病了。但柯蒂莉亞會告訴自己，只是病毒感染，也許是壓力太大，也許只需要看醫生，但沒有生命危險，就是胃潰瘍或細菌感染。也許她會起更大的疑心，但她同時會警告自己別大驚小怪。她的堅忍不拔確保了他將毒藥注入她體內的時間。正面思考最終會要了她的命。

他觀察六、七點的車流狀況，注視十字路口的車輛隊伍，還有遠方的亞瑟王座，在深藍色清朗無雲的夜空下，只看得到黑色的山影輪廓。目睹莉莉斷氣時，星星出來了。他心想那是最壯觀的景象。他只希望她沒有哀求饒她一命，那一刻，他覺得莉莉就要毀了一切，但那一刻沒有維持太久。

那天晚上起初一如尋常，他們去酒吧，喝了兩杯酒，他勸她吃點東西，說空腹需要墊墊胃。她很客氣，他點的不是她常吃的健康飲食，但她不好意思讓他獨自享用。別的女孩也許會欣然接受藥物，尋求免費的慰藉；莉莉不是這種人，這也是她吸引他的部分原因。她不願意染上汙點，所以他只能藉由洋蔥與調味料來蓋過大麻油的味道。

他們開車前往亞瑟王座，登上山丘時，酒精的效力還沒有發揮作用。他背著所有需要的物品，她則像一名騎兵，無懼寒冷，笑著一路往上爬。等生火的木頭搭好，雙人睡袋就定位後，距離盡頭就不遠了。他們快抵達山頂時，莉莉已經顯露睡意，她伸手要他拉著她。他戴著厚厚的羊毛手套。她說他想得真周到，她也希望自己穿戴更適合這種天氣的衣物。他則說：「我幫妳取暖，我會讓妳今晚很舒服。」

一輛車駛過，回憶煙消雲散，這輛車倒車停進柯蒂莉亞家對面的街道。他拉起連帽外套的帽子，確保遮住眼睛，然後別過頭，避免旁人察覺他正在觀察那棟屋子。他從口袋裡拿出香菸點燃，吸了長長一口，眼角的餘光瞥向從車裡下來的女人。她深色的皮膚與漂亮的骨架完全遺傳自柯蒂莉亞，那就是她女兒了。和莉莉同樣年紀，同樣前程似錦。他喜歡開朗的女性，他喜歡她們死時的哀傷，曉得眼前等待的是什麼。風險愈高，得到的獎勵也更令人滿足。女兒快步跑跳上階梯，拿鑰匙開門，一進屋就朝母親喊著。他又看向亞瑟王座，放鬆下來，不急著離開穆爾家。他幾乎能感受到這家人緩緩滲上街道的溫馨。

在那座山丘上，他感受到近乎狂喜的情緒。他生起小火堆，莉莉將自己藏進睡袋裡，小口啜飲隨身酒瓶裡的波特酒加白蘭地驅寒。大麻油加上酒精會讓肌膚變得炙熱，但天氣明明寒風刺骨。她覺得暈頭轉向，世界彷彿永不停歇的旋轉木馬。

「我覺得不太對勁。」莉莉的下巴壓在胸口，又說：「抱我好嗎？」

「很快就好。」他說，然後快速劃了火柴扔向火種。只需要一根柴薪，多燒無益，火無需燒太久。他低聲說：「別睡，我還想抱抱妳。」但當然不是她所想像的。他發現含糊其辭是很方便的工具。「衣服脫了。」他說，她臉紅，他露出微笑。「我希望妳替我先暖暖睡袋。」

火在他們之間燃燒，他把玩起一圈石頭，護著中央的火光，凝視莉莉聽話地動作著。他記得，她的手指慢慢不聽使喚，時間一分一秒過去，她的動作慢下來，但她完全不怕，真是令人欽佩。莉莉在這一刻成為羽翼豐滿的女人，要不是那最後的動搖，幾乎可說相當成熟。白底綴藍色矢車菊花朵紋樣的內衣褲還留在身上。

「那也脫了。」他說。

「想給你脫。」她說，說話時邊打著冷顫。他離開火邊，跪在她身旁，依舊戴著手套的手扯下她的內褲，他很清楚不能冒險在她身上留下DNA。

「不脫手套嗎？」她問。他記得這是他頭一次對她感到失望。他並不驕傲，但他想像一切會以他想像的方式進行，氣氛充滿哀戚，一切應該會很美。

他語氣堅定地要她脫下胸罩，待在原地，態度很明顯，浪費時間的情話綿綿過去了。

「我想像中不是這樣。」她說：「我覺得不對勁，這樣不對。我要去……頭好暈，怎麼會這樣。」

他詫異地看著莉莉站起身，他以為到這一刻她沒人攙扶根本站不起來，但這就是他花了好幾個月接近的莉莉，他欽佩她。她搖搖晃晃向左走、又往右走，雙手伸得長長的，就像進行派對遊戲的孩子，遮起雙眼，摸索前方能保持平衡的物品。她的抗議愈來愈大聲、愈來愈煩人，他帶她回睡袋旁，迅速脫掉她的胸罩，然後讓她躺下來。他抱她坐在地上，她的手不斷揮舞、無力地拍打他，卻徒勞無功。涼意此時已滲入她體內，但他還是需要抱住她，直到她毫無力氣抵抗沉重的睡意。他將睡袋蓋在她的軀體與雙手上，他的重量壓著她，不讓她逃開，當然她也逃不開。他像在和羽毛摔角。當大麻油終於發揮藥效，莉莉淺淺呻吟了一聲，失去意識，她臉頰上的淚水反射出金色的火光。他不能伸手觸碰，太美了，不能破壞。

他低頭看手錶。他在柯蒂莉亞對面房子的門口待太久了，站在這裡快速抽根菸可以理解，待上四十五分鐘？應該會被謹慎的鄰居誤認為竊賊或跟蹤狂。有別於莉莉，和莉莉相處時，他有的是時間。他在山頂坐了兩個小時，看著她吐出的氣息化為冰冷空氣，任柴火逐漸熄滅，任莉莉的生命逐漸熄滅。她死亡的顫動猶如滴上燙熱板子嘶嘶作響的冰水。她眨了眨眼睛，他一度幻想自己親吻那刷了睫毛膏的睫毛，作為戀人的正式告別。不過，就算是最小一滴唾液都會害死他。警方也許會蠢到相信是意外，但他絕對不會留下如電話號碼般明顯的鑑識證據。他溫柔地摘下她的戒指，這樣他就心滿意足了，這枚戒指將放進他那只盒子裡特別為她空出的位置。

人們不會理解，他們會以為他出於低劣的性衝動殺人為樂。重點在於，莉莉本身只是附帶的死亡、達到目的的手段，就像柯蒂莉亞一樣。假使要他向那位可愛的小愛爾蘭演員尚恩．歐可霍解釋，他會說，他們只不過是道具。他們的屍體只是偉大傑作的一部分，而那作品主要的隱喻是哀痛。

他瞥向手錶，工作在召喚他了。那句話是怎麼說的，魔鬼總會替你找事做？他笑了笑，看了柯蒂莉亞那幾乎能登上雜誌封面的房子最後一眼，然後拼起他計畫的最後一塊拼圖——讓她永遠回不了家。

18

「我要吐了。」尚恩說，實實在在的誇張演員，他抬頭讓男友替他調整領子，然後又低下頭。

「我不確定怎樣比較好看，但我想領子放下比較好。立領有時會讓人覺得有點混蛋。」布萊德利說：「而且這樣你才不會吐，男人鼻息間的嘔吐味讓人幻滅。」

「多謝你的建議嘍。」尚恩說：「抱歉，我想該讓你回去工作了。我只是很緊張，需要你打氣。」

「聽著，你接到電話，第一次試演通過了，他們顯然很喜歡你，沒理由這次不會順利。」布萊德利走向前，緊握住尚恩的手，熱情親吻他。「你就要迎向新的事業，我感覺得到。要是我錯了，晚點可以找我算帳。」他擠眉弄眼起來。

「你可什麼都能想到性呢。」尚恩大笑。「好，我要進去了，別祝我好運。」

布萊德利看著他消失在劇院大門，低頭看看手錶，所幸他提早過來，還有時間吃點簡單的午餐。他的公司不在乎他午餐吃多久，只在乎工作成果，而布萊德利的工作成果相當豐碩。他的風險預估報告根本是藝術品，所有人都不清楚他到底怎麼辦到的。

十分鐘後，他走進布勞頓街的「筆名咖啡」，那是他最喜歡的地方，也是愛丁堡LGBT（男同志、女同志、雙性戀與跨性別者）的避風港，門面很有格調，歡迎每個人，員工相當風趣，餐點更是備受讚譽。更重要的，他在這裡邂逅了尚恩。布萊德利當時和一群同事坐在一起，剛結束漫長的午後會議，大家出來喘口氣。尚恩的身邊則是一群嘰嘰喳喳的演員，他們昨晚實驗性表演的惡評才剛出爐。沒多久，兩群人成了一群，桌上滿是杯子與食物碎屑，布萊德利發現自己總不住盯著對桌的尚恩，之後尚恩就常常光臨。但最近尚恩比較少來了，他偏愛白天上健身房、晚上去葡萄酒酒吧，輪流攝取低熱量餐點和酒精。布萊德利卻喜歡這裡的甜點和傳統感，通常樂得一個人靜靜坐著，思考生活。

布萊德利點了一杯義式濃縮咖啡，坐進窗邊的座位，心想自己比平常晚到，不曉得會不會因此錯過他的新朋友。對方名叫克里斯欽，他們還沒聊到彼此的姓氏，這位朋友剛搬來愛丁堡，透過網路聊天室得知這間咖啡廳。布萊德利提醒自己，他不是在找新對象，但他知道他還是會被俊俏的臉孔與悲傷的故事所吸引。克里斯欽肩負兩者。過去幾個禮拜，他們會在午餐時間一起喝咖啡，然後回到各自的生活。

指尖在肩上的輕點讓他回過神來。

「布萊德利，你好嗎？」克里斯欽說：「抱歉遲到了，我還在替論文收尾。顯然我今天很不順，這就是成年學生才有的喜悅。你點了什麼？」

「咖啡。」布萊德利說：「別擔心，我也遲到了。」

「真的？一切都還好嗎？」克里斯欽從剛端來的茶壺裡倒出茶。

「沒什麼令人興奮的事。」布萊德利說，那小小的謊言讓他變得心虛。他覺得彷彿在隱瞞什麼。他沒有聊到尚恩。他們認識那天，克里斯欽坐在座位旁，看起來孤立無援，布萊德利覺得似乎有必要關心他的狀況。兩小時後，他們談很多，超乎彼此的預期。克里斯欽當時正要結束一段煎熬的關係，未婚妻無法接受他想嘗試與男性交往的念頭。布萊德利很清楚，試圖了解並嘗試同性關係可能會帶來創傷，尤其當你還處在「不太對勁」的異性戀關係中。他的許多朋友都曾經歷這樣痛苦的過程。之後，他花了好幾個小時引導克里斯欽。克里斯欽目前仍和未婚妻同居，而他希望先保持隱私與低調，聽起來很合理。他們剛認識時，布萊德利偶爾會提到尚恩，但他最近愈來愈不想討論他。布萊德利一想到自己背後的動機時會覺得內疚，但他愈來愈喜歡和克里斯欽共度午餐時光，對於尚恩的愧疚也漸漸拋在腦後。他們之間形成一種模式，他們會聊工作、政治、音樂，還有他們的性向，但不會提到彼此的另一半。

「我準備好要約會了。」克里斯欽說：「我知道我得在十二月底前離開她。要是我不能趁新年時成為真正的我，就得帶著這樣的苦惱迎向明年。」

「你確定你準備好了嗎？」布萊德利問，這時義式濃縮咖啡來了。

「我只知道我不想再過不完整的人生，這才是最重要的。如果她能接受我是雙性戀，也許還走得下去，但她堅持這只是一個過程。她說我都二十好幾了，沒有人會在這年紀才展開新的人生。我很明白她絕對不會妥協。但唯有這樣才公平，對我們都公平。」

「你還沒有……」布萊德利壓低聲音。

「沒有，我原本想週六晚上去夜店，但那就等於背叛了我的未婚妻，我不能這麼做。我必須先恢復單身。你會覺得很怪嗎？我成年後只碰過女人，很難想像撫摸像我身上一樣的肌肉那種感覺。嘿，抱歉，我該住嘴了，這種話已經超過快速喝杯咖啡的預期了，對吧？」

布萊德利閉緊雙唇。他忽然意識到他想像那對肉體畫面時，嘴唇忍不住微微張開了。

「凡事起頭難，但也最刺激。聽著，我明白我們說好一切只在這裡聊，但這是我的手機號碼。」布萊德利拉起克里斯欽的手，掌心向上，寫下自己的號碼。他感到克里斯欽的手又大又強壯，不禁幻想這隻手正撫摸他的身體，但他連忙打住這白日夢。「如果你需要聊聊，打電話給我。任何問題都好，蠢問題也無妨。我曾希望我出櫃時能有朋友陪伴，一切會變得輕鬆許多。如果可以，就讓我幫你。」

「你知道我不能要求你這麼做，尚恩不認識我，讓你接我的電話對他並不公平。這一切對我來說已經意義重大，我不想破壞這一切。」克里斯欽說。

「來電前先傳訊息，如果可以我再回電。你不需要獨自經歷這一切。」他短暫握住克里斯欽的手，捏了捏，然後起身。「我現在真的要走了，還有一堆數字需要處理。」這般乏味的說詞讓布萊德利的聲音變得微弱。

「我喝完茶就走。」克里斯欽起身，雙臂攬住布萊德利的肩膀，大力擁抱他。「謝謝，布萊德利。沒有你，我真不曉得該怎麼辦。」

布萊德利離開，感到他高漲的腦內壓與連動之下高漲的褲襠。克里斯欽身形結實瘦長，比布萊德利還高，那很棒。他必須壓抑某些念頭成形，但顯然來不及了。比他更高大強壯的人能夠擁抱他，那感覺會多美妙？尚恩似乎永遠看起來都那麼需要保護。克里斯欽更像是帶頭的男性領袖——不是獵物，而是掠食者的肉體。他並不想抱怨，他提醒自己，他很喜歡有尚恩作伴，不只喜歡，他們很契合，他們處得來。

他手機響了。

「在冰箱冰幾瓶有氣泡的飲料。」尚恩說：「我成功了！我現在是專業劇團的全職演員了！生平第一份劇本就在我口袋裡，我會有薪水，不必三天兩頭參加沒報酬的試演了！對，我知道這些話你都說過。」

「我從來沒懷疑過。」布萊德利臉上掛著微笑。「你太棒了。」

「對，愛你，晚上見。我得掛電話，傳訊息給每個認識的人。接下來這一年，我的生活、我們的生活肯定刺激到不行，我可以感受得到。」尚恩說。

19

週二一早，艾娃才接到狄米崔總督察的來電。她等著狄米崔投訴賴弗利，但出於對小隊的忠誠，她準備為警佐稍加反駁。事實是這位警佐失去很多能控制自己、避免違抗上級命令的機會，他遲早得面臨後果。

「通納督察，抱歉打擾了。我知道妳非常忙碌，只不過我猜妳在路易斯・瓊斯車禍當晚前往了他的廢車場？」狄米崔說。

「沒錯。」艾娃回答。

「這完全沒問題，只是我正在進行車禍事故調查，不曉得是否有任何我該知道的狀況？也許我們能交換些情報。」

「恐怕我還沒找到有用的資訊。」艾娃說：「要是逾越了管轄區，我向你道歉。」

「千萬別這麼想，我還接到防止虐待動物協會的動物管制官報告，提到有人通報場內幾只籠裡的鸚鵡。我從駕照及行照監理局取得瓊斯的地址，已經派幾名警員過去查看。」狄米崔說。

「我是因為查看行政指令才知道那裡。案子就交給你們了。有駕駛的消息嗎？」艾娃問。

「沒有，老實說我並不期待。要說是瓊斯開車，他的逃跑似乎顯得過於隨機。車子沒繳稅、也沒保險，我推測現場的其他車胎痕跡，可能是來接他的人留下的。」

「嗯。但他名下的建物狀態，還有拋下那兩隻鳥，你不覺得整件事很異常？」艾娃思索。

「我們注意到了。但路易斯・瓊斯這種人到處惹事，所以我想短時間內可能還查不出登門盜竊的嫌犯。」狄米崔笑著說。

「明白。總督察，瓊斯就交給你們。抱歉介入你們的工作。」

艾娃掛斷電話，從辦公桌抽屜裡拿出那張五十元紙鈔，她昨晚放進去的。她登入警察系統，輸入紙鈔的序號。等了幾分鐘，什麼都沒查到。這筆錢，應該說這張紙鈔，並沒有出現在任何犯罪證據的檔案中。她並不訝異，那疊錢看起來轉手過，就算是髒錢，肯定也「洗乾淨」了。絕對是，不然貝格比不可能安心放在家裡。

她看看手錶，打開電視。卡倫納要召開莉莉・尤思提斯案的記者會，呼籲目擊證人出面指認她人生最後一晚身邊那名神祕友人的身分。蘇格蘭警署目前只針對莉莉的命案疑點提高關注，但他們需要民眾協助才可能出現實質進展。尤思提斯一家人坐進長桌時，所有人停下手邊的動作，卡倫納緩緩開口：

「莉莉的命案，我們需要大眾配合……」卡倫納重述案件狀況，艾娃沒仔細聽。莉莉的父母看起來面色慘白，彷彿只是投影。她姊姊坐在鏡頭邊緣，茫然望向遠方，身子像在晃動。艾娃希望現場有人能多留意她，可憐的女孩看起來不太對勁。卡倫納發言完畢，請莉莉的父親宣讀預先準備好的聲明。艾娃看過草稿，她的注意力又回到盧克身上。她以為他會生氣，因為她設計好讓他們母子見面，但她沒料到他會變得如此冷漠。當上主管好壞摻半，若是幾個月前他擺出這態度，她可以立刻找他挑明了說清楚，現在她得克制自己。她覺得他彷彿正要走進一場戰鬥。他緊抿雙唇，顴骨在深髮色下顯得格外立體。他的雙眼是近似黑夜的深咖啡色，螢幕上看起來相當醒目。她想找他談貝格比，談在貝格比家閣樓上找到的鈔票；但要他分擔艾娃肩上的重擔，捲入警界高層爭議太自私了。她遲早要決定是否呈報這筆錢，但貝格比的名譽與他遺孀的財務狀況都會受到影響；還有路易斯．瓊斯的失蹤。找到瓊斯也許能夠得到一些答案，或許是她不想聽的答案。她請崔普警員進來。

「我需要路易斯．瓊斯的市內電話紀錄，就是我們週末去的那個廢車場。」她說：「別打給道路事故犯罪專線，換個地方查，好嗎？我答應狄米崔總督察不會干預他的工作。」

「長官，妳有特別想找的資訊嗎？」崔普問。

「還不確定。整理出他房舍盜竊的檔案，至少算得上調查的理由。同時，我們有瓊斯客戶的任何消息嗎？我要知道他工作之餘都在哪出沒、都和誰來往。先查一般的資訊。」

「賴弗利警佐是妳最可靠的來源，我會請教他。大家現在也在等莉莉．尤思提斯記者會之後，能夠得到哪些回音。妳覺得那是謀殺，或只是深夜的狂歡出了差錯？」

「你不知道，我也不知道。」艾娃說：「不管怎麼樣，我們都失去了一條不該失去的生命。我只希望莉莉死時沒有恐懼，那樣過於悲慘。我寧可死亡時感受痛苦，也不要感受恐懼。」

20

記者會後，米娜請她父母送她去大學圖書館，他們之間幾乎沒交談。米娜帶著筆記本和筆，算是上圖書館的偽裝。家裡成了哀傷的牢籠。她母親偶爾才吐出兩、三個字詞，她父親動不動就咳嗽，似乎永遠咳個沒完。她在圖書館門口傳訊息給克里斯欽，一分鐘後，他出現了，腋下夾著書，一臉憂心忡忡。

「我在電視上看到了。」克里斯欽擁抱她。「妳還好嗎？」

「我要發瘋了。」米娜說：「我們去別的地方好嗎？我要是再聽到時鐘指針移動的聲音或誰在壓低音量說話，我覺得我會尖叫。」

「走吧。」克里斯欽取下自己的圍巾，圍在她的脖子上。「我們去喝點東西，費茲傑羅可以先放一邊去。」他伸長手臂環抱她，帶她走出圖書館大門。「這週末我幫朋友顧家，我們去他家。」

＊

公寓位在安南達爾一處鋪上嶄新褐磚、暗色玻璃的大樓裡，對面是停車場和公車站。

「離市中心好近，一定很貴吧。」米娜說：「這位朋友是誰？」

「我幫他打過零工。」克里斯欽說：「他經常出差，希望家裡有人，所以找我來替他照料房子。有兩間臥室，走路就能到學校，而且他的吧檯永遠不缺酒精。妳想喝什麼？」

「伏特加？」米娜問，她站在窗邊俯瞰下方的街道。

「要加柳橙汁、可樂，還是純的？」

「純的。」米娜問：「有冰塊嗎？」

「就我對麥基的了解，他的冰塊可以堆起冰山，足以撞毀一艘船。等我一下。」克里斯欽走進廚房。「妳是不是該傳訊息給妳爸媽，讓他們知道妳幾點到家？」

「他們都關機了。警方同意透過市話聯絡，而且關切的朋友太多，很多媒體也想問到他們的說法，我媽還因此把手機扔進街上的垃圾桶。她後來驚覺莉莉的照片都存在手機裡，又跑回去翻出所有的垃圾，好不容易找到手機，旁邊早已圍了一群人。」

「妳電話裡說警方查到了什麼？」克里斯欽說：「妳想聊聊嗎？不想談也沒關係。我們可以看部電影，或是妳在沙發上睡一下，想怎樣都行。」

「也許躺一下？我在家睡不著。我不管往哪裡看，彷彿都會看到莉莉，聽到她的音樂，聞到她的香水味。然後我會做噩夢。」

「跟我來。」克里斯欽牽她的手，走進短短的走廊。「我目前睡這裡，妳在我床上躺一下吧。」他開門讓米娜進去，她脫鞋時，他站在房間門口。

「陪我睡？」她問。他微微搖頭，一手梳過頭髮，閉上雙眼。「拜託？」她躺下。「我沒辦法自己睡。」

「陪到妳睡著。」他說：「但是米娜，我們之間什麼也不能發生。我不希望妳日後回想起來，覺得我想占妳便宜。我關心妳，才不希望妳這麼想。畢竟我的生活目前也很複雜。」

他躺下來，讓米娜枕在他的手臂上。她挨過來，額頭靠在他的肩上，望著他的雙眼。

「警方怎麼今天突然召開記者會？」他輕輕撥開她眼睛上的髮絲。

「鑑識結果出來了。他們做了很多檢驗，她體內的大麻含量超級高，他們覺得這是她在山上睡著的主因。」

「大麻？」克里斯欽說：「妳說她不抽啊。而且我沒聽過誰會嗑嗨到失溫。」

「警方也覺得這點很特別。顯然她吃了加大麻油的東西，濃度很高。太過分了。」米娜伸手遮住眼睛。「她恨透了毒品和藥物。莉莉活得很健康，連喝茶都不加糖，要是她知道自己被下藥肯定嚇死了！哦，天啊，對不起，我答應我不會再崩潰了。我只是……失去她，我不知道該怎麼活下去，心臟像被撕裂了一樣，我夜裡醒來都無法呼吸。我好想她，你知道那是什麼樣的感覺嗎？我需要有人告訴我一切會好起來。要是繼續下去，我希望我永遠不會醒來。」

「她的遺體在哪裡？」克里斯欽問：「他們會讓妳見她嗎？」

「市立停屍間。我爸媽去看過了，但我無法面對，我不想記得那樣的莉莉，那已經不是她了。」米娜渾身顫抖，她控制不住身體，頭靠上克里斯欽的胸膛。

「也許妳該去看看。」他說：「也許這樣妳才能接受發生的一切，曉得她的確離開了，而妳在家時就不會再感受到她的存在。我知道這很煎熬，我也失去過某個人，我一直逃避，但最終面對也接受了，唯有如此才能保持理智。嘗試道別不是壞事。」

「我覺得自己沒那麼勇敢。我怎麼能看著她的臉，意識到那是我最後一次見到她？」米娜轉過身面向牆壁。克里斯欽溫柔地讓她再次面向他，雙臂擁著她，讓她看著他。

「我會照顧妳。妳不需要對妳父母說，妳是成年人了，而且妳是家屬，妳有權去看莉莉，妳比妳想像得還要勇敢。事實是，我覺得妳現在的情緒已經低落到谷底，想像一下，就算見到她也不會變得更糟。她安息了，無論她身上發生什麼，一切都結束了。說不定當妳親眼看見她，妳的思緒將不會再編織出可怕的畫面。妳會面對現實，而我會接住妳，這點妳很清楚，對嗎？」

「別離開我，好嗎？別離開我，也許我就能撐過去。」米娜閉上雙眼低語。「要是你也出了事，一切就結束了。我知道你打從一開始就說你生命裡還有別人，我明白我們之間僅止於此，但我很感謝有你陪伴。你是好人。事實是你因此讓我想起了我的妹妹。」

米娜緊繃的身體放鬆下來，呼吸變緩，最後她沉沉睡去。克里斯欽抱著她兩個小時，直到她醒來；他看著她的睡臉，以及做夢時閃過臉龐的每一絲情緒。他想保護她不受清醒時的鬼魂與寂寞侵擾，他很清楚那有多痛。

21

「午安。」卡倫納簡潔開場。「各位都知道莉莉．尤思提斯命案的大致狀況，但我們先前沒注意到，莉莉服用了強效的大麻油，造成她在山上失去意識。我們要在今天的記者會上呼籲當晚見過莉莉的市民出面，我們知道她不是一個人。各位要找出那晚和她在一起的人，一人或多人都有可能，如此一來才能釐清莉莉究竟是死於意外還是謀殺。」他在螢幕上點開地圖。「這是屍體所在的位置，小營火在尋獲屍體前幾個小時就燒完了。」

「點火的物品有什麼線索嗎？」一名警員問。

「木頭和助燃劑沒什麼特別的，加油站或很多店家都買得到。」卡倫納說。

「灰燼不多。」賴弗利插嘴：「表示無論是誰生火，這個人都不希望火燒太久。」

「也可能莉莉很早就昏過去，他們叫不醒她，只能逃跑。而當時火勢還沒燒到他們原先的預期。」卡倫納回應。

「督察，看來他們沒當過童子軍。要是我，一開始就拿木頭壓著火種，將木頭下方徹底烤乾，否則火種會燒太快。我想不管是誰和死者在一起，生火都只是做做樣子，根本不打算讓火燒太久。」賴弗利做出結論。會議室裡竊竊私語起來。卡倫納腦中不禁描繪出另一個場景。乍看只是青少年隨便生火，但這名凶手還費心在外頭圍了一圈石頭，維持火勢，看起來是經過計畫的行動。

「好。」卡倫納說：「這是無人機拍攝到的畫面，就是這臺無人機拍到莉莉的屍體。」他按下播放鍵，畫面動了起來。「無人機飛過山嶺，你們可以看到遠處的屍體，幾秒後就直接飛過屍體上方。她的衣物散落在山丘各處，目前無法確定是莉莉、還是凶手棄置的；也可能是夜晚山風造成的結果。衣物散落沒有特定模式。」

螢幕定格在屍體的特寫。會議室中央有人低聲說：「哦，該死，我完全忘了。」卡倫納抬頭，只見滿臉通紅的畢德康警員正咬著指節。

「妳忘了什麼？」艾娃從會議室後方問。

畢德康整個人像縮進了雙肩。「我忘了報告昨天的一則訊息。」她說：「是莉莉．尤思提斯的姊姊。她聯絡不上重案組，所以電話轉到我這裡。抱歉，長官。」畢德康說完抬頭，眼神只敢對上卡倫納的雙眼半秒。

「警員，」卡倫納說：「妳能直接告訴我們訊息內容會很有幫助。」

「哦，當然。她想知道她什麼時候能夠領回她妹妹的戒指。她說去年父母送給她們一模一樣的戒指，兩人戴上之後就沒再摘下。我告訴她，戒指可能會留作證據，可能還在停屍間。」

「戒指顯然沒有出現在證物清單裡。清單列得很清楚，包括現場採集到的證物，還有驗屍時從屍體身上取下的衣物。」

艾娃翻閱檔案裡莉莉的屍體照片，盯著她的手。「找一組人去尤思提斯家，我要確認這枚戒指，問她父母最後一次看到她戴是什麼時候。要是找不到……」她沒說下去。

「很可能在我們找到她之前，有人就取走了她的戒指。賴弗利警佐擔任組長，下班前回報狀況。崔普，聯絡停屍間，再次確認證據清單有無遺漏，同時請他們檢查莉莉的手指是否有壓痕。如果戒指是在她死前或死後不久才取下，她手指上應該會有痕跡。」卡倫納說。

「禮拜五是喬治．貝格比的葬禮，你會去嗎？」艾娃問。

會議結束後兩個小時，卡倫納電話不斷，他正在座位上記筆記。

「可以的話我會去。」卡倫納說：「莉莉．尤思提斯的父母證實了米娜對戒指的說法，姊妹倆從來不會摘下戒指，但莉莉的臥房或整個家裡都找不到。」

「病理學家那邊怎麼說？」

「他們證實莉莉右手無名指上有壓痕，她父母也說她都戴那隻手指。」卡倫納放下筆，看著艾娃。

「大麻、拉鍊痕，還有失蹤的戒指，這個案件的性質已經不同了。我是否該警告歐韋貝克，這可能會升級成謀殺案？」艾娃問。

「嗯，賴弗利警佐也通知家屬了。我目前不會向媒體公開戒指、拉鍊痕的消息，我請家屬也別對外討論這些事。要找到事發當晚莉莉身旁的嫌犯，也許只能靠這枚戒指了。」他望向正低頭盯著鞋子的艾娃。「還有什麼事嗎？」

「不算有，事實上，有。你還好嗎？」艾娃問。

「我有一個死掉的女孩，沒有動機，沒有任何凶手的鑑識證據，凶手將現場布置得像單純的出遊意外，而我們差點被騙過去。所以，不，我不好。」卡倫納說。

「我不是指案子，我是說……」

「我知道妳要說什麼。我只想說，我必須搞定這樁謀殺案。週五的葬禮，我盡量到。至於路易斯・瓊斯，妳有什麼進展？」卡倫納問。

「已經不屬於我管轄了。」艾娃說：「狄米崔會從車禍跟進瓊斯的失蹤案，重案組應該不需要擔心。」

「很好。妳之前問我瓊斯和貝格比的互動，我回想起來，當時覺得很不妥，因為那場對話沒有文字紀錄，也沒有錄音。而對於瓊斯在法律背後搞的小動作，他統統無視。我想無論他們有過什麼樣的協議，協議到那時都還有效。」卡倫納說。

艾娃點點頭，覺得不能再多說下去。

「再向我彙報。」她走出辦公室，在身後帶上門，希望卡倫納沒察覺到她劇烈顫抖的雙手。

22

星期三早上，米娜獨自一人走進市立停屍間。克里斯欽留在車上，車子停在牛門的路上，他承諾會等她。她希望他陪同，但只有家屬可以入內。她前一天提出想看莉莉屍體的請求，得到了警方許可，沒多久就向她確認何時可以過來。徵得警方同意才能看自己的妹妹，感覺真詭異，但克里斯欽認為很合理。她妹妹離開了，而那具屍體是證據。整個晚上，她擔心自己做錯了，他則不斷傳訊息給她。等她睡著時，她知道再次見到莉莉就能讓她安息。

一位助理走出來，請她坐下來後開始解釋流程，並讓她了解該做的心理準備。都在意料之中，莉莉的臉色可能會不太對勁，她可能只是米娜昔日疼愛的那個女孩的一抹幽影，而米娜可能再也認不出來。

「我們走吧。」助理說：「準備好了嗎？」

「嗯。」米娜曉得她永遠也不會準備好，但她還是起身跟了過去。

「案件還在調查，妳只能待在玻璃隔間後面。莉莉就在那裡，等我一下。」助理穿上圍裙、戴上手套。

米娜碰觸她右手上的戒指，那是一枚細細的金色圓環，上方有個打結的裝飾。去年聖誕節早上，她們的父母送給姊妹倆一人一枚。莉莉從小就會模仿米娜的穿著與言行，多年來米娜常因此生氣。步入青春期後，米娜對於妹妹的仰慕卻感到有點驕傲，妹妹會耐心接收姊姊不穿的衣物，而且總是顯得感激。等米娜十八歲，莉莉的身高已經和她差不多了，她們會開玩笑要做一樣的打扮，喜歡兩人之間的共通點，她們會選擇同樣顏色或款式的服飾，她們手上的戒指時時刻刻提醒她們對彼此的愛。

米娜抬起眼睛，莉莉的變化沒有她預期得恐怖。她的肌膚失去血色，幾乎呈透明。米娜無法將視線從她的睫毛上移開，那雙睫毛又黑又長，就貼在臉頰上，感覺如此熟悉。第一個為這對睫毛刷睫毛膏的人是米娜，她想讓她妹妹成為洋娃娃，塗口紅時兩人歡笑不已，塗在臉上的口紅比唇上還多。米娜想要碰觸那對睫毛，感受它們的柔軟。睫毛下的雙眼永遠不會睜開了。

米娜確認身旁沒有人後，從口袋裡掏出手機，點開視訊軟體，撥打給對街車上的克里斯欽。昨晚他們得知他無法陪她進去後，他便提議安裝這個軟體。米娜將鏡頭對著自己的臉，克里斯欽接通時，她的淚水正止不住地滑過臉頰。

「我到了。」她低聲說。

「沒事的。」他說：「妳看起來好蒼白，妳需要坐下來嗎？」

「不，我覺得好怪。我不知道我原本期待什麼，她其實還是她，還是那個漂亮的莉莉。但我離她那麼近，卻沒辦法碰觸她，讓我感覺更難過。」她說。

「我明白。」他說：「莉莉永遠都是妳的妹妹，誰也無法改變這件事。妳要我做什麼？要我見見她，還是這樣對妳來說太難了？都看妳。」

「我想……我想讓你看看。我希望你在她還活著的時候就認識她，你會喜歡她的。你介意我讓你看嗎？」米娜問。

克里斯欽停頓片刻。「我很榮幸。從妳的談話中，我常覺得我和她似乎早就很熟悉了。來吧，等妳準備好。」

幾秒鐘的時間，手機螢幕對著地面，然後上移，莉莉的臉出現在螢幕，她躺在檯子上，非常平靜，身上蓋了一塊白布。過了一會兒，視角轉換，米娜的臉又出現在螢幕。

「她看起來和妳好像。」克里斯欽面露微笑。「讓我希望我也能有兄弟姊妹。」

「我希望我能讓她活過來。」米娜壓低聲音。「哪怕只要多和她相處一天，要我放棄什麼都可以。」

「我明白。」他說：「妳慢慢來，我就在車裡等，別覺得有壓力。」

「我要出去了。」米娜說：「我不能再看著她，我心裡總期待能叫醒她，帶她回家。給我五分鐘。」

她關掉手機，手放在玻璃上，朝妹妹嘴唇的方向親吻了一下。

助理正等著她，帶她穿過走廊。米娜沿著先前的路線走回車子旁邊。他下了車，她伸手前就幫她開車門。

「嘿，妳回來了。」他伸手環抱她的肩膀。「告訴我妳怎麼樣。」

「我不該進去的。」米娜低聲說：「我覺得……我覺得我的心碎了。這話聽起來也許很蠢，但我的感覺就是這樣。我不知道我為什麼還活著。」克里斯欽緊緊抱住她。

「長官，我們可能有目擊證人。證人目擊莉莉・尤思提斯當晚出現在達基斯的酒吧。」崔普警員探頭進卡倫納的辦公室裡。

「可信度多高？」卡倫納問。

「女孩在電話裡的口氣很有把握。我們要先對她做筆錄，然後找畫師來。她幾分鐘後就會抵達。」

亞美莉雅．洛克十六歲，她母親陪她走進警局，崔普端著茶與餅乾過來時，卡倫納感覺到母女之間的緊張感。

「我和朋友一起出去。」亞美莉雅說：「那天只有酒吧裡比較暖。本來要去朋友家，但她老爸酗酒，我們可不想惹他生氣。」

「妳喝了多少？」卡倫納問。

亞美莉雅的眼角餘光瞥向她母親，然後說：「一點點。」

「我敢說不只一點點。」她母親插嘴：「花錢買酒的是那個露露，對吧？打扮得花枝招展，妝厚到可以夾三明治了。我說過我不希望妳老和她出門。」

「亞美莉雅，我們要評估妳當晚的記憶是否可靠，這一點很重要。妳並沒有惹上任何麻煩，但我必須了解妳當時的清醒程度。」卡倫納說。

「兩品脫蘋果酒。」亞美莉雅頓了一下，又說：「還有兩個小玻璃杯的伏特加。媽，對不起，我不會再喝了。」

她母親口中嘖了一聲。卡倫納搶在那婦人說教前開口：「妳還記得什麼？」

「我在電視上看到你和那女孩的父母，然後我看了她的照片後才想起來。那晚在酒吧，我們坐在同一張桌子。當時人很多，大家都是下班後來喝酒慶祝聖誕節，音樂很大聲，你懂的。總之，我坐在那女孩旁邊，我記得我常忍不住盯著她，覺得她好漂亮，我怎麼從來沒見過她。在達基斯，見到的人就是那些。她那天看起來很開心，我知道這說法聽起來很蠢。我想她就是很引人注目。」

「妳能描述她的衣著嗎？」卡倫納問。

「可以。上半身是紅色的棉質襯衫，剪裁合身，很好看；下半身應該是牛仔褲，我不太確定。」亞美莉雅說。

「妳注意到她和誰在一起嗎？」

「一個男人，印象中就他們兩人。」亞美莉雅說：「那男的滿高的，但不是高到讓人側目的那種，不矮也不胖。他戴了鴨舌帽，我不確定他眼珠是什麼顏色。酒吧裡掛很多聖誕燈飾，光線很昏暗。他是白人，二十幾歲。抱歉，我真的沒有仔細看那男的。」

「你們同桌多久？」卡倫納問。

「沒有很久。我才喝了一杯，他們就離開了，然後我們挪過去坐他們的位置。她是怎麼死的？」亞美莉雅問。

「恐怕目前我無法透露，但妳真的幫了我們很大的忙。我們會請妳和重案組的畫師合作，妳盡可能向畫師描述那男人的樣貌，好嗎？」亞美莉雅點點頭。「還有，和妳一起喝酒的朋友當中，有人記得莉莉或她身旁的男人嗎？」

「沒有。」亞美莉雅說：「我問過了，但他們比我還醉。我會記得那女孩，是因為我就坐在她旁邊。要是你們有需要，我已經將朋友的名字都告訴了女警。」

「亞美莉雅，謝謝妳。妳真的幫上了大忙。」卡倫納說。

「畫畫要很久嗎？」她母親忽然開口。

「一名女孩死了。」卡倫納低聲說：「我們非常感謝兩位耐心配合。」他離開，繞去茶水間，將好幾匙咖啡粉加進馬克杯裡，然後注入滾燙熱水。警佐經過時，他高喊：「賴弗利，去向亞美莉雅在夜店的那些朋友問話，有監視器嗎？」

「酒吧裡沒有。我們正在查附近的道路，或許能找出一些畫面。她有幫上忙嗎？」賴弗利問。

「她說對了莉莉穿的上衣，應該沒認錯人。她對男人的記憶不深，但幫我們確立了時間軸，達基斯離亞瑟王座並不遠。我會去向總督察報告新的進度。」卡倫納說。

「我這就去達基斯向酒吧員工問話。你去報告時，能幫我將這張紙條交給總督察嗎？她請我查的一些地方消息。」賴弗利塞給卡倫納一張皺皺的紙條，隨即離開。

卡倫納靠在櫃子上扭動肩頸，喝了幾口咖啡。他感覺像很久沒有睡覺了。他撫平紙張，盯著賴弗利潦草的字跡，警佐寫字的速度似乎很快。

「戀乳癖，又稱奶子店，單身酒吧／性癖好酒吧，格拉斯哥卡斯卡特路。有過販毒遭突襲的紀錄，可能存在賣淫交易。老闆喬·崔斯柯、兄長雷蒙因組織犯罪與幫派關係定罪。罪名詐欺、暴力，有點久遠了。合夥人有家暴背景，後指控撤銷。」

顯然是調查內容，但就卡倫納所知，重案組此刻沒有進行相關的任務。他再次摺起紙條，將馬克杯洗乾淨，準備去找艾娃。

卡倫納經過案情室時，一名警員上前。「長官，有電話找你。對方不肯透露身分。」

「知道狀況嗎？」他問。

「我猜是莉莉記者會的通報。但他指名找你。」警員說。

「好，轉去我辦公室。」卡倫納調轉方向。他坐進座位，等電話的紅燈閃爍。「我是盧克·卡倫納，請問你是哪位？」

「兄弟，我需要幫助。」男人的嗓音很沙啞。

「你是誰？」卡倫納問：「你有謀殺莉莉·尤思提斯的凶手消息？」

「你在說什麼鬼？沒有。你得幫我離開這裡。我只和貝格比談，但現在他死了。我知道他們在找我。」男人說。

「不管你是誰，要是你遇上危險，我會派人去找你。給我名字和地點。」卡倫納說。

「不行，只有你能來。除了貝格比，我只見過你。貝格比說可以信任你，別找其他警察，你不知道我曉得的事。」

「聽著，我不知道你是誰。」卡倫納說：「假設你需要我的協助，你得給我資訊。」

「我是路易斯·瓊斯，好嗎？你不能讓人知道我們的談話。我是貝格比的線人，我知道我的檔案還在。我在米爾頓橋，西邊的高爾夫球場一帶有幾間空棚屋。快來，帶水和食物。我躲了好幾天，我病了。」

「瓊斯先生，聽起來我該替你叫救護車。我可以請警察陪同救護人員去醫院保護你。」卡倫納說。

「你敢那麼做我就消失。」瓊斯說：「那一點也不安全，你快點過來。」電話斷了。卡倫納撥打艾娃的內線，沒人接。他叫來一位警員，將賴弗利要交給艾娃的紙條遞給那名警員，解釋他現在得外出。瓊斯要為艾娃的綁架案負起部分責任，這代表她不該接近那男人，而無論卡倫納對於貝格比昔日的線人多反感，他都有義務幫忙。他抓起車鑰匙，一路奔跑出警局。

23

卡倫納將車子停在路邊，一邊查看手機的GPS，朝高爾夫球場外緣西側前進。附近是一片濃密的樹林，他小心翼翼跨過地下結凍的枝葉。他站在最後一排樹林後方，打量了一會附屬建物，然後穿過面積不算大的草地。草地上延伸一道靴印，肯定是瓊斯進去時留下來的。

他靜靜前行，壓低身子，不是因為察覺異狀，只是出於本能這麼做。他移動到建物側面，眼前一道老舊的門虛掩著。

「瓊斯？」卡倫納高喊，他從外套口袋裡掏出手電筒，照進黑暗的棚屋內部。窗戶很大，灰塵與蜘蛛網遮蔽視線，各處堆放的家具擋住剩餘的光線。「我是卡倫納。路易斯．瓊斯？你聽得到嗎？」他小心翼翼往前走，一隻手掩住口鼻。屋內空氣汙濁，還帶著一股霉味，但讓他繃緊神經的是一股惡臭。有「東西」死在這裡。他感覺到風，從外頭大門朝屋內呼呼地拍打棚屋一側。卡倫納踉蹌撞上一疊胡亂堆放的椅子。「路易斯，高舉雙手，出來！」

他起身，拍掉頭上的蜘蛛網，舉起手電筒照向屋後。他推開幾個老舊的啤酒木桶，盡可能在惡臭的空氣中呼吸，他真希望自己沒有理會瓊斯的要求，帶一支警隊過來。他努力避開老舊的獵獾陷阱時，踩到了又軟又脆的物體。他退後，光線往下照。他踩到的是彎起的手指。卡倫納蹲下身，移動光源照亮軀幹。來不及了，活生生的軀體聞起來可不是這個味道。他瞥向軀體下方，瓊斯大小便失禁。卡倫納將手電筒擺在地上，從口袋裡掏出小刀，劃開瓊斯脖子上的水電膠帶，取下罩在他頭上的塑膠袋。

「路易斯？」卡倫納輕拍男人的臉頰，感覺不對勁，瓊斯的臉還有溫度，但樣子不對，下半部的臉僵硬沒有彈性。卡倫納拿起手電筒照進嘴裡，想看清楚。他一隻手扶著瓊斯的下巴，才剛碰到，手指就感覺到溫熱的液體，溼溼黏黏的，還有骨頭碎片。「媽的！」他快速抽開手，盯著指尖上灰紅夾雜的混合物。路易斯．瓊斯死了，任何急救措施都救不了他。他的腦漿灑了一地，子彈在額上穿出平整的黑洞。卡倫納將光線稍微下移，查看瓊斯的嘴部。他的下唇往上提起，超過上唇，一根工業用大鐵釘將下唇固定在他的硬顎上。

卡倫納將瓊斯的頭輕輕放回地上。無論是誰殺害了瓊斯，都已經離開現場。棚屋太小，沒有足以藏匿的空間。他打電話回局裡尋求支援與鑑識小組，然後在盡可能不破壞現場的狀況下離開，返回門口等犯罪現場小隊抵達。隨後警隊在棚屋周圍數公尺處拉起封鎖線，卡倫納站上塑膠片，供鑑識人員採集他鞋底可能的蛛絲馬跡。沒多久，艾爾莎．藍伯特抵達了，她穿好防護服，隨攝影師進屋，不一會兒就面色鐵青地走出來。

有人將暫穿的衣物遞給卡倫納，因為他的衣服要送去檢驗。他一邊穿，一邊看向艾爾莎。

「妳有什麼看法？」

「我可以告訴你，那根釘子在他中彈身亡前就釘進去了。嘴和鼻子之間神經密布，釘子穿過上排牙齒的牙根那是撕心裂肺的痛楚。我想都沒辦法想像這種折磨。唯一的好消息是，他會立刻昏厥，我猜他中彈時已經失去意識，並未感受到最後一刻的恐懼。奇怪的是，我很久沒看過這種手法了，可能有……」艾爾莎沒說下去，低頭沉思。艾娃從他們後方走來。

「艾爾莎，可能多久了？」她追問：「釘槍聽起來是挺新鮮的凶器，想必歷史悠久。」

艾爾莎扯下手套，直接扔進臨床廢棄物桶。「哦，見過兩次，我會說二十年前的事了。這是封口的意思。不只是因為凶手要對他開槍。要一個人安靜，只要塞塊布或貼膠帶就得了。」

「象徵性的封口。」艾娃說。

「我會說這同時也在警告其他人。一九八〇、九〇年代，幾件幫派組織的謀殺就有同樣的傷勢。」艾爾莎說。「你們的瓊斯先生沒有斷氣太久。我想，盧克，要是你早十分鐘到，你可能會碰到正要離開小屋的凶手。我今晚會進行驗屍，明天可以提供初步的報告，但致命傷就是中槍引發的腦功能喪失。他胸口有瘀傷，但那是舊傷，腿上也有傷，最初應該出血量很大。但他包紮得還算不錯。」

「那些傷勢可能是車禍造成的？應該是他開的車？」艾娃問。

「我必須查看車況，才能給出明確的答案，但理論上有可能。我得去找攝影師了。明天再談。」艾爾莎轉身離開。

卡倫納接過一旁警員提供的外套，他沒穿外套，身上就一套薄薄的防護服，很冷。

兩人獨處時，艾娃問他：「你要解釋你為什麼會在這裡嗎？」

「妳要解釋前幾人為什麼問起路易斯．瓊斯嗎？而今天他就死了。這是怎麼回事？」卡倫納反問。

「你得原諒我拿階級來壓你，但我不是來回答問題的。」艾娃壓低聲音，湊到卡倫納面前。「你來這裡，沒有支援，沒有我的授意，甚至沒有人知道你在這裡。你沒有和瓊斯一起倒在地上已經是奇蹟了。回家換乾淨衣服，然後立刻回局裡。我們必須談談，也別向任何人提這件事。」

一小時後，卡倫納拿著兩杯咖啡走進艾娃的辦公室。

「求和。」他將馬克杯放在她桌上。

「來不及了，也沒有用。」艾娃說：「你很可能會死在那裡。簡單說明你為什麼會去高爾夫球場旁的破屋子，裡頭還有個死掉的失蹤案主角。那男人曾是警方的線人。」

「瓊斯打電話給我。」卡倫納說：「我答應見他。他聽起來很害怕、很激動，還說他病了。他要我別對任何人說……」

「你明白程序很重要，對吧？至少比曾協助綁架我的男人所提出的要求還重要？」

「所以我沒有告訴妳。」卡倫納說：「唔，我當時找不到妳，而我必須立刻行動。我提議幫他叫救護車，派制服警員過去，他都拒絕了。」

「你不覺得這就是警訊？顯然不對勁，而你應該先通知我一聲？老天，盧克，你不是他媽的牛仔。行政管理系統，記得嗎？還有，少搬出我是為妳好那一套。」卡倫納靠在椅背上，喝他的咖啡。「一小時內我要在桌上看到報告，我要知道瓊斯對你說的每一個字，盡你所能統統寫下來。」

艾娃電話響了，她瞪著電話，然後接起。

「是，狄米崔總督察。」她說。卡倫納起身想離開，她卻揮手要他坐回椅子上。「對，瓊斯已經確認死亡。唔，藍伯特博士證實他的傷勢可能是車禍造成的。不，那些傷不是死因，重案組會將案子交出去。」一陣靜默。「當然，我同意，我們得知他藏身處時的確該通知你們。」她對卡倫納揚起眉毛。「完全沒有，我很清楚我的督察要去見他。我要督察帶瓊斯回局裡，原本預計讓你來審訊他。」她喝了一小口咖啡。「當然，我會確保你盡快得到我們的說明，但可能需要幾天時間，畢竟我們正在忙莉莉．尤思提斯的命案。」電話那端傳來含糊不清的話語。「非常感謝你提出的協助。總督察，再見。」她掛斷電話。

「妳不該那麼做。」卡倫納說：「少來我對你好那套？妳不需要替我撒謊。我沒按照程序走，我對自己這麼做有很好的理由，我已經準備好為自己辯護。」

「我不是幫你辯護，我是……算了，話都說出口了。你必須聲明是我派你去找路易斯．瓊斯，我會提到我評估過風險，而且完全不曉得瓊斯可能會遇上危險。組織人手去高爾夫球場周圍進行一般的問話，也請人聯絡狄米崔的手下，找到瓊斯車禍當晚開的車。艾爾莎的鑑識團隊需要檢視車況，那輛車現在可和謀殺扯上關係了。」

「由我負責這個案子？」卡倫納問。

「當然。既然瓊斯只聯絡你，屍體也是你發現的，讓案子交出去似乎不太合理。」艾娃說。

「妳在隱瞞我什麼？」卡倫納問。

艾娃看了他一眼，然後喚醒筆記型電腦的螢幕，按了兩個鍵。「沒有。不過他是線人，這代表調查他的死要保持低調，直到我們曉得哪些消息可以公開、哪些不行。這代表你只能向我報告。報告不能出重案組。」

「他當線人是很久以前的事了。我們查到的一切都不會影響正在進行的調查。艾娃，妳之前問起他，是不是出了什麼事？」

「沒事。」她盯著螢幕。「我要盡快看到報告。你該派賴弗利去查瓊斯，他有適合的聯絡人。」

艾娃等卡倫納離開後，才找出格莉妮絲．貝格比的電話號碼。她一直勸自己，她的直覺可能是錯的，也許她反應過度，但事實歸根究柢就是如此。最不可能自殺的喬治．貝格比自殺了，沒有遺書，沒有明顯原因；路易斯．瓊斯的廢車場遭到翻箱倒櫃，他負傷逃離車子，最後死於非命。昔日兩人合作揭發了蘇格蘭最惡名昭彰的犯罪組織，而他們聯手送進大牢的罪犯當中，有人出獄了。喬治．貝格比的閣樓則塞滿來路不明的現金。

她心想，不對，她疏漏了。要是殺害路易斯．瓊斯的人是為了錢，喬治．貝格比的家就是他們最後一個要找的地方。她打電話給格莉妮絲，要她打包行李，叫女兒來接她。之後，艾娃盯著時鐘，等手下一一離開警局，然後她回家打包。半小時後，她抵達貝格比家，親自送格莉妮絲離開。

她在客房攤開睡袋，儘管她可能睡不著。頭有點暈，她的良心稱不上天人交戰，仍偶有拉鋸。要是她能先和狄米崔談內心對瓊斯的疑慮，這位廢車場老闆現在不至於躺在艾爾莎的檯子上等候解剖。要是她能一股腦兒說出她的懷疑，而不是一味想保護前任總督察的形象就好了。而且她這麼做是為了什麼？答案其實再清楚不過。假使貝格比曉得他的妻子會在他死後陷入捉襟見肘的窘境，肯定會從墓裡跳出來告發。至於閣樓上的神祕現金？還需要更多資訊。看來貝格比寧可自殺，也不願意面對自己的行為。她幫忙掩蓋此事，看起來也像犯罪，這感覺幾乎壓得她喘不過氣來，但啟動正式調查又有什麼幫助呢？格莉妮絲．貝格比會失去一切，喬治．貝格比的名聲也將毀於一旦。他或許是自作自受，但艾娃並不想譴責他，畢竟他都離開了，再也無法解釋他的行為與背後的原因。

那根釘入瓊斯唇上的釘子，也深深敲進艾娃內心信念的棺木裡。閣樓上那筆錢肯定有鬼，而且絕對與崔斯柯與麥基爾脫不了關係，這意味著他們相信有人奪走了屬於他們的東西。艾娃又想，還無法確知那筆錢怎麼流到喬治・貝格比手上，但應該不難查清楚。有可能貝格比和瓊斯聯手侵占那筆錢，或是在崔斯柯和麥基爾坐牢時，兩人從既有的犯罪勾當中獲取高額利益。不管怎麼說，他們都為此走上死路。無論過多久，髒錢永遠洗不乾淨。問題在於，要是路易斯・瓊斯死前吐實，那麼貝格比家肯定是凶手的下一站。艾娃不能冒險讓他們找上格莉妮絲。她曉得那些人的手法多冷血。他們顯然接到命令要找出瓊斯，讓他開口。無論他是否開了口，他已經慘死。她很清楚，那些人還沒找到他們的目標時，決不罷休，而目標就在她頭上的閣樓裡。殺害路易斯・瓊斯的凶手不會想兩手空空回去見老闆，他們會盡快行動，那就是今晚。艾娃加熱了她外帶的咖哩，雖然沒胃口，她還是逼自己補充能量，然後檢查並鎖好所有門窗，電擊槍也充好電了。

24

「只是腸胃型感冒，也許是諾羅病毒。」柯蒂莉亞．穆爾告訴身邊忙進忙出的傑若米。「說真的，別擔心我。只是要保持一點距離，我不希望傳染給你。」

傑若米遞給她一盒面紙，然後透過玻璃隔間瞪著連恩．胡德，這傢伙正忙著翻冰箱。他拍拍柯蒂莉亞的肩膀，要她放心，然後去找連恩。

「你、你在做什麼？」他問。

「不關你的事。你不是該洗一下東西還是做點什麼？」連恩說。

「我不是來洗東西的，我現在要幫忙柯蒂莉亞。」傑若米透過玻璃，望向他的老闆。她正抱著肚子，頭低到快貼在桌上。「她、她昨天就是這樣？」他問。

「你很感興趣？擔心會傳染，是吧？」連恩問。

「不，我、我只是……」

「好，隨便，我只是在挖苦你。那邊有些檔案要整理，也許你的心思該放在志工上，而不是打探別人的私生活。」連恩甩上冰箱門，回到自己的座位。傑若米走向煮水壺，按下開關，等水煮開。他不喜歡連恩，連恩總在人們背後道長短，也不懂得尊重柯蒂莉亞，是個壞傢伙。

傑若米端了一杯綠茶給柯蒂莉亞，打開窗戶透透氣。要是柯蒂莉亞發現辦公室裡飄散著一股汗水摻雜嘔吐物的氣味，肯定會皺起眉頭。

「妳該去看醫生，」傑若米說：「連恩說妳這禮拜都不舒服。」

「我知道，但事實是我太忙了。你知道每天行程都很滿，醫院對腸胃型感冒也束手無策，我去只會傳染給免疫功能更低落的病人。我發誓醫院是現代社會裡最不健康的地方。」

「我可以替妳打電話掛號。抱歉這麼失禮，但妳看起來真的、真的很糟。」他說。

「你或許是對的。」柯蒂莉亞說：「號碼在我手機裡，能麻煩你嗎？」她抓起一把面紙，再次衝進廁所。傑若米拿起她的手機，抄下她家庭醫師的電話號碼，然後回到位子上，連恩全程瞪著他。

「我叫你去整理檔案。」連恩說。

「我要幫柯蒂莉亞掛號。」傑若米說。

「也許你該讓我來。」連恩彎腰要從傑若米手中拿走紙條。但他只是低頭，轉開椅子後起身離開。

「我要確保她掛得進去。」傑若米說：「我去她位子上打。」他關上隔間的門，與連恩保持距離，然後聯絡醫院。等柯蒂莉亞面色蒼白、冒汗打著冷顫回來時，他正寫下日期與時間。

「他們要到禮拜一才有空診，那是五天後了，櫃檯又說現在病毒正猖獗，他們也忙不過來。我幫妳約了瑪利路基斯醫生，寫在日誌上了。妳別忘了。」

「說不定就是我身上的病毒。連醫生都這樣說，倒是讓我鬆了口氣。我不會忘記，禮拜一可以。說不定我那時就好了呢。謝謝你幫忙。」柯蒂莉亞坐回椅子。「你還好嗎？看起來像在擔心什麼。」

「也沒什麼，只是連恩……」傑若米咕噥著。

「連恩怎麼了？傑若米，你可以跟我說。別緊張。」柯蒂莉亞遲疑地啜飲了一口綠茶，然後放下杯子。

「我覺得他、他不希望我在這裡。」傑若米說：「我肯定做錯了什麼。」

「你沒有做錯什麼，我保證。」柯蒂莉亞說：「有些人往往太習慣工作環境，之後會排斥新面孔。給他一點時間，他會想通的。」

卡倫納終於在深夜十一點半到家。畫師描繪出酒吧裡莉莉．尤思提斯身旁的男人，卻一點也沒有用。不只是因為完全沒有人認出這個嫌犯，連亞美莉雅都說畫像看起來不像那男人，而她說不出原因。還有更糟糕的情況，路易斯．瓊斯的車子已經遭到銷毀。那輛車沒有保險、沒有繳稅，狄米崔總督察的手下完全不曉得發生了命案，於是那輛車被送到汽車報廢廠，昨天一早就壓成金屬方塊了，艾爾莎最好能透過這塊金屬比對瓊斯的傷口。他決定明天早上再向艾娃報告這件事。

經過漫長的沖澡，他抱著筆電爬上床，不願回顧白天那番場景。他的指尖還感覺得到路易斯．瓊斯腦漿的觸感，他想不出能讓人更陷入失眠的畫面。他拿起手機，懷疑艾娃還醒著，但他很清楚他們之間的尷尬；事實上他也無法按下她的號碼。於是他打電話給這幾個禮拜因時間與工作不允許、但一直想聯絡的對象，他唯一信任的記者。

電話接起時，他說：「蘭斯，我是卡倫納。」

「我就先不管現在都午夜了、還三個月沒你的消息，我反而話要說在前頭，這個嘛，可能都說第十遍了，雖然你是警察，但不需要老是用姓氏稱呼自己，朋友叫名字就好。你打電話來是要告訴我，你有多想我，還是要給我年度獨家爆料？最好兩者都有。」蘭斯說。

卡倫納笑了笑。「你要我從頭再做一次正式的自我介紹？」他問。

「免了，聽口音就明白了。你現在如何？」蘭斯沒等他回答，又說：「哦，謝謝你的問候。上回你讓我捲入的案件，我已經從警方的暴行中完全康復了。」半年前，蘭斯對於正在追蹤變態殺人狂的重案組，提供了私下協助。不幸的是，殺人案涉及另一項調查，卡倫納與蘭斯・普羅孚特當時只得遊走在法律邊緣，蘭斯也在雙方發生衝突時受到波及。

「真不敢相信你還在為那件事發牢騷。好，倫敦警察廳的資深警官讓你腳踝脫臼，的確很嚴重。但你也是記者，要報導新聞不早該做好遍體鱗傷的準備？我以為你的良好操守道德就已經算是最大的獎勵了。你要我送花過去嗎？」卡倫納問。

「一瓶單一麥芽威士忌應該更好。你知道，記者也有感覺的，那時我幾個禮拜不能騎車，也許我該提告。你打電話來就是為了這件事？打算賠償嗎？」蘭斯大笑。

「事實上，我需要你幫忙。」卡倫納說。

「是要讓我刊在報紙上，還是……」

「要是讓你刊出，我們會先被逮捕，或是被打到剩半條命——說不定半條都不剩。我先讓你理解眼前的狀況好了。」卡倫納說。

「你媽難道沒教過你，停車前要先好聲好氣地問女孩能不能停車？」蘭斯大笑。電話一端卡倫納的靜默足以讓他的歡快暫時打住。「說吧，這次怎麼了？」

「地區情報。」卡倫納說：「警方通常很難打聽一般人害怕到不敢閒聊的消息。一個叫路易斯・瓊斯的男人死了，他經營地下租車行業，專門提供車輛給出於各種理由不想留下資料的客戶。你聽過這個人嗎？」

「沒有，但我可以打探一下，看看能挖到什麼。」蘭斯說。

「不，聽著，別那麼做。要是連愛丁堡情報最靈通的記者都沒聽過，肯定有原因。蘭斯，忘了我提過這件事吧，這案子的熱度還沒消退。」

「你決定吧，反正本來就不會有人閒到敲我的門送上獨家消息。一直沒約成的晚餐怎麼樣？敘個舊吧？」

「的確不錯。」卡倫納同意。「我們改天再約？工作實在……你知道的。」

「我明白，但你聽到了，別裝陌生人，好嗎？我也許是在抱怨我的腳踝，但事實是，我已經記不得多久沒玩得那麼盡興了。」

卡倫納掛斷電話。來到愛丁堡之後，他沒交到幾個朋友，而不管蘭斯是不是記者，都是對他最慷慨真誠的人，這也是他在電話裡改變心意的原因。無論路易斯・瓊斯涉及何種勾當，這件事都太危險，他不能讓他在乎的人捲進來。自然也包括艾娃。但卡倫納覺得她隱瞞他很多事。

25

凌晨三點半，艾娃聽到廚房傳來聲響。金屬喀啦聲、刮動聲，肯定有人在撬鎖。她故意將鑰匙插在內側的大門鎖孔上，讓侵入者不好過。他們沒辦法在不驚動鄰居之下打破把手上方的雙層玻璃窗，他們只得想點厲害的手法。她面對的是專業人士，這是第一個跡象。艾娃起身，慶幸自己還沒換下衣服就寢，她立刻踩進運動鞋，走到她已稍微拉開的窗簾後面。

低語不斷，聲音細小，要是她睡得很熟，這點聲音可能不會吵醒她，但證實了對方至少有兩個人。她曉得現在應該要打電話呼叫支援，但先前阻止她呈報那筆錢的理由，如今也擋在她搬救兵的念頭前面。他們沒料到她在場，這是她的優勢。問題在於，假使他們就是殺害路易斯·瓊斯的凶徒，他們身上很可能有槍。她待在原地，背貼窗戶，保持靜默、呼吸沉穩。

他們並沒有徹底搜索整個房子，代表他們的確在找某樣物品。瓊斯也許招出錢在貝格比手上，但如果他們要的是錢，顯然不曉得錢藏在哪裡。過了幾分鐘，那些人終於打算上樓，沒多久，地毯掩蓋了他們的腳步聲。

開門時，鉸鏈微微作響。艾娃屏住呼吸。她比較習慣趁著夜色闖入別人家，而不是藏在家裡等待突襲。她覺得一切都不在她的掌握之中，腎上腺素也讓她無法保持冷靜。

有人拉開抽屜、衣櫥，將床鋪從牆邊拉開，伸手到床墊下方摸索，然後前往下一間臥室。

艾娃只想看一眼侵入者的長相，於是她盡可能不引起對方注意，躡手躡腳壓低身子朝房門走去。

門冷不防又打開，迎面撞上她的臉，力道不大，但驚嚇足以讓她叫出聲。她手忙腳亂退後時，瞥見一支掉在地上的手電筒。此時有個男人撲向她，而她居然還有時間思考自己犯下了菜鳥級的失誤。但那男人肯定和她一樣震驚，回來撿手電筒，卻發現眼前冒出個鬼鬼祟祟的女人。

她的反應很快，而且出於本能。她往左轉，右手肘猛砸對方的臉，同時右膝頂著胸口前踢，踹向男人的上大腿。她試圖起身，男人戴手套的手襲向她脖子。艾娃沒退縮，一手在身後尋找武器，另一手的手指插向男人喉嚨下方柔軟部位。男人快速後退，避開壓上她的手指。他一退開，她就伸手摸到床下唯一能拿起來的物體，她將一隻鞋惡狠狠地朝他眼睛扔過去。

一隻穿靴子的腳踩住她的手臂，讓她在地上動彈不得。她感覺前肢的骨頭在互相摩擦，另一個男人把她的頭當足球踢了一腳。她失去控制，頭從地上彈起。那男人站在她上方，靴子踩住她的手，另一人壓住她的肩膀。

「然後呢？這些卑鄙的招數可一點也不淑女。」他說。

「別傷害我。」艾娃低聲說，讓上半身無力癱倒，假意屈服。

「哎，妳看吧，這招是行不通的。穿睡衣或性感內衣就算了，但妳一身外出服，還有那睡袋。妳在等誰？」他質問。艾娃抬頭看著他，男人至少一百九十公分，人高馬大，雙肩厚實得就像一名穿戴護具的美國橄欖球隊員。

「我替朋友顧房子。」她說：「她去醫院做手術，要在那裡過夜。我不希望她回來後還要洗床單，才帶了睡袋過來。剛剛讀書讀到睡著。」艾娃說：「你們要什麼就拿吧，我可不想惹麻煩。」

「但妳打起架來比我們還麻煩。」他伸出大手捏著她的臉頰，她五官變得扭曲，她覺得牙齒好痛。「我要妳回答幾個問題。妳回答之前，我必須告訴妳，我的朋友有刀。妳看起來滿漂亮，妳想保持妳的美貌嗎？」

艾娃點點頭，眼眶裡的淚水不是演戲，而是因為她正對抗捏著她頭部的壓力。

「很好。我們有理由相信這房子裡有一筆錢，不屬於這裡的錢，需要還給別人的錢。我覺得妳能幫我們找到那筆錢。別開口，搖頭或點頭就好。」艾娃搖頭，捏著她臉的那隻手更用力了。「我就饒過妳一次，我們假裝妳明白。我問最後一次，妳要不要帶我們去找那筆該死的錢？」艾娃的雙腳敲擊地面，掙扎要開口，但只擠出了模糊難辨的聲音。男人低頭靠近她的臉。「啊，我很失望，但我朋友現在可能樂得很。他可是知名的臉部雕刻藝術家。怎麼樣，鬼爪，你能讓這張臉變成活生生的噩夢，讓她永遠忘不了我們嗎？」他起身，放開艾娃的臉，雙腿跨立在她身體兩側，依舊踩著她的左手臂。他望向另一個男人，那人還在門口喘著氣。

「我們有多少時間？」身材較矮小的男人笑著問。

「哦，我會說我們有充裕的一個小時或是……」

艾娃從連帽運動衫口袋裡拿出電擊槍，停下腳敲地板的動作，那是她為了蓋過啟動電擊槍的聲音。她盡可能瞄準，攻擊高大男人粗壯大腿的根部。他露出驚恐的神情，整個軀體往後倒，重重撞在牆上。艾娃見識過男人中槍，但她沒聽過哪個男人喊出如此尖銳高亢的哀號。話說回來，在五十公分外電擊男人的腹股溝應該算不上警方的正式程序。男人倒地，不住尖叫，但鬼爪已巍巍走上前。艾娃抓起電擊槍，跳了起來。刀子不是鬧著玩的。鬼爪拿著刀，運用蠻力朝艾娃的臉揮舞。她抬起雙臂在胸前擋成十字，兩隻手腕抵住他出擊的手，她右手握住敵人的手腕，猛力一扭，她讓他放低身子，才能抬起膝蓋使勁頂他的鼻子。接下來他鼻頭迸出的聲響讓她曉得，那男人的鼻梁斷了。

艾娃在鬼爪手裡搶過尖刀，一手握著刀，一手握著電擊槍，對著地上的兩個男人比畫。

「錢早就沒了。」艾娃說：「匿名捐給慈善機構了，你們遲了一步。我要走了，給你們兩分鐘，在我離開後滾蛋。兩分鐘之後，警察會在外頭等你們離開。下次再來，你們就等著死在這裡。」

她奔跑下樓，不打算測試這兩個男人的動作會比她慢多少。她走去廚房穿上外套，從後門出去，躲在對面花園的灌木叢後方，等他們出來。他們花的時間超乎她預期，多半是那高大男人花了些時間翻找格莉妮絲的冰箱，拿冷凍青豆冰敷遭電擊的部位，他們走出來時，冷凍青豆就壓在他的褲襠處。鬼爪的臉和襯衫上都是血，一團糟，腳步也不穩。艾娃看著他們上車，車牌髒到看不清楚，然後他們駕車離開。她又等了五分鐘才走出花園，回到屋內，鎖好格莉妮絲的家門，回到自己車上。

她這時才察覺右手溫溫黏黏的，痛了起來。手掌上被大大畫了一道口子，虎口處的皮膚都裂開了，切口很深，痛楚加劇，她必須尋求專業醫療協助，而再多的正面思考都不能排除她得就醫的事實。她查看時間，快四點了。她需要掛急診，只不過要冒著被認出的風險，顯而易見的刀傷肯定要回答一堆問題。她抓來後座健身包裡的毛巾裹住傷口，發動車子。

艾爾莎．藍伯特博士住在貝佛巷，離蘇格蘭國家現代美術館不遠，她是該機構的重要成員。艾娃知道這件事，是因為她母親和艾爾莎都是美術館委員會的成員，艾娃的母親那年夏天過世前，她們常互通有無。早在艾娃加入警隊前，病理學家就出現在她生命裡。艾爾莎不花稍，不會妄下判斷，卻總能第一個提出令人不快的事實。她的判斷也非常謹慎。艾娃希望她現在能仰賴艾爾莎的謹慎。她按下門鈴。

狗叫聲傳來。艾爾莎養了三隻查理士王小獵犬，艾娃心想這些動物的確陪伴了她。艾爾莎的丈夫在五年婚姻後就離她而去，她懶得找新伴侶，膝下無子的她轉而將母愛灌注在她的事業。幾分鐘後，二樓的燈亮了，接著是玄關的燈，這間老舊且左右對稱的大房子的大門開了。

「艾娃．通納，那條毛巾最好是乾淨的。」艾爾莎說：「快進來讓我看看妳怎麼了。」

艾娃直接走進廚房，她過往陪母親造訪時，在這裡吃過太多蛋糕、喝過太多杯熱可可。

「沒有看起來那麼糟。」她說：「我只是需要稍微清創。」

「小姑娘，我不罵髒話的，但如果我會罵，現在已經說出口了。妳要告訴我多少？」

「不多。」艾娃說：「可以給我一杯水嗎？拜託？」她癱坐在椅子上，閉上雙眼。

煮水的同時，艾爾莎鬆開毛巾，扔進大碗。「妳至少要給我一點解釋。我必須知道我面對的是什麼。外套脫了，需要一點時間。」她將艾娃的手拉到燈下，拿消毒棉片擦拭。「妳運氣好，沒傷到韌帶，但傷得很深，妳流很多血，還會終身留疤。」

「我猜我沒有手部模特兒這個職業選項了。」艾娃說。

「早上六點之後開玩笑，我也許會想聽。妳來找我顯然是因為妳不能去醫院，所以就別閃躲了。這是怎麼回事？什麼時候發生的？更重要的是，妳的破傷風疫苗還有效嗎？」

「二十分鐘前，我想要從一名憤怒的男人手裡搶刀子，於是被刺了。然後……疫苗有效、還有效。這樣算解釋完了嗎？」艾娃回答，艾爾莎遞給她一杯冷水，然後將滾水倒進碗裡，從櫃子裡拿出一包棉花。

「完全沒有。我猜妳還沒有理解妳左手的傷勢。」艾娃低頭看著艾爾莎盯著的部位。她的左前肢發黑，靴子的印子清清楚楚印在她皮膚上。「握拳。」艾爾莎命令。艾娃盡量，但她的手握不了拳，只能放棄。「妳該去照X光，但我猜妳沒這打算。」

「妳又說對了。」艾娃說：「艾爾莎，謝了。我不曉得還能找誰。」

艾爾莎坐下來，翻找急救包。「活人用的東西我還是有的，但妳要記得，過去三十年來我只縫過屍體。萬一我沒縫好，妳打算告我，這是免責聲明。」她笑了笑，從急救包裡拿出外科手術用的針線。「傷口很平整，我可以給妳一些局部麻醉劑，但在我縫合之前，妳得打麻醉針，我這裡沒有。」

「來杯白蘭地如何？」艾娃打趣地說。

「好主意。」艾爾莎走去客廳，玻璃瓶碰撞出聲。「妳有跟盧克說我的地址嗎？我不介意他過來。反正我現在也睡不著了。」

「我沒聯絡他，也沒這個打算。這是我自己的問題，其他人不用知道。」

艾爾莎在艾娃面前放下一大杯白蘭地，自己面前一小杯。「妳自己的問題，是吧？要是傷在妳的大腿內側或頸子上，妳就死定了。那麼我該去哪裡替妳驗屍？」

「妳不能問，事實上，艾爾莎，妳什麼都先別問。傷害我的人、還有他們背後的人都很危險。他們目前不曉得我的身分，我希望暫時保持這樣。」艾娃說。艾爾莎拿起縫針，艾娃鼓足勇氣別開臉。她不怕針，但不要盯著針線穿進皮膚裡似乎比較明智。

「他們不曉得妳是警官。而妳有打算暗中保護的對象，妳確定值得嗎？抱歉，沒辦法拐彎抹角，這會很痛。」她開始縫合。

「值得，我也沒有立即的危險。老天，艾爾莎，超痛。」艾娃說。

「不管妳現在頭銜多高，都不准在我家妄呼上帝之名。喝酒吧。反正接下來幾個小時妳也沒辦法開車。」

「謝謝妳。」艾娃沒受傷的手擱在艾爾莎手臂上。「我可以睡一下。」

「這可是我頭一次看妳全盤接受旁人的建議。艾娃，要嚇我不容易，但妳真的讓我很害怕。我知道妳通常會無視我的意見，但妳要找盧克好好談這件事。他是妳的朋友，我信任他，我知道妳也信任他。」艾爾莎說。

「他是我的朋友，所以不能讓他捲進來。如果我正在埋葬我的職業生涯，絕不會拖任何人下水。」

艾爾莎清創完畢，在傷口蓋上紗布。「有什麼我能幫上忙的嗎？我也許衰老又虛弱，但腦子還是可以正常運作。」

艾娃沉思，她還是難以理解整件事，好比說侵入貝格比家的男人身分，以及貝格比到底做了哪些寧可自殺也要守密的罪行；不過她腦中的畫面已經愈來愈清晰。貝格比和瓊斯因崔斯柯與麥基爾入獄從中獲利，更糟的是，正是他們讓幫派分子進了監獄。多年過去，囚禁在監牢裡所衍生的敵意與憤恨自不待言，而無論貝格比或瓊斯從這場組織犯罪獲取多少利益，最後都證實是自尋死路之舉。艾娃感覺糟透了，她現在只關心格莉妮絲．貝格比。艾娃對於貝格比之死的哀傷成了一杯有毒的雞尾酒，混雜了憤怒、失望與恐懼的情緒。同一週，貝格比自殺，他的家人傷痛欲絕。無論是誰開車衝撞路易斯．瓊斯，之後還用釘子封住他的口，那些人都必須給出答案。

「妳家安裝了警報器和監視系統，對嗎？」艾娃問她。

「有，品質最好的監控設備。這麼多年來我送很多人去坐牢，沒必要冒險。」艾爾莎清理術後的廢棄物。

「妳能邀請格莉妮絲．貝格比過來住一陣子嗎？她不該待在家裡，至少葬禮後幾天不適合。有人陪她很重要。」艾娃說。

「我明白了。」艾爾莎說：「格莉妮絲明白她最好不要回家嗎？」

「她明白。我知道她會樂意接受邀請，跟妳住上幾天。妳的警報器都開著，對吧？」

「當然。」艾爾莎說：「現在快睡吧，妳需要休息。」

「警報器，艾爾莎。我必須確保妳不會忘記，答應我。」艾娃說。

「我答應，但妳沒有讓我確知危險就在眼前。」

「就在眼前。」艾娃說：「唔，應該不遠了。」她改口，撒謊時轉頭不看艾爾莎。有人冷血謀殺了路易斯．瓊斯，既然他們幹得出那種殘忍行徑，天底下沒有他們做不出來的事。

26

蘭道真的很想出門，前往琴衍酒吧。他整個禮拜都在練習齊柏林飛船的〈天堂之梯〉（Stairway to Heaven），打算獨自登臺演出。一個月前，他肯定不會覺得這是多麼英勇的豐功偉業，但最近世界似乎對他比較好了。母親柯蒂莉亞顯得心神不寧，不會總要檢查他的作業、找他談上大學的趣事。他空出時間練吉他、購物，擴大彩繪紋身的範圍。他還沒膽子去刺青，刺青需要假身分，而且他不曉得要上哪刺。他很確定克里斯欽能給他答案，可他要謹慎一點，克里斯欽雖然很棒，但有時也愛時不時拋出金玉良言。

今天晚上，他走到門口，他母親連問也沒問他要去哪裡。沒錯，她假設他是去圖書館，這是他一貫的藉口，但不用撒謊的確讓他鬆了口氣。她最近下班後就躺著，說是太累了，睡眠品質不好。蘭道曉得她這陣子都不舒服。這禮拜，他還聽到她嘔吐，然後是奮力洗刷主臥浴室的聲音，她對細菌疑神疑鬼的。可他覺得她最大的敵人就是無法放鬆。不找樂子，難怪會生病。

他漫步走進琴衍酒吧，一臉陰沉地向看門人打招呼，男人看起來和平常一樣無趣，今天居然對他抬了抬眉毛。他頭一次比克里斯欽晚到，他覺得很高興。克里斯欽站在吧檯旁，正和兩名常客聊天，一邊談笑一邊傳訊息，完全沒察覺這世界多厚愛他。換作蘭道一邊談笑一邊玩手機，最後只會摔了手機或接不上話，也可能在不適當的時機大笑。蘭道坐進最後一張空桌，吉他放在桌下，抓起一把零錢準備去點飲料。他真希望出門前記得向母親換成紙鈔，畢竟在吧檯旁掏零錢的德行實在很幼稚。但他必須點飲料，要是他得獨自登臺，他需要酒精。

克里斯欽終於注意到他，揮手打招呼，繼續和朋友聊天。蘭道露出燦爛的微笑，一邊替吉他調音，一邊等對方過來。其實不需要調音，他在公車站坐了半小時早就調好了，他不想太早抵達酒吧。他手裡忙碌著，餘光不住瞥向克里斯欽，忽然發現他若不去拉把空椅子過來，克里斯欽就沒地方坐，也可能根本不會走過來。蘭道不需要人陪，他一個人很自在，但有朋友陪看起來比較酷。問題在於，克里斯欽會看到他去搬椅子，那樣就太遜了。他應該要早一點到。

手機響了，是姊姊打來的，應該是要聊該送老媽什麼聖誕禮物；也可能不太妙，是要責備他沒好好扮演乖巧的兒子，向他母親說他要去哪。姊姊真的很討厭。他完全想不起來姊姊離家讀大學前曾經出門玩耍過，她總是在念書，家裡總是靜悄悄的，因為她需要專注。哎，他有自己的主張。他沒有接電話，直接掛掉，將吉他靠在椅子上，往吧檯走去。等待點酒時，手機又響了，他嘆了口氣，掛斷電話，掏出一堆零錢對酒保揮手。今晚沒見到他最喜歡的女酒保，不出所料，雖說他今天還打算獨奏呢。他曾夢想她欣賞他的表演，今天也許是可以待到酒吧關門，陪她走回家的日子。他的後背包裡還塞了一把摺疊式雨傘，等他們獨處他會掏出雨傘，而她會很感激。他們也許會一起握著傘柄。

手機第三次響起，他忍不住低聲咒罵，因為他曉得兩通電話沒接就算了，第三通再不接他姊姊會起疑心，還可能派出搜救隊。還是他姊姊打來的，他走離吧檯旁排隊點酒的人群，悠哉移動到安靜的角落，佯裝一派輕鬆的態度。

「幹嘛？」他一隻手蓋在話筒上，希望多少遮蓋噪音。他姊姊肯定會向他母親打小報告。

「你在哪裡？」他姊尖聲質問。

「外面。」蘭道說：「我不用向妳報告。妳跟媽說我兩個小時後就回去。我要掛了。」

「你快搭計程車去皇家醫院。媽暈倒了，她在救護車上。」

「太誇張了，我才剛出門，不可能那麼嚴重吧？我忙到一半。」蘭道說。

「蘭道，無論你在忙什麼，都得停下來。我知道你不在圖書館，聽起來根本不像。媽也許會容忍你的鬼話，但我不會。聽我的話。」他姊說。他聽到電話另一端傳來的緊急煞車聲。她再次開口時，語氣變得溫和許多。「蘭道，媽真的很不對勁，你必須去醫院。急救人員很擔心，她……她的生命徵象不太好。我不確定……」她沒說下去。

「不確定什麼？」忽然一股噁心感從胃裡往喉頭爬。

「快點去醫院，好嗎？我們會在急診室，到了傳訊息給我，我去找你。」她掛斷電話。蘭道盯著手機，回想他姊姊語氣中的急切會不會只是他的想像，他腦中也忍不住填補她欲言又止的空白。罪惡感讓他站都站不穩，明知母親病了還執意出門。他甚至沒去察看母親的狀況。他只因為少了平常的「審問」、能直接出門而鬆了口氣，他滿腦子只有接下來的夜晚。也許他去看了他母親的狀況，就會知道她需要送醫。他覺得頭暈，手扶牆壁，這時克里斯欽來到他身邊，有力的大手搭在他臂膀上。

「嘿，兄弟，你看起來氣色不太好。要透透氣嗎？很緊張？」

「我……我得去醫院。」蘭道說。

「狀況這麼糟？要叫救護車嗎？」克里斯欽問。

「不是我，是我媽，她病了。我得趕過去，但我沒錢坐計程車，可以跟你……也許……」蘭道說。

「嘿，沒問題，我開車送你去。你先到門口等我。」

「也太糗了，真抱歉。」蘭道咕噥著。

「那可是你母親，你該一路狂奔過去。別讓一切狗屁倒灶的事讓你覺得自己不如人，所有人都害怕出糗，別陷入這種漩渦裡。感激你擁有的一切、保護那一切。我對你說過，我有個朋友最近失去了妹妹，對吧？但是她不能讓時間倒流。我們走吧。」克里斯欽那溫暖的大手攬著蘭道的肩膀，將他朝門口推去。

護理師很親切，陪蘭道前往他母親的隔間，裡面一群醫療人員正手忙腳亂，電扇對著他母親的臉吹。他姊姊站在角落，專心與一位護理師交談。蘭道站在隔間外，懷疑自己彷彿不存在一般。克里斯欽送他下車時擁抱了他，結實的擁抱，有力、短暫，卻像全世界。在其他層面，他只是個愛惹麻煩的小孩。在其他日子，他總是不斷找麻煩。

「抱歉，我們得清空病房。」醫生說。

「為什麼？」他姊姊問。

「我們要替令堂進行腰椎穿刺，找出攻擊她身體的病徵。此刻我們不曉得是細菌感染、病毒還是其他因素。除非排除更多可能，否則目前無法進行有效的治療。」醫生轉身，將幾管血交給一旁的護理師。「送去實驗室，立刻檢測。有尿液樣本嗎？」他問另一位護理師，她點點頭。「好，首要任務，讓穆爾女士的體溫降下來，做出診斷。持續輸液，點滴裡加抗生素。」

「蘭道，」他姊姊終於注意到他。「你不該進來這裡。」

「妳叫我來的。」他看著食鹽水一滴一滴流入母親的手臂裡，心想那怎麼會有幫助。

「我叫你到醫院聯絡我。來。」她走過去，一手攬著他的肩膀。他們離開病房隔間。「蘭道，你還好嗎？」

他想回答，卻哽咽了，他沒說話，只將臉埋在姊姊的肩膀。他們就這樣擁抱了好一會兒，直到一名護理師過來提議帶他們去較隱密的等候區。

「她為什麼失去意識？」蘭道問：「我出門的時候她還很清醒。」他並不想彰顯他的罪惡感，但愈是這樣，罪惡感更深深烙印在他身上。

「她嚴重脫水。醫生說她體內正在對抗強大的攻擊，所以身體關閉了此刻不需要的系統。他們正在努力。」他姊姊緊握他的手。

一名護工將他母親從隔間推出來，另一個男人將筆和文件塞進他姊姊手裡。蘭道離開等候區與正在簽同意書的姊姊，跟著他母親沿走道前進，心想母親那美麗的黑色皮膚怎麼會皺縮成一層黯淡無光、毫無生氣的空殼，彷彿每個細胞都洩了氣。他心想，她看起來似乎放棄了。她上身的病人袍鬆垮，他怎麼會沒注意到母親消瘦了這麼多？連母親生命裡備感驕傲的秀髮都變得稀疏乾燥。他剛抵達病房時，聞到一個古怪的味道：汗，不是更衣間裡那種釋放精力後的汗味，這味道酸酸的，帶有化學氣味。

門在他面前關上，只允許醫院工作人員進入。他碰觸玻璃，往裡頭望，有人將他母親推進另一個房間，他眼前快速來回穿手術袍和戴手套的身影。蘭道告訴自己，他母親很堅強。他沒見過她對任何事屈服，沒理由相信她這次會放棄。她會活下來的，她必須活下來。

27

艾娃並不喜歡穿制服，但正式場合不得不穿，包括貝格比總督察的葬禮，規模雖不大，但這是傳統。歐韋貝克警司會在，其餘資深警官與幾名退休警官也會出席。儀式會簡單迅速，沒有人喜歡在地面的大洞旁待太久。

艾娃從昨晚的狀況恢復後，十點多才進警局。格莉妮絲．貝格比聽完艾娃簡短描述兩名不速之客，接受了艾爾莎的邀請。那天唯一讓她感到挫敗的，就是得知路易斯．瓊斯的車子早壓成了廢鐵，無法比對他身上的傷勢。艾娃一手握著咖啡杯，一手扣起袖子上的鈕釦，同時快速掃過卡倫納對瓊斯命案的聲明草稿。這份聲明內容盡可能中性描述，用字也很正式。

「得到通納總督察同意讓我見瓊斯先生的許可後，我駕駛私家車輛前往現場，在路邊停車後，沿著高爾夫球場西側步行一段路途。我謹慎前進，視線所及並無其他人。我抵達棚屋時，沒有聽到任何騷動。沒有……」艾娃手機震動起來，她手一抖，咖啡灑在報告上。

「真他媽太經典了。」她咕噥著，抓起一把面紙猛擦制服袖口，她並不打算穿著看起來剛洗過的制服、袖子還散發咖啡味向死者致敬。看來送報告給狄米崔前，她得向卡倫納再要一份。她在袖口連噴幾下香奈兒五號香水，繼續看報告。

「我抵達棚屋時，沒有聽到任何騷動……」下一個字的墨水暈開了。她記得那是「沒有」（No），大寫的N，小寫的o，後面就看不清楚了。

「大寫的N，小寫的o。」她喃喃自語。艾娃低頭看手錶。「該死、該死、該死。」她抓起手機，撥起了鑑識病理學家的緊急聯絡電話，她曉得今天早上格莉妮絲・貝格比在艾爾莎家，她不可能接私人手機。「接電話，該死，快接……哦，謝天謝地，聽著，我要妳立刻去放置貝格比屍體的殯儀館等我。」

「艾娃。」艾爾莎壓低聲音，然後是沿走廊前進的急切腳步聲，隨後是關門聲。「我和格莉妮絲在一起，妳要我做什麼？」

「沒時間解釋了。」艾娃說：「我需要妳帶……我也不知道……放大鏡或什麼可以檢視皮膚細微狀況的器具。艾爾莎，現在就過去。我們到時見，不管怎麼樣，就是別讓任何人動他的屍體。」

十五分鐘後，病理學家與殯儀館主任正在談話時，艾娃走進去。主任瞪了艾娃一眼，然後打開棺蓋，要關門離開前，還沒好氣地回頭對同事高喊儀式將會延後舉行。

「要是我的部門遭到投訴，我會怪到蘇格蘭警署頭上。這幾乎超出正常程序了。這具屍體準備要入土為安，正常來說，沒有家屬的親筆同意書，重新開棺需要法院命令。都到了這階段，還有什麼需要調查的？」艾爾莎問。

「大寫的N和小寫的c，他手上的刮痕。」艾娃說：「我一直相信那是給我們的訊息，只不過貝格比來不及寫完。妳再仔細看他的左手腕，我會讓妳明白我的意思。」

艾爾莎從皮包裡拿出一罐螢光黃的染劑，拿棉花棒沾上後塗在貝格比手腕的皮膚上，輕輕擦去上頭的殘渣與乾掉的皮屑。她對著手腕打起強光，再放上高倍率鏡片。艾娃低下頭看鏡片，c的右側有一道很淡的弧形痕跡，讓c形成完整的o。

「勉強看得到。」艾娃說：「染料染出了另一道刮痕。艾爾莎，他真正想寫的是o，只是來不及寫完。」她退後，讓艾爾莎看個清楚。

艾爾莎又花了三十秒，然後拿起相機拍攝。「很難看清楚，但我同意妳可能是對的。」

「他不可能一次在手腕上刻完字母o，他刮手腕的那隻指甲方向不對，就差這最後一筆，我猜也許他當時就失去意識，或是擔心被發現不得不停手。」

「妳是說旁邊有人看著他自殺，卻不阻止他？」艾爾莎說：「這推測不合理。」

「那是因為並不是自殺。我認為他是被迫在一氧化碳中毒或腦袋中彈、甚至更可怕漫長的死法之間做選擇，我猜他不想讓格莉妮絲看到他慘死。要是路易斯．瓊斯有得選，他應該也寧可選擇這種死法。」艾娃彎腰又看了鏡片一眼。「貝格比會希望我們查出真相。我想大家都以為他自殺這一點，他肯定會很震驚。」她抬頭。艾爾莎瞪著她，雙手環胸，表情相當憤怒。艾娃深呼吸。她認識艾爾莎這麼多年，沒見過她這麼生氣。

「路易斯．瓊斯？那個遭到槍決、嘴脣還被釘槍打進釘子的人？而不久前，妳還跑來我家尋求私下醫療協助？艾娃．通納，我很關心妳，但我必須向妳的上級長官報告。妳已經證實妳有危險。妳一開始要我閉嘴，我答應了，但若喬治．貝格比的死、瓊斯毀容的臉和妳手上的傷有關，一切都沒得談。妳聽到了嗎？」

「妳去找我上司，只會毀了貝格比的名聲，讓格莉妮絲陷入財務困境。艾爾莎，這事妳別插手，這是為妳好，不是為了我。」艾娃說。

「看來我無法置身事外了。屍體本應送往墓園下葬，妳卻將自殺升級為謀殺，該怎麼向等待的家屬解釋？更別說蘇格蘭警署的高階警官多半替我們留了位置，正好奇我們在哪溜達。」

「我們沒有要阻止葬禮進行，這的確是令人悲痛的自殺。貝格比總督察正要下葬，毫無爭議，多說什麼只會讓人察覺事情不對勁。反正我們只是因為一杯打翻的咖啡才會出現在這裡。改變不了什麼。」艾娃說完，穿過門口，提高嗓門對殯儀館主任喊著：「可以蓋起棺木了，謝謝。」艾爾莎收起裝備，穿上外套。

她們並肩朝各自的車輛走去。「這樣就結束了？」艾爾莎問：「現在妳曉得喬治沒有放棄，他不是自願離開我們的，妳就安心了？」

艾娃靠在自己的車上，迎著正飄落細雨的十二月陽光閉上雙眼。「如果我撒謊，妳會知道，對嗎？」她問。

「對。」艾爾莎說。

艾娃伸手，輕捏艾爾莎的手臂，不敢望向她的雙眼，然後上車離開。

艾娃坐在墓地旁的第二排座位，注意到幾個位置之外的艾爾莎氣還沒消。教區牧師誦讀了幾句熟悉的悼詞。格莉妮絲．貝格比一臉肅穆。親友後方是一小群哀悼的警官，卡倫納就站在那裡，旁邊是賴弗利警佐。這或許是艾娃頭一次看到兩人同行，卻難得沒有針鋒相對。幾張臉孔艾娃不認得，並不多。警察生涯就是喬治．貝格比的人生。難以想像他走上了歧途。但對任何人來說，大筆的金錢都可能是誘惑，尤其是剛開始當警察，薪水低，工時高，還要養家糊口。也許就因為每每看著惡人坐擁大筆財富，執法者卻只能省吃儉用。無論真相為何，艾娃都有自己的一套答案。貝格比透過逐漸失去力氣的身體演出一場被安排好的自殺，那不是單純的自殺，而他留在手腕上的記號正是他的控訴。她現在該怎麼做？禱告結束，致哀者一一起身，棺材要移到墓穴裡。現場有人啜泣，失去了朋友，一個時代結束，艾娃卻只能壓抑滿腔怒火。貝格比遭到剝奪的不只是性命，他該有的正義也被剝奪了，他肯定希望自己的犧牲能夠保全妻子，但鬼爪與犯罪同夥還是為了那筆錢侵門踏戶。他們真會相信那筆錢已經捐了出去？她心想，不會，那幫人骨子裡不存在信任。

群眾裡的動靜讓她停下思索。崔普警員走向前，拉了拉卡倫納的手臂，要他出去。幾秒後卡倫納就不見人影。艾娃在座位上等候儀式結束。格莉妮絲終於打破平靜的表情，靠著女兒的肩膀啜泣，她要上車時還差點站不穩，她心愛的丈夫終於正式下葬了。此刻艾娃向自己坦承——艾爾莎也再清楚不過，要她別管這件事？她辦不到，也不願意。無論貝格比曾犯下任何錯誤，他的下場都不應該是坐在充滿致命氣體的車裡結束生命。但目前艾娃必須確保格莉妮絲．貝格比的安危，讓她不再是那幫惡徒的目標，為此她需要一個合理的說法。

「艾爾莎。」她追上病理學家。「我想我有辦法讓格莉妮絲安全回家。妳還是悲傷關懷慈善機構的委員會成員，對嗎？」

「沒錯。」艾爾莎說。

「可以的話，最好是今天，妳能不能公開宣布機構收到了一筆巨額匿名捐款？同時表達妳的感謝，表示妳明白捐贈者不想具名，但悲傷多少會影響我們這類的說法。我會想辦法讓媒體報導這件事。」艾娃心想，至少要讓那些侵入的歹徒相信錢真的捐出去了。卡倫納有記者朋友可以幫忙。

「這我辦得到。」艾爾莎說。

「謝謝妳。」艾娃說：「我知道我沒有權利請妳幫這麼大的忙。」

「有代價的，一天兩次，早晚八點向我報平安。我要知道妳沒事，這是我欠妳母親的。」

「一言為定。」艾娃說：「但我母親很清楚只要我下定決心，誰也無法阻止我。」

「八點。」艾爾莎提醒她。「今晚開始。」

28

卡倫納走進皇家醫院，請櫃檯人員呼叫崔普先前提到的醫生。崔普正在向家屬問話，賴弗利則前往死者住所，也打點好清潔工讓他進去。卡倫納第九次看錶的時候，醫生出現了。

「可以看證件嗎？」醫生問。卡倫納交過去。「謝謝，失禮了，只是你會很詫異多少奇怪的人跑來醫院。」

「沒事，有什麼我需要知道的嗎？」

「跟我來。」她說：「我帶你去看遺體。家屬道別應該差不多了。我是瑟琳娜・韋加，急診室的資深住院醫師，穆爾女士一開始是我負責的。」

「那是什麼時候的事？」卡倫納問。

「昨晚。她女兒發現母親倒在浴室地板上，意識不清，連忙叫救護車。她的體溫非常高，腹部痙攣，嚴重脫水，然後是長時間感到噁心。這些病徵都是由急救人員提供。等她推進來時，已經完全失去意識，直到判定死亡都沒恢復，她在早上十一點零九分斷氣。」

「了解。」卡倫納寫下筆記。「為什麼會通報警方？」

「我們進行了一連串檢驗，想要釐清死因。我們在穆爾女士的血液中發現高濃度的二硝基酚，這種化學物質經常用來製作非處方或未經許可的減肥藥。很容易在網上取得，但劑量太高會致命。我們到了。」韋加醫生打開一扇門。

卡倫納查看眼前屍體手腕上的名牌，柯蒂莉亞．穆爾。她雙眼凹陷，原本高聳的顴骨現在整個凸出來。皮膚冰冷，但肌肉還很柔軟，身上沒有多餘的贅肉。

「妳想檢舉非法減肥藥的刑事犯罪？」卡倫納問醫生：「我很感謝妳這麼做，但我們可能查不到藥物來源。」

「不是這樣的。」韋加醫生說：「問題在於我告訴她女兒這項發現時，那女孩提供的資訊。顯然穆爾女士是健康飲食生活的典範，她選擇對環境友善的飲食，喝無咖啡因的茶與咖啡，強調攝取足量的蔬菜，只吃好的蛋白質。糖類對她來說是不堪入目的字眼。她規律上健身房，我可以證實雖然她的肌肉在病後有些流失，但整體組成還是相當不錯。」

「為什麼吃減肥藥？」卡倫納問。

「的確很突兀，」韋加醫生接著說：「也完全說不通。女孩聲稱她母親身體不適大致是這三個禮拜的事。但穆爾女士完全沒理由減肥，要說是心因性病症，比如暴食症或厭食症，也沒有相關跡象。她牙齒健全，嘔吐沒有侵蝕她的琺瑯質，證實那不是長期狀況。」

「一個人忽然吃減肥藥，有沒有其他可能的解釋？」卡倫納問。

「血液檢查裡沒有癌症的跡象，但我第一個就想到癌症。體溫高算是徵兆。我在婦女醫院工作過，非法減肥藥惡名昭彰。她一到院，我們就讓電扇吹著她，因為她體溫實在太高了。如果她是自願服藥，那麼她服用的劑量遠遠超過建議劑量，但她並不是這類藥物的目標族群，年紀不對，體重不對，也沒有自殘或憂鬱病史。」

「屍體必須移到愛丁堡市立停屍間。」卡倫納說：「我會確保病理學家注意這些狀況。同一時間，我需要妳向警力提供筆錄。家屬看起來如何？」

「顯然很難過。」韋加醫生說：「哦，我懂你的意思，我會說他們很震驚。我覺得他們以為穆爾女士會撐過去，說到她體內高濃度的二硝基酚時，他們的反應也很真實。你要問的應該是這個？」

卡倫納揚起眉毛。他沒想到自己的態度如此明顯，但家人總是首要懷疑的對象。「抱歉，我沒有打算套妳的話。只是第一印象很重要，那時人們還來不及戴上假面具。」

「沒問題，我明白你的工作很棘手，要在善意與真相之間找到平衡。我也常遇到這種問題。」她說：「你是法國人，對嗎？你不覺得有時透過第二語言解讀別人的情緒很困難？我剛從西班牙搬來英國時感到很吃力，不是因為文字或定義，而是病人與家屬不願明說的弦外之音。」

「妳來很久了？」卡倫納問。

「十年。」她說：「還是無法習慣寒冷。滑雪時就算了，採買生活雜貨又是另一回事。」

卡倫納笑了笑，說：「我有同感。我該去找家屬談談了，妳能帶我過去？還是妳有事要忙？」

「我已經下班了。我只是想在回家前先向你說明詳細狀況。走吧，我很樂意帶你過去，反正我也要向家屬道別。」

＊

他雙手張開，壓在醫院的停屍間門上，緩緩深呼吸。

「柯蒂莉亞，我在這裡。」他說：「謝謝妳。」

他想像她身上蓋著白布，思索為什麼人們要蓋住死者？是因為活人恐懼直視死亡，還是心仍在搏動的人們不欲讓世俗之事煩擾死者？他心想，應該是人們恐懼死者。恐怖的怪物，他懂，他理解他們。他這輩子遇過的怪物都活得好好的，他們承諾在寄養家庭中會好好照顧他，他們笑著撒謊，他們總吐出他聽不懂的法律術語，裝得好像他們在乎。死者才不會造成傷害。

一名護理師出現在轉角，低頭端詳咖啡色資料夾裡厚厚一疊的患者資料。他退開讓她經過。柯蒂莉亞死了，他後悔沒辦法目睹她死前過程，他不可能處處得逞。想像她死亡，知道她併發的症狀，那樣就夠了，他只希望她不會太痛苦。無論所謂專家口中如何形容反社會人格，他還是富同理心的。他接下來的目標是善用柯蒂莉亞的死，從中擰扭出各種微小的情緒，畢竟死得沒有價值是最過分的侮辱。他的右手伸進褲子口袋，手指撫摸起那枝漂亮的鋼筆，他還沒將這枝筆收藏進那盒寶藏。

之後要轉向那位劇場界的明日之星了。他目前的生活很複雜，要取悅太多人，所有人都需要他。他常需要提醒自己是誰，掩飾一切行蹤，迴避、計畫、準備。他坦承他有時會懷疑值不值得。不過，再來就是哀痛，那流瀉出來的情緒，就是他的獎勵。他付出的愛，以及他得到的愛。他拉起連帽上衣的帽子，在手機上點開整排尚恩的照片。他朝著門口拋給柯蒂莉亞最後一吻，作為告別。每一次的死亡只讓他渴望盡快開啟下一回的體驗。

29

「長官，我們檢查過穆爾女士的手提包及裡面的物品。」一名警員在混亂的案情室裡將最新的證物列表交給卡倫納。「藥丸放在提包裡的拉鍊內袋，和衛生用品放在一起。」

「藥丸呢？」卡倫納問。

「送去實驗室了。我們在網上找到類似的藥物，我猜她吃的就是這個。」警員說。

「是穆爾女士，不是她。」卡倫納沒好氣地說：「實驗室結果多久會出來？」

「明天。」賴弗利加入對話。「其中一顆送去實驗室做成分分析，剩下的藥丸送去做一般的鑑識檢測。看來都來自穆爾女士放在辦公桌下方抽屜的藥罐。罐子就塞在最裡面。」

「藥丸上沒有標記？」卡倫納問。

「沒有。」賴弗利說：「網上購買的非法藥物通常不會標示，才能避免因類似的案件追查回溯特定供應商。」

「或許是女兒誤會了，她沒發現她母親在服用減肥藥。」卡倫納說：「檢查穆爾女士的網路瀏覽紀錄與電子郵件，確認是否曾提到減肥藥或減肥等關鍵詞。我們也許能查出她在哪裡購買的。」他手機震動，蘭斯．普羅孚特傳訊建議碰面地點。「初步的驗屍報告出爐立刻通知我，我會和通納總督察一起審閱。」

蘭斯與卡倫納約在麥道斯公園中央步道的咖啡店，離愛丁堡大學很近，通常很多學生光顧，十二月的假期讓店裡冷清了不少。

「老天，很高興見到你，但你那張臉看起來像羊肚燉內臟一樣不太妙。兄弟，情況沒那麼糟吧？」蘭斯提高嗓門。他起身歡迎卡倫納，快速給他一個擁抱，熱情地拍了拍他的背。卡倫納只好也露出微笑。在蘭斯身邊，你實在很難苦著一張臉。

「我替你點了義式濃縮咖啡，不是你們俗人熱愛的拿鐵。」卡倫納說：「蘭斯，很高興見到你。抱歉這麼久沒聯絡。」

「哎，別掃興了。我兒子九月畢業，忽然決定要搬回來跟我一起住，真是嚇死我了。我這陣子不是去購物、煮飯，就是在打掃。我都忘了生活裡多個人是什麼滋味。我原本想說服他搬去他母親家，但顯然我前妻最近找到了上帝，而這對二十出頭的年輕人來說規矩太多了。」蘭斯喝了一口義式濃縮咖啡，五官皺在一起。「不加點單一麥芽威士忌，這玩意兒怎麼入得了口？」

「蘭斯，原諒我，我得快點處理這件事。感謝你願意幫忙。有位警官要求刊登這篇報導，不曉得你能不能協助？」他沒有提艾娃的名字。她的指令是完全不要讓警方出現在報導內容。

「你可以提供哪些細節？」蘭斯問。

「都在這裡。」卡倫納將一份文件推過去。「很直接，大筆匿名款項捐贈到一家慈善機構。細節就在愛丁堡首席病理學家的聲明裡頭。你能刊登在你的部落格上嗎？」

「真正的問題是為什麼需要我做這件事？」蘭斯說。

「這事很急。其他媒體可能不會感興趣，但這報導需要立刻上線。」卡倫納說。

「我問的是背後的原因。你那表情就像是我問了菲利普親王在女王床上表現如何一樣。有時間吃點東西嗎？我餓死了。」蘭斯說。

「抱歉，沒時間，但我想請你一份三明治作為補償。」卡倫納說。

「免了，我該好好照顧這苗條的夢中情人身材。這是哪樁慈善機構詐欺案嗎？算了，我就不問了。」蘭斯說。卡倫納搖搖頭，不是他不願意回答蘭斯，事實是，他根本沒有答案。艾娃只給他報導細節，然後要他照辦，就這樣。

「你可不能怪記者努力挖真相。等你有時間，來我家吃頓便飯吧？我會確保孩子在他母親那度週末，這樣我們才不用隔著牆壁聽他那些流行歌。」

「我很樂意，謝了，蘭斯。再聯絡。」

克里斯欽在停車場等蘭道．穆爾。男孩先前打電話來，請他來醫院載他回家。男孩垂著頭走過一輛輛的車，在細雨中尋找克里斯欽。克里斯欽閃起頭燈，手伸出駕駛座窗外朝他揮手。

「嘿，蘭道，怎麼了？你昨晚之後都沒回家嗎？」克里斯欽問。

「對。」蘭道說：「我……她……我們不能離開。」他一手搓揉眼睛，決定不要當著克里斯欽的面掉眼淚。他原本篤定自己到家之前都不會哭，但他們根本還沒離開停車場。

「蘭道，」克里斯欽溫柔地說：「怎麼了？」

「我媽死了。」他說：「他們說是因為什麼藥丸，我聽不懂他們在說什麼。我姊還在裡面和警察談。」

「哦，不，我很遺憾。你早該聯絡我，我會趕來，或是，怎麼說呢，就是過來陪你。」克里斯欽說。

「我沒事。」蘭道說。

「怎麼會沒事，才不是這樣。」克里斯欽一手攬住他的肩膀，拉近他，緊緊抱住他幾秒鐘。「真希望我沒有鼓勵你在琴衍浪費時間。你該在家陪你母親，而不是聽那些窩囊廢炫耀。」

「不。」蘭道從他懷裡掙脫。「我想去那裡，我得去那裡，你不懂那對我來說多重要。」他臉漲得通紅，擔心克里斯欽看出他的尷尬，於是轉頭面向窗戶。

「我可以幫上你的忙嗎？」克里斯欽問：「送你回家？」

「對，麻煩你。」蘭道說：「我姊會先回她家拿衣服，然後她會過來。也許你可以來我們家，和她碰個面？我們可以叫比薩之類的，原本都是我媽做飯……」

「我覺得她此刻可能不想見外人，但還是謝謝你。我今晚要去見另一個朋友。鬼才曉得你們兩個怎麼同時遇上這種事，像是我帶來的霉運一樣。」他發動引擎。「你剛說警察來了，怎麼回事？」他應該是不希望車上陷入靜默。

「醫生說我媽吃了非處方藥，上網購買的減肥藥。這種藥在這裡應該是非法的，警方正在調查。」

「太可怕了，真該槍斃賣這些藥物的傢伙。你知道她會吃減肥藥嗎？」克里斯欽問。

「不知道，她根本不需要減肥。我以為他們搞錯了。我知道她不舒服，但從沒想過是因為藥物。你知道最糟的是什麼？我昨晚出門前，甚至沒有向她道別。我原本擔心我出門她會來唸我，而且……」淚水從他臉頰滾落。「而且我還很慶幸她身體不舒服，才不會來煩我。一切都是我的錯。」

「不是這樣，你母親肯定知道你愛她。蘭道，這不是你的錯，一切很不好受，我是過來人，我也曾失去母親，但自責不會讓她起死回生，一點幫助也沒有。要是你清楚她的狀況，你肯定會待在家裡，對不對？」

「對，當然。」蘭道吸著鼻涕。

「這就對了，你該記住這件事。只不過，就算你待在家，你可能也改變不了什麼。是哪一棟？」他問。

「那棟。」蘭道指著對街的屋子。克里斯欽停車。「謝了，抱歉我只能聯絡你。」

「我很高興你找我。」克里斯欽說：「你得吃點東西，多睡一會。你不能也倒下。有需要就打給我，沒事的。」

蘭道下了車，快速揮揮手，然後跑進屋裡。看著蘭道，克里斯欽想起了米娜，他還沒回她訊息。他拿起手機撥號。

「嘿。」米娜低聲接起電話。「我在圖書館。我在家待不住，你在附近？」

「沒有，剛送朋友回家，我想他晚點可能會找我，所以沒安排活動。」克里斯欽說。

「這樣啊。」米娜說：「我知道了，明天見個面好嗎？」

「我要打工，聖誕節一些活動，不能不接，畢竟下學期的學費不會自動繳清。我一有空就聯絡妳，妳沒事吧？」

「聖誕節快到了，感覺愈來愈難熬。我不斷想著要送莉莉什麼禮物，然後又想起今年不需要再送她禮物。警察一點頭緒也沒有。我爸媽幾乎完全不出門。」她說。

「還早，等新年之後吧，應該會有跨出一步的感覺。我得掛了，保持聯絡。」克里斯欽說。

「當然，抱歉。你朋友，他還好嗎？你聽起來很擔心。」米娜說。

「有一點，他母親剛……妳知道，妳已經有夠多事要煩了。」他說。

「想點別人的事也好，你方便透露他發生了什麼事？」她問。

「他母親剛過世，醫院覺得死因是服用非法減肥藥，實在很遺憾。他父親很早就離開了，只剩下他和他姊姊。」克里斯欽說。

「太糟了。」米娜說：「他真可憐，我能幫得上忙嗎？」

「不，他現在還太痛苦，需要和家人一同接受這個事實。我感覺很怪，先是妳失去了莉莉，然後我認識的人又發生這種事。彷彿是我帶來了霉運。我知道聽起來很蠢，一切與我無關，但想起來就不太舒服。彷彿我只要走進別人的生命，就會毀了人們的生活。」

「別這麼說。」米娜說：「如果沒有你，我不曉得我該怎麼捱過來。你讓我堅強。我相信你也會讓你那位朋友堅強起來。」

「聽妳這麼說，我覺得好多了。我得掛了，我會補償妳。過兩天一起做點什麼吧？」

「聽起來很棒。」她說：「克里斯欽，謝謝你做的一切。」

「我很高興能在妳需要時幫忙。」他說：「這是一項殊榮。」

30

艾娃整晚沒睡，她一想到讓格莉妮絲失去丈夫的凶徒可能不會受到法律制裁，就難以闔眼。還有路易斯．瓊斯，對這起命案她得做點什麼，問題是該從何著手。

艾娃攤開瓊斯的通聯紀錄一一查看，最後一通電話來自聖萊納分局，她感興趣的則是前幾組號碼。艾娃挑出三組電話號碼在電腦上查詢，一組來自印度，搜尋引擎列為熱門的投訴號碼，看來只是一般的詐騙；下一組號碼來自格拉斯哥，艾娃隱藏自己的手機號碼撥打過去。

一個女聲接起電話，在音樂與分辨不出的噪音中大喊：「戀乳癖。喬迪，給我閉嘴，我啥屁都聽不到。哪位？」女人最後提高嗓門。

艾娃掛斷電話，說得通，那名高大男人與鬼爪的確有格拉斯哥口音，戀乳癖是雷蒙．崔斯柯出獄後留的地址。這通電話也首度證實崔斯柯與路易斯．瓊斯的關聯。她繼續研究瓊斯釀成車禍事故當晚，撥打或接起的其他組號碼。瓊斯掛斷戀乳癖的電話之後，隨即撥打另一支號碼。她心想他打算求救？於是她撥打那支號碼，語音歡迎留言來自凱萊恩碼頭的渡輪公司，那是專營蘇格蘭到北愛爾蘭貝爾法斯特航線的渡輪。這解釋了瓊斯離開愛丁堡的路線，以及他為什麼走得那麼匆忙；更重要的是，來自格拉斯哥的電話正是迫使瓊斯逃亡的原因。

艾娃希望她能回到過去，仔細檢查路易斯．瓊斯的車子內部。跑路的男人會帶哪些東西走？他會帶那些流通過的紙鈔、還是貝格比藏在閣樓裡那種錢？他可能放棄金錢，認為保住性命更重要？她撥打另一通電話。

「狄米崔總督察？」艾娃聳起肩膀將電話夾在耳邊，一手打開筆記本。「我是通納。可以麻煩你將路易斯．瓊斯車上的證物清單透過電郵寄給我嗎？我在我們的調查紀錄裡沒看到副本。」

「當然好，立刻寄。但我記得車上物品不多，只有幾個食物包裝盒，沒有武器或毒品，應該沒有值得調查的證物。」狄米崔說：「妳想找什麼？」

「能夠透露他打算去哪裡、以及為何要離開愛丁堡的東西。」艾娃說。

「我會請人寄文件給妳。還是沒有其他線索？」他問。

「早得很。」艾娃說：「還要請你提供事故中另一輛車的線索，你們應該採集了輪胎痕跡或鈑金烤漆痕跡？」

「當時是道路事故鑑識調查人員前往處理，我還沒看報告。後來瓊斯死了，成了你們的案子，我也無法再提取相關報告。但我會盡量幫忙。」

「沒關係，」艾娃說：「我直接找那位調查人員。要是能知道首先抵達現場的人員身分，對我會非常有幫助。」她盡量壓下脾氣，在部門間踢皮球實在很不專業，不過狄米崔還是非常客氣，展現願意幫忙的態度。

「我會請我的警員將資料交給妳，但是她目前懷孕，老實說，我發現我的命令她大多左耳進右耳出。她目前的狀態差不多就像貓狗打架現場的小貓。」他說。

「她叫什麼名字？」艾娃問。

「妳說什麼？抱歉沒聽清楚。」狄米崔說。

「我說，懷孕的警員，她叫什麼名字？」

「珍娜．孟洛，我會請她快點處理。」他掛斷電話。艾娃咬緊牙根，走進案情室。她覺得很無力，而她又讓一位警員的生活變得更糟了，懷孕往往會讓人覺得自己在事業上矮人一截。她完全不想造成這種局面。

「崔普，」她說：「我要知道路易斯．瓊斯車禍時，現場的道路事故調查員是誰。然後我要狄米崔總督察小隊裡珍娜．孟洛警員的聯絡資訊。病理學家對於柯蒂莉亞．穆爾的初步報告回來沒？」

「只證實死因是穆爾女士血液裡高濃度的二硝基酚，除此之外，沒有外傷、沒有防禦性傷口、沒有自殘、沒有明顯疾病。他們還在等全面的毒物檢測結果。」崔普補充：「歐韋貝克警司找妳。她剛來電時妳正在通話。」

「該死。」艾娃咕噥著。她現在最不想做的就是安撫歐韋貝克，但這種事還是速戰速決比較好，就像青春痘大到該擠破一樣。她回到座位，撥分機給歐韋貝克的祕書，暗自希望警司正忙著別的事，但好運氣當然不存在。

「通納，報告進度。」歐韋貝克依舊是頤指氣使的態度。

艾娃渾身無力。歐韋貝克處在這種情緒時，什麼話都安撫不了她。「柯蒂莉亞．穆爾死於高濃度的二硝基酚中毒，我們正在追查非法減肥藥的來源。她的手提包與辦公桌裡都有藥丸，所以目前正在確認賣家。莉莉．尤思提斯命案還沒有進展，我們知道她上去亞瑟王座前喝了點酒，但男性友人還是沒有出面，也找不到目擊者。路易斯．瓊斯的謀殺案還在初步階段，死因是頭部中彈。」

「這些是妳想出來的，還是病理學家的報告？」歐韋貝克問。艾娃懶得回答，就讓歐韋貝克盡情挖苦，反駁她只會帶來毀滅性效果。「瓊斯身邊有任何我們知道的仇家？有什麼進展？」

「他透過租車事業多少涉足犯罪活動，賴弗利警佐正在找人問話。」艾娃說。

「簡單來說，妳有三具屍體，卻沒逮到任何一個需要負責的人。該怎麼解釋？我要的是我能在警政委員會上提出來的說法，不是那些證據或鑑識報告。」

「關於穆爾一案，藥物可能來自國外，也許無法追蹤。至於莉莉．尤思提斯，我們針對謀殺的判斷稍微拖遲了，依目前的證據還沒有進展。我正在等瓊斯的鑑識報告。」艾娃說。

「妳應該在說話，但我聽不到實質內容。艾娃，去石頭底下翻一翻，這是我的建議。看不出關聯就踢一踢石頭，直到噁心的東西自己爬出來，然後立刻蓋上一個該死的玻璃杯，送那鬼玩意兒去坐牢。妳知道我的耐心有限，對嗎？四十八小時內向我更新消息。」

雖然這話和歐韋貝克平常的指教一樣討人厭，但這次她說到重點了。枯等殺害路易斯．瓊斯凶手的消息根本稱不上策略。而艾娃明明有「戀乳癖」俱樂部的地址，還有兩名嫌犯可追蹤，坐在警局浪費時間實在沒有意義。

由於道路施工，艾娃從愛丁堡市中心開車到格拉斯哥花了一小時又四十五分，抵達時天都快暗了。「戀乳癖」俱樂部是崔斯柯家族的大本營，位在市中心南邊戈凡希爾區的卡斯卡特路上。唯一慶幸的是，她避開了格拉斯哥交通最混亂的街區，但缺點在於這一帶暗下來之後，不會是她想踏足之處。

她終於找到俱樂部，招牌和藏在巷裡的大門一點也沒幫上忙。黑色大門，上頭有金色的潦草字體和灰色的女性軀體輪廓，是那種真實生活中很難看到的曲線。艾娃壓抑住內心翻騰的女性主義，在旁邊的商店買了一盒菸和打火機，然後立起領子，戴上她一直放在車裡、勘查冬季犯罪現場時穿的羊毛手套與帽子。她緩緩繞著俱樂部街廓周遭，點起香菸，一副正在抽菸的模樣，但她沒吸進去。當法律認定在酒吧或夜店裡抽菸違法之後，大冬天這副模樣走在室外就有了合理的解釋。重點在於別咳嗽。

俱樂部沒有窗戶，有兩扇防火逃生門；建築後方有另一扇門，但有門牌號碼，一、二樓都有窗戶，樓上的窗戶還有窗簾。看來後面和俱樂部是分開的，是一般住家。還有一條行人通道，可以前往停車場。

巷裡的門冷不防猛力打開。艾娃靠在牆上，點起另一根菸。

「早跟你說過了，他們碰我，我就不幹了。規矩是他們只能動眼睛，但問題就在這裡。我不喜歡別人抓我這副他媽的奶子，要碰就得多付錢，光收入場費怎麼夠？」格拉斯哥口音，艾娃轉頭瞥向她時，發現女人是亞洲臉孔。艾娃心想，她很漂亮，漂亮到不該在這種低級場所賺皮肉錢，但每個人都有絆住自己的生活。跟在她後面出來的男人一手搭著她的肩膀。

「這算得了什麼？妳就是來這裡娛樂男人的。真有人動手動腳，我們會趕他們出去。這裡安全得不得了。妳就當是讚美，笑一笑就過去了。」他說。

「要是我抓你的蛋蛋，你還覺得是讚美？」女孩回嘴。

「我應該會很享受。」男人笑了。

「哼，換成是裡面那些滿是汗臭味的豬哥呢？上帝為證，我還沒看到他們，鼻子就先聞到了臭味。最好在門口弄個淋浴間再讓他們進來。」

「妳說的可是崔斯柯先生的客人。妳不會希望老闆聽妳說這種話吧？我會請保全今晚特別看顧妳，好嗎？有人鬧事，我們會搞定，但別再說這種話。美人兒，一生氣可就不美了。」

「哼，要是再發生，我直接去找喬．崔斯柯。」女孩說。

「要是妳敢用現在的口氣找上崔斯柯先生，鬼爪會送妳回家，妳希望這樣？」女孩沉默下來。「不好吧，對嗎？去喝點小酒，在場子熱起來之前放鬆一下。別再抱怨了，好嗎？」

女孩的表情還是很憤怒，將香菸扔在地上，男人摟著她的肩膀，陪她走回俱樂部。艾娃走出暗處。俱樂部的老闆喬．崔斯柯是雷蒙．崔斯柯的弟弟。沒錯，雷蒙出獄了，肯定迫不及待回到格拉斯哥，投入他見不得人的賺錢勾當。接下來二十四小時她不能光是在街上遊蕩，但要見到雷蒙的機率不高。唯一熟悉的是鬼爪這個名字。艾娃要將線索一一拼湊起來。她跺了跺腳，該回去了。冒著風險引人目光？沒有意義，特別是裡頭可能有個看過她的男人，他的私處留下了電擊槍的灼傷疤痕。下一次她來，她會做足準備。下一次她來，她會非常樂意打扮得性感入時。

31

卡倫納坐在位置上，面前是鑑識報告。實驗室對於柯蒂莉亞・穆爾手提包裡的藥丸化驗結果出爐，果然是含二硝基酚的減肥藥。他聯絡食品標準局，對方提供了一連串令人無力的說詞，解釋要阻斷這種藥物在國內流通，差不多就像說服青少年不要用社交媒體一樣「簡單」。報告也證實柯蒂莉亞・穆爾的ＤＮＡ出現在手提包裡的藥丸上，而她抽屜裡的藥丸也符合從她體內檢驗到的成分。結論出爐，柯蒂莉亞的確死於非法用藥，僅僅少了她購買藥物的電郵與訊息，重案組無法跟進這個案子。卡倫納打算向檢察官提交檔案，接下來通知穆爾女士的家人後結案。

一名警員走進他的辦公室，放了張字條在他桌上後離開。卡倫納停下打字，拿起字條。

「瑟琳娜・韋加醫生來電，事關柯蒂莉亞・穆爾」，下方是一組手機號碼。

她接起電話，他說：「我是卡倫納督察。」

「還真快。我還在想穆爾女士的命案調查得怎麼樣了。驗屍報告回來了嗎？」這位先前治療過柯蒂莉亞的住院醫生問。

「收到了。」卡倫納說：「整體來說，報告沒有……」

「如果你有時間，我們邊喝咖啡邊討論？我可以仔細看報告。我今天整天休假。」

「當然可以當面談，妳要來局裡嗎？」卡倫納問。

「我比較喜歡有沙發和丹麥酥餅的地方。」韋加醫生笑著說：「尼德利街上有一間西班牙小館，你要答應不帶人過去。我常去那裡，不希望太多人知道。」

「這我可以保證。」卡倫納說：「一小時後見？」

「本質」（Esencia）小館的外觀真的滿小的，整間咖啡廳沿著尼德利街延伸，數百年來，古老的牆面變得烏黑。一開門，混合咖啡、香料紅酒與燻肉的香氣就撲鼻而來。卡倫納感覺自己一度置身於遠方和煦的陽光下，享受新鮮空氣，那裡可能是葡萄牙、希臘或西班牙。他靜靜感受，然後又回到現實，尋找瑟琳娜．韋加醫生的身影。

他看到她坐在角落，書本擱在大腿上，長髮盤在頭上，身上是一件褪色的丹寧襯衫和咖啡色仿麂皮牛仔褲。他走過去，她朝他露出微笑。

「你找到我了。」她說：「我點了咖啡、炸花枝和辣味茄醬拌馬鈴薯，這樣好嗎？」

「韋加醫生，我不打算讓妳招待，希望妳能讓我買單。」卡倫納說。

「這是我起碼能做的，逼你離開辦公室我覺得過意不去，只是能夠遇到另一個異鄉人感覺很棒。請叫我瑟琳娜。」她說。卡倫納將外套掛在椅背上，試圖感覺再自在一點。瑟琳娜．韋加很漂亮，身材高䠷纖細，一雙深咖啡色瞳孔，以及燦爛的笑容。他完全沒注意到她對他也許有專業以外的興趣，但意識到這次會面太像約會。於是他拿出驗屍報告的副本，放在桌上。

「我是盧克。」他說：「妳這麼想念西班牙，怎麼不回去？我沒有刺探的意思。」

「我在西班牙時和男友同居，但感覺不對了。如今職業生涯都在這裡，醫院也對我很好。但我常回去補充陽光，去海邊旅行。蘇格蘭的天氣不適合衝浪。你呢？」

「我父親是蘇格蘭人。」他說。無論他真正的父親是誰，至少這一點沒錯。不撒謊的前提下，這也是最簡單的回答。「我好久沒衝浪了，事實上很多年了。二十出頭常會去法國鄰近西班牙的卡瓦利海灘。工作讓我們遠離樂趣，實在很荒唐。」

「可不是嗎。我的夢想是靠水肺潛水環遊世界。我十幾歲就列出世界各地想探訪的沉船遺跡與礁石，卻只去過其中幾處，接下來就掉入修改計畫與研究的輪迴。人生總有犧牲，但還是值得。當我渴望海洋時，我就會提醒自己，我是在做好事。」

「說到這個……」卡倫納趁機打開報告交給她。「這是初步的報告。我們還在等全面的毒物檢測，但基本上已經證實了妳的診斷。」咖啡與食物上桌。卡倫納負責分盤，瑟琳娜研究報告。

「二硝基酚真的很高，就算是非法藥物，這樣的劑量也遠超過建議量。我讀過她的報導，她是很精明的女人，應該很清楚她是否服用太多。」瑟琳娜說。

「我們還不明白她的動機。」卡倫納說：「她一雙兒女都非常震驚，就像妳在醫院看到的反應，但我們在她公司的抽屜與手提包裡都發現了藥丸。」

「我明白。」瑟琳娜說：「這裡的炸花枝最好吃了，對吧？」她邊吃邊說：「手提包裡的藥丸上有哪些ＤＮＡ？」

卡倫納拿回報告，翻了一頁，讀起相關的段落。

「皮膚細胞、頭髮纖維，這些散落的藥丸上有很多ＤＮＡ。」卡倫納說：「辦公桌抽屜裡那瓶藥也是。」

「我想也是。那是她的手提包，裡面會有化妝品、面紙、筆、梳子，各式各樣會相互汙染的物品；她的抽屜裡自然也會有她經常碰觸的物品。不過看起來，藥丸上並沒有指紋。」瑟琳娜說。

「對，但不是每樣物品上都會附著指紋，溼了或抹掉就沒了。」卡倫納說。

「我經常給藥，膠囊的表面光滑乾燥，手指或手掌上的油脂肯定會留下痕跡，尤其當我從罐子裡倒藥丸到手上，或是放進提包裡的拉鍊內袋。所以醫院發藥時，通常會戴手套或以小容器承裝。如果那些藥丸的確屬於穆爾女士，上頭卻沒有這類痕跡，我實在很難相信。」她拿起咖啡，然後睜大眼。「哦，真是。你現在是一臉急著想走的表情。我真是多嘴。」

「妳的思緒總是這麼清晰嗎？」卡倫納笑了。

「在海邊就不是了，那時我只聽得到海浪聲，只看得見水面上跳動的光影。我希望我有分身，一個認真工作，另一個躺在海邊的營火旁仰望星空。你至少喝完咖啡？」瑟琳娜說。

「好。」他說：「妳還觀察到什麼嗎？」

「還有一點。」她說：「我不曾和穆爾女士談話，但我見過她女兒。女兒是家中女性長輩的縮影。她儀表整潔，可說很得體，提出的問題也簡明扼要，指甲修得很短——我常自尋煩惱，老是注意這些事。而我懷疑她母親也是如此。我很難想像穆爾女士會讓藥丸隨意散落在包包裡。如果穆爾女士只打算帶幾顆藥丸出門，應該會先放置在別的容器或小包裝袋裡。女人都知道她們的包包裡滿是灰塵和毛絮，這樣的人幾乎不會直接吞下直接接觸內袋的藥丸。」

卡倫納喝完咖啡，吃完最後一口辣味馬鈴薯。「這裡的餐點非常美味，謝謝妳提議碰面。抱歉我得先離開了。」

「早知道這樣，就不跟你聊工作了。」她說。卡倫納起身穿外套。她也起身，溫柔的手攬住他的肩膀，在他臉上留下一吻。卡倫納心想，她聞起來有香草與肉桂味。「要是你決定記住我的手機，考慮下禮拜找時間約我出來喝點東西。那我先告訴你答案，我會答應，這樣會不會比較容易開口？」

卡倫納回到警局後，實在想不起來自己對瑟琳娜・韋加告別時的話做了哪些反應。她並不自以為是，也一點都不冒失，只是輕鬆的自信與幽默感；從她的智慧、個性與外表，卡倫納想不出哪個男人會拒絕她。問題是他目前的處境並不適合發展感情。最好別打開那扇門，因為他無法滿足對方的期待，日後還得找藉口將對方排拒在門外。他無法勃起，這將導致一段無能的關係。他也可能是性侵暴力下的孩子，諷刺的是，同樣的指控卻讓他出現性功能障礙。瑟琳娜・韋加並不知情，但她最好別再接他的電話，否則只會對他感到失望。

他前往「晶澈」的辦公室，警員崔普隨同他與一名員工約好，那名員工會開門讓他們進去公司。重案組的小隊來過柯蒂莉亞・穆爾的辦公室，但那時還不是犯罪現場，也沒有封鎖。

「你是警察？」柯蒂莉亞辦公室大門外的女人問：「你看起來和我想像中的警察不一樣。我是香安。」她說。

「我是卡倫納督察。」他說：「大樓裡有警報器嗎？」

「不需要，這裡沒有錢、也沒有商品。要是為了五顏六色的便利貼，可能就來對了。有新的消息？你知道柯蒂莉亞發生了什麼事？」她問。

「恐怕目前還不方便公開細節。感謝妳讓我們進來。」卡倫納左右張望尋找崔普的身影。

「我先進去，但我同事晚點就到。抱歉，但能請妳先在門口稍候片刻？我們需要盡可能減少對現場的破壞。」

她沒回答，延續先前的話題說下去。「我們都不曉得公司會變得怎樣。我不希望聽起來我只在乎錢，但柯蒂莉亞稱得上女性慈善家的奇蹟。我們勉強撐過每一天，她推動每一筆大額捐款，串聯跨國關係，還搞定了無數法律問題。但我們什麼都不懂，甚至不曉得這個月是誰發的薪水。我們也許待在慈善機構，卻完全不是搞慈善的。」

「我會盡快出來。」卡倫納說，沒有回答問題，逕自走進辦公室。

顯然柯蒂莉亞過世後，就沒人進來了。燈關著，相較於先前人來人往，現在裡頭感覺很冷清。這是一間非常普通的辦公室，幾張桌子排在前方，後面的一大片玻璃隔開空間，一側是洗手間和茶水間，茶水間裡有水槽，放置餐具、杯盤、清潔用品的櫃子，還有冰箱，另一頭是會議室。

卡倫納抽出手套，拿手機拍下辦公室的每一個角落，謹慎地避免移動任何物品。他前往柯蒂莉亞的辦公室，伸腳勾出她的椅子，然後打開辦公桌的抽屜。裡頭每一樣物品都擺放得很有條理，但並不是過於刻意的整齊，她放鋼筆的盒子就擺在一罐墨水和吸墨紙旁邊。穆爾女士喜歡一切恰如其分，看不到揉成一團的紙張或散落的收據。另一個抽屜裡擺放著一份標示為「贊助信」的檔案，下一個抽屜是文具用品，最下層是信件和待辦事項列表。那瓶藥丸就是在這裡找到的，塞在紙張文件後方。

她桌上放著裱框的全家福照，零星物品也擺得井然有序。瑟琳娜說得對，她不是那種會將藥丸直接扔進手提包裡的人。她的生活乾淨整潔，觸目所及看不見灰塵。卡倫納意識到自己可能漏掉了線索，內心隱隱浮現不安。柯蒂莉亞的女兒不敢相信母親會吃減肥藥，而重案組只查到人們對死者的景仰。她經常受邀前往慈善活動演講，所有人都喜歡她。柯蒂莉亞沒有公開的敵人，但他從經驗曉得，任何人都可能引來意想不到的關注。假設這起命案確實是針對她的犯罪，關鍵在於凶手是怎麼辦到的。

他打開冰箱，拍下裡頭的物品，然後一一檢視。門上是牛奶，一罐開過，兩罐還沒開封；架上是一些塑膠保鮮盒，盛裝各式各樣的剩菜。兩盒沒有做記號，剩下六盒裡的兩盒標示柯蒂莉亞的名字。卡倫納拿出保鮮盒，從口袋裡抽出證物袋，記錄下日期、時間、地點，然後將保鮮盒放進去。他想了想，又拿出其他保鮮盒個別放進證物袋。

「長官？」他身後傳來聲音。「我來吧。」崔普警員說。

「戴手套。我正在找二硝基酚的汙染來源，所有食物飲料都要帶走。也要搜查所有抽屜與櫃子，找出藥丸。」他說：「乾淨的物品要還給員工，看起來他們對於目前狀況不明很無奈。我不希望只因為我們沒有歸還某人男朋友送的馬克杯，就有人找媒體抱怨。」

「要怎麼知道我們帶走的物品屬於誰的？」崔普問。

「穆爾女士的辦公室裡有人事檔案。整理一份領薪水的員工清單，也向門口那位小姐請教公司是否請過清潔工。能將藥物放進她抽屜裡的人，肯定可以接觸到她的辦公桌。」卡倫納說。

「長官，我真不明白犯人的動機。」崔普說。

「像是心懷不滿的員工，或許出於種族因素；也說不定國外政府不滿穆爾女士在他們國內推動慈善事業。藥罐上驗不出指紋。但要是仔細想想會有多少人碰過這只罐子，包括穆爾女士，那完全說不通。」

「幾乎不可能。」崔普附和。

「有人擦過瓶身，非常謹慎，代表確實有動機。而我無法想像柯蒂莉亞・穆爾自己做這件事。」

32

布萊德利在筆名咖啡等待。他和克里斯欽約好碰面，彷彿走在無辜與謊言之間的鋼索，每一步都艱難無比。尚恩只顧著讀劇本、彩排，還有生活裡許多有趣的新朋友，湧來眼前各種令人雀躍的機會讓他盲目，他根本沒發現布萊德利變得心不在焉。布萊德利幾乎要藏不住情緒，夜晚他一闔眼就看到克里斯欽的臉；早上通勤途中經過「筆名」就想在窗邊座位看到克里斯欽。那已經是「他們的位置」。最近他不禁好奇，成為克里斯欽第一個接吻的男人會是何種滋味。但今天克里斯欽一直沒出現，他覺得不太自在。布萊德利喝完咖啡，正想起身回公司時，店門終於開了。

克里斯欽看起來不太一樣。頭髮披垂在臉上，皮膚失去了平常的光澤，緩緩揚起的笑容也不見蹤影。他坐進布萊德利身旁的位置，搖搖頭。

「抱歉，我不想耽誤你的時間。」他低聲對布萊德利說，不靠近根本聽不清楚。

「你還好嗎？」布萊德利問。

「她離開我了。」克里斯欽說：「過去幾個禮拜很不好過。我兩個朋友失去了摯愛的家人，我希望她多點耐心，給我更多空間，讓我去朋友需要我的地方，但她不願意。然後我向她提到你。」

布萊德利將椅子拉近克里斯欽，小心翼翼地問：「她不回來了？」

克里斯欽點點頭，手肘撐在桌上，臉埋進掌心。布萊德利略顯遲疑，然後輕輕撫摸克里斯欽的肩膀。他感受到他緊繃的肌肉，但他想專注在這位朋友目前需要的友誼上。

「我是不是耽誤你工作了？」克里斯欽說：「她很難過，我原本希望我們能好聚好散。我知道她離開對我們都好，但我不希望是這樣結束。布萊德利，你相信詛咒嗎？你相信過去會一直糾纏著你嗎？」

布萊德利抽回手，握住咖啡杯，希望尚恩別打電話來，他通常會在這時候來電。他默默伸手進口袋裡，關掉鈴聲。現在克里斯欽需要他。

「我們都會意識到那些提醒我們過往的事。」布萊德利說：「倘若我們遲遲無法接受過去的悲傷，也許內心深處會期盼悲傷重演。」

克里斯欽的手悄悄沿著桌面牽住布萊德利的手指，顫抖的掌心緊緊握住。「我搞砸了生命裡的一切，但我找得到需要我的人，這是我的優點。我會是個好朋友，我看到人們受苦通常會伸出援手。我像是透過幫助旁人來接受自己內心的問題，這樣說對嗎？」

「嗯。」布萊德利試圖理解他，但不願在朋友敞開心胸時打斷他。

「我對她提到你，她問我是不是不只把你當朋友。我想向她保證，我相信人在情感與肉體上都要忠誠，但我實在無法再欺騙她。」克里斯欽說。

布萊德利漲紅了臉，問他：「你怎麼說？」

「我說我想更了解你，但不用我多說，她很清楚我的意思。」克里斯欽說：「我希望你別介意。我和她花那麼多時間相處，而我們共進午餐的這幾分鐘竟是我最平靜的時刻。我替米娜與蘭道打氣，但一回家……我很無力。我似乎太自以為是了，你能原諒我嗎？」

「哪有需要原諒的呢。」布萊德利說：「如果這麼說對你有幫助，我也總是在想你。但我不希望我們之間有任何壓力。我喜歡在你身邊，閒聊就很好。我覺得，我也不懂，就像許久以來第一次有人願意聽我說話。」

「也許我這禮拜找一天去你家？」克里斯欽說：「你覺得是時候從喝咖啡聊工作往前跨一步了嗎？」他露出微笑。布萊德利油然感到當年初吻的悸動，那種感覺幾乎像來自逃離壞人時狂飆的腎上腺素。

「先別來我家，」布萊德利說：「情況有點複雜。還是我去你那裡？」

「太快了。還有很多她的東西，接下來幾個月，我一轉頭都會看見她。」

「當然，我太遲鈍了。」布萊德利說。

「或是找個安靜的酒吧，喝點小酒，中立地帶。我再傳時間地點給你，約週五？」克里斯欽問。

「聽起來不錯。」布萊德利微笑。

「你該走了。我今天請病假，但你老闆肯定正等你回去。」他擁抱布萊德利，抱得很緊。布萊德利感到克里斯欽的體溫和他平坦的腹部。他強迫自己回想尚恩的微笑、幽默感與無比溫柔。但轉移心思的努力只是徒勞無功。

布萊德利一走，克里斯欽就掏出手機打給蘭道。他曉得他們正忙碌於柯蒂莉亞的葬禮，但他不覺得蘭道會不接電話。他擔心蘭道一味深埋傷痛，那樣就太糟了。

「克里斯欽，等等，我上樓再說。」蘭道說。克里斯欽聽著他奔跑、喘氣，然後才再度開口：「謝謝你打電話來。我本想打給你，但又怕打擾你。我不希望你覺得我很煩。」

「我絕對不會這麼想。」克里斯欽說：「我不會問你還好嗎，我很清楚你。我只是打來確認有沒有能夠幫你做的事。」

「我想沒有，我姊不讓我離開她的視線。警方還在調查，他們似乎很想找到什麼。」蘭道說。

「他們只是在盡他們的職責。」克里斯欽說：「會恢復平靜的。我失去母親時，我讓她待在我身邊。我拿出所有找得到的照片、她的私人物品、衣服，她的一切，就像打造出一個屬於我和她的樂園，這會有幫助的。有時你必須屈服於哀痛，並且擁抱它。我朋友去見了她妹妹的屍體，真的很痛，但我覺得她因此有了前進的動力。」

「也許等我能出門後，我們可以一起出去，聽聽音樂什麼的。」蘭道說。

「當然，保持聯絡，好嗎？沒有人能夠獨自撐過去。我得掛了，家裡還有好多事，但我手機都開著。」

「謝了，克里斯欽，有你真好。」蘭道掛斷電話。

＊

柯蒂莉亞過世之後，穆爾家就籠罩在大型圖書館般的氣氛中，沉重、寂靜。蘭道走進母親房間，家裡最大的臥房，裡頭還隔出更衣室與書房。她死後，他就沒進過她的房間，那就像她還看得見他一樣。他想坐在床上，枕頭上還有她睡過的凹痕。他轉而走向梳妝檯，拉開上方的抽屜，手緩緩伸進去。她的珠寶都在這裡，每件首飾都裝在原本的盒子裡，擺得整整齊齊。後方有動靜。他再往外拉，然後低頭望向抽屜深處。他小心翼翼拿出藏在後面的物品。是義大利斜管麵製作的項鍊，放太久而變皺，但一根根管麵還是固定在線繩上，就像他最初得意洋洋送給母親當禮物一樣，那時他才十二歲吧？他記得自己在幼兒園做了這條項鍊，每根斜管麵都以蠟筆上色，顏色褪到很淡了，但他拿來串管麵的紅色毛線這麼多年來都沒斷。母親沒告訴他，她一直保存這串項鍊，太意外了。他拿出項鍊放進口袋，關上抽屜，又拉開，取出她最喜歡的耳環，然後關上。

他比較不喜歡更衣間。一件件套裝，還有燙得硬挺的襯衫，那是讓母親離家、不能待在他身邊的剪裁，送母親前往他不能理解的世界。那些漫長的歲月，他只希望母親能陪他拼圖或一起烤蛋糕，但她面前總擺滿文件，她眼中關愛的總是他以外的人。他當時不懂，現在她離開，似乎變得容易理解了。他感到滿滿的驕傲，推開原本令他盲目的憤怒。他想收回那些難聽的話，回應他未曾回應的母愛。他不曾回應，她卻從未放棄表達愛意；每天早上他上學前，她會在他離家時說她多愛他，他則只用「晚點見」敷衍母親。

他拿起他喜歡看她穿的衣服，但他不會當母親的面承認。母親的睡袍，毛巾布，茶花的粉紅色，洗了好多次，非常柔軟。他讓臉埋進去，嗅聞肥皂與香水味，他知道他在幻想，他彷彿還聞到了書本的氣味。就是漏了這個。她最喜歡的書，他走進書房，從書架拿下《傲慢與偏見》、《梅岡城故事》、《紅字》，還不夠，這幾本書不足以展現她的深度。他又拿下《姊妹》和《大亨小傳》，將她的睡袍包起這些物品，統統抱回自己的臥房。

克里斯欽建議他打造他與母親的樂園，不夠，差遠了。他回去母親的臥房，扯下她的床單，想了想又抓起枕頭。再跑一趟。他在浴室的櫃子裡找到她最喜歡的香水，以及她每天塗的口紅、每天用的護手霜。回到她的書房，取走閱讀椅上的靠枕。他翻找書桌抽屜，拿走照片、信件和日記。他回到自己的房裡布置，拿她的床單墊在地上，身邊擺上枕頭與靠墊，一一擺放起他的寶物，在房裡噴香水，在手上抹護手霜，照片一一排開就像保護傘，抵禦失去她的黑暗。他披上柯蒂莉亞的睡袍，捧著她的日記坐下來，開始閱讀。克里斯欽說得對，蘭道已經想不起來上次和母親如此親近是什麼時候的事了，這麼做彷彿又將她帶回他身邊。要是他閉上雙眼，逃離世界，他可能會相信她就在眼前。也許痛苦將永遠離開他。

33

艾娃將手機和鑰匙交給格林諾奇監獄的櫃檯，簽到，等候櫃檯查看她的證件。狄蘭．麥基爾，也就是雷蒙．崔斯柯昔日的犯罪夥伴，居然同意見她。麥基爾當然不曉得艾娃找他談話的目的，但長年的牢獄生活就是這樣，任何能打破規律的意外都是一場大假。而當你的規律是二十四小時監禁，任何能讓你走出牢房的事就是一個月的遊艇之旅。這次會面是透過正式管道安排。艾娃一面公開偵查路易斯．瓊斯命案，同時暗中調查貝格比的死；她從法院檔案裡查到麥基爾的律師，通知對方她想見他們的客戶。不過，麥基爾拒絕律師在場。也許他覺得這次會面沒有律師會更有趣？艾娃不以為意，反正這段談話不會留下任何紀錄，這點給了她很大的彈性。

她接受搜身，然後走進會客室。獄警帶麥基爾過來途中，她在會客室裡思索自己這麼做是否明智。雖然只要她一喊，守門的獄警就會衝進來，但要是麥基爾在袖子裡藏了彈簧刀呢？喊叫多半沒用。只不過他的生意夥伴此刻就在外頭玩女人、喝酒、大啖油炸食物，麥基爾肯定想盡快出獄，與雷蒙．崔斯柯碰頭。而持刀攻擊警官，對於他這樣匆忙更改通訊地址的人應該稱不上好主意。艾娃並不相信麥基爾與雷蒙．崔斯柯的關係，依舊像過去數十年一樣堅若磐石。神奇的是，只要稍微暗示犯罪同夥可能對警方透露些什麼，就足以顛覆一輩子的友誼，而監獄裡的風聲就像賭徒手中的金錢一樣快速流動。要讓雷蒙誤解她與麥基爾會面的目的根本易如反掌，她還有幾張牌可打，足以確保雷蒙對他這位多年好友起疑心。當然，假使雷蒙．崔斯柯行事光明正大，大可不必擔心艾娃造訪他的生意夥伴。

對比個人檔案，狄蘭・麥基爾比她想像得要矮，看起來就像每一張照片中他自己的影子，牢獄之災彷彿讓他縮小了。她並不覺得同情，麥基爾和崔斯柯遭定罪時都是暴力幫派分子，他們骨子是同樣的人。獄警讓他坐進椅子裡，說明有需要他就在外頭。犯人開始上下打量她。

「總督察來看我呢。妳長得真像我前妻，但她是個婊子。」麥基爾說：「有菸嗎？」

「沒有，你知道我不能給你任何物品。開場白就省了，你記得叫做路易斯・瓊斯的人嗎？」她問。

他抽抽鼻子。「我在這裡很多年，見過的人可多了。但名字記不住，要認臉才行。」

「好。」艾娃抽出瓊斯的照片。「拿去，你也許會記得扳手路易斯這個名字。」

麥基爾拿起照片，端詳許久。「沒印象，想不起來。妳想問什麼？」

「他出了車禍，現在失蹤了。我想找到他。你的檔案裡將他列為昔日往來對象。你定罪後曾經聯絡他嗎？」艾娃問。

「往來對象？我的檔案這麼寫？扳手路易斯可不是我朋友。我猜妳說的檔案裡應該也寫明了，我和雷蒙分別展開該死的政府夏令營時，瓊斯神奇逃過了檢察官的目光，對吧？」

「這一點我的確很好奇。」艾娃說：「這是為什麼？」

麥基爾靠向前，壓低聲音。「通納總督察，妳有戴竊聽器嗎？」

「沒有。」她拉開外套。「我相信你知道那樣對我沒好處，你沒有得到警告，我沒有做紀錄，律師也不在場，完全沒有錄音或錄影。」

「那我們在瞎忙什麼？有消息告訴我路易斯・瓊斯早就翹辮子了，再也不能告密。我猜妳當然知道，小妞。」麥基爾說：「卡斯基，有打火機嗎？」獄警走過來，點燃麥基爾從口袋裡拿出的捲菸，然後又走出去。

「麥基爾先生，你口口聲聲說你不記得的人，怎麼會有消息傳到你耳裡？是你下的刺殺令？」艾娃說。

「我可是在坐牢，高度戒備呢。妳說刺殺令，我既沒有接頭的人，更沒有錢搞這種事。但我倒挺喜歡這個解釋：他懊悔自己是個該死的洩密耗子，於是在嘴上打上了釘子，然後轟爆自己的腦袋。親愛的，妳怎麼不往這個方向調查？」

「你朋友雷蒙·崔斯柯有接頭的人，裡面也肯定有人願意拿錢還人情。開庭時你們誰也不扯對方後腿，這算是兄弟的義氣嗎。我相信你的熟人都在，甚至可能想幫你舉辦盛大的回歸派對。」艾娃說。

「妳來這裡的目的到底是什麼？」麥基爾問。

「我想知道誰殺了瓊斯。」艾娃說。

「去妳的，最好是。如果是正式調查，妳會帶上別的警察，我也會提前得到警告，要我閉上嘴。但妳看起來是私人行程。還好老子今天心情特別好，我就幫妳一把。在妳還沒破相前快滾，別來管我的事，也別管雷蒙的事。他的刑期早結束了，就我所知，他正在看衛星頻道配外賣呢。瓊斯死了，那是他自找的。妳也別想在男人的問題中攪和進來。」

「我就知道你會這麼說。」艾娃說：「我很失望，但也不是完全沒料到。」

「那妳為什麼要來？」麥基爾問。

「哦，我不知道。我看到你的檔案，覺得你挺有意思的，我想我應該找你談談。抱歉打擾了，下次我會記得帶香菸。」她呼喚獄警。「我和麥基爾先生聊過之後很有幫助，他是好人。真希望其他人也這麼親切。」

卡斯基揚起眉毛，拉著麥基爾起來。

「小姐，妳這是在搞什麼把戲？」麥基爾問。

「麥基爾先生，你很清楚是什麼把戲。你搔我的背，換我報答你了。我會找典獄長談，看能不能讓你過得舒適一點，表達我的謝意。」

「她瘋了，媽的。」麥基爾對獄警說：「放我出去，我要錯過午餐了。」

艾娃回到櫃檯，拿回私人物品。她與麥基爾談什麼並不重要，他就算向獄友提起路易斯．瓊斯的名字也無妨。重點是麥基爾和她單獨對話，沒有旁人在場，光這樣就足以讓雷蒙．崔斯柯起疑；而麥基爾將發現自己得到他解釋不清的特殊待遇。

典獄長在櫃檯等她，關心詢問：「通納總督察，我們沒見過面，但早已久仰大名。妳問到了想知道的事嗎？」

「嗯。」艾娃說：「我還需要你幫我幾個忙。」

「當然沒問題，我全力配合。」典獄長說。

一個半小時後，艾娃到家，脫下套裝，企圖在衣櫥裡挖出能夠融入深夜氛圍的衣物。她化了這輩子沒化過的濃妝，或許八歲時搜刮母親化妝箱那次可以匹敵吧。煙燻眼影搭配浮誇的眼線，還搽上深色粉底和腮紅，以櫻桃紅的唇膏大功告成。接著她打開剛買的直髮器包裝，夾直每一縷髮髮，最後拉起一束髮絲在頭上固定好。效果極佳，她差點認不出自己。

門鈴作響，艾娃盯著鏡中的倒影，想說服自己不要開門。她從貓眼望出去。

「可以開門嗎？」卡倫納說：「外頭冷死了。」

艾娃將門拉開一道小縫，低聲說：「我正要出門。」卡倫納沒作聲，他張著嘴愣在原地。艾娃問：「你找我？」她翻個白眼，關上門，解開門鎖，披起外套掩蓋她手上的繃帶，然後開門讓他進來。

「要去什麼好地方嗎？」卡倫納依舊目不轉睛盯著她。

「婚前的主題派對，你知道那種場合。你要談什麼，不能電話說嗎？」艾娃問。

「柯蒂莉亞．穆爾。」卡倫納說：「我想她是死於中毒。」

「我們已經知道了。」艾娃說：「所有二硝基酚致死的案子都是中毒，合法藥物裡沒有這種成分。」

「不，我要說的是，目前看來，她很可能不曉得自己吃了這些藥。我又回她的辦公室查看，取走一些物品送去化驗。」卡倫納說。艾娃走回臥室，讓他待在客廳。「妳到底要去哪裡？」

艾娃披上長風衣走回來，遮住高跟的長靴，一手插進口袋，另一手拋接鑰匙。「城裡的夜店。」艾娃說：「你的意思是穆爾的死是謀殺，一切經過預謀。」

「我認為，至少不能排除這個可能性。我也想仔細搜查她家。兩個孩子不是明顯的嫌犯，但我需要排除在家裡下毒的可能。她女兒應該會讓我們進屋，但我要先通知妳。」

「好，如果你的想法有根據，去做就是了。但要真的是孩子動的手，那他們已經有充裕的時間摧毀證據。聽著，我得出門了。我們明天再談，一早開會，好嗎？」

「當然好。」卡倫納走出她拉開的大門。「誰的告別單身派對？」

艾娃心慌意亂地掏出鑰匙鎖門。

「馬術俱樂部的女孩。只是出於禮貌露個臉，可能一小時後就會裝頭痛閃人。」她上了車，手提包扔在副駕駛座。卡倫納打開副駕車門，探頭進來。「小心別被抓。」他說完，甩上車門，瞥見她皮包裡的胡椒噴霧。

「那是我最不擔心的。」艾娃咕噥著，車輪駛過潮溼的柏油路。

卡倫納看著她駛離，厭惡起自己居然完全不相信她的話。但讓他質疑的不只是她的說法，而是她神情裡透出的恐懼，不光是緊張，而是流露出憂心忡忡。他忍不住好奇她真正的目的地。

34

卡倫納回到警局，不住咒罵雨水變成冰霰，深夜出門購物的人帶來車流，以至於穿過城市多花了半小時，向小組彙報柯蒂莉亞．穆爾的女兒願意配合調查又花了半小時。連歐韋貝克警司也在前往某個場合途中繞來警局，這讓卡倫納想起不像艾娃會去的單身女性之夜。不管艾娃要去哪裡，肯定不是蘇格蘭警署高層出席的高級晚宴。

「你今晚去穆爾家？」歐韋貝克問卡倫納。

「是的，長官。」他回答：「通納總督察也同意了，我一早就向她報告。」

「前提是她明早沒給我請病假。我原本安排她坐在郡治安官的母親旁邊，那老女人有夠煩，開口閉口都在聊小孩。難怪通納隨便找藉口搪塞我，說什麼偏頭痛。現在得換我坐在那老太太旁邊。督察，你現在肯認真聽我說話了？除非你很有把握，不然別給我辦成謀殺案。我可不想為你們再次搞砸的統計數據背書，麻煩了。」歐韋貝克踩著顯然風險極高的高跟鞋離開，在鏡子前檢查口紅。卡倫納看著她走遠。他接受艾娃撒謊也許是為了逃避長官的無聊晚宴，卻絕對不信她居然沒拿同樣的藉口推掉那場告別單身派對。

卡倫納抵達穆爾家時，一群警察已經包好且標示出各種物品，都放在保冷袋裡，準備送去實驗室。賴弗利將證物一一列入清單，柯蒂莉亞的女兒坐在沙發上，抱著攤開的書，目光盯著牆壁。卡倫納向現場警員解釋，要他們尋找先前可能沒注意到的藥丸來源。然後他向柯蒂莉亞的女兒保證，蘇格蘭警署會動用所有資源調查她母親的案件，這時樓上傳來重響，接著是甩門聲，以及拖行家具時地板的沉滯刮擦聲。

「長官。」崔普對樓下喊：「這邊有點……呃……狀況，可以請你……」

卡倫納從對話中脫身，快步上樓。三名員警站在兩間臥室旁，一間房門敞開，一間房門緊閉。

「恐怕穆爾女士的臥室已經亂成一團。」崔普低聲說。卡倫納探進門口，只見床單被扯掉，抽屜與櫃子的門開著，裡頭的物品散成一地。從前往浴室的地毯一路到走廊上都掉落物品。

「發生什麼事？」卡倫納指了指緊閉的房門。

「那是她兒子蘭道的房間，他將自己鎖在房裡，不肯回應我們。聽到像是啜泣的聲音，他還移動重物抵住門。」賴弗利說。

「蘭道，我是盧克．卡倫納，我們在醫院短暫見過面。我想和你談談，確保你沒事。我知道你現在很難受，我並不想侵犯你的空間。但如果你願意開個門縫讓我看看你，我們稍微聊聊，我會請警官給我們一點隱私。」

「別煩我！」蘭道高喊，他說話時氣息粗重，透著哽咽。

「我明白，」卡倫納說：「我不想打擾你，但我不能就這樣不親自見你、卻放任你可能傷害你自己。還是你比較想和你姊姊談？」

「不！」蘭道大喊：「我開門就是了，但之後就別管我，好嗎？」

「當然好。」卡倫納示意警員從門邊退開。房裡是搬移重物的聲響，沉重的呼吸聲，然後門開了小縫。「蘭道，你好，謝謝你開門。」

「你看到我了，可以滾了。」蘭道準備關上門。

卡倫納一腳伸進門縫，讓門關不起來。「我們會離開，但你知道，現在這間房子是你的了，所以我們需要向你解釋我們過來的原因。我需要檢查你母親的物品，要找出她會服用的藥丸或藥物，確認她到底吃過什麼。你明白嗎？」

「明白。」蘭道說。

「很好，這樣很好。看來你母親房裡有些物品最近才被拿走，但我們必須檢查所有物品，你房裡有她的東西嗎？」

蘭道轉頭望了一眼，門又開了三公分。卡倫納從窗簾拉起的昏暗中捕捉到濃郁的香水味，往房裡踏了一步。

「才一點東西，但那都是私人物品，沒有藥丸。我沒做錯事。」蘭道說。

「你當然沒有，你不曉得我們要來，也不知道我們要找什麼。只是你房裡有她的物品，我們會快速檢查，確保沒有遺漏掉什麼。可以嗎？」

賴弗利在階梯上叫來更多警員。

「不可以，完全不行。你們不准碰我媽的任何東西。現在都是我的了，你們會毀了一切，你們會搞砸一切。」蘭道提高嗓門。

「我們會很小心，不會碰觸不需要的物品。你就在一旁看我們進行，告訴我們每件物品是從哪裡拿來的，好嗎？」卡倫納輕輕推門，讓走廊的燈光穿透進黑暗，照向一堆亂七八糟的衣服、床單，還有地上大大小小的物品。

「不！」蘭道尖叫：「我不要你們進來。你們不准進來，誰也不准進來。」

「蘭道，怎麼了？你為什麼不讓他們進去？」他姊姊出現在二樓階梯口。

「妳不讓我接近她，」蘭道高喊：「現在妳還派他們上來，想從我這裡奪走媽的一切。妳辦不到，妳再也搶不走她了。我不讓妳搶走她。」

卡倫納看著蘭道的姊姊，指著房門，做出示意要開門的動作。姊姊點點頭，垂頭喪氣讓開。這時蘭道打算用力關上門，卡倫納仍一腳卡在門口，肩膀抵住門前推，使出全身的力氣。門開了，蘭道踉蹌向後跌。崔普開燈，無論眼前會出現什麼，小隊人員都做好心理準備。

蘭道在混亂的衣物、床單、書本、紙張之間縮起來。他搖晃身體，低聲啜泣，輪流撫摸每樣物品，將一件老舊的睡袍拉到臉上，口中含糊說著什麼。

「我去叫醫生。」姊姊低聲說。

警員們從蘭道的「樂園」取走物品，卡倫納在一旁監督。隨後穆爾的家庭醫生進來，給了男孩一點鎮定劑。晚上十點，卡倫納正準備離開，手機響了起來。

「盧克，我是艾爾莎·藍伯特。你有空嗎？」

「有。」盧克走進空蕩蕩的廚房。「路易斯·瓊斯的驗屍結果出來了？」

「不，那已經結束了。事實上我想問艾娃是不是和你在一起？」她說。

「她晚上有事出門了。妳急著找她？」卡倫納問。電話另一端的艾爾莎沉默良久，直到卡倫納聽到彈舌聲。「艾爾莎，怎麼了？」

「她今晚應該要打電話給我，但我沒有她的消息。我很擔心。」她說，她的語氣顯得遲疑，完全不像他認識的藍伯特博士。「我真的很擔心。」

「我今天早一點見過她，應該不需要太擔心。她精心打扮後才出門。」卡倫納說。

「她說要去哪？」艾爾莎問。

「似乎是什麼告別單身派對。」卡倫納說：「說是馬術俱樂部認識的女孩要結婚了，要求她打扮得像法國交際花一樣。我這是客氣的說法。」

「告別單身派對？」艾爾莎驚訝反問：「我們聊的是同一個艾娃・通納？難不成你看過那女孩出現在一大群女人之間，而且還打扮成一個蠢女孩？」

「艾爾莎，她為什麼要打給妳？」卡倫納問：「既然她晚上安排了活動，為什麼還需要聯絡妳？我不懂。」

電話另一端的艾爾莎長嘆一聲。「我很擔心她。艾娃被襲擊後傷勢不輕，我們討價還價之後，她才承諾每天在固定時間打電話給我，我才不會反應過度。但她今天不僅沒打來，撥手機也完全聯絡不上她。」

「妳曉得她可能去了哪裡嗎？」卡倫納問。

「恐怕我不知道。但如果真的是告別單身派對，我會先幫她預約心理諮商。盧克，幫我找到她。我一開始就不該答應她什麼都不說。要是她出了什麼事，我永遠不會原諒自己。」

35

艾娃拿出二十鎊的紙鈔，但「戀乳癖」的接待人員揮揮手表示不收，顯然男性客人才需要入場費。她寄放外套，皮包留著，身上的蕾絲馬甲讓她很不自在，直到她發現她身上的布料還是比俱樂部裡大部分女孩都多。她第一站是女廁，得加幾筆眼線，補個口紅。開車來格拉斯哥路上，她想著要是鬼爪或那個高大男人認出她怎麼辦，但她都進來了，已經不需要擔心這個問題。她盯著鏡子，連她都快認不出自己，旁人不可能察覺她的身分。

艾娃前往酒吧，無視身邊男女投來的目光，慶幸昏暗的燈光與濃妝掩飾了她的尷尬。以前來這種俱樂部，都是為了突襲販毒活動或人口販子，一點也不尷尬。她拿著琴湯尼，緩步前行，尋找視野最好的位置，觀察來往客人。

「酒裡要加點料嗎？」一個男人走來擋在她面前。他人高馬大，體態鬆弛，是那種她應付不來的對象。

「不用了，謝謝，我這樣就好。」她收起英格蘭公立學校口音，操起她裝得最像的格拉斯哥腔調，稍微側身等男人讓她過去。

「一個人？」他顯然無視她的暗示。

艾娃嘆了口氣。「我朋友很快就到。能讓我過去嗎，拜託？」

「我有不錯的藥。」男人說：「可以讓妳放鬆，要嗎？妳這小麻煩。」艾娃推測，他看起來有一百九十五公分，體重應該破百，她一開始並不想招惹他，但晚點說不定換她被惹毛。但現在，她必須在引起騷動前順利脫身。

「我剛嗑了別的，效果剛退。」她說：「晚點再去找你？到時給我一點能興奮的玩意。」

「不收妳錢。沒見過妳，叫什麼？」他問。

「琵克希。」艾娃說，真不曉得這個意思為「小妖精」的名字是從哪兒冒出來的。「剛搬來附近，就到處看看。」

「妳跟酒保說，今晚多莫招待。點什麼都可以，我埋單。」他說。

「多莫，謝了。」艾娃趁男人還很好說話的時候脫身。「我會記得的。」她找到一個包廂座位，鑽進去，希望她剛剛記得點兩杯酒，暗示旁人還有玩伴要來。多莫顯然是這裡的員工，提供毒品和一些鬼才知道的玩意兒。音樂變奏，樓上露臺亮了起來，幾個女孩出現在籠子裡，舞動軀體。燈光顏色變換，俱樂部沐浴在轉動的紅光與金光之中。她看了看手錶，快十一點了。另一個男人朝她走來，她立刻搖頭，慶幸這傢伙較好打發。兩個女孩走過，其中一個搖搖晃晃地踩著誇張的高跟鞋，另一個女孩扶著她。不管多莫最後說服她們在飲料裡加什麼料，她連碰都不想碰。她假裝喝酒，掏出手機，看起來在傳訊息。場內開始打賞了，酒吧裡繁忙起來。兩層樓裡擠了約一百五十人，她今晚倒是不打算參觀一輪。

過了半小時，艾娃瞥見俱樂部老闆喬．崔斯柯大搖大擺走進來，穿著像是一九六〇年代的襯衫，要是啤酒肚小一點的男人穿，配上Levi's牛仔褲，應該會帥氣得多。他髮量稀疏，後梳的髮型顯露年紀，但目光如小蛇般銳利警覺。艾娃看著他觀察員工（確認誰在微笑、誰較勤快、誰在獵豔），曉得一切逃不過他的法眼。喬．崔斯柯不在乎經過他身邊那些半裸的女人，他的目光一秒也沒有離開他的生意。崔斯柯走到另一頭向幾個人打招呼。站在老闆後方半步隨侍在側的是艾娃在夜店外見過的男人，就是他好說歹說要女舞者忍耐客人的騷擾。幾個人緩緩朝貴賓室走去，保全拉開紅色繩索，站去一旁，讓老闆進去。

繩索後方的簾子拉開，迎接喬．崔斯柯，這時艾娃認出了鬼爪。經過格莉妮絲．貝格比家那場不愉快的邂逅後，她再次看到他。他右手握著黃銅手指虎，金屬反射光線，像在警告人們別不請自來。她注意到他臉上的瘀青不覺會心一笑，應該就是那天留下的，但從他在崔斯柯身邊的任務推斷，平日應該很多人的拳頭都會往他身上招呼。

「妳朋友沒來？」多莫出現在她的座位旁。

艾娃將目光從鬼爪身上移開，露出客氣的微笑。「他晚點到。進貴賓室需要買票嗎？看起來很不錯。」

「只能受邀進入，而且必須是會員。不過妳很漂亮、身材也不錯，也許會費能算便宜一點。」多莫說。

「你真是……太客氣了。」艾娃說：「我不需要會員。我通常工作到很晚，沒辦法常光臨。」

「瑪莉亞，」多莫人喊：「替小姐來杯義大利氣泡酒。」

艾娃考慮拒絕免費的飲料，卻意識到她不能拒絕。找藉口是一回事，她得扮演好她的角色。她優雅接過女孩端來的酒杯，假意啜飲一口。「謝謝你。」她說，希望多莫就此放過她。看來沒那麼簡單。「你在這裡工作多久了？」她隨口問，多莫在她身邊一屁股坐下，她心都沉了下去。

「一年半。」他忽然大喊：「嘿，派瑞，讓幾個女孩上樓。很多人沒東西看。」艾娃轉頭，瞥見多莫下指示的男人，不禁一驚，那就是私處被她狠狠電擊過的大漢，他正朝他們走來。她拿起酒杯，放在唇邊，試圖遮掩部分的臉，轉移投向她外表的注意力。

「剛派了兩個女孩上去，夠嗎？」派瑞問。

「再一個。」多莫說。

「要我帶她上去嗎？」派瑞指著艾娃。

「蠢蛋，這是客人，快道歉。」多莫說，然後揮著手背打發派瑞。派瑞轉身，回頭露出驚慌的神色。艾娃別過臉，屏住呼吸，不曉得那男人是否認出了她。等她冒險轉頭時，派瑞已經拖著穿斜肩上衣的女人上樓。

「聽說這裡的老闆是喬．崔斯柯，是嗎？」艾娃一邊喝酒一邊問。

多莫身體明顯一僵，以銳利的目光盯著她，然後看了看貴賓室。

「妳為什麼問起崔斯柯先生？」他說，嗓音很輕柔，但聽得出來沒那麼熱絡。雷蒙．崔斯柯的弟弟顯然很擔心被侵犯隱私。

「我爸以前會聊起他，很久以前了，他說他們二十幾歲會一起去派對。我猜那時的格拉斯哥和現在不太一樣。過去沒有這種地方。」艾娃說。

這時，多莫舉起手機，艾娃還來不及反應就被拍下照片。「崔斯柯先生會想知道他有哪些客人。妳說妳叫什麼？」他問。

喬．崔斯柯顯然比艾娃想得還多疑，她笑了笑。「琵克希．麥唐諾，但他不會認識我。我爸搬離格拉斯哥很久了，就因為幾個該死的警察害他蹲了幾年牢。很高興知道老爸的朋友還在，他會替他白手起家的朋友感到開心。看起來事業很成功。」

「妳爸死了？」多莫問。

「兩年前走的。」艾娃說，思索她還要圓多久的謊。「心臟病，要說老頭吃過哪些不是油炸的食物，我真沒見過。」

鬼爪從貴賓室的簾子後方走出來，向多莫揮手。

「得工作了。」多莫說：「晚點聊。」

艾娃笑了笑，掩飾自己其實鬆了口氣。多莫的詞彙也許不多，但他可不蠢，顯然這是老闆派他監督店面的原因。一群吵鬧的客人入場，再次擠滿一樓空間，艾娃終於能稍微放鬆下來。她走向吧檯，點第二杯酒，拿回包廂座位之後就不碰了。一名女孩經過，又退回來找她攀談。

「嗨，一個人？」她問。

「等人。」艾娃說完，一時不曉得眼神該放在哪裡。面前的年輕女孩裸著上身，下半身只有一件手帕差不多大的裙子，還有適合作為防禦武器的高跟鞋。艾娃猜她的年紀在二十到三十之間，但妝太厚說不準。

「哦，我很喜歡妳的馬甲，這紅色也太美了。妳是來面試的嗎？我是糖糖。」她直接坐進包廂，湊近艾娃。

「面試？」艾娃問。

「面試工作啊，我剛看到妳和多莫一起。所有女孩都要試跳一整晚，觀察和客人的互動，才可能拿到工作。妳的年紀超過喬喬喜歡的女孩，但妳胸部很美，應該還有救。」艾娃正想開口反駁，又覺得微笑就好，閉上了嘴。「妳該上樓走走。我們要到處找男人攀談，而不是等他們過來。總之讓他們爽就好，妳懂我的意思。」糖糖使起眼色。

「謝了。」艾娃說：「妳喜歡在這裡工作？」

「至少付得起帳單。有些男人或許令人作嘔，但人生不就是這樣？裡頭很溫暖，酒水免費，但不能喝太多。他們希望我們友善，但不能鬧脾氣。妳有肌肉線條吔，妳上健身房？以防他們太過火，有點肌肉比較好。」

「偶爾才去。」艾娃看著糖糖蒼白粗糙的手臂，從她的皮膚看得出不健康的生活作息。「喬喬是這裡的老闆？」

「喬喬和他哥雷蒙。」糖糖靠向前，壓低聲音說：「雷蒙剛出獄，他一回來，喬喬的心情就差到不行，兄弟感情真好，對不對？妳說妳叫什麼？」

「琵克希。」艾娃再次吐出這個名字，不禁面露難色。

「琵克希，我喜歡，很適合妳。妳要的話，可以跟我到處轉轉。常客喜歡新面孔，我敢說我們兩人聯手能賺到不少小費。妳要是能解開馬甲上的幾顆釦子，應該會大有幫助。那些男孩的褲襠愈硬，花起錢來就愈不手軟。」

「也許晚點，我還有點緊張。」艾娃說：「喬喬的哥哥，他是怎樣的人？」

「帥到爆。」糖糖說：「不愛說話，一雙大眼灰濛濛的，手指又很修長，是個性感大叔。他會在旁邊觀察，不喜歡打打鬧鬧的。有些女孩會怕他，但我覺得他只是坐牢之後習慣自己一個人。」

一個男人出現在她們桌邊，臉上掛著愚蠢的笑容，手裡握著十鎊紙鈔。「糖糖，想跟我跳舞嗎？」有點口齒不清。

「愛死了！」她露出甜美的笑容，起身，背對醉漢，對艾娃以嘴型說「就是個臭蠢貨」，接著開朗地說：「晚點見嘍，親愛的。」

糖糖在醉漢的懷裡走進舞池，艾娃起身，移到能更清楚觀察貴賓室簾幕裡動靜的座位。幾個人走進去，鬼爪招呼每一個人，多莫在附近徘徊，確保所有人面前都有酒水。音樂變慢、也變大聲，燈光曖昧起來，更多女孩出現。此時，艾娃看見他了，雷蒙．崔斯柯沿著階梯下來，彷彿電影的一幕正在脫衣酒吧裡取景。他的左手幾乎沒碰到樓梯扶手，輕盈的步伐教人看得入迷。他比他弟弟更引人注目的莫過於遺傳的中東輪廓。室內禁菸，但他右手夾著一根菸，一身燙得硬挺的白襯衫，黑髮上泛著幾絲花白。

雷蒙在快到一樓的階梯上停步，環伺現場。艾娃不動聲色，希望他注意到她，卻不想太招搖。他的確注意到她。他的目光不再移動，停在她臉上。他沒有如她預料般打量她。艾娃先移開目光，專注在面前的酒水上。雷蒙走下階梯，進入貴賓室，艾娃依舊沒再看向他。吸引他的注意力是一回事，但可不能過頭了。她裝作不經意看向貴賓室，察覺雷蒙正望著她。他露出微笑，艾娃感到一陣雞皮疙瘩，腎上腺素上湧，她在座位上不安地調整坐姿，思考該延續她的計畫，接觸雷蒙．崔斯柯，還是在來得及脫身前閃人。接近崔斯柯，是證實她對貝格比之死的假設最直接的方法。艾娃也很清楚，她正冒著極大的風險私下行動。她不是沒做過臥底，她很清楚程序。她手提包裡沒有信用卡，也沒帶任何身分證件；她在腦海中重新演練編造的身分背景，就算她的車被發現，她早清光了車上的所有文件；手機上了鎖，需要指紋加密碼才能進入。

艾娃在雷蒙的目光下佯裝輕鬆，若無其事朝他舉杯。他則是偏著頭捻熄香菸，然後拉住鬼爪的手臂，在他耳邊低語，眼神再次投向艾娃。她將胡椒噴霧埋進手提包深處，在上頭鋪上零散的化妝品、錢包與手機。等到她抬頭，鬼爪正穿過舞池裡的人牆朝她走來。就是這一刻，雷蒙．崔斯柯邀請她進入他的私人包廂。她嚥下緊張的情緒，想起喬治．貝格比死在車上，格莉妮絲將孤老終生，她繃緊神經，要為老大報仇。

「妳在幹嘛？妳他媽的到底在演哪齣？」一個聲音打斷她的思緒。卡倫納邁著大步朝她走來。她在他接近前，伸手示意他別過來。鬼爪已經到舞池一半的位置。要是卡倫納現在叫她的名字，他們的麻煩可就大了，而且此後她再也沒機會接近雷蒙．崔斯柯。

卡倫納走向她，酒客們紛紛轉頭。艾娃腦中居然還想著，真他媽的太經典了。她的督察有張令人印象深刻的長相，還多次代表蘇格蘭警署出現在電視記者會上。她走向他，遠離鬼爪。

「一句話也別說。」她告訴他：「一個字也不行。」

「喂，女人。」鬼爪喊著：「崔斯柯先生邀請妳進貴賓包廂，妳要讓他等嗎？」

「她很忙。」卡倫納走上前。

艾娃湊到他身前，擋在卡倫納與鬼爪之間。「你能幫我向崔斯柯先生道謝？我朋友正要離開。我送他走，馬上過去。」

「我幫妳送客。」鬼爪說。艾娃完全不擔心他認出她。這位老兄的目光根本沒有從她的乳溝移開過。「妳直接進去，崔斯柯先生不會介意我幫忙。」

「很快。」艾娃說：「麻煩你轉告他，琵克希謝謝他。我晚點就去。」

「好吧，趕快，時間可不等人。崔斯柯先生的邀請不會整晚有效，妳最好動作快。」鬼爪說。

艾娃將卡倫納推向接待櫃檯。「你得走了，你差點毀了一切。」

「很好，我要走了，但妳要跟我一起走。」卡倫納說：「我不曉得妳在盤算什麼，但妳嚇壞艾爾莎了。我沒想過我會看到這樣的她。」

艾娃湊到卡倫納面前，一手扶著他的後頸，嘴脣貼上他臉頰，離他的嘴脣非常近。她手指捲著他的頭髮，身體貼住他身上，然後拖著他躲進牆邊的陰影中。

「艾娃，」卡倫納輕聲問：「妳怎麼了？」

「閉嘴，臉擋著我。這裡根本是人渣大熔爐，真沒想到。我們得走了。愛丁堡最討厭的幾個毒販剛走進來，他們也許不認得打扮後的我，但肯定認得你。低下頭，我們快離開。」他們朝門口前進，一開始慢慢走，之後快步跑到街角，遠離「戀乳癖」俱樂部。

艾娃指著她的車。「上車。」她打開駕駛座的門，然後猛力甩上。「你他媽的來這裡做什麼？你曉得你讓我們置身在多大的危險？那些不是可以隨意蒙混過去的人。至少兩名保全有槍。你真的這麼蠢，看不出來我多努力扮成另一種人嗎？而且我扮的人最不應該被看到跟你在一起。」

「妳說完了？」卡倫納問。

艾娃瞪著車頂，在腦袋裡數到五，然後低頭靠上方向盤。「我是你的上司，如果我需要支援，我會安排。如果我需要你知道我的去處，我就會告訴你。你無權這麼做。」

「妳真是不可理喻。」卡倫納從口袋裡抽出一包高盧香菸，塞了一根進嘴裡，過去一年來，他沒有像這一刻這麼想點菸。「我來這裡，是因為妳答應過艾爾莎。妳還記得每十二個小時要打電話給她？八點，妳超過時間了。」

「該死。」艾娃低聲說：「我忘了。」

「對，妳忘了。我沒有跟蹤妳，我回愛丁堡做我的工作。我知道告別單身派對是妳胡謅的，那無所謂，但艾爾莎打電話來，妳又請賴弗利打探過這間俱樂部，加上我早上看到妳那身打扮，要找到妳並不難。」

「你還知道什麼？」艾娃壓低聲音。

「我知道要是在查路易斯・瓊斯的命案，妳會公開進行，還會找支援。我也知道妳是最不適合叫做琵克希這名字的人。也許更務實一點準備就不會出差錯。妳也許是我的主管，但妳還是該讓我幫妳。」卡倫納說。

「我辦不到，真的辦不到。」艾娃說。

「我以為妳信任我。」卡倫納說。

「信任你和讓你捲入潛在的犯罪陰謀是兩碼子事。我送你回你的車，我要你回家。這件事別談了，答應我，你會放手。」

「可以。」卡倫納說：「我的車在冬青溪街上。」

「就這樣？」艾娃問。

「我們該回愛丁堡了，不是嗎？」卡倫納問。

「我想我們清楚，這件事你越界了。」艾娃發動車子。

「說服我啊，妳完全沒有遇上任何危險，一切是都我誤會了，我很樂意扮演這種順從的蠢貨。」卡倫納說：「但從妳還渾身發抖看來，我猜短時間內我應該不用道歉。」

36

「我姊叫了醫生。」蘭道對電話裡的克里斯欽口齒不清地說：「他要替我打鎮定劑，我說不要，但我姊說要是不聽，他們會送我去不能選擇要不要施藥的地方。」

「她只是想照顧你。」克里斯欽說：「鎮定劑會讓你冷靜下來。你在哪裡？」

「客房。他們不讓我回我房間，要等他們清理完畢。他們說我搞得一團亂，但那是我的樂園，克里斯欽，就像你說的。那裡讓我懷念她。」

「該死，兄弟。」克里斯欽說：「沒想到會惹出那麼大的麻煩，狀況很糟嗎？」

「警察還在，他們闖進我房間。我姊想讓我見心理輔導員，就像要找人正式確認是我搞砸了這一切。只有你願意聽我說，而不是講道理。我是說，我不是沒朋友，你知道，但他們年紀還小。我不是說你老，該死，我真是混蛋。怎麼說都不對。」

「嘿，蘭道，沒事的。我懂你的意思。你稍微睡一下，怎麼樣？我明天再打電話給你。」

克里斯欽掛斷電話。蘭道盯著手機，心想他會回電嗎，這樣他們就能繼續聊天。他當然不能打回去。他姊姊替他放了洗澡水，快放好了。他同意讓浴室門開著，畢竟他今天注射不少鎮定劑，要是在水裡睡著就糟了。他姊姊堅持他泡完澡才能上床就寢，因為她親眼看見警察從那一團混亂中拉起他時，他失禁了，而且他一點也沒發現。他姊姊臉上的表情像在吶喊，而她深信一切只是青少年尋求關注的伎倆。

他緩緩爬向他的睡袍，背對門口，幾分鐘後他姊姊會進來看他。彷彿他刻意尿溼褲子來博取關注一樣。要是他真想引起注意，還有一百件了不起的事等著他做，首先，走出家門，接下來兩天鬧消失不失為好主意。他姊姊總是把他當成需要解決的小麻煩。不過，也許他可以自己解決，讓她省點力氣。他晃進浴室，等自己完全脫離他姊姊的視線，他才脫下睡袍。她很快就會回來了。

他打開浴室櫃子，查看裡頭的物品。最上層是浴室裡常見的雜物，鑷子、棉花棒、藥膏；下層是化妝品、護唇膏和牙線；最底層是一些銳利的工具，指甲刀、挑刺針和一包剃刀片。這些都是他母親的物品，母親會趁腿上的水沒乾時除毛。看起來這是他母親最後送給他的禮物。其他物品都被警方和他姊帶走了，但這是專屬於他的禮物。

他從包裝裡取出刀片，拿起肥皂和毛巾，夢遊般坐進浴缸裡。他沉進水中，拿肥皂搓揉左手腕內側，軟化皮膚。他彷彿聽到母親走在階梯上的腳步聲，但，不，別傻了，那不是母親，是姊姊，正要過來查看他的狀況。他將刀片放在毛巾裡折起來，擺在浴缸邊緣。她探頭進來。

「哦，很好，你進去了。就十分鐘，好嗎？醫生說鎮定劑很快會起作用，確保你那時已經洗好了，然後我帶你出來。你需要睡眠，我們都需要休息。我再熱點牛奶給你喝，就像媽以前那樣。蘭道，撐下去，好嗎？」他不曉得怎麼回答，當有人叫你撐下去，正確的回答是什麼？而且他為什麼該撐下去？他母親又不會回來了。她去了他從沒相信過的遠方找他父親。他不想出席她的葬禮，那裡都是善良的人、都是上流社會的人。有什麼好撐下去的？去和他姊姊一起住？任她盯梢他一舉一動，謹慎給他零用錢？

他從毛巾裡拿出刀片，輕輕沿著手臂皮膚比畫，細細審視手腕到手肘的血管。他知道該怎麼下刀，不能橫著來，那是蠢蛋幹的事，最後只會引發可悲又止不住的求救。他要縱向下刀，幾公分就好，確保血流夠快，回天乏術。他指間的金屬感覺很滑溜，他兩度將刀片滑進浴缸裡。然後他想到可以隔著毛巾拿刀片，比較穩。

他的命運就是如此，現在看來再明顯不過。學校裡每個人都會驚愕不已，他們會想，要是他們待他更友善，結局會不會不同。他們聚在角落，壓低聲音討論他。老師會擔心班上可能有同學想追隨他。他的死可能會引發集體自殺，他曾經在網上讀到相關文章。也許他們會將他的照片掛在「琴衍酒吧」的牆上，也許女酒保妮姬會凝視照片，希望自己早點認識他就好了。他感到遺憾，沒送她回家。這個嘛，還有，他覺得他讓克里斯欽失望了。不過，克里斯欽了解他，他也許是唯一會哀悼蘭道來不及活出自我潛力的人。

他右手穩穩拿著毛巾包覆的刀片，伸出左手臂，閉上眼睛，準備好了。

＊

他躺在床上，瀏覽好幾篇柯蒂莉亞．穆爾的訃聞，以及警方對莉莉．尤思提斯命案的新進展。事實是，媒體的專注力很短暫。等更新、更爆炸性的消息出現，剛死之人也就只是蛆蟲的腐肉罷了。不過，他不一樣。對他來說，他們的死是一份禮物。他第一次見到莉莉，是他們一家人來到餐廳聚餐。她坐在母親與姊姊之間，因為父親的笑話歡笑不已。那時他在吧檯，一般的勞力活，領最低薪資。他記得兩姊妹的手，簡直像一對五歲與三歲的小女孩，手握在一起，手指扣在一起，姊姊把玩莉莉手鏈上的珠子，莉莉一度將頭靠在姊姊肩上，抬頭看姊姊時目光充滿崇拜。她們很漂亮，她們的愛很純粹，唯有家人才能享受這種愛。男朋友、女朋友，甚至夫妻，分分合合。莉莉和她姊姊卻心滿意足，幸運到完全無需注意生命的變遷。他一看到就愛上了她們，在她們身後忙碌、端飲料，聽她們對話。他知道了她們的名字，接著要知道姊姊米娜就讀愛丁堡大學工程系一點也不難。在這之後，搜尋莉莉的資訊不過是孩子的把戲，但殺害她時要無比莊嚴。就在那一度短暫而神聖的時刻，他才感到自己真正活著。不過，還不夠。他很感激他有了別的計畫，還有足以期待之事。這次他要更靠近，看著事情發生、站在事件之中，不只是場外的觀眾，旁觀額外的傷害。這一次，計畫比以往來得複雜，更別說需要他精確執行。陷阱已經放下去了。

他打開剛收到的包裹。透明塑膠袋裡的海洛因看起來很無害。換作一雙無辜的眼睛看來，也許就像淡咖啡色的冰糖呢。新手會狂喜，而在癮君子眼中，它獨一無二，橫亙在人世與墓地之間。他計算需要的用量，這是科學，他幾乎可以寫書了，書名就叫做：豢養他們，直到謀殺時刻。讀者不會多，他很清楚，但對少數人來說，這本書所提供的資訊相當寶貴。這一次，他打算讓獵物保持半清醒仍可步行的狀態，要是得扛著就走不遠，如果失去意識，還上了救護車，那真是不敢想像，也將毀了他收穫成果的神聖時刻。

他拆開薄薄的塑膠包裝，抽出一根塑膠針筒，指尖撫觸針頭，小心避免刺傷自己。沒有感染的風險，這份美麗未經汙染，仍在等待深入榮耀其存在的使命。

他將針筒放回包裝袋裡，緊閉雙眼。一切起源於另一根針管。他母親暈死在椅子上，那張椅子在她沉浸於死亡時，吸收了她解放的液體。她揮手叫他過去，但也許那只是臨死前的顫慄，她無法控制的最後一絲肌肉放鬆下來。看起來很有吸引力，但他發現自己無法走近她。一想到要碰觸她就難以忍受。早在她的命運塵埃落定之前，她就腐爛了。下一次的行動要向那天致敬。過不了多久了。

37

艾娃停好車，對於前幾個小時努力踩著高跟鞋的自己感到懊悔。她走向家門，瞥見門廊上一個男人的身影。她一手伸進手提包裡，抽出胡椒噴霧，準備對付暗處裡的敵人。

「妳想做什麼？」卡倫納吃驚地看著她。

「你這笨蛋，你嚇死我了。」艾娃走向大門，打開門鎖。

「妳被嚇到了？看妳的裙子長度，我懷疑妳今晚是不是懶得多穿一點。」他說。

「一點也不好笑。我以為我們在格拉斯哥就說清楚了。回來路上發生了什麼事？」艾娃問。卡倫納從她旁邊經過，走進門口。

「妳以為談完了？我不確定是升官降低了妳的智慧，還是靠那張濃妝才能假裝若無其事。事實上我們哪裡談完了？只是在沒有後援和搜索令的情況下，站在那間俱樂部兩條街外討論並不明智。我來煮水，好嗎？」他走進她的廚房，艾娃立刻走進臥室，兩分鐘後出來時，換上了運動衫和牛仔褲。

「想說什麼就說，談完我就要睡了。」艾娃說。

「早就下班了，別對我發號施令。」卡倫納說：「妳今晚做的事背後可沒有任何公權力，我會建議妳別再將官階掛在嘴上。」

「只是因為你在我家，我才有權對你頤指氣使。誰教你一直提官階，是你耿耿於懷。」艾娃坐下，拿起卡倫納泡的咖啡。

「能回頭談那件事嗎？」卡倫納在她身邊坐下。「我很擔心妳，這才趕去俱樂部。妳的手怎麼樣？」他翻開她的手掌，查看艾爾莎的「作品」。

「還有點痠。」艾娃說：「但也讓我找到機會對男人的痛處使用電擊槍。」

「我認識的人？」卡倫納問。

「應該是謀殺路易斯・瓊斯的凶手。」艾娃說：「有幫上你嗎？」

卡倫納向後靠，思索了一會兒。「那是我負責的命案，妳查出嫌犯的身分卻不告訴我？而且這男人攻擊你，艾爾莎相信他是其中一名處決瓊斯的暴徒，妳卻獨自去找他。然後妳問我有幫上我嗎？艾娃，我不想對妳生氣，但妳今晚真讓我不太好過。」

「門就在那裡。」她聳聳肩。

「好吧，讓我們專業一點。假設我得知其中一名凶手的名字，就可以回推整個案子，將完整的狀況與證據交給檢察官。其他人不需要知道，也許這樣能解決妳的困境？無論妳到底面臨什麼問題，都能一次搞定。我們一起逮住那些人。」他說。

「我要找的人不是他。」艾娃說：「你說對了，瓊斯遭到處決。但我要找的是下命令的人，而不是開槍的人。」

「不可能的，妳找不到對話紀錄，也沒有目擊證人，只能說服凶手抖出幕後黑手。但他們還是得面對無期徒刑，最後根本問不出來。」卡倫納說：「妳有酒嗎？妳的即溶咖啡和我上次來的時候一樣難喝。」

「電視旁的櫃子裡有一瓶樂加維林。」艾娃說：「拿兩個杯子。」卡倫納將酒放上桌，嗅吸燻泥香氣，然後倒了兩大杯。艾娃拿起一杯，閉眼向後靠。「下令殺害瓊斯的人，我知道我手中沒有任何證據起訴他。但不管你信不信，我打算透過其他管道取得證據，所以我今晚才打扮成爛吸血鬼電影的風格，還去了只愛女人胸脯的俱樂部。」

「讓我加入妳的計畫？」卡倫納問。

「不行。換你說說你母親的事吧，那天之後你就板著一張臉。」艾娃說。卡倫納喝完杯中物，又倒了一杯。艾娃也重複他的動作。「看到沒？我們都有祕密。是時候請你放下過去一小時那自以為是的態度了，好嗎？」

「祕密和找死是兩回事。妳可以嫌棄我，但要我每天盯著妳，直到這事結束，我可是做得到。無論是誰下令謀殺路易斯．瓊斯，那些人一旦察覺後，要多殺妳一個也絕不會良心不安。但有個惡棍殺傷妳，表示妳成了目標。艾娃，拜託，妳很聰明，天底下沒有任何事值得冒這麼大的風險。」

「假設路易斯．瓊斯不是唯一被下令殺害的目標呢？假設其他人也牽涉其中呢，和瓊斯打過交道的人？」

「和貝格比與瓊斯的過去有關？」卡倫納嚴厲地注視她。「妳該不會覺得貝格比的死和這一切脫不了干係？艾爾莎已經簽立自殺的死亡證明，沒有人能挑戰他的死因。」

「我辦不到，真的辦不到。如果我經由正常管道調查我目前知道的線索，格莉妮絲會大受打擊，她承受得夠多了。官方報告宣稱貝格比坐在車裡等待車內充滿一氧化碳，我不相信他是自願這麼做。但我無法告訴你更多細節。我說過，我真的不想將你捲入潛在的犯罪陰謀，我們正踩在紅線上，而我絕不會拖你進來，你別再問了。」她將玻璃杯放在桌上，頭靠向收攏的膝蓋。

「艾娃……」

「不，我下定決心了。你要我信任你，我信任你。我只準備走到這一步。你再不退讓，我覺得我們沒辦法再合作。」

「妳只需要給我瓊斯的相關情報，也許我知道該找誰，就能幫得上忙。」卡倫納說。

「好。」艾娃說：「但明天吧，我現在幾乎無法思考。一早八點來我的辦公室。」

「好。」卡倫納說：「但妳不准再去那間俱樂部，沒得商量。」

「樂意之至，反正那裡的音樂難聽死了。」艾娃起身，送卡倫納到門口。

他靠在門框上穿外套，隨口說：「妳確定這一切不是為了騙我去那間俱樂部，然後逼我吻妳嗎？」

「又沒有接吻，嘴要碰到才算。就算我發瘋到決定吻你，我也完全不需要找藉口。」艾娃說。

「那樣不算接吻嗎……」卡倫納笑著走出她家門。「……但還滿久的。」

「那是因為要躲過一堆人的目光。趕快回家讓你的自尊心休息吧，明天它又要勤勞幻想著所有人都愛死你了。」

38

雖然前一晚喝了不少威士忌，早上七點，艾娃還是坐進辦公桌。她開始翻閱擺在桌上的路易斯・瓊斯命案最新進度報告，但沒什麼證據，讀了也是白讀。沒有通訊紀錄、沒有車輛、沒有目擊證人。艾娃掃視桌上的字條，上頭是崔普查到的道路事故調查員的名字與電郵，但檔案裡沒有。這也需要追蹤。下方是一張便利貼，寫著珍娜・孟洛的名字與手機號碼。艾娃皺起眉頭，這名字很熟悉，但一時間想不起來在哪聽過。她寫電郵給道路事故調查員，要求跟進報告，這時卡倫納走進來。

「妳也睡不著？」他問。

艾娃搖搖頭。「我回到路易斯・瓊斯的鑑識原點了。聽起來早起的鳥兒不只我們。」她說的是走廊上迴盪的餐具碰撞聲。「你要開會？」

「崔普和賴弗利來整理柯蒂莉亞・穆爾辦公室和家裡採集的證據。他們自願來的，別擔心加班時數。」卡倫納說。

「加班費就交給歐韋貝克煩惱。」艾娃說：「關門吧，接下來要說的只能我們知道。」卡倫納順從地關了門，拿出筆記本坐下。

「兩個男人，我懷疑都住在格拉斯哥，矮的叫鬼爪，高的叫派瑞，但不確定是名字還是姓氏。這裡是他們的長相特徵。」她遞給他一張紙。「你再謄寫過，然後將我這張撕掉。他們開黑色奧迪，我沒看清車牌，但我想確定這輛車和路易斯．瓊斯的車禍是否有關。我剛寫信給調查員了，但目前不能問太詳細的問題。」

「奧迪的車身上有損傷嗎？」卡倫納問。

「離太遠了，而且當時壓力很大。我藏在樹籬後面。」

「如果只是車身表面受損，多半也修好了。」卡倫納說：「但也許晚點能夠查出這輛車是否出現在瓊斯的命案現場。我會請崔普調出命案當天球場附近的監視器畫面，查看可疑的車輛。」一陣敲門聲，崔普出現。「老天，崔普，你有超能力嗎？」卡倫納問。

「我的舌尖可以舔到鼻子。」崔普看起來一臉困惑。

「我說的不是這個。」卡倫納說：「你找我？」

「只是想通知你，我們掌握了晶澈的員工名單，今早會一一前往拜訪，並且詢問公司內部誰可能接觸柯蒂莉亞辦公室的抽屜、食物和飲料。」崔普說。

「很好，你回來之後，我要你調監視器畫面，我會留字條在你桌上。」卡倫納說。

「崔普，幹得好，同時觀察柯蒂莉亞的員工是否有人心懷怨恨，像是工作上的摩擦、違反公司事項，或是對待遇有所不滿的人。」艾娃說：「記得客氣一點，讓我這禮拜不需要再對警司卑躬屈膝，也許九點後再去敲門。」崔普的臉立時漲紅，趕緊查看手錶。「我正要問你瓊斯命案的字條。你留下珍娜．孟洛的聯絡方式，你跟她聯絡了嗎？」

「長官，聯絡了。她是狄米崔總督察的下屬，但已經提早放產假。」崔普說。

「對，就是她，狗打架現場的小貓。」艾娃說：「她肯定恨死我了。」

＊

「長官，櫃檯有位先生要見你。他說撥打你手機，但你沒接。」畢德康警員滿嘴食物對著話筒說話。卡倫納將話筒拿離耳邊，擺脫咀嚼聲。

「妳沒問姓名？」他問。

「等等。」她急切地說：「他問你是誰。」

「蘭斯．普羅孚特，我是記者。跟他說我準備了禮物給他。」蘭斯說。

「好，長官，是……」

「老天。」卡倫納壓低聲音說。畢德康個性很善良，但腦子不是太靈光。「警員，我都聽到了。他說話時，妳還拿著話筒呢，記得嗎？」

「太棒了，我請他直接進去好嗎？」畢德康問。

「他可以直接上來，蘭斯曉得我在哪裡。」卡倫納放下電話，從話筒裡聽到了蘭斯的笑聲。他針對格拉斯哥的嫌犯寫下幾條初步的筆記，然後蘭斯出現在門口。

「聖誕快樂。」蘭斯將一個牛皮紙袋放在卡倫納桌上。

「今天不是聖誕節，我很確定我知道聖誕節是幾號。」卡倫納說，他看進袋子裡，似乎有個白色盒子。

「只是一份禮物。沒有收據，你就信任我的判斷吧。」卡倫納從袋子裡抽出一瓶教皇新堡法定產區的葡萄酒，看著年份，吹起讚嘆的口哨。

「非常貼心，太大方了。報導還順利嗎？」卡倫納說。

「你可以上我的新聞部落格瀏覽，要我說的話，研究透徹，寫得極好。報導中探討愈來愈多人選擇匿名捐款慈善機構的風潮。為什麼捐贈人不願透露身分？這些捐款能帶來何種效益？為善不欲人知的心理效果又有何不同？我收到不錯的迴響，國家報紙要求我寫幾篇後續追蹤報導。稿費不錯，於是來向刺激創作力的人表達謝意。」

「你不用這樣。」卡倫納說：「但我肯定不會蠢到把酒還回去。」

「要不要去吃個早午餐？畢竟今天是星期六。就算是督察，週末也要好好吃頓飯吧。」蘭斯笑著說。

「下次如何？」卡倫納說：「今天事情也很多……」

「而且時間不夠。」蘭斯接話。

「不只這樣，還要搞清楚這些事該怎麼進行。」卡倫納說。

蘭斯坐下來。「你可以尋求幫助。你對我開過幾次口，但我知道你並不擅長這麼做。」

「蘭斯，不行，你做得夠多了。上次我讓你捲入調查，害得你身陷危險，腳踝還脫臼。感覺常被你提醒這件事，你還得寫你的報導呢。」卡倫納說。

「說起來也奇怪，比起跟你合作調查犯罪，寫作感覺乏味多了。你就不能扔塊骨頭給我這條老狗嗎？顯然你需要一些無法透過正常程序取得的情報，要不然你不會那麼煎熬。」蘭斯說：「老天，你要我求你嗎？老弟？文章我可以一篇一篇寫，但歲月就這樣流逝了啦。盧克，我想幫忙，不是幫你，是幫我自己。」

「他們是一幫歹徒。」卡倫納說。

「如果是要我對付好人，我才會擔心。」蘭斯笑著說。

「他們真的很危險，我希望你不要接近他們，我只需要你幫我查出一些資訊。你在格拉斯哥有口風緊的熟人？」

「我年輕時在格拉斯哥打過英式橄欖球。只要和男人一起淋浴，馬上就能知道他守不守得住祕密。」蘭斯說。

「看來我們肯定不會去吃早午餐了。」卡倫納說。他在紙上寫了幾個重點，將那張紙條從桌面滑過去。「兩個名字，我想應該是當地的惡棍，但你不會想讓他們知道你的存在。你能查到任何訊息都好，地址、車牌、他們往來的對象。」

「你能告訴我，他們做了什麼嗎？」蘭斯問。

「要我說那些他們不打算幹的事可能更快。你查到任何資訊就打電話給我，然後你就打住，不要貿然跟進，不要格拉斯哥一日遊。如果想保全四肢，別提到路易斯．瓊斯的名字。我要你向我保證。」

「我還以為法國人很迷人呢。」蘭斯說。卡倫納瞪著他。「好啦，我保證。」他朝門口走去。

「蘭斯，」卡倫納叫住他：「要小心。」他看著蘭斯消失在門口。他總讓卡倫納想起自己這輩子幻想的父親，不禁思索讓蘭斯捲入是否明智，隨即又甩開內心的疑慮。他朋友是老派的記者，過去，他在世界各地追查更危險的新聞。卡倫納告訴自己：一旦情勢不對，他知道分寸。蘭斯會沒事的。

39

早上九點十五分，警員崔普敲著晶澈第二位員工的家門。他的第一場訪問因為那名婦女的三歲孩子咳嗽不止而提前結束，他只希望自己別被傳染，還得請病假。已經十二月了，他今年連一小時的假都沒請過。

終於，大門旁邊的窗戶打開，男人探出頭來。

「有事嗎？」他問。

「先生，抱歉打擾你。」他拿起警察的識別證。「我是重案組的麥斯・崔普。你是連恩・胡德先生？」

「還沒十點吔。」他說：「不能先打電話來嗎？」

「調查進行的過程中會有些突發狀況，造成不便請見諒。能占用你幾分鐘嗎？只是一般的問話。」崔普說。窗戶大力關上，幾秒鐘後，前門開了。

「進來吧，你放該死的冷空氣進來了。」連恩・胡德五十好幾，滿頭白髮，密布鼻頭的微血管透露了一名男人浸淫在酒精裡的日常。地毯起毛球，沒有燈罩那種花稍的家飾，懸著一盞昏暗的燈泡。

「我老婆離開啦。家裡還沒裝潢，反正燈還是會亮。」胡德說：「我猜你會想坐著。」他比了比木頭椅子，崔普坐下，沒有四下張望。連恩・胡德的態度既敏感也冷淡，不像是在慈善機構工作的最佳人選。崔普拿出筆記，胡德說：「有屁快放。」

「我知道你替柯蒂莉亞．穆爾工作超過三年了。」崔普開口

「我們要每個禮拜聊下去嗎？我明天還有別的計畫。」胡德說。

崔普盡量顯現出感興趣的態度，又問：「能稍微描述你和穆爾女士的關係嗎？」

「柯蒂莉亞是我的老闆，她告訴我該做什麼，掌控我的薪水，保證我一年可以休假二十四天。你和你主管的關係又如何？」胡德一臉不耐煩。

「事實上，我老闆人不錯，有時大家不了解他，但對我來說……」

「我完全不想知道你的答案。你為什麼過來？這不是一般的問話吧。聽說柯蒂莉亞的死因是藥物併發症，要真是這樣，還需要調查什麼？」胡德問。

「我們目前試圖找出可能的調查方向。替穆爾女士工作的感覺怎麼樣？」崔普回答。

「她心腸太好了，但要我說，我會說心太軟了。哪個員工孩子的學校辦運動會，毫無疑問，員工就直接休假，去看孩子的趣味競賽；哪個人體溫有點高？在家躺兩天吧，然後內部會互相傳起早日康復的卡片。我常告訴她，她要硬起來，但她只會引用一些名人金句說我們要把愛傳出去。」

「在你看來，有人利用這一點吃定了她嗎？」崔普沒抬頭，看著他的筆記本。

胡德想了想，瞪著他說：「你在探我口風。」

「你直接回答問題，事情會簡單一點。我們只是想完整釐清事實，不打算針對任何人。」崔普說。

「辦公室裡每一個人聽到她的死訊都非常難過，這是事實。他們也許有時會偷懶，偶爾假

裝生病請假，但沒有人希望她發生不好的事。我當時叫她去看醫生，她卻不放在心上；不花點時間提早就醫，寧可慢慢等掛號，我也真是服了。都是那些自以為有病的人、或是該死的趾甲內嵌讓醫療量能爆滿，要是她早點去醫院……算了，人生不能重來，對吧？」

崔普振筆疾書。「抱歉，你怎麼知道她約了醫生？」

「我們在辦公室聊過，柯蒂莉亞的狀況很糟，看起來像嚴重的流感。她渾身冒汗，臉色蒼白。我們都知道她不舒服好一段時間了，但她從不請假回家。她好不容易同意掛號，後來我們就聽說她死了。」

「在公司裡，誰能接觸到她的辦公桌？」崔普問。

「所有人，沒有人在乎。你要借筆記本或計算機，就去別人的座位找，包括柯蒂莉亞的桌子。唯一不能動的是她的鋼筆，那是她丈夫生前留給她的，大家都知道那是唯一不能碰的東西。」

崔普闔上筆記本，站起身來。「胡德先生，謝謝你撥冗接受訪問，接下來的週末我就不打擾你了。」

崔普從車上打電話回警局確認柯蒂莉亞．穆爾的掛號預約。悲劇原本可以避免，這點令人惋惜。最重要的是，這也證實了目前的假設：穆爾女士完全不曉得自己為何不舒服。二十分鐘後，他站在下一位員工家門前，這時局裡回電。

「崔普，穆爾女士的確預約了一位瑪利路基斯醫生，櫃檯對那次掛號有印象。」

「謝了，證實早上那名員工的說法。不敢相信櫃檯會有印象，我每次掛號要做手術，櫃檯下一秒就忘了我是誰。」崔普敲起大門。

「事實上，櫃檯會記得是因為約診方婉拒了較早時段的門診。她得知穆爾女士過世後很難過，認為她要是能早點就診，結果可能會不一樣。」

門開了，穿運動服的女人開了門，口中嚼著培根三明治，一邊說：「什麼事？」

「抱歉，請等一下。」崔普對女人亮起警徽，下了階梯，走到一旁的人行道又問：「櫃檯提過穆爾女士拒絕提前看診的原因嗎？」

「不是穆爾女士親自掛號，是一位年輕人，但她不知道對方的名字。年輕人只說是穆爾女士的同事，替她打電話掛號。」

崔普在人行道上皺起眉頭。柯蒂莉亞．穆爾那時已經難受了好一陣子。根據連恩．胡德的說法，她好不容易決定去醫院，要是身體都那樣了還沒辦法提前看診，肯定有重要的行程。

「我晚點過來。」他對門口的女人說：「抱歉打擾了。」他還沒離開階梯，女人就關上門。

十五分鐘後，他回到警局查看柯蒂莉亞．穆爾的線上日誌，同時交叉比對她手提包裡的每週行事曆。診所預約資訊寫在上頭，但前幾天並沒有重要行程，實在沒理由拒絕更早時段的門診。崔普撥打電話給柯蒂莉亞的女兒，確認她母親的確想去醫院，然後他打給柯蒂莉亞的員工連恩．胡德。

「胡德先生，我是警員崔普。我們今早見面談過。」他開口。

「你覺得我有失智症？我當然知道你早上來我家，記得可清楚了。這次又想怎樣？」胡德沒好氣地說。

「我確認過診所的掛號，櫃檯說是一名年輕人打去約診，但我在員工名單裡似乎查不到這個人的身分。」崔普說。

「肯定是討厭鬼傑若米。」胡德說。

「員工名單裡沒有叫做傑若米的人。」崔普說：「人資檔案裡沒有他，薪資檔案裡也沒有。」

「他是志工。一個禮拜進來兩天，沒有薪水。自以為做善事貢獻社會，鬼才曉得那有什麼意義。畢竟他不是正式員工，所以沒建立到職檔案。他填過應徵表格，目前不曉得收去哪裡。」

「我猜你應該會願意去辦公室幫我找出那份表格……」崔普的聲音變得微弱。

「哦，真他媽的，我都還不曉得工作有沒有著落……今天是週末，你要我大老遠開車去公司幫你找一張紙？」胡德問。

「我們會很感謝，的確辛苦……」

「半小時後見。」胡德咕噥完就掛斷電話。

崔普對著空氣輕輕道了聲謝，又披上外套，然後探頭進卡倫納的辦公室。「長官，我覺得有件事該向你報告。」

40

艾娃需要釐清手法，涉案者無庸置疑，雷蒙・崔斯柯，但他在謀殺路易斯・瓊斯一案中到底扮演何種角色。如果是他殺了瓊斯，那他也應該要為貝格比的死負責。卡倫納冷不防闖進「戀乳癖」帶走她時，同時毀了她接近雷蒙的機會，她得另闢蹊徑。所幸蘇格蘭警署格拉斯哥分局的一通電話，開啟了新的可能。珊蒂・彼得森，也就是格拉斯哥巡警口中的糖糖，艾娃在「戀乳癖」與她打過照面，她曾經因為賣淫多次遭到起訴，一連串盜竊與販毒過程失手則讓她幾度進出康頓維爾女子監獄。艾娃在電腦螢幕上調出糖糖的照片，的確符合她在俱樂部裡對糖糖的印象，只不過當年照片上的女孩臉龐添上了風霜。糖糖的臉書非常活躍，艾娃心想，這並不明智，畢竟她工作時會吸引某些類型的男人；而保護措施不足的社交媒體頁面，任何青少年的父母看了都會崩潰，糖糖的個人資訊顯示一支手機號碼，正符合艾娃的需求。

她沒有傳匿名訊息，那樣反而會過於突兀。從糖糖的發文看來，她不是井然有序的人；生活混亂的人容易和朋友失聯，也會忘記曾給誰聯絡方式或電話號碼。艾娃穿上外套走出警局。一小時後，她回到座位，口袋裡多了一支預付卡手機，沒有合約，無法追蹤，正中她下懷。

她輸入糖糖的手機號碼，寫了一則訊息：「嘿，糖糖，北鼻好久不見。我昨天去格林諾奇夏令營看吉米。他們都在談奶子店。妳在那裡工作，對吧？好久沒見到妳，來打聲招呼。給妳很多愛，親吻擁抱。」艾娃想了想，又加了幾個表情符號，然後放下手機，她桌上的電話正好響了起來。

「我在柯蒂莉亞・穆爾的辦公室。」卡倫納說：「我想妳該來一趟，有些狀況妳得看看。」

艾娃走向車子，這時新手機震動起來。她在皮包裡一邊摸索車鑰匙，同時點開訊息。

「OMG拍寫，不知妳誰哈哈哈，忘了打名字。誰在聊奶子店？」

艾娃扣上安全帶，快速回覆。「哈哈哈是小黛啦，康頓之後好久沒見了，對吧？格林諾奇的男孩都在說狄蘭・麥基爾換到新的單人牢房了，羨慕死了他們。他們聊到奶子店，我就想說來打聲招呼。我在找工作，有徵人嗎？跟我說一聲。肯定比站街好。得閃啦北鼻。替我打聽一下工作啦。」

糖糖肯定不會希望她在監獄的朋友去「戀乳癖」工作，所以艾娃編造的謊還算安全。想到糖糖頻繁進出康頓維爾女子監獄，那裡肯定至少有個叫黛比的吧？糖糖很可能一邊販毒，自己也吸食。艾娃心想，說不定她忘掉的人遠比她記得的多。

艾娃將車子停在柯蒂莉亞・穆爾辦公室的外頭，卡倫納正好站在門口，查看街道。

「在等我嗎？」她問。

「確認附近有沒有監視器能拍到這條路。」他說。

「怎麼回事？我們先進去談？現在剩零下兩度。」艾娃經過他身邊，走近辦公室裡的暖氣，卻很快又停步，因為暖氣沒開。

「崔普去訪問晶澈的員工。」卡倫納壓低聲音，瞥見連恩・胡德站在辦公室後方茶水間附近，崔普正在講電話寫筆記。「原來柯蒂莉亞．穆爾早就約好診要看醫生，是員工替她掛號的。但我們最初沒發現這名員工的檔案，今天才知道他是不支薪的志工，最近才進公司，所以沒有薪資紀錄與正式的人事資料。」

「然後呢？」艾娃問。

「柯蒂莉亞似乎是在這名志工進公司之後，身體才出現不適。她請志工替她聯絡家庭醫師，志工卻拒絕了較早時段的門診，刻意約幾天後的門診。」

「你覺得那個人故意不讓她接受家庭醫師診斷，避免病因被發現？」

「我看不出來有其他解釋。」卡倫納說。

「這要碰運氣。」艾娃說：「要是柯蒂莉亞自己打電話掛號怎麼辦？」

「崔普和柯蒂莉亞的女兒談過，每一個人都曉得柯蒂莉亞很倔強，幾乎到固執不通的地步。她幾乎不看醫生，無論身體狀況好壞都來上班，她不喜歡大家為此大驚小怪。看起來不需要太多時間打探，就很清楚她在身體垮掉之前都不願上醫院。的確有風險，但那是可評估的風險。後面的胡德先生在檔案櫃裡找到了那名志工報到時填寫的表格。」他將文件遞給艾娃。

「傑若米．德勒，我們對他還了解什麼？」艾娃問。

「目前知道他提供的國家保險編號是假的或錯誤的，人口檔案裡的名字與生日對不上，沒有駕照，沒有全民健保編號，崔普正在向制服警員確認他留的地址。」

「傑若米會接觸柯蒂莉亞的辦公桌嗎？」艾娃低聲問。

「除了辦公桌，還有柯蒂莉亞放在冰箱的食物保鮮盒。他還經常替她準備飲料。」卡倫納說。

「你有告訴她，這傢伙常鬼鬼祟祟的嗎？」連恩．胡德從遠方大喊。

「讓我介紹胡德先生。」卡倫納快速向艾娃抬了抬眉毛。「他在柯蒂莉亞底下工作三年。傑若米某天忽然來應徵志工，柯蒂莉亞很同情他，便邀請他一週來一天，沒有支薪，協助處理行政事務。沒多久他就變成一週來兩天。」

「他殷勤過頭了，總是熱心地像小狗一樣跟著柯蒂莉亞跑。他剛進來時，其他人都懶得理他。我對柯蒂莉亞說過這傢伙有問題，不只我這麼想。但柯蒂莉亞的個性就是那樣，你愈想說服她誰不好，她愈會站在他那一邊。」胡德說。

「胡德先生，你能和警方的肖像師合作嗎？目前沒有傑若米的照片，但你也許能幫我們畫出他的長相。」艾娃說。

「我猜那又要花上幾個小時。反正我週六很閒，而且在我們搞清楚公司何去何從之前，每天應該都像週末。」胡德咕噥著。

「我們會送你去局裡，請你吃頓飯，希望這樣有幫助。」艾娃說。

「抱歉，長官。」崔普打斷他們。

「看來我該閃人了。」胡德走回茶水間。

「傑若米．德勒提供的地址存在，但警員去敲門時，開門的是一名年輕女子與她丈夫。那對夫妻來愛丁堡度蜜月，透過Airbnb租了那間房。」

「Airbnb？」卡倫納問。

「不想住飯店的旅行選擇。每個人都可以上這網站註冊地址，或是刊登房產出租。目前正對兩夫妻問話，看起來傑若米的個人資料都是編造的。」崔普說。

「柯蒂莉亞．穆爾顯然不認識這名志工，也從未起疑心。但動機是什麼？」一陣靜默。「好吧，調多點人手來向其他員工問話。也許傑若米曾經說溜嘴，說不定能讓我們找到他——女朋友、興趣、交通工具。我們有他的指紋嗎？」

「不太確定。雖然能夠排除正式員工的指紋，但顯然混雜了離職員工的指紋，清潔公司每週也會派人來打掃，還有送貨員與訪客。沒有他的指紋，要比對幾乎是不可能的任務。」崔普說：「胡德先生提到他說話時會口吃。傑若米的年紀應該是在二十五、六到三十歲之間，戴眼鏡，除了柯蒂莉亞，很少與他人交談。」

「我會找穆爾的家人談。」艾娃說：「不過，一旦鎖定嫌犯的風聲走漏，他們會備受打擊。暫時低調一點，好嗎？」

「長官，他們家現在一團亂，可能沒時間談話。」崔普說：「柯蒂莉亞的兒子蘭道狀況不佳，兩天前企圖自殺，所幸及時發現，傷勢不重，但需要住院。還有一件事，也許不是很重要，柯蒂莉亞辦公桌裡的鋼筆不見了。據稱所有員工都知道那是她死去丈夫留給她的遺物，沒有人會去動。我到處都找不到這枝筆，證物清單上也沒有。」

「繼續一般的問話。」艾娃說：「附近的監視器也許會拍到他。嫌犯的肖像一畫完，就讓柯蒂莉亞的女兒確認是否有印象。盧克，準備會議，明天一早第一件事就是召集所有人，接下來沒有週末了。我回辦公室聯絡警司。晚點局裡見。」

艾娃回到車上，向後靠，閉上雙眼。柯蒂莉亞．穆爾無視連恩．胡德對傑若米的直覺，通常是這樣，有些人憑直覺快速做出判斷，來得及保護自己；而世界上的柯蒂莉亞．穆爾「們」

會抗拒直覺，讓自己接納那些不受眷顧的群體。他們張開雙臂迎接遭到社會遺棄的人們，卻因此成了受害者。事實上沒有正確答案，沒有檢測風險程度的試劑，傑若米．德勒意外來到慈善機構，而柯蒂莉亞不忍推開他。如果他要為她的死負起責任，她的善良可能也助長了他的冷酷。她的新電話在口袋裡震動起來。

「小黛，妳引發了無敵大的風暴！」訊息寫道：「我老闆打給格林諾奇的獄警，獄警說最近有個女警去探望麥基爾。妳的吉米知道這件事嗎？」

「我電話卡沒錢了，買了再打給妳。」艾娃回傳訊息，然後立刻關機，打開車門，拿出手機的晶片卡，抛在地面用鞋跟踩碎，再扔進底部積滿雨水的垃圾桶，壓上幾包垃圾。那幾秒內，她感到良心不安。格林諾奇的典獄長非常幫忙，同意她的要求，讓狄蘭．麥基爾享受特殊待遇移去單人房。顯然雷蒙．崔斯柯和獄警保持聯繫。但他曾在那裡待上很長一段時間，沒眼線也說不過去。如今艾娃做過頭了，麥基爾有生命危險。假使雷蒙．崔斯柯相信他的夥伴向警察透露了什麼，他的項上人頭已經貼上了標價了。艾娃進去前填寫的是真實資料，畢竟獄警得確認訪客身分。他們一旦取得她的名字，在網上查到她的照片，鬼爪和派瑞馬上會得知那天出現在貝格比家的女人就是她。當然，如果雷蒙．崔斯柯和貝格比的死無關，肯定不會將兩件事串在一起。但只要他對麥基爾動手，就會證實這件事。艾娃覺得後者的可能性更大。

艾娃回到辦公室，雖然暖氣轉到最大，還是覺得冷。她已經致電格林諾奇的典獄長，要求嚴加看守狄蘭．麥基爾。典獄長曉得不要問太多，艾娃也懷疑自己沉重的語氣已經說明了一切。不過，她居然拿一個人的性命作為賭注，她不願再想，但她覺得自己很卑鄙，完全背離她加入警察行列的初心。對自己憤怒之際，她不禁咒罵起喬治・貝格比，讓她捅出那麼大的婁子。無論他到底做過什麼，從中賺到大筆金錢，事到如今痛苦的都是別人。儘管如此，她對前長官的忠誠讓她無法放手。如果她不能親自了結這個案子，它就會永遠在她心頭肆虐。

她穩住情緒，翻開路易斯・瓊斯的檔案，轉移心思。這疊檔案上有一張字條，電話號碼屬於狄米崔底下的可憐女警，無法交出鑑定報告的代罪羔羊。艾娃還沒想清楚前就撥了電話。只要能讓她停止思索狄蘭・麥基爾目前置身的險境，任何能做的事都好。

「我是珍娜・孟洛。」電話一頭傳來疲憊的聲音。

「孟洛警員，我是重案組的通納總督察。現在方便說話嗎？」艾娃問。

「長官，我在家裡無所事事，但上面讓我提早放產假應該是為我好。有什麼可以協助的地方嗎？」珍娜的語氣如艾娃所料。

「我想請教路易斯・瓊斯車禍事故的鑑識報告。狄米崔總督察說妳——」

「長官，抱歉，狄米崔總督察說妳要我追查這份報告，我肯定是漏掉了，所以他才讓我提早休假。對了，是帶薪休假，我猜我不該抱怨。」

「珍娜，我不是打來要妳道歉。我想我可能造成妳和狄米崔總督察之間的誤會，我是想彌補。」艾娃說。

一陣長長的靜默。

「狄米崔總督察說的很清楚，我在休假期間不能討論小隊正在進行的調查案件。我猜我不該跟妳討論。」珍娜說。

艾娃咬了咬下脣。她早年當警察的日子裡，性別議題常讓她陷入天人交戰，現在的年輕女警依舊在忍耐。她覺得心痛。

「離妳正式的產假還有多久？」艾娃問。

「八週。」珍娜說。

「目前的狀況適合工作嗎？醫師或護理師有任何建議？」艾娃確認。

「其實沒有，家庭醫師只叫我放輕鬆，享受這段過程。我認為如果我說我提早放了產假，他應該會說出『幸運的女孩』這種話。而他不會曉得他說這話時我怎麼想，要不然肯定會立刻衝出診間。」珍娜說。

艾娃大笑。「重案組目前人力吃緊，路易斯．瓊斯的謀殺案、毫無進展的莉莉．尤思提斯命案，還有疑似違法用藥的意外剛剛升級為謀殺案。我很缺人。我希望妳來辦公室協助調查工作，不用跑外勤。」

「抱歉，長官，我不明白。」珍娜說。

「我想請妳來重案組幫忙，提供我們協助，直到妳得進醫院候產。我會向警司解釋。妳可以明天開始。」艾娃曉得她又得在歐韋貝克警司面前卑躬屈膝，但她覺得做正確的事，受點屈辱也值得。

「老天，我不覺得……好啊，當然好，如果是暫時的，我很願意加入重案組，但是狄米崔總督察……？」

「程序上，狄米崔總督察已經讓妳休假了，我相信他會明白的。聽著，我知道明天是週日，但我們八點半要開會簡報柯蒂莉亞．穆爾命案。不用穿制服，到時見，記得帶上自己的馬克杯。」

艾娃掛上電話，感覺好點了。她的策略是協助女性同僚在職涯階梯往上爬，就像貝格比當初栽培她一樣。不需要刻意扯進友情。與此同時，莉莉・尤思提斯、柯蒂莉亞・穆爾，還有路易斯・瓊斯，重案組需要每一雙能夠幫忙的手。艾娃擺脫不掉她的小隊無法快速取得進展的無力感。

41

米娜．尤思提斯坐著，手機放大腿上。她不曉得傳了幾封訊息。克里斯欽回覆了幾次，但他還在忙。不曉得他是不是出城了，但似乎有些狀況，這代表就算他心裡有她，也不能趕來她身邊。

現在她的生活比莉莉剛死去時還要難熬。她已經遠離了過度震驚的麻木感，以及不敢置信的困惑，警察不再上門，同情的民眾也不會送花來了，連媒體都拋棄了他們。家門外是一條荒蕪與殘酷的通道，帶他們前往一個永遠和往昔道別的世界。她父母從哀痛心碎走進冷漠的陰鬱。如果人是一種季節，他們一家就是嚴寒的冬季。好一段時間，米娜很氣他們，但後來情緒彷彿也離她遠去。她冷靜下來，她父母本不該失去孩子，天底下沒有任何父母應該受這種苦。失去愛女讓他們成了行屍走肉，他們需要時間，而世界仍在轉動。米娜蹺了太多課，漏了太多課堂作業，大學正式以書面文件通知她，他們必須讓她休學，敦促她明年可以復學。她將那封信扔進垃圾桶，沒讓父母知道。米娜曉得她該悄悄告別過往的人生，她的朋友需要繼續生活，他們可以歡笑、可以讀書、可以看電影、可以喝得酩酊大醉。他們非常同情她，但她不期待他們理解她的感受。她不能成為他們的重擔，宇宙不會因為一家人的哀痛而封閉起來。米娜都懂，她孤軍奮戰。

克里斯欽厭倦她是意料中事，她騙得了誰啊？莉莉才是美麗外向的女孩。莉莉可以選擇和任何男人在一起，而她只能對常跑向她的蠢男孩露出善意的微笑。妹妹總說，她在等那個最特別的人。米娜注定不會擁有克里斯欽這樣的情人，當他們出現時，他們永遠只是「好朋友」。

莉莉死亡當晚是和男人出去，肯定是瞞著全家人的約會。如果是普通朋友，她根本不需要保密。米娜可以理解。說出來會帶來反效果，低調一點比較好。米娜只希望莉莉對她提過那個人，她們一直是彼此最好的朋友，對，姊妹倆平常會幼稚地拌嘴，但她們一路成長以來並不會競爭比較。要是莉莉還活著，米娜肯定會躺在妹妹的床上聊著克里斯欽，解釋有一天他突然出現在圖書館，問她身上有沒有零錢可以投販賣機，還說他很喜歡她身上復古T恤的樂團。好笑的是，她甚至想不起來是哪件T恤。之後他們習慣在圖書館讀書時，坐在彼此身邊，一直以來，他每次都會出現。

她希望莉莉走過來，擁抱她，說她太傻了，向她保證克里斯欽絕對不會拋棄她。米娜的朋友裡，只有克里斯欽曉得該說什麼、該怎麼說，不會像其他人一樣談起莉莉就如履薄冰、戰戰兢兢。也許是因為克里斯欽年紀較大，不怕談論死亡。他肯定不會為了陪別人就拋下她吧？他清楚她多需要他，只有他見過她全部的傷痛。米娜按下她承諾自己不再按的撥號鍵，她不留語音訊息，是因為她再也忍受不了自己需要他的語氣。不過，連預錄的語音也沒有跳出來歡迎她。克里斯欽關掉了語音信箱。這一刻，他傳遞出再明確不過的訊息。

米娜走向她母親擺放酒精的廚房櫃子。過去幾年，家裡的酒水從未儲備如此充足。她從架子上抓起一瓶伏特加，考慮從冰箱裡拿柳橙汁做成調酒，又覺得太大費周章。她拖著腳步上樓，打開莉莉的房門時，任由手機從指間滑落到地上。她緩緩拉上莉莉精心挑選的窗簾，扭開瓶蓋，關上燈。莉莉的床躺起來很舒服，枕頭還飄著莉莉最愛的香味。床單不平整，莉莉每晚都會踢皺床單。要說天底下有避難所，能讓米娜待在裡頭尋求苦痛的赦免與遺忘，肯定就是這裡。

克里斯欽關了手機。米娜不斷打來，蘭道又要求見他。蘭道的上一通電話顯示為陌生號碼，但根據訊息內容，顯然他入住了一家照護機構，手機還被沒收。從他的聲音聽起來，院方似乎對他施用大量藥物。他應該是隨意找個市內電話打過來。這必然的結果讓克里斯欽搖了搖頭。打從第一眼，他就看得出蘭道非常脆弱，對於蘭道無法承受母親的死也毫不意外，他甚至覺得乏味透頂。不過隨後登場的刀片，倒是出乎他意料。克里斯欽以為男孩會想輕鬆（脆弱）地解脫，也許吞安眠藥。蘭道的哀痛肯定非常巨大，居然寧可透過迅速且可怕的方式逃離這世界。克里斯欽讓自己在餘裕中稍加想像那美好的場面。

而現在，最需要他的人是布萊德利。貼心的布萊德利有雙柔軟的手，還有懇求的雙眼，逐漸理解到尚恩不是最適合自己的人。

克里斯欽一直在尋找這樣的人。希望傾聽人們說話，也希望為人們傾聽的人。克里斯欽擁有許多故事，他有他的重擔與掙扎，和布萊德利在一起，他多少能抒發一些。當然還有尚恩，這位演員隱身在他們之間，時時提醒著兩人的關係，新的關係要從現有的關係裡偷時間相處，他們必須承受其間的內疚感，但狀況可以有所不同。

說到尚恩，他的事業似乎愈來愈順遂。他剛加入的劇團接到當地劇作家的黑色喜劇，光彩排就吸引許多媒體關注。這是布萊德利說的。

「聽起來很棒。」克里斯欽邊喝咖啡邊說：「我很想看。」

「天啊，當然好。」布萊德利回得很快，收起了笑容。「你知道我很樂意，但我還是不曉得該怎麼對尚恩解釋你的存在。過了這麼久，我都沒在他面前提過你，現在再解釋反而顯得突兀。當然我們可能還算不上熟識。我只是覺得我該早點介紹你，就這樣。」

「不要有壓力，我完全理解。」克里斯欽的手放在布萊德利的膝上。「我們會想保護所愛的人，但在我們意識到之前，這種嘗試卻讓簡單的事成了新的威脅。」

「你怎麼總知道該說什麼？」布萊德利笑了笑。「就是這樣，但我根本沒辦法透過言語表達。你呢？這禮拜過得如何？」

「我對你說過那個母親過世的男孩，他自殺未遂。」克里斯欽說。

「哦，不，你該打電話給我。你還好嗎？一定很震驚吧？他怎麼了？」布萊德利靠向前，拉起克里斯欽放在他膝上的手，雙手緊緊握住。

「醫院在照顧他。但我覺得自己有責任，我知道聽起來很蠢，但也許是因為他需要我的時候我不在，或是，我給了他錯誤的建議。我不知道。」克里斯欽說。

「完全不是這樣，至少你願意給他依靠的肩膀。我敢說你是真誠的朋友。」布萊德利嘆了口氣。「你最近真的不好過，還和未婚妻分手。你知道，如果你需要找人聊聊，只要打通電話就好。別擔心尚恩，我覺得是時候對他提起你了。我不想再假裝你不存在。」

「還不行。」克里斯欽說：「聽起來很瘋狂，但我們擁有這段時光，世界上沒有人知道的這段時光，就是支持我走下去的力量。很多人仰賴我，我卻在一個完美的地方遇見你，我還沒準備好從這個夢裡醒來。」

「你說了算。」布萊德利說，話才出口臉卻紅了。克里斯欽靠向前，一手繞到布萊德利後頸，額頭靠在布萊德利肩上。他閉上雙眼，維持這姿勢一分鐘，聽著布萊德利小鹿亂撞的心跳。終於，他滿意了，他坐直身子。

「我很快會和尚恩見面，我們會處理好這一切，沒有尷尬或競爭，相信我。」克里斯欽低聲說道：「我絕對不會做出傷害你的事。」

42

案情室擠滿了警員。新的照片與證物細節張貼在白板上，一旁是柯蒂莉亞．穆爾命案的調查進展，中央是肖像師繪製的傑若米．德勒畫像。

「晶澈員工指出髮色在淡咖啡到深金色之間。」賴弗利警佐向全場簡報。「傑若米估計二十八、九歲，這個年齡符合他在志工申請表上留下的出生年份。目前沒有直接證據顯示他和柯蒂莉亞．穆爾的死有關，官方僅聲明要找他當證人問話。但是，他提供給晶澈的個人資訊全是編造的，我們找不到任何同樣姓名與相仿年紀的人。假設他費盡心思就是為了掩飾真實身分，要說他是出於無害的動機，倒教人匪夷所思。」

「長官，我們該去哪裡找他？似乎線索不多。」一名警員從會議室後方高聲提問。

「孩子，怕你沒注意到，我們是警察，職責就是把人找出來。有時那些人不希望我們找到，的確棘手，但如果你期待壞人乖乖站出來搖旗揮舞，你還是換份工作吧。」賴弗利回應。

這時艾娃出面。

「我們沒找到任何能夠指認傑若米的監視畫面，這季節太多連帽上衣和雨傘了，昏暗的燈光也毫無幫助。我們需要各位去追蹤離職員工、捐款人，從日誌查看過去半年誰進過辦公室，並且取得他們的指紋，然後一一比對排除。辦公室裡肯定有傑若米的ＤＮＡ，也會有他的指紋。各位有什麼想法嗎？」

「長官，冰箱裡面。」角落傳來聲音。所有人轉過頭。椅腳滑過地面，一名年輕女警站了起來，西班牙裔，身材嬌小纖細，挺著孕肚，她開口時還護著肚子。「我看了辦公室的照片，胡德先生說過他常看到傑若米使用冰箱。確實如此的話，比起不太可能接近冰箱的訪客，還有偶爾才擦拭冰箱表面的清潔工，會碰觸冰箱內部的人應該很有限。說不定可以減少需要排除的名單。」

「孟洛警員？」艾娃問。女警點點頭。「讓我向大家介紹，她是珍娜．孟洛，接下來幾個禮拜會來支援我們，提供後勤協助。警員，謝謝妳，這是個好起點。」

任務分配下去，討論好時程，此時卡倫納的心思卻不在這裡。早在開會前，他就和艾娃討論過這些細節了。他目前感興趣的是崔普，這位警員面向的方向和現場警員們都不同，卡倫納加入愛丁堡重案組這段時間裡，他從來沒見過麥斯．崔普在開會時分心，他通常全神貫注，筆記寫不停，不住舉手發問。今天他的腦袋卻不在會議上，他看著白板上莉莉．尤思提斯命案細節的紙張，那些文件邊角已經發皺捲曲，毫無進展。要不了多久，歐韋貝克就會下令裁減負責這件命案的人力。

會議結束後，大家分頭行動，收拾物品，拿出電腦，就定位或是分組討論今天的工作分配。崔普還坐在原位，盯著莉莉．尤思提斯的臉。

「崔普。」卡倫納喊他。沒反應。督察走過去，一手搭在警員肩上。「崔普，你還好嗎？」

崔普看著他。

「長官，太多巧合了，凶手是同一人。」

「崔普，來我辦公室。」卡倫納說：「先喝杯咖啡。」他們走進狹小而顯然衛生素養不足的茶水間。他們抽出免洗杯，而不是滋生滿滿細菌的舊馬克杯。他們走去卡倫納的辦公室，崔普以半個步伐跟在長官後頭。

「坐吧，」卡倫納說：「告訴我是怎麼回事。」

「一名神祕男子走進這些女人的生命中。沒有人曉得莉莉．尤思提斯那一晚跟誰出去，沒有監視器畫面，沒有DNA，更重要的是莉莉完全沒察覺到危險，要不然她怎麼會在十二月還登上山丘；接著她被下藥，是容易取得的鎮定劑。男人建立足以信賴的關係，然後看著莉莉凍死。柯蒂莉亞．穆爾也一樣，這一次男人露面了，但是杜撰了個人資訊。傑若米的年紀可能會吸引莉莉，柯蒂莉亞的員工都說他的外表具吸引力，雖不算出眾，但稱得上好看，身材纖瘦，一百八，金髮。」

「他的口吃呢？」卡倫納問：「為什麼個人特質如此明顯的凶手要在動手前露臉，卻在謀殺莉莉時大費周章地隱藏自己？」

「因為我們假設口吃是真的。」崔普說：「我交過一個說話會結巴的男朋友，他在派對上與人交談時，大家通常會別開目光，或是找別人攀談。人們會迴避他的目光，不想忍受溝通時油然而生的尷尬。小心翼翼令人疲憊，讓人反感的特質反而是一道有效的偽裝。我不禁想傑若米的同事中，有多少人真的和他深談過。或許不交談還更輕鬆。」

「你是說，口吃只是表演？」卡倫納問。

「我認為，也許這麼做就能避開人際互動，正合他的意。也許正因如此，柯蒂莉亞才格外照顧他。試想，一個年輕人走進辦公室，沒辦法好好和接待者表達或交談，於是柯蒂莉亞伸出援手。還沒掏心掏肺，也不需分享悲慘處境，柯蒂莉亞已經先同情起他、並護著他了，因為柯蒂莉亞就是這樣的人。如果柯蒂莉亞早已是凶手的目標，凶手肯定知道這一點。」

「崔普，你描述的不只是一個詳加計畫的凶手，而是具有高智商、善於壓抑情緒且有條不紊的凶手，更別說他的演技。很難想像沒人懷疑過他。」卡倫納說。

「連恩．胡德就起了疑心，他不清楚為什麼，但直覺上就是不喜歡傑若米，也不信任他。其他員工也提過，只要傑若米在辦公室，他們就覺得很不自在。」崔普說。

「如果真是如此，他們為什麼不提醒柯蒂莉亞？」卡倫納沉吟。

「你能指責一名來慈善機構當志工的年輕人嗎？再加上語言障礙。而且柯蒂莉亞已經決定要給他機會了。再說，她聽得進去嗎？僅僅搬出直覺就要向主管投訴同事，需要相當大的勇氣。」

卡倫納靠在椅背上。「殺害這兩個女人需要足夠的醫學知識。莉莉和柯蒂莉亞都信任他，讓他足夠親近到殺害她們，高功能反社會人格富有社交能力。關於外表的大致描述，莉莉．尤思提斯一案雖然較模糊，但也說得過去。不過，我們缺乏做案動機，柯蒂莉亞與莉莉之間沒有明顯的連結，難不成凶手就是熱愛殺人？真是這樣，他為什麼不綁架她們，看著她們斷氣，曉得他擁有凌駕於她們之上的力量？我們不確定他是否看著莉莉斷氣，但他肯定曉得他無法看著柯蒂莉亞死去。這不符合任何已知的側寫或特定模式，也不是反社會人格者犯案時想要得到的成果。」

崔普的雙手在大腿上交疊。「莉莉的戒指不見了，這枚戒指對她家人來說具有深刻的意義；我們也還沒找出柯蒂莉亞那枝消失的鋼筆，那是另一件帶著深刻情感連結的物品。兩案之間的關聯愈來愈多了。我只是不懂為什麼凶手要殺害她們。」崔普說：「假設我的推測是正確的，第二起命案比第一起還要大膽。至今他成功躲過警方追捕，這表示他會再度犯案，而且肯定已經著手了。」

「我必須找通納總督察談談。」卡倫納說：「你的推論先對外保密。」

「我知道。」崔普起身離開。

他走出門口時，卡倫納感覺不太對勁，幾分鐘後才意會過來，這是崔普頭一次離開辦公室時，沒有加上「長官」兩個字。

卡倫納沒敲門就走進艾娃的辦公室，引來艾娃的白眼，以及警員珍娜．孟洛困惑的注目。

「卡倫納督察，你急著找我？」艾娃說。

「我先離開了。」孟洛低聲說。

「孟洛警員，這位是盧克．卡倫納督察。我從狄米崔的小隊暫時借調珍娜來幫我們。」艾娃說。

「這樣嗎。」卡倫納說：「那麼路易斯．瓊斯的車禍案，也許妳可以替我檢視一些文件。我還沒收到所有的鑑識結果，但我急需將結果比對命案現場的證據。妳能去找賴弗利警佐要資料？妳不會錯過他，他忙著吃餅乾，嗓門比誰都大。」卡倫納笑了笑，他坐下時，孟洛退下返回座位。

「妳向別的分局借調制服警員？怎麼突然這麼想？」

「我之前追問路易斯．瓊斯的車禍報告，狄米崔責怪孟洛忘記給我，還讓她提早休產假，明顯在懲罰她。我一來覺得過意不去，也認為她應該能幫上我們的忙。路易斯．瓊斯的案子還沒有進展？」

「我正請人打聽，」卡倫納連忙接話：「但妳還是先裝作不知道這件事比較好。『推諉不知情』，一般是這麼說的嗎？」

「我想我們的位置早就推諉不了任何事。」艾娃說：「目前所知的傑若米，有什麼進展？」

「沒有，但崔普提出一個新的想法。」卡倫納繼續說：「他相信殺害莉莉．尤思提斯和柯蒂莉亞．穆爾的凶手是同一人，從他發現的共通點來看，我同意他的說法。」

「哦，媽的。」艾娃嘆了口氣說：「你說吧。」

「兩個死者，無法解釋的意外致死，都涉及藥物，時間跨度不長，少了關鍵的目擊證人，疑似涉案人的年紀、性別、種族大致描述相仿，地理位置接近，事前妥善計畫，執行手法俐落，從未留下鑑識證據，死者的重要物品遺失，也許凶手當成紀念品帶走了。當然，也可能是不同的凶手，但真的嗎？這機率高嗎？」

「你走這一趟的弦外之音，是要我通知歐韋貝克這件事，棒透了。我得先在電話裡解釋路易斯．瓊斯命案毫無進展，同時扔下這顆震撼彈。」艾娃說。

卡倫納說了一串法文。艾娃歪著頭，毫無反應。他解釋：「這是一句諺語，意思是一心二用，兩頭皆空。路易斯．瓊斯和格拉斯哥的麻煩交給我，妳就專注在莉莉和柯蒂莉亞的命案。假設她們遇上的是同一名凶手……」

「他很快會再度犯案。」艾娃說：「我就是這麼想的。」

43

艾娃和歐韋貝克警司的對話簡短又粗暴，她這輩子沒聽過這麼多威脅與髒話。多年來，她在警局的拘留所招待過蘇格蘭最糟糕的醉漢與目無法紀之輩，歐韋貝克卻是其中惡毒言詞的翹楚。

「妳就掌握了這些？」歐韋貝克打斷艾娃的解釋。

「尤思提斯與穆爾的命案有太多巧合，無法排除同一名凶手的可能性，長官。」艾娃說。

歐韋貝克放聲大笑。艾娃想起了指甲刮過黑板的聲音。

「妳是要蘇格蘭警署在缺乏明顯證據的基礎下去辦案？妳手上只有一堆巧合。老天，我們的工作也太難了。我有個主意，為什麼不乾脆把其他案件的屍體統統加上去，當成一個案子來辦就好？」

「長官，希望妳不介意我這麼說，妳的說法稍微過頭了。」艾娃低聲回應。

「我的確介意妳這麼說。兩名受害者的種族不同、年齡不同、使用的藥物也不同，案發地點在城裡不同區。我想妳這沒在動的小腦袋瓜子肯定是瘋了！」歐韋貝克尖銳地說。

「如果是同一名凶手，遲早會出現新的受害者，加上這些共通點，蘇格蘭警署很可能會追究。到了那個地步，我就不得不公開說明我曾報告過這一連串案子可能是連環命案的事實。」

艾娃不得不拋出這段語帶威脅的言論，她略顯不安，曉得她與歐韋貝克的關係將滑落至冰點，而她相信會持續下滑。

「妳這沒禮貌的小……」歐韋貝克繼續轟炸她。艾娃將話筒拿離耳邊，等她罵完。「通納，減少傷害。沒有實際證據前，別讓那些該死的媒體知道。如果妳聽不懂我的話，去給我買他媽的字典。一旦該死的狗屎輿論颳起了風暴，總督察，我的靴子會狠狠踹在妳的屁股上，聽到沒？」

「聽到了，長官，多謝妳的協助。」艾娃在警司回應前快速掛上電話。

艾娃坐在尤思提斯的家門口前，準備通知莉莉的父母另一件壞消息。今天夠不順了，壞事卻還沒完，晚上還得和艾爾莎．藍伯特共進晚餐，聽她訓話。

艾娃從包包裡拿出檔案，走上小徑。她還沒敲門，尤思提斯先生就開了門。他伸手招呼她進客廳，尤思提斯太太已經坐在沙發等候。他們坐了下來。

「謝謝你們願意見我，抱歉週日還來打擾。今天來是想詢問你們認不認識這個人。」艾娃從檔案裡拿出傑若米的畫像。尤思提斯先生看了一眼，然後交給他妻子。尤思提斯太太雙手顫抖不已，她丈夫碰觸她的手安撫。

「他是誰？」莉莉的父親問。

「愛丁堡有一家叫做晶澈的慈善機構，他是裡頭的志工。這家機構的創辦人柯蒂莉亞．穆爾最近也過世了。」艾娃說。

「我不明白這和我們有什麼關係。」尤思提斯先生說：「我沒見過這個年輕人，他看起來比莉莉大上好幾歲。妳見過嗎，親愛的？」

尤思提斯太太搖搖頭，移開目光。

「我們調查過莉莉的社群媒體和手機，沒有任何照片或影片顯示她認識這個男人、或是和晶澈的淵源。也許她曾經在那裡擔任過志工？」艾娃問。

「她忙著讀書，沒時間做這些事。」她父親說：「妳可以問她朋友，說不定是他們介紹她認識的。他……妳認為這個男人和她的死有關？」

「我們目前正積極調查他的身分，好排除他與另一個案件的關係。他的確很難追蹤。接下來幾天，你們或許該做好心理準備，柯蒂莉亞．穆爾的死也不是意外。」

「穆爾女士也是大麻油致死嗎？我實在想不到她和我們女兒的共通點。」尤思提斯先生說。

「是另一種藥物。」艾娃說：「我知道不需要我請你們別透露給媒體，但由於事關另一個受害家庭，我希望請你們務必謹慎，直到能公開為止。也說不定這個男人與莉莉一點關係也沒有。但我們需要顧及所有的可能性。」

樓上傳來甩門聲，腳步快速沿走廊而去，接著錯不了，肯定是嘔吐聲，即使浴室門似乎是關上的。艾娃看著尤思提斯夫妻，他們並不打算上樓查看狀況，顯然是這情況出現一段時間了。

「樓上是莉莉的姊姊嗎？」艾娃問。尤思提斯先生點點頭。「你介意我上去，順便再稍微查看莉莉的房間？我想確認房裡是否有任何物品與這個男人有關。照片、名字、紙條什麼都好。」

「我來泡茶。」尤思提斯先生回應，艾娃認為對方應該是默許。她走上樓，找到莉莉的房間，沒掩上門，然後坐在床上，檢視莉莉的書，從床角觀察到浴室。浴室門終於打開，艾娃正盯著書頁，一個女孩躡手躡腳走出來。艾娃溫柔地問：「妳沒事吧？」一陣短暫的靜默，女孩顯然在思考她的選項，假裝沒聽到走開，或走向艾娃。最後，也許是良好的家教或好奇心戰勝了她。

「我沒事，謝謝妳。」她說。聲音沙啞，以二十幾歲的女孩來說她太瘦了，失去光澤的頭髮糾結在眉頭，臉色蠟黃。

「我是通納總督察，我們在案發時見過面，但妳應該不記得我。」艾娃坐在床上，莉莉的書擺在腿上。艾娃伸出手，將傑若米的畫像放在床沿。女孩似乎被吸引過來。

「我是米娜。」她也伸手。女孩的腳步遲疑，短暫駐足，然後她握住艾娃的手。那隻手顯得躊躇無力。艾娃不怪她，誰想和調查妹妹命案的女人這麼接近呢？對任何人來說，都太真實了。米娜問：「那是誰？」另一隻手指向畫像。

艾娃放開米娜的手，拿起畫像。「我們正在找的人，他與另一起案子有關。妳認得他嗎？」

米娜快速搖頭，又問：「為什麼會是他？」

「他忽然從擔任志工的機構人間蒸發，提供的個人資訊也都是經過編造的。而且他符合與莉莉去夜店的男子特徵。他可能說話時會口吃，莉莉曾經提過類似的男人嗎？讓妳看過可能是他的照片？」

「沒有。」米娜說：「我又覺得不舒服了。抱歉，我要離開了。」她退了一步，艾娃起身。

「米娜，我可以幫妳叫醫生或心理輔導員。妳父母也處在哀慟裡，完全可以理解，而妳需要幫助才能走下去。我看得出來妳狀況並不好。」

「我只是喝了酒。」米娜露出過度開朗的笑容。

「沒有人會責備妳，妳考慮看看，好嗎？我可以聯絡一些願意幫助妳的人，只要妳同意就好。」艾娃伸手進口袋，掏出一張名片放在莉莉床上。「這留給妳，說不定莉莉的朋友會來。

如果妳願意讓他們看這張畫像，確認他們是否認識這個男人，肯定對破案有幫助。」

艾娃回到客廳，穿起外套。尤思提斯先生將一杯水交給太太，打開一瓶止痛藥。

「我要告辭了，感謝你們撥冗見我。有任何新的消息，我會再聯絡你們。」艾娃說。

「妳沒告訴我們那個男人的名字。」艾娃快到門口時，尤思提斯太太突然脫口而出。艾娃意識到這是莉莉的母親首度開口，她的聲音沙啞，不曉得幾天沒說話了。

「傑若米．德勒。」艾娃回答，轉身面向客廳。

尤思提斯太太放聲大笑。她手裡的水灑了一地，激動地彷彿腹部正抽搐不止。她丈夫踉蹌退後，臉上寫滿驚恐。

「夠了！停下來！」他說：「別笑了，沒什麼好笑的。真是很抱歉。」他看向艾娃。「她平常不會這樣。醫生說她需要時間接受這一切。」他彎腰從妻子手裡接過玻璃杯。

「德勒（Dolour）。」尤思提斯太太說：「妳不明白，對吧？現在大學裡都教了些什麼呢。」

「尤思提斯太太。」艾娃彎腰，握住莉莉母親顫抖的雙手。「我不明白什麼？」

「這個名字的意思是『哀痛』，他是在嘲笑你們。從妳的表情看來，他也在嘲笑我們。」她收起笑容，看著丈夫，眼睛瞪得老大，就像剛從噩夢裡驚醒。「我想我現在需要休息。」

44

身為卡倫納督察仰賴的記者友人，蘭斯．普羅孚特前往格拉斯哥市區東邊的布里奇頓，他騎摩托車，穿過詹姆士街的車流。這一區不算糟，但街上的店家道盡了這裡的故事——葬儀社、慈善機構、律師事務所、賭博用品店，許多店家失敗了，只剩下這些生意。要是你來到一定的年紀，喜歡小聲一點的音樂，無線網路外的生活對你來說還有意義的話，「朱比特」算是不錯的酒吧。在詹姆士街服務客人三十年，這間酒吧不只是在地，根本成為體制的一部分。外頭掛著一樣的招牌，蘭斯甚至懷疑菜單上的價格從來沒變過，靠在櫻桃木吧檯旁的男人彷彿過了一輩子苦日子。

蘭斯走進店裡，男人問：「要什麼？」

「如果點咖啡，你還會服務我嗎？」蘭斯問。男人轉頭，粗手粗腳準備起杯子與碟子，滿嘴碎念。「葛羅斯，這是和老朋友打招呼的方式嗎？」

酒保轉身，從口袋裡掏出眼鏡戴上。

「哎，我是要接受公開羞辱了嗎！蘭斯洛特爵士，是你嗎？我們都以為你子音發不出來，橫死在高尚的愛丁堡了呢。」他大力握住蘭斯的手。「過多久了？希望我沒你看起來這麼老，兄弟，沒有冒犯的意思。」

「沒事，葛羅斯，你要有我的皺紋，還有得等呢。我能獲得一杯咖啡，還是這裡沒咖啡可喝？」

「哎，你這娘們，我給你泡咖啡。但別期待我也喝，咱們這裡是有傳統的。」他一邊說，倒了一杯雙份威士忌，用力敲在櫃檯上。蘭斯看著老朋友顫抖的雙手，曉得早上十一點喝酒並不是傳統。

他們舉杯，敘舊聊起老朋友，一路從蘭斯的十五歲生日聊到漫長的人生清單，先是死亡，然後是離婚，接著是疾病，最後才是好消息。但好消息總是屈指可數。

「好，少來，你唬弄不了那些騙人維生的老江湖。你可不是碰巧光臨我這間破店鋪，你要什麼？」葛羅斯問。

「古老的流通貨幣都掌握在酒吧老闆手上。我要情報。一位朋友欠了點錢，細節就不說了，但謠傳他的債主將債務賣給幾個最好別碰上的人。我說我會幫他走一趟，看能不能搞定這一切。」蘭斯說。

「事先告知，有備無患，是吧？」葛羅斯說。蘭斯點點頭。「欠誰的錢？」

「我不知道是誰在興風作浪，但似乎一個叫鬼爪，另一個叫派瑞，我猜是戈凡希爾的人。」

葛羅斯停下整理酒瓶的手，靠在吧檯上。「你說那欠錢的傢伙該不會是你吧？這兩個人可不是因為紳士風度而出名。」

「不、不，不是我。我最近鬧出的麻煩頂多是在報導上寫錯名字。是朋友的朋友，不熟，但我因此有藉口騎車出來兜兜風。」蘭斯笑著說。

「那就好，這可不是什麼好事。我沒見過鬼爪，他都出狠招。謠傳他坐過牢，最有名的案子是危險駕駛致死。但提醒你一聲，那案子是以謀殺罪起訴，只是上了法庭完全找不到證人，只有鬼爪和死者的交談內容。據說是不肯付敲竹槓的錢。鬼爪本名是艾德，姓氏不得而知。布萊恩．派瑞我見過幾次，住在西邊的波拉克，以前會在盧瑟格倫的賽狗場看到他，人還不錯，直到他和某些傢伙混在一起。蘭斯，那些小夥子可不是好惹的，不管你朋友遇上什麼麻煩，這筆債肯定要還。我在這座城市住了五十六年，總會聽到數不清的風聲。你朋友叫什麼？也許我可以查查他目前的處境多糟。」

「別擔心，我不想麻煩你。你剛說那些人平常都在哪兒混？這樣我才曉得我朋友該避開哪些地方。」蘭斯說。

「一間俱樂部，叫『戀乳癖』，女孩免費、男人得付入場費的那種地方。可是，蘭斯，你不能找那裡的人談，連你的魅力都不足以讓你朋友脫身。我建議你們離得愈遠愈好。」

「合理，你是個好朋友。我想我最好還是離遠點，趕緊回家。葛羅斯，好好照顧自己。我一直很愛你的裝潢。」蘭斯將安全帽夾在臂彎裡，從口袋中掏出二十元紙鈔。

「哎，少來了，你認真要付這杯爛咖啡的錢，是吧？」

蘭斯將錢擺在吧檯上。「我付，下次我來，你得弄些好喝點的咖啡給我。」

「混蛋，臉皮也太厚了。」葛羅斯從吧檯上拿走紙鈔，放進口袋，揮手道別。

蘭斯花了十分鐘找到「戀乳癖」，又花了十分鐘找到安全的地點停放摩托車。這輛車並不值錢，卻是他的寶貝，更別說少了這輛車，他該怎麼回家？他妥當停好車子後，穿過戈凡希爾的後巷，確定附近一帶的狀況。他的照相機在後背包裡，他與「戀乳癖」的後門保持適當的距離。

蘭斯不喜歡這種俱樂部。他只花六十秒，就在網上查到這裡是年輕女孩在願意出錢的客人面前展示肉體的場所。會來這裡，當然不是那些會保持風度、滿足於純情欣賞的男人。他明白，時代不同了。但哪個看得起自己的男人，會願意在兩百人陪同下欣賞女人的胸部？他的婚姻也許以離婚收場，但那不是因為他的伴侶覺得他不尊重她。前妻過了四十歲生日後，說自己被困住了，沒見過外面的世界。當然，她最後一路奔跑向愛丁堡的另一頭，每年和姊妹淘前往西班牙的太陽海岸，這群女人居然能夠一整年看起來膚色健康黝黑。他們在同一個屋簷下的最後時光，蘭斯問她非分手不可的原因。去外面看世界？他可以理解，但為什麼不能一起去？但她的回答中夾雜了無聊、沒意思這類字眼，之後蘭斯也懶得聽了，有些對話就放下吧。他協助卡倫納的動機，一部分他不願承認，他想拋開前妻分手時對他的評價。他發現自己離婚後開始冒險，先前的他完全不是這種人。葛羅斯的警告並不是耳邊風，但光天化日下，鬼爪和派瑞總不可能抱著霰彈槍在店外遊蕩吧。

在「戀乳癖」後面，他很輕鬆找到了想找的車。車主沒有躲藏，車子就停在俱樂部後的一排車位裡；副駕駛座的修補工藝算不錯，但補丁也太明顯了。駕駛座那側的車燈滿是鏽斑，相較之下副駕駛座這頭的燈就很新，最近才換過。烤漆顏色沒錯，但缺乏老車會有的車身線條。車身殘存膠帶的痕跡，應該是噴漆時遮蓋用的。魔鬼藏在細節裡。蘭斯查看兩側的窗戶沒人，街角也不見人影，於是拿出相機，快速拍了幾張照片，確定拍下了車牌及兩側車燈。當然不能去俱樂部敲門，要求見老闆，他也只剩下這招。他將相機放回背包，再次確認四下無人，然後朝他的摩托車走去。建築上方的角落裡，黑色背景裡的黑色鏡頭隱藏在屋簷邊緣的集雨槽下方，監視鏡頭隨蘭斯離開停車場的身影移動。不到一分鐘，一名高大優雅的男人從俱樂部後門走出來。

蘭斯正要將背包放進掛袋裡，男人手中拿著一張紙叫住他。

蘭斯剛戴好安全帽，男人將手放在他的肩膀上。「先生，不好意思？我想你掉了這個。」蘭斯嚇了一跳，出於本能想後退，閃避男人的手。男人又問：「你沒事吧？」

「對，沒事，抱歉。」蘭斯稍微放下心來，男人對他露出溫柔的微笑，將那張紙塞進他手裡。他長得很不錯，年紀和蘭斯差不多，操著格拉斯哥口音，膚色與髮色卻像有東歐人的血統。「我沒發現掉了東西。」

「抱歉，」男人說：「祝你有美好的一天。」他轉身離開，留下蘭斯握著那張紙，暗暗鬆了口氣。那隻手搭上他肩膀時，他相信自己一轉身就會看到鬼爪或是他的跟班派瑞。那一刻之前，他感覺自己踏上的是一場無害的冒險。現在蘭斯不太肯定了。

他打開那張紙，上頭寫著：「快樂時光，週一到週四，晚上七點到十點。只收會員價。戀乳癖俱樂部歡迎你。」

45

艾娃一次跨兩個階梯奔回警局。她對著案情室大喊：「崔普！崔普警員？」

「長官，他去柯蒂莉亞・穆爾家向她女兒問話。」有人回答。

「真他媽的該死。」艾娃快步走進辦公室，打開筆記型電腦。她咬著嘴脣，點開搜尋引擎，輸入「德勒，意義」，然後焦慮地等著頁面轉圈。搜尋結果是：「悲痛或苦惱的狀態，起源於拉丁語，透過古法語進入中古英語，同義詞：痛苦、哀傷」。

「自以為是的混蛋。」艾娃說。

「長官，妳在罵卡倫納督察嗎？」門口傳來聲音。

「賴弗利警佐，現在不是開玩笑的好時機。」艾娃說：「我們那位傑若米，他填寫慈善機構的志工申請表時，意圖已經很明確了。而崔普相信他也謀殺了莉莉・尤思提斯。你的直覺呢？」

「長官，我的直覺是崔普很難搞。他是班上那種曉得每一題答案的小孩，他會自願洗調色盤，而且清洗時不會弄髒自己的褲子。老實說，他無法融入，也沒辦法領頭，因為隊上的人都覺得他軟弱。不過，一旦崔普判斷凶手是同一個人，那多半就是同一個人，這孩子直覺很強，蛛絲馬跡逃不過他的眼睛。雖然沒見過車上音樂品味這麼差的人，但除此之外，他是我合作過的優秀警察。」

「我有同感。」艾娃說：「這意味著凶手謀殺莉莉時會戴手套，深怕留下ＤＮＡ，還和死者祕密交往，不讓人知道；可是他卻大膽進入柯蒂莉亞．穆爾的公司。就算是反社會人格者，大幅轉變投入的程度似乎不太對勁。」

「因為他成功了。從鑑識證據看來，莉莉．尤思提斯命案幾乎無法斷定是謀殺。要不是他在女孩的皮膚上留下拉鍊痕，我們永遠不會懷疑是他殺。他很高明，一旦他逃過一次，就會利用風險更高的手法。」賴弗利說。

「也許。」艾娃說：「或是他需要更刺激的快感，需要與世界建立更多連結，他志得意滿。如此一來，無論他接下來的計畫是什麼，都肯定會……」

「更糟。」賴弗利接過她的話。「但目前看來，兩起命案完全沒有關聯，要想逮到他，就要找出其中的連結。」

「我離開尤思提斯家前，有幾件事困擾我。」艾娃說：「尤思提斯太太告訴我，德勒這個姓氏的意思是哀傷。在這之前我上樓查看莉莉的房間，正好她姊姊在，她看到傑若米的畫像時說了奇怪的話。我一下想不起來她是怎麼說的。」

「妳怎麼問她？」賴弗利說。

「我問她認不認得這個男人。」艾娃說：「對了，她的回答是『為什麼會是他』。我一時間沒細想，以為她的意思是為什麼鎖定這個男人。但我轉念一想，她更像是問她自己，我想進一步追問，她就說她因為喝了酒身體不舒服。」

「要我去一趟嗎？我可以帶她姊姊回來，看能不能讓她專心回想，也許她不想在家裡開口。」

「不，先不要，她日前狀況很糟，真的，非常悲傷，我想應該還擺脫不了對親妹妹死亡的震驚。我需要一個能讓她願意開口的人。」

「妳從狄米崔小隊借來的小娃娃女警怎麼樣？她身高就和教堂的老鼠差不多，加上懷孕，應該能讓那女孩比較放鬆。」賴弗利建議。

「這主意不錯。孟洛警員正在幫卡倫納督察調查瓊斯的車禍，但我會說明要請她幫忙。你開車載她過去，順便路上向她解釋目前的狀況。孟洛和米娜談話的時候，你就幫忙開父母的注意。」賴弗利起身。「還有，賴弗利警佐，用『小娃娃』形容女警帶有性別歧視，最好別讓我再聽到這種字眼。」

「是的，長官。」賴弗利說。

「還有，再說崔普警員難搞，我就讓他升上去當你主管，明白了嗎？」艾娃說。

「長官，我至少可以說卡倫納督察的壞話吧？不然真不曉得為什麼還要待在重案組。」

「賴弗利，快去吧。」艾娃讓心思回到筆記型電腦。警佐關門時，她手機響了起來，她說：「我是通納。」

「通納總督察，我是格林諾奇監獄的典獄長。我想應該通知妳一聲，狄蘭．麥基爾今早在獄中遭人暗殺。」

艾娃放下已經拿到嘴邊的咖啡，忽然覺得牛奶飄出了酸味。

「他狀況怎麼樣？」艾娃問。

「撿回一命，現在人在醫護室，但這段時間我得讓他轉去別的監獄。事發後裡頭大騷動。我認為得通知妳一聲。」

「謝謝你。」艾娃說：「傷得多重？」

「臉上縫了四十四針，傷口很大。醫生說神經可能斷了，日後臉上部分肌肉失去功能，需要進行語言治療。」

「我明白。」艾娃低聲問道：「逮到動手的人了？」

「我們相信行凶者動手後十分鐘就死在淋浴間，顯然有人下令刺殺麥基爾，而且要將凶手滅口。我想到妳前幾天探訪過麥基爾，妳似乎預感他有危險，妳能不能告訴我，為什麼覺得麥基爾會成為目標？」典獄長的語氣中透著疑惑。

「只是直覺。恐怕我無法提供確切的人名。相信我，要是我知道誰幹的，一定會告訴你。我那天找他談的是前陣子遭殘忍謀殺的死者，名叫路易斯．瓊斯，麥基爾入獄前認識那個人。法院紀錄上都有。」艾娃說。

「我懂了。」典獄長說：「好吧，也許等麥基爾恢復語言能力，他會願意透露。」

「希望如此。」艾娃喃喃說著。她放下話筒，垂著頭，懇求她的胃別再蠢動、逼她一股腦兒吐進旁邊的垃圾桶。她不曉得怎麼面對自己的行為。

46

珍娜．孟洛警員非常精明。卡倫納才與她討論路易斯．瓊斯的案子五分鐘，就察覺這一點。但過去他底下一位懷孕的優秀警員於辦案時流產，還差點賠上性命。他始終認為當時自己沒能保護好她，至今仍自責不已。

「肯定有另一輛車撞上路易斯．瓊斯的車。」孟洛說：「瓊斯的車尾有新的撞傷痕跡，我當時在現場，看見鑑識人員將烤漆斑塊採樣，送去實驗室化驗。」

「我沒看到化驗結果。」卡倫納說：「但就算查不出車輛，化驗結果至少足以讓我們知道車子的顏色。」

「如果是原廠的烤漆，有些車廠會在烤漆裡添加特殊的化學成分，可以從這裡追蹤。」孟洛說：「我還在等實驗室回覆目前檢驗進行到哪個階段。」

卡倫納低頭看手機。蘭斯傳來鬼爪、派瑞和奧迪車的車牌號碼，這輛車的副駕駛座前車燈區域顯示近期修理過。車牌登記在喬瑟夫．崔斯柯名下，註冊地址就在「戀乳癖」。他必須找到瓊斯的車與奧迪車的關聯，才有充分的動機對附近一帶的車輛展開搜查。成功機率不高，但足以啟動調查。

艾娃敲門，他正要回蘭斯訊息。因為孟洛還在通話，卡倫納出了辦公室到走廊上。

「格林諾奇監獄裡有人刺殺狄蘭．麥基爾。」艾娃說：「時機太湊巧，肯定是崔斯柯下令，而且就在我探視麥基爾之後。」

「妳覺得崔斯柯想通了眼前的狀況，決定先下手為強？」卡倫納問。

「我相信是。」艾娃說：「我們第一次交手時，鬼爪和派瑞應該就意識到我不只是貝格比的朋友；隨後一名警察去監獄探視麥基爾，他們肯定以為麥基爾向警方繳械，換取舒適的牢獄生活。現在他們從監獄的訪客名單裡知道我的名字。我相信雷蒙．崔斯柯要為貝格比和瓊斯的死負責。你得快點行動。」

「要是我能從喬．崔斯柯的車與路易斯．瓊斯的車禍中找出關聯，我們就能搜查那輛車，釐清開車的究竟是鬼爪、還是派瑞，然後帶他們回來問話。」卡倫納說：「我想讓他們互相指控。」

「他們不可能供出下令刺殺的主謀。」艾娃說。

「他們開的是喬．崔斯柯的車子，也許能控訴共謀罪。」卡倫納說。

「長官……」珍娜．孟洛從辦公室走出來。「我剛得到實驗室的消息，道路交通調查員弄錯烤漆樣本，證據清單上明明顯示烤漆斑塊已經採樣、也裝袋了，但是從犯罪現場到實驗室途中，證據可能放錯地方或和其他證據混在一起，現在找不到。」

「不可能。」艾娃說：「妳和那位調查員確認過了？」

「是的。」孟洛說：「我和他合作過幾個案子，他做事通常很俐落。他回想自己的確採樣過烤漆斑塊，並且依照明確的流程進行，避免汙染其他證物。這些都在他的紀錄裡。」

「看來查不到那場車禍還捲入了哪些車輛。什麼時候才能有突破啊？」賴弗利警佐朝他們走來。艾娃低聲說：「抱歉，盧克，我得借用孟洛警員兩個小時。我要請賴弗利帶她去向莉莉・尤思提斯的姊姊問話。我知道時機不對。」

「沒問題。」卡倫納說：「只不過我又回到路易斯・瓊斯案的原點。晚點要找我，我會在瓊斯的廢車場。」

路易斯・瓊斯的家屬還沒出面整理他的廢車場兼住家辦公室，也不打算討這塊地的所有權，彷彿沒人在乎瓊斯的死。卡倫納走進辦公室，門沒關，燈沒亮，應該是沒繳電費的緣故。現場一團混亂。他腦海中播放起當時的場景，瓊斯曉得他時間不多了，匆忙拿幾件衣服，帶上皮夾。鬼爪和派瑞肯定在瓊斯逃走後不久抵達，四下翻箱倒櫃，搜尋老闆失蹤的現金。不久之後艾娃也到了，她闖進這座烏煙瘴氣的廢墟。接著是狄米崔的小隊，在瓊斯發生車禍之後趕過來。最後卡倫納發現瓊斯的屍體，找上鑑識小組。如今這座廢車場看起來更像戰場，而非做生意的地方，沒有人找到足以偵破瓊斯命案的線索。問題在於，卡倫納知道該找誰負責。他要做的就是在法庭上，從A點畫一條有憑有據的線到B點。

他拉起翻倒的椅子，放在辦公桌後頭，一屁股坐下去，面對大門。一扇加鐵柵的窗戶可以俯瞰廢車場，另一面小窗看得見街道。卡倫納回想起第一次見到瓊斯，他很清楚這男人總是和社會上不法之徒打交道。瓊斯年輕時，曾經參與蘇格蘭最惡名昭彰的幫派，必要時他肯定會拚死一搏。卡倫納翻找辦公桌的抽屜，但應該都被仔細搜索過了，就算真要藏匿什麼，抽屜也太顯眼了。他伸手到桌下摸索，檢查是否有膠帶的痕跡。還是一無所獲。腳下是水泥地板，天花板也被翻過，瓊斯根本藏不了鈔票。

他將椅子往後推，站起身來，緩緩轉身。護牆板有點磨損，椅子後方的油漆斑駁嚴重，卡倫納蹲下查看，護牆板上方的牆面有好幾個靴印。卡倫納站直身軀，後背貼牆壁，鞋跟猛力踩踏護牆板。一片長長的護牆板掉落，露出後方黑暗的空間。卡倫納伸手進去，手指碰觸到一團布，他使勁拉出來。然後戴上手套，在瓊斯的辦公桌上打開那團布包，就像瓊斯過去做過的那樣。裡頭有一把格洛克手槍，很新，但肯定開過槍，有額外的子彈；還有鈔票，面額十鎊、二十鎊，算一算應該有一千鎊。

瓊斯急忙離開是有原因的。事實上，他逃亡速度之快，甚至來不及取出他藏起來的武器與急用現金。以他的處境，手槍肯定比衣服有用，他為什麼要打包衣物？還花時間餵鳥。卡倫納將手槍、子彈與現金統統裝進證物袋，拍下鬆脫的護牆板，然後走回車上。瓊斯的行動一點也不合理。他懂得保護自己，就算陷入困獸之鬥，他也絕對會開槍，尤其當他很清楚有人正在追殺他。卡倫納曉得背後沒有簡單的解釋，顯然這個案子危險至極，而艾娃・通納還滿不在乎地站在火線上。

47

米娜一個人在家。尤思提斯先生開車送妻子去二十四小時營業的藥房拿慢性處方藥。賴弗利盯著廚房裡的空酒瓶，心想這對夫妻多半也會在路上補足「鎮定劑」存貨，這不能怪他們，多年來，賴弗利失去了許多同事、也是朋友，他完全無法想像父母失去孩子的心情。他讓珍娜·孟洛上樓與米娜在她的臥房談話，女孩說她在房裡比較自在，但他希望先檢查她的房間。於是米娜走去廚房泡茶，賴弗利將手伸進床單和枕頭下方，查看抽屜及床下是否擺放利刃。煎熬的時刻會逼瘋一個人，這點他很清楚。六個月前，薩特警員渾身是血躺在他懷裡，她體內的孩子已經死去。他不會讓另一名警員步上她的後塵。珍娜·孟洛警員很專業，一路上她沒有費心聊天，而是仔細問起談話需要的資訊。賴弗利喜歡這樣。他給米娜與孟洛幾分鐘時間認識彼此，然後安靜走上樓，坐在聽得見她們對話的階梯上。

「聽著，米娜，我們需要和這個男人談談。這也攸關一位叫做柯蒂莉亞·穆爾的女士，莉莉離開後沒多久，那位女士也死了。妳不會在新聞上看到報導，因為她看起來像是意外服用過量的非法減肥藥致死。現在疑點很多，這個男人很可能涉案。」孟洛拿出傑若米的畫像，放在米娜面前。

「另一個女警問過我，我說我不認識他。」米娜說。

「我記得通納總督察留了一張畫像給妳，還在妳這裡嗎？」孟洛問。

「嗯。」米娜說。

「我可以看看嗎？」孟洛問。

「為什麼？妳手裡有一張了。不是一樣的嗎？」米娜沒有動作。珍娜・孟洛在臥室裡到處張望。

「我們畫了幾個不同版本。」孟洛撒謊。「我只是想確定她給妳的是最新版本，妳知道，這樣妳才能讓莉莉的朋友看，問他們是否見過他。」

「我不確定放哪裡了。」米娜說，她壓低聲音，有些緊張地移開目光。

「我幫妳找。我房間永遠都很亂，不曉得孩子出生後該怎麼辦。」孟洛起身，查看米娜桌上的紙張與書本，背對女孩，但同時觀察鏡子裡的她。米娜假意看桌子旁邊，腳步卻緩緩移動到她想守密的藏寶處。孟洛轉身走向米娜，拉起床單，查看地板。「啊，找到了。就知道跑不遠。」她從床下抽出那張A４大小的紙。「我們坐下吧？」

「我忽然覺得不太舒服。」米娜虛弱地說。

「我聽通納總督察說過，妳應該考慮規律進食，就算妳一點也吃不下，也要多少吃一點。妳的身體需要燃料，不能讓哀痛打倒妳。」

「妳能離開了嗎？」米娜問。

「我們馬上就走。」孟洛說：「但我得確認這張畫像。」她拿起紙，檢視邊緣。紙張有些起皺，多處墨水暈開。暈開的輪廓彷彿訴說了一個米娜不願開口的故事。「通納總督察來過之後，妳讓很多人看過畫像嗎？妳說妳不認得這個男人，但似乎很常拿起這張紙。」

「我不認識他。」米娜堅持。

「妳妹妹會不會認識他？」孟洛問。

「不會，不可能。」米娜抬起手背抹去淚水。

「為什麼她不可能認識他，米娜？妳怎麼能確定？他是妳認識的人嗎？」孟洛說到這裡停頓。米娜滑落臉頰的淚水成了啜泣，啜泣後是痛哭。「通納總督察上次問妳，妳的反應是『為什麼會是他』，米娜，他是妳很重要的人嗎？妳覺得很特別的人？」

「他沒有戴眼鏡，所以這個男人不是他。那個女警說這男人有口吃、還是說話結巴？所以我很清楚不是他。為什麼要逼我？我不想和你們談，我希望你們立刻離開。我爸媽很快就要回來了，他們看我這麼難過，一定會投訴你們，你們真的應該立刻離開！」米娜說到最後，幾乎呈歇斯底里的狀態。賴弗利走到門口。

「沒事的。」孟洛告訴他：「米娜只是需要一點時間，對嗎？」

米娜看著靠在門框上的賴弗利，點點頭說：「對。」賴弗利又回到樓梯上。

「這個男人不是妳的朋友，對嗎？顯然我們眼前的男人和妳在乎的朋友不是同一個人，我明白了。好消息是我們採集到這個男人的指紋，他在柯蒂莉亞．穆爾的公司擔任一段時間的志工，冰箱內部有他的指紋。這說明我們可能誤會妳朋友了。而我們現在可以輕鬆排除他犯案的可能性，他不會惹上任何麻煩，我確定他會樂意幫忙。米娜，我們完全不想抓錯人。要是我們能盡早和妳朋友談過話，就能盡早排除他的嫌疑，去找出真正殺害柯蒂莉亞．穆爾的凶手。」

「我的朋友不是殺人犯。」米娜低聲說。

「我就是這個意思。」孟洛說：「所以，妳不提供資訊給我們，其實是害了他，不是在幫他。妳說他沒有戴眼鏡？」

「沒有。」米娜說。

「妳在哪裡認識他的?」孟洛問。

「學校,他在念美國文學碩士,不可能去什麼慈善機構當志工。我總是在圖書館看到他。」她說。

「太好了,米娜,非常有幫助。妳能告訴我,他叫什麼名字嗎?」

米娜顯得遲疑。「一定要嗎?」

「我想妳已經知道這個問題的答案了。」孟洛微笑。

⁂

賴弗利警佐在樓下將訊息回報案情室,珍娜.孟洛繼續對坐在床上啜泣的女孩溫柔地問話。「他叫做克里斯欽.卡多根。」賴弗利說:「長得很像畫上的傑若米,但米娜說他沒戴眼鏡,說話也不會口吃。克里斯欽顯然是愛丁堡大學的研究生,米娜說他二十七歲,然後提供我們一個城裡的住址。請局裡立刻派制服警員前往查看,並讓崔普和我保持聯絡,好嗎?」

半小時後,兩名警官與尤思提斯夫妻談完話,回到車上。「我們直接去米娜給的地址嗎?」孟洛問:「我知道你想去。」

「妳負責辦公室勤務。」賴弗利說:「我不會帶妳去可能有危險的地方。」

「我剛結束向證人問話的外勤工作,我想規矩是有彈性的。」孟洛回應。

「隨妳怎麼說,但我是妳上司,我已經決定了。」賴弗利說。

「我會待在車上。而且我們現在離那裡不遠,不直接過去太可惜了,你更了解這個案子,和一般制服警員不一樣。」孟洛說。

「妳一直都這樣說話？」賴弗利問。

「你是說很有邏輯又誠懇？」孟洛說。

等他們抵達安南達爾街，制服警員已經敲過門，但沒有回應。

「這裡不便宜。」賴弗利說。

「根本不是學生住得起的地方。」孟洛說：「米娜說克里斯欽幫朋友顧家，並說幾天前才和他進去，他肯定有鑰匙。」

「我們對這一帶有什麼了解？」賴弗利問起負責查看的警佐。

「我們和鄰居談過。」警佐回應：「附近的公寓並不是全都有人住，房子還很新。關於我們要查的那間公寓，鄰居印象中似乎曾短期出租，供愛丁堡要度假或出差的人來住一個禮拜。」

賴弗利雙手扠腰。「是那個網站，對嗎？可以訂這種房間，我想不起來名字。」

「Airbnb。」孟洛說。

「鄰居說的就是這個嗎？」賴弗利問。警佐查閱筆記本，點點頭。「聰明的混蛋。」他說：「柯蒂莉亞．穆爾的志工申請表上留的是另一個地址，但都是同一個網站出租的公寓。」

「他們會有信用卡資料。」孟洛說：「既然他有鑰匙，就得透過管道付錢。準備要揪出這個傢伙了。」

48

會議室裡人滿為患。卡倫納看著艾娃與孟洛警員、賴弗利警佐交談，她雙手環在腰上，縮起肩膀，就像沒穿外套站在街頭的冷風中。另一頭崔普無視身旁的噪音，認真敲著電腦，一邊打字，時不時瞇起眼睛思索。卡倫納手機震動通知，提醒他蘭斯留了一個語音訊息，他還沒聽。他前往走廊較安靜的地方。

「盧克，我是蘭斯。我拍到了衝撞路易斯．瓊斯車子的那輛車，照片用電郵寄給你了，看得到車子的受損情形與車牌。我的消息來源證實了你口中那幫惡徒，鬼爪和布萊恩．派瑞及戀乳癖俱樂部的關係。這兩人在格拉斯哥的某些區域相當出名，不是你會想招惹的對象。我回到愛丁堡再仔細聊。還有一件事，也許沒有關係，但我……」

會議室裡，艾娃要眾人安靜下來，卡倫納暫停播放語音訊息，走回去找個位置坐下。賴弗利開始梳理米娜提供的訊息，介紹她的朋友克里斯欽．卡多根，最後說明他留下的地址都是Airbnb出租公寓。接下來是崔普。

「我們查過所有機關的資料，蘇格蘭有九個十八歲以上叫克里斯欽．卡多根的男人；他們都沒有情節嚴重的案底，頂多是交通違規、輕微盜竊、社福詐騙或妨礙公眾安寧的罪名，所以我們需要縮小範圍。重要的是，我們目前並沒有直接證據，足以證明卡多根與莉莉．尤思提斯的命案有關；我們只能從米娜．尤思提斯的證詞，確認畫像上的男人曾去柯蒂莉亞．穆爾的公司擔任志工，而男人在她妹妹死後不久成了她的朋友。這雖然是有力的連結，卡多根也顯然是主要關係人，但我們還是沒有可以交給法院的案子。就算找到克里斯欽．卡多根，他也會接受律師的意見，宣稱一切只是巧合。另一方面，柯蒂莉亞．穆爾的女兒並不認識我們口中那個叫卡多根的男人。她正要去醫院接十七歲的弟弟蘭道回家，蘭道先前因自殺未遂強制入院。會議結束之後，我和通納總督察會趕去他們家，確認蘭道是否曾接觸卡多根。我們會持續釐清案件，思考如何拼起線索。要是發現了卡多根，請記得他也許非常危險。」

艾娃起身，面向會議室裡一票警員。「在我們釐清全貌之前，並不適合對大眾宣布潛在的連環凶手正逍遙法外。但我們必須認知到，卡多根可能正在策畫下一場謀殺。柯蒂莉亞．穆爾的命案手法遠比殺害莉莉．尤思提斯時大膽，這表示卡多根第一次殺人時自信不足，或是沒有充分得到快感，因此他下一次會更大膽，也許更暴力、更極端。眼下的首要任務是在他再次犯案前找到他。路易斯．瓊斯案交由孟洛警員與卡倫納督察負責，其他人都調來追查卡多根，直到他落網。我需要有人查看大學圖書館的監視器，找出他與米娜在一起的畫面，識別出他的身分。有人查過圖書館的門禁管理嗎？」

「學生和職員都需要刷卡進入。」一名制服警員低頭唸出筆記本上的資訊。「訪客也可以進去，但需要辦單日通行證，而且要提供證件。」

「我們知道卡多根不是米娜以為的研究生，他沒有修任何美國文學課程，根本沒有去系館上課，至少不是用克里斯欽．卡多根這個名字。」孟洛說：「學校裡有監視器，圖書館也有，但一一查看要花點時間。我們已經派人去大學了，正在看監視器。」

卡倫納沖泡了一杯他的胃應該能夠容忍的濃咖啡，走回辦公室。珍娜．孟洛已經在等他了。

「米娜的證詞，妳表現得很好。」卡倫納說：「只是我擔心路易斯．瓊斯的命案目前沒什麼可推進的線索，我在他辦公室一個隱密空間裡找到流通的紙鈔和一把手槍。我懷疑他當時是否真的打算逃命。說不定我們走錯了方向。」

「瓊斯有時間拿槍，但他沒拿？也許他低估了威脅。」孟洛說：「不過，他卻在心愛的鸚鵡籠子底部倒了幾乎能吃上一個月的飼料。」

「還有，他是怎麼知道自己必須立刻逃跑？」卡倫納問：「有人事先警告他？或是他因為某件事被嚇到了？」

「我來查通聯紀錄。」孟洛說：「最後打去廢車場的電話查過了嗎？」

「沒有幫助。最後一通來自聖萊納分局，說是收到車禍通報之後，打過去追查車主身分。」卡倫納說。

「那就查之前的通聯。」孟洛打開檔案，手指比畫著電話號碼紀錄。「狄米崔去電一小時前沒有別的來電，這麼說來，瓊斯其實有足夠的時間逃跑；也就是說早在車禍發生前，他有充裕的時間離開愛丁堡的市郊。說不通啊。一定有人親自警告他。」孟羅抓起一枝筆，寫下筆記。

「時間不對。」她歪著頭。

「怎麼說？」卡倫納問。

「瓊斯發生車禍的時間和通聯紀錄顯示時間對不上，也許是軟體故障。」孟洛說。

「不可能，這是電信公司提供的紀錄，時間不會是手動輸入。這當中出了什麼差錯？」卡倫納問。她沒有回答。「孟洛？」

「聖萊納分局去電的時間是車禍前二十七分鐘。」孟洛說：「但這不可能。我很清楚車禍通報時間，因為我第一個就抵達現場。所以通聯紀錄肯定有誤。」

卡倫納看向她的肩膀，一臉疑惑：「艾娃為什麼沒察覺到這一點？」

「通納總督察先前無法調閱道路交通事故案件的檔案，因此比對不出正確的時間軸。」孟洛說：「我來聯絡電信業者，讓他們知道系統出了問題，免得耽誤其他案子。」

「孟洛，」卡倫納壓低聲音。「要是系統沒有故障，來電紀錄是正確的話呢？」

「我一定會發現。我對案件的時間軸非常小心，都是由我負責整理好案件交給檢察官。」孟洛說。

「妳只查閱車禍的時間軸，並沒有交叉比對入室竊盜的時間。」

「但總會有人前往瓊斯的地址，確認他的下落。最後他會被列為失蹤人口。沒消多久，我就會注意到入室盜竊事件。」孟洛蹙眉，前後翻閱不同的卷宗。「長官，給我一分鐘，好嗎？」她喃喃唸著，然後拿起電話。電話轉來轉去，幾分鐘後她才開口：「賈克。我是孟洛，聽著，我在查一個通聯紀錄，是從你的分機打的。你還記得路易斯．瓊斯車禍那一晚，上面派我們前往事故現場時，你當時人在座位上嗎？」又是一陣靜默。「那段時間你沒有打電話，你知道誰用了你的電話嗎？」孟洛的同事回答，她的臉忽然僵住，變得頹喪，一隻手蓋在眼睛上。「謝了，賈克。不，沒事，只是想讓我的報告內容更完整，要在小孩出來前先交出一份漂亮的報告啦，你知道我就是這樣。替我向你太太打聲招呼。」

她掛斷電話，最後一次打開通聯紀錄，然後抬頭迎上卡倫納的雙眼。

「怎麼了？」他問。

「現在更說不通了。」孟洛說：「我們前往路易斯．瓊斯的車禍現場前不久，我的同事離開座位，回來時發現狄米崔總督察剛掛上電話。狄米崔聲稱自己的分機有問題，才使用我同事的電話。」卡倫納雙手插進口袋，望向窗外。「長官，你是不是正在想狄米崔總督察和這件事有關？但若是如此，我遲早也會察覺整件事不對勁。」

「讓妳提早休產假，妳就不會發現了。」卡倫納說：「他能夠自行解決最後交給檢察官的報告。」

孟洛闔上筆記本，盯著地板。她維持這個姿勢超過一分鐘，然後說：「消失的板金斑塊，你懷疑有人讓證據消失。」

「不只如此，還有銷毀路易斯．瓊斯車輛的速度，沒有稅務資料，沒有保險資料，這麼快就壓毀，特別是那輛車還涉及尚未釐清的車禍事故。」卡倫納說。

「太荒謬了。」孟洛說：「要是我們往上報，我可能會被貼上抱怨長官的部屬標籤，只因為我不滿提早休假。而且狄米崔總督察沒有動機介入你的案件，這一切說不通。」

「路易斯．瓊斯沒有拿槍。」卡倫納說：「如果他逃離廢車場之前和狄米崔通過電話，也許他會覺得不帶槍比較安全。警方可以對攜械者採取嚴重、甚至致死的手段，同時不會引發爭議。瓊斯很清楚這一點。」

「你有什麼打算？」孟洛問。

「在我釐清整件事的動機之前，什麼打算也沒有。」卡倫納說：「聯絡通納總督察，讓我立刻取得查看雷蒙．崔斯柯、狄蘭．麥基爾和路易斯．瓊斯檔案的權限。目前發生的一切似乎都和那些檔案有關。要說哪裡有證據，肯定在檔案裡。我會在檔案室等她授權。讓她知道我們一分鐘也不能浪費。」

49

艾娃下放崔斯柯的檔案權限給卡倫納，但她想不出這有什麼用。她正和崔普在柯蒂莉亞・穆爾的客廳等蘭道回家。他姊姊成為他的指定監護人，她聯絡蘭道的心理醫生，確認他可以接受警方問話，協助辨認那個男人的畫像，他們口中的克里斯欽・卡多根。就算如此，他們仍像不速之客。可憐的男孩才失去母親，人生是殘酷的，而且劑量從不輕微。艾娃很清楚，一部分的蘭道將永遠留在十七歲，困在他母親的生命遭到無情剝奪的時刻。青少年時期的經歷猶如永遠橫亙在眼前的泥淖，靜候你人生的低點，冷不防將你吞噬。艾娃希望他姊姊能夠一邊整理自己的哀痛情緒，一肩挑起蘭道的心理需求。

蘭道走進來，他散發出來的自信遠超過艾娃預期。他自殺當時，在浴室出血休克；此刻，這名年輕人走進客廳時抬頭挺胸，態度很沉著。

「我是通納總督察。」艾娃伸出手。他握住，非常有力。「抱歉在這種狀況下來找你，我明白你現在只希望待在家裡，不被打擾。」

「沒事的。」蘭道說：「我聽說妳想問我一些問題。」

「是的。」艾娃打開卷宗。「你要坐下來嗎？不會耽誤你太久。」

蘭道放低身子，顫抖的手握住椅子扶手，然後才坐下去。艾娃心想，這孩子的沉著至少部分是裝出來的，她不該待太久。

「我來倒茶。」蘭道的姊姊說，讓崔普與艾娃保持過分客氣的禮節。蘭道的目光捕捉到小型水晶吊燈的光線，艾娃察覺他雙眼無神。男孩瞳孔放大，她懷疑他皮膚上的油膩感是受到藥物影響，而不是青少年旺盛的油脂分泌。她頂多只有五分鐘的機會。

「蘭道，」艾娃說：「有個男人在穆爾女士的公司擔任志工，他自稱傑若米，你曾聽母親提過他嗎？」

「沒有。」蘭道說：「我幾乎不會問她工作上的事。怎麼了？」

「我也難以想像青少年會對父母的工作感興趣。但這不是我問你的原因，我只是好奇你是否聽過這個人的事、他來自哪裡、為什麼會來當志工，就算乍聽之下微不足道的事也沒問題。」

「她沒有對我提過他。我想……我們都在聊我和我的生活。」蘭道語氣很溫柔。「我甚至不記得我關心過她的生活。」

「我們請畫家畫出了這個男人的肖像，正在四處傳閱，你能幫忙看看嗎？說不定他用的是別的名字。」艾娃說完，將放在大腿上的畫像遞給他，觀察蘭道端詳畫像的神情。他的嘴角微微上揚，指尖撫摸過紙面。

「這張照片不對。」蘭道說。

「什麼意思？」崔普問。

「這不是傑若米，你們畫錯人了。」蘭道堅持。

「真抱歉，」崔普順著蘭道的話：「可能局裡給錯畫像了，有時就是會放錯檔案。」

「肯定是。」蘭道說話含糊起來。

「那他是誰呢？」崔普問。

「是我的朋友。」蘭道露出微笑。「我在琴衍認識他的，我在那裡表演。」

「表演？」崔普問。

「是吉他，我在酒吧裡演奏，我想當專業樂手。很多人都把我的夢想當成笑話，但我知道我辦得到。」

「你朋友叫什麼名字？」崔普問。

「要做什麼？」蘭道忽然抬頭。

「我們需要和他談談，確認是否我們拿錯了檔案。」艾娃說。

「你們想幹嘛？」蘭道的聲音變得尖銳。

「蘭道，」艾娃溫柔說著：「畫裡的男人曾經找上一個叫做米娜．尤思提斯的女孩，和她交朋友，但米娜的妹妹就是亞瑟王座命案的死者，也許你在新聞上聽過。米娜的妹妹服用超高濃度的大麻油後失去意識，被扔在寒冷的山上凍死。你朋友可能涉及這兩起案子。」

「這是誤會。」蘭道的聲音變得微弱。

「也許是，但我們想給你的朋友機會，讓他證明自己的清白，這樣才公平，對嗎？」崔普說。

「不是他。」蘭道嘴上喃喃唸著，聲音慢慢成為低沉的哀鳴。艾娃感到很心痛，男孩的內心裡似乎正在和自己爭辯，就像米娜第一眼看到男人畫像時那樣不敢置信。卡多根擅長操縱人心，偽裝成不同面貌接近受害者，成為他們內心最需要的人。

「米娜的朋友叫做克里斯欽．卡多根，就是畫像裡的男人。透過你母親的員工描述，我們才能畫下這張畫像。蘭道，我們必須找到他，也許會有其他人受害。我知道你想保護你朋友，你令我敬佩，但你應該要將你知道的一切告訴我們。」艾娃說。

「妳覺得他殺害了我媽，對不對？」蘭道說。

「我覺得他需要回答一些問題，像是他為什麼去你母親的公司當志工，為什麼使用假名和假地址。我們也需要釐清他與莉莉．尤思提斯的關係。蘭道，你願意幫助我們嗎？現在可能只有你能幫得上忙。」艾娃說。

「我會幫忙，當然，你們需要什麼都好。」蘭道說：「但能等我一下？我忽然想去洗手間。之後我會將我知道的一切統統告訴你們。」

「謝謝你。」艾娃上前握起他的雙手。「我知道這一切很艱難，失去母親已經很煎熬了，我實在無法想像你的感受。但我要你知道，這一切錯不在你，無論誰要為你母親的死負責，你絕對不可能事先知情，更阻止不了。」

「通納總督察，妳這樣說太客氣了。」蘭道覺得自己的語氣聽起來就像母親。

艾娃內心覺得異樣，男孩的話語很輕柔，但藏在其中的抗拒讓她略感意外。他姊姊端茶過來，在他們面前擺放杯子與碟子。蘭道起身哼著搖籃曲走上樓。

蘭斯．普羅孚特拉開車庫門，將他鍾愛也上了年紀的摩托車推進去。此時他注意到停在車庫外的車子。他整個下午都在辦公室更新他的新聞網站，與愛丁堡的資深警官有私交可沒有讓他享受到獨家新聞。他依舊只能轉貼蘇格蘭警署選擇公開的消息，時機與內容都由他們決定。但這一次格拉斯哥之旅充滿樂趣，他覺得活力都回來了。他應該在膝蓋還能打英式橄欖球、還有足夠存款能每個週末小酌一番的歲數，多聯繫那些老朋友。盧克．卡倫納還沒回覆他的語音

訊息，自從他們認識以來，要這位警官回電有如登天一樣困難

他關上車庫門，瞥見那輛車裡坐著兩個男人。車窗開著，菸霧飄出來，音樂聲大到該戴上耳機。蘭斯記住車牌，小心駛得萬年船，畢竟附近發生過不少入室搶劫案。駕駛座的門冷不防打開。

「普羅孚特先生？」男人問。

「找他做什麼？」蘭斯反問。男人身材並不高大，但那張臉上滿滿的找麻煩與讓情況變得更糟的企圖。

第二扇車門也開了，下車的根本是巨人——這是蘭斯的第一個念頭，下一個念頭是，他們有他家的地址。他們並不是碰巧在車庫門口，而要是他們的確有他家的地址，離他的家門及他毫不知情、在屋裡打電動的兒子不過幾步之遙。

「摩托車不錯。」山一般的男人說，是格拉斯哥口音。「最近去哪些好玩的地方兜風？」

「我不想惹麻煩。」蘭斯說。

「你期待什麼樣的麻煩？」開車的男人問。

蘭斯握緊鑰匙，讓其中一把從指間伸出來，準備好出擊，也許能爭取到足夠的時間逃到外頭求救。他很堅強，也不傻，但這裡是暗巷，這排車庫建築擋住另一側的視線，左右兩邊是公寓房舍的後牆，俯視的窗戶完全看不進來。除非有人這時候開車經過，要不然誰也不會知道他的下場。他準備好戰鬥，但他沒辦法對付兩個人。也許二十出頭時可以，三十歲勉勉強強，到了他這個年紀，只會被眼前的傢伙嘲笑。

「你這樣握鑰匙讓我很緊張。」大塊頭走到他身後，另一個男人站在他面前。「我一緊張會

很激動。」

「要是你們能直接告訴我，你們想知道什麼，情況或許會比較單純。」蘭斯暗暗確認他的手機放在機車外套的哪一側拉鍊口袋。

「哦，當然好，我們想知道你在『戀乳癖』後巷鬼鬼祟祟做了什麼，還拿相機拍車子。我們老闆也想知道你喜歡吃什麼。」

蘭斯心想，是鬼爪和派瑞，真他媽的麻煩大了。

「我喜歡吃什麼？你老闆管這些做什麼？」蘭斯還在思索他的腎上腺素能夠支撐他跑多快，在他們追上之前，他的心臟會不會停止跳動。

蘭斯的風險評估還沒結束，短棒已經冷不防敲上了他的後腦。「因為你要來晚餐啊。」鬼爪笑著說，然後將棍子夾在腋下，與派瑞一人拖一條腿，將蘭斯拖到幾公尺外的汽車後座，座椅上有等待多時的電工膠布。

50

蘭道臉上掛著笑容，爬上面前這座家裡的大山。他提醒自己握好扶手、放鬆腿部肌肉，然後穩穩踏出每一步。他望向牆壁上頭照片裡的父母，他們正看著他上樓，他對他們點頭示意。

「媽，晚安，爸，晚安。」經過時他低聲說。

樓下客廳傳來杯碟的碰撞聲，茶匙在杯子裡攪拌的叮噹聲。很怪，他以前從來沒注意過這些聲音，或是每一道階梯邊緣投射出來的銳利光影。手滑過的扶手散發出亮光蠟的氣味，是他姊姊的傑作，讓掃除來洗滌她的哀痛。他嚐到了，那是失去的味道。

等他抵達二樓，他回想起克里斯欽的臉，他真正的臉，不是警察畫出來的那張平面、不帶感情又令人生畏的臉。畫裡的他為什麼會戴眼鏡？真奇怪，除非他閱讀時需要眼鏡。這也許能夠解釋為什麼蘭道沒見他戴過。警察沒畫出他嘴唇左側那道三公分長的泛白疤痕，那顏色淡到他能理解警察應該難以察覺。那道疤讓他看起來充滿人性，蘭道因此更喜歡他。那道疤讓他的金髮、銳利的下巴更討人喜歡。克里斯欽的雙眼比畫像描繪得還要深邃。他母親的同事和他相處時間那麼長，居然只注意到那些膚淺的特徵；蘭道雖然與他相處時間有限，僅僅透過倉促的目光窺視克里斯欽的世界，卻注意到許多細節。

他母親的浴室非常乾淨，他翻亂的抽屜都整理過了，鮮花插在花瓶裡，水龍頭閃著光澤，彷彿沒有人玷汙過它們表面。蘭道心想，他姊姊真的需要看心理醫生，等她沒有地方需要收拾整理時，她就會坐在那裡哀悼。

鏡子呼喚著他，他站在浴室凝視鏡中的自己。蘭道看得出自己瘦了，他的顴骨無情橫跨他的臉頰。他頭髮長了，很適合他。也許琴衍酒吧的妮姬會覺得他變帥了，這個版本的蘭道更狂野前衛。他心想，怪了，這個版本也像克里斯欽。他們認識多久了？幾個月吧？聽說比他朋友……真蠢，為什麼還要騙自己？還什麼聽說？就是比他朋友去他母親的慈善機構當志工的時間還要長。

問題來了。蘭道可以爬上藥物的魔毯，漂浮在克里斯欽可能與他母親之死有關的事實上。他抹去自己入院後他朋友不再回電時流下的淚水。無視這些事實，他做不到。蘭道拉開抽屜，手指滑過每一樣打理外表的工具。克里斯欽找到他，跟他做朋友，聽他抱怨他家人、他的生活，還有他母親訂出的各種規矩。

蘭道找到他要的。他脫下褲子，讓褲子滑到腳踝，坐在馬桶座墊上，讓自己舒適一點。

社交媒體平臺可能會說，克里斯欽和他充滿濃濃的「腐味」。但克里斯欽讓蘭道覺得有人理解他，是他的兄弟，又酷，是蘭道覺得需要且不可或缺的同伴。他大笑起來，上個世代是不是哪首歌就在歌頌這種事？

藥物無法減輕痛苦（再多藥物都辦不到），這是蘭道看到女警腿上那張克里斯欽的畫像時，瞬間察覺到的真相。是蘭道將克里斯欽推向他母親。他的軟弱，他的索求，就是這些因素，他荒唐地認為克里斯欽出現會緩和這一切，沒想到自己卻成為克里斯欽尋找的目標。蘭道掏心掏肺的過程中，也同時親手毒殺了自己的母親。

痛苦分成許多類型，他過往從未意識到，現在他卻能為此寫出論文。失去的痛苦，震驚的痛苦，每一句話都是實際打在身上的重錘。還有緩慢湧現的鈍痛感，那是每當你犯錯清醒之際，現實滲入體內的痛楚，隨之而來的是嬰兒般抽咽的自怨自艾。然後是巨大的裂口，蘭道覺得他曾經摔進去，但就連那次也只是虛假的安全感。他終於抵達谷底，但谷底不如他預期得黯淡無光。悲傷的是，他還看得到父母從上方俯視他，失望的淺淺微笑掛在他們臉上。他也許過去很蠢，但現在他獲得恩賜，腦袋變得清明。這種感覺——自我厭惡永遠不會離開他，一秒也不會，至今仍攪動著他的五臟六腑。

他握著刀片，他姊姊的確藏得很好，但還不夠好。

最糟糕的莫過於他靈魂裡的槍傷，他還掛念著克里斯欽。憎恨、刻薄、憤怒所在之地，只有哀傷明白，他朋友再也不會坐在他身邊，再也不會輕拍他的背了。如此低賤、微不足道的他，還是渴望克里斯欽的關注，他不配得到另一口呼吸。

蘭道低頭往下看，小心翼翼確保他的大腿內側對準馬桶，以免將他那患有強迫症的姊姊好不容易打掃乾淨的地方又弄得一團亂，這樣不公平。他手指握住刀片，深深劃進大腿內側，小心確保刀子切開皮膚與肌肉，深入動脈。令人意外的是，居然一點也不痛，一點也不戲劇化，生命就這樣從他身上緩緩流失。沒有人會認為這是他在求救，沒有人會擔心未來該怎麼照顧他。克里斯欽可能會為他哀悼，可能不會，已經不重要了。蘭道聽說，操作手法正確的話，一分鐘的時間就好。這就是和那些擁有同樣目的地的青少年一起關在醫院的好處，多麼荒謬。對於夠強壯的人來說，那裡能給予太多有用的建議。

蘭道希望姊姊原諒他，他活不出家人的期望，他保護不了他母親，直到失去之後，他才曉得母親是他世界的中心。而他甚至沒辦法好好地交朋友。

威脅逃離他嘴邊的啜泣變成了哽咽。蘭道閉上雙眼，回想母親最後一次擁抱他的時刻。她親吻他的太陽穴，吐出清晰、美好的話語表達她對他的愛。

他下方的水綻放出鮮紅色，他驟然倒地。

51

艾娃率先起身，彷彿早就預料到了一樣，但其實根本不是。她衝上階梯，肩膀不住撞擊上鎖的浴室門。樓下傳來女人的尖叫聲。他們一聽到浴室傳來倒地的撞擊聲時，都明白發生了什麼事。就算以前沒聽過，以後也不會再聽到，但你絕不會不清楚那聲音背後的意義。

她猛踢門鎖，木片碎裂，她腳掌到膝蓋都痛了起來。門開了，她一看到蘭道，痛楚立時變得麻木。對於許多剛失去生命跡象的軀體，她會努力急救；但蘭道無法挽回地掏空了自己。她只希望她當警察的日子沒這麼久，不用目睹馬桶內部訴說的真相。他勇敢也堅強，一路撐到幾乎致死的程度才倒下。磁磚地板上也一灘紅，得重新灌漿填縫。這一切，遍目所及都令人感到恐懼，不忍卒睹。

崔普朝她跑來，她伸手制止他。

「讓其他人待在樓下。」她說：「打電話給艾爾莎。」

「不叫救護車？」崔普不想放棄，但語氣中顯然透著絕望。

「來不及了。」艾娃蹲下查看，抱著微渺的希望能感受脈搏，能做點什麼。「克里斯欽・卡多根，你這該死的混蛋。」艾娃喃喃自語。

回警局的路上，崔普一語不發。艾娃試圖專注在車上的廣播，腦袋裡冒出的聲音卻更加響亮。蘭道・穆爾的死是他們的錯。心理醫生也許評估警方已經能向蘭道問話，但艾娃一看到男孩的雙眼時就該知道了；而在她窮追不捨之下，造成了另一起死亡。十七歲的男孩被逼得太緊，調查報告肯定會做出這種結論，的確如此。

「崔普，一切與你無關。」車子開進停車場。

「長官，妳不能承擔所有責任。」崔普說。

「我會這麼做，警員。」艾娃說：「我要你記下我們與蘭道會面的過程，然後我要你做出陳述。我的處理方式會遭到質疑，而你不准美化、冷處理或避重就輕，聽到了嗎？」

「長官，我……」崔普想開口。

「我就當你答應了。」艾娃下車離開。

艾娃進辦公室前，憤怒就朝她湧上來。多年前，大學友人送她一只馬克杯，上頭寫著她是世界上最棒的朋友，現在杯子飛到辦公室角落，碎片飛濺地面，不新鮮的咖啡灑在辦公桌上；訪客的椅子成了凶器，摧毀奄奄一息的絲蘭屬植物，撞爛花盆，周遭一片狼籍。艾娃升上總督察當天拍的相片，成了她揮拳宣洩怒火的理想目標。卡倫納從後方接近，一腳踢上門，然後抱住她，攬住她的雙臂，在她掙扎時，將她抱離地面。

「艾娃，」他溫柔地說：「艾娃，崔普都對我說了，讓我幫忙。」

他讓她坐在地上，他陪她一起坐下，緊緊將她摟在懷裡，直到她身體不再顫抖。

「你說什麼都無法改變事實。」艾娃說：「那男孩在我頭上流血致死，我卻在喝茶、聊餅乾。要是我夠警覺，我會察覺他的狀況。蘭道・穆爾就不會死。」

「妳想解決兩起謀殺，」卡倫納說：「還要盡速避免下一起發生，也許不只一起。妳很清楚我們目前所知那個叫做克里斯欽的凶手側寫，除非他落網，否則會繼續殺人。妳能怎麼辦？等一個禮拜、或就算再過一天才去問蘭道．穆爾嗎？這樣只是用一具屍體來換另一具屍體。」

艾娃從他身邊退開。「盧克，我辦不到，我不想繼續了。太難了。我終於明白為什麼貝格比總是看起來這麼疲倦，為什麼總是吃太多垃圾食物，抽屜裡還藏著威士忌。壓力一來就像陷入流沙裡。我以為我可以不一樣，但自從當上了總督察，我就不斷失去我該保護的人。」

卡倫納伸展他修長的身軀，仰躺地面，望著天花板。「艾娃，不只是妳。責任不只到妳為止，重案組的每一位同事、支援的制服警員、鑑識小組、行政人員。大家是一體的，替同一個案子效命。妳覺得因為妳在案子裡投注了感情，所以得負起責任？但要是妳沒投入感情，妳才真的是鑄下大錯。」

「像歐韋貝克一樣？」艾娃拉著袖口抹去淚水，頭髮從臉上往後撥。

「的確就像我們敬愛的警司大人。」卡倫納說：「但妳不是她，所以別現在就放棄，代價太慘痛了。」

艾娃向後滾到地上，躺在卡倫納身邊，一手壓在頭下方。「我難過極了。告訴我，我該怎麼做？」

他轉過身，望著她。「好好呼吸一分鐘。六十秒後，這些問題不會消失，但妳已經準備好面對它們。」

艾娃閉上雙眼，強迫身體放鬆、腦袋放空。她衝進一個又一個犯罪現場，一個又一個危機，完全停不下來掌控這一切。警察的工作中，很大一部分要靠反應。在這個階段，她需要更積極和克里斯欽・卡多根鬥智，搶在他前頭行動。等她睜開眼，卡倫納已經坐直，靠在她的辦公桌旁。她站起身來。

「我好多了。」她說：「謝謝你。」

「看得出來。」他說：「但是艾娃，妳需要偶爾崩潰。擁有情緒，是分辨我們和反社會人格者之間的方法。」他朝門口走去。

「嘿，你查看路易斯・瓊斯的原始檔案之後，有什麼發現？」她問。

卡倫納搖搖頭。「只是想拼湊出全貌，妳不需要擔心。」

隱藏得很好，這點無庸置疑。一般人永遠也找不到，但卡倫納曉得自己在檔案裡該找什麼，的確，就塞在警察的筆記本裡，看似不必要的資訊證實了這個案子，這正是他要找的。雷蒙・崔斯柯過往的案件調查紀錄中，當時還是警員的狄米崔第一個抵達現場，他搜查了雷蒙的住所，二十一歲的他沒找到相關證據。狄米崔警員向狄蘭・麥基爾問訊時，他顯得極為青澀，或像菜鳥般忘記事先警告他的嫌犯，證詞因而失效，無法作為呈堂證供。直到貝格比找上路易斯・瓊斯當線人之後，案了才終於成立。多年以來，狄米崔總督察想必收取不少幫派的黑錢。他們坐牢，他從基層一路向上爬，現在狄米崔成了崔斯柯與麥基爾夢寐以求的內應。

艾娃用不著知道這件事，她冒的風險夠大了——惹毛崔斯柯的手下、暗中調查貝格比的死因、保護他可能遭到報復且遇上財務危機的遺孀，她越過了紅線。因此，卡倫納必須在不牽連艾娃的前提下獨自解決這件事。他探頭進案情室。

「賴弗利警佐，」他說：「我要調孟洛過去調查尤思提斯和穆爾的謀殺案。但我需要人手幫忙路易斯．瓊斯的案子，你跟我走。」

「長官，孟洛泡的咖啡不合你胃口嗎？」賴弗利問，引發一陣笑聲。

「這案子不需要太聰明的人。」卡倫納說：「看來你最適合。兩分鐘後來我辦公室。」

十分鐘後，賴弗利出現。

「我想我在那個案子更有用，那混蛋又要出手了，而且孟洛只能坐辦公室，瓊斯一案又走進了死胡同……」

「坐下，小聲點。」卡倫納說。就這一次，賴弗利居然聽話，沒有多嘴，沒有提問。「關於瓊斯案，有一名警官收了賄，還企圖吃案，要是我們揭發他，重案組可能會遇上哪些麻煩？」

「這個嘛，絕對是大風暴，再多傘都擋不住。目前誰知情？」賴弗利問。

「你、我、孟洛。」

「你確定？」賴弗利確認。

「如果你正在想，他是不是喝個爛醉後在他情婦面前說溜嘴，還被錄下來，我只能說我手邊沒有任何錄音。但我懷疑自己的判斷？不，我相信整件事可以追溯到多年之前。」卡倫納說。

「為什麼不往上報？」賴弗利問。

「我想先起訴謀殺瓊斯的凶手。因為一旦他們得知我們查出了內應，肯定人間蒸發。再說，那名警官的官階比我高，所以不能只是攤開一些看起來只是失誤的證據，或是過早的通聯紀錄。」

賴弗利從座位靠向前。「拜託別告訴我，我們打算搞掉一個該死的總督察，牽連進去恐怕連工作都不保。我知道你在國際刑警組織有類似的經驗，還要再來一次？你考慮清楚，好嗎？」

「這是組織犯罪。主要的玩家離開街頭好一陣子，但最近重操舊業。警佐，還會死更多人，必須阻止他們，還有狄米崔，你對這位總督察有什麼看法？」

賴弗利隨即歪著嘴笑了。卡倫納覺得警佐聽到狄米崔的名字並不意外。「一小群老派人士喜歡他，還有些年紀較輕的人，這些人為了定罪，什麼都做得出來。」賴弗利說：「上面喜歡他，因為他使命必達。但我可是一點也不信任他。你必須在夠大的案子裡證明他的罪行，不能拖泥帶水，不然我們都得煩惱上哪領退休金了。」

「你可以選擇沒聽到這件事。你不想冒著風險失去工作，我完全理解，交給你決定。」卡倫納說。

「總不能讓昔日的鬍後修容水模特兒一個人搞這件事吧？你可能會斷上幾根指甲。還有你的口音，鬼才聽得懂你在說什麼。當你指控狄米崔刺殺甘迺迪，可沒人知道你嘴裡在含糊些什麼。長官，撇開我個人對你的感覺，團隊就是團隊。此刻你在蘇格蘭，我們這裡就是這樣做事。」

52

崔普、孟洛和另外三名警員拿著九本卷宗走進艾娃的辦公室，眾人坐下來。

「我們知道什麼？」艾娃問。

「目前找到的克里斯欽．卡多根，裡頭兩人有軍事背景。」崔普說：「其中一人曾在活躍戰區服役，另一人是飛官教練。我們審查過背景，兩人都沒有懲戒紀錄。」

「可能在目睹軍事行動之後，罹患上創傷後壓力症候群，因此出現幻覺，變得具危險性？」艾娃問。

「醫療報告上沒有特別說明。退役時沒有得到表揚，目前任職於私人保全公司。」崔普說：「九個克里斯欽中，從年紀可以排除三個，兩個不是白人，只剩下四個。」

「我們從駕照及行照監理局調資料，與護照署交叉比對之後，找出可能的人選照片，但看起來都不像。」孟羅說。

「髮色能換，瞳孔就戴角膜變色片，臉上還可以打填充物。照片或許能騙人，也或者他目前的樣子才是偽裝。這麼說來，名字可能是假的，但我們只掌握這些訊息。我要向這四個人問話，我是指今天。聯絡相關轄區分局，我要向上頭回報，擴大搜查範圍。我們還掌握到什麼？」艾娃問。

「蘭道提過自己會彈吉他，他姊姊說他會去一間夜店表演，顯然他的家人很清楚這件事。

他母親雖沒有明說，但她希望蘭道能在自我約束下發揮自己的才能。」崔普說：「那家酒吧叫做琴衍。我向前往酒吧提供克里斯欽・卡多根畫像的警員確認過，員工都證實畫像裡的男人來過，也看見男人多次找蘭道攀談。經理透露，店內的女酒保似乎和卡多根有過一夜情。正在等女酒保的地址，然後我會直接過去找她。有趣的是時間點，蘭道和卡多根在酒吧裡互動好幾個月，這代表卡多根先認識蘭道，才去柯蒂莉亞的慈善機構申請當志工。」

「你覺得柯蒂莉亞會成為目標，是因為蘭道？這模式怎麼套用在莉莉與米娜身上？」艾娃問。

「我不確定。但所有人都說姊妹倆感情甚篤，她們父母、米娜本身、朋友，甚至在她們的社交媒體上都寫滿了對彼此的愛。」崔普說。

「傑若米就是克里斯欽，捏造的姓氏是德勒，」孟洛插嘴：「意為哀痛，這就是他的目標。謀殺只是附加行為。他跟兩個年輕人做朋友，找出他們愛的源頭，然後奪走它。」

「這也許能夠解釋他為什麼不在乎是否待在命案現場。」艾娃說：「殺戮不是重點，他想第一手近距離感受米娜與蘭道的哀痛。」

「真他媽的變態。」另一名警員低聲說。

「變態很危險。」艾娃說：「崔普，向大眾公布畫像，先不要提名字。讓懷疑自己見過他的人都能聯絡上我們。如果讓他跑了，他會逃出國，換個名字繼續做案。去找那名女酒保，看她知道些什麼。親自去查訪那四個克里斯欽・卡多根，一有消息直接向我回報。時間不多了，沒有進展，誰也不准下班。」

「嗨，你好嗎？抱歉，你可能不記得我了，我們在劇場試鏡時見過面。我叫傑克森，你是尚恩，對嗎？」男人伸出手。

尚恩回握男人的手。「的確是美好的回憶。那天超瘋的，雖然回想起來印象都有點模糊了。你吃午餐了嗎？這間酒吧很不錯，但離劇場太近了。通常我會逼自己過門不入，而不是溜進來買三明治。顯然今天意志力不夠堅強。」

「哦，我約了朋友來喝點東西，但她的車誤點了。這裡似乎真的離劇場很近，我完全沒想過這件事。你最近在排什麼？」傑克森坐在椅子邊緣，尚恩嚥下另一口三明治後才開口。

「藝術協會委託我們表演一齣了不起的戲，講述一個世代的消亡，新時代誕生。從先人鬼魂的視角切入，主題是失落、懊悔、渴求與變遷。寫得很美，你該過來看看。」尚恩問：「你呢？目前在哪工作？」

「加減這裡幫個忙、那裡打個短期工，演員的生活就是這樣，你很清楚。」

尚恩大笑起來。「我清楚過嗎？你要過來坐？我就是匆忙填點肚子，然後要回去了，我沒在等人。」

「坐一會也好。」傑克森說：「我出來逛街，雖然現在什麼也買不起。對了，我有明晚夜店的免費入場券，『失落男孩』，你知道那裡？」

「知道。我禮拜五晚上也常跑那裡。你跟誰去？」尚恩問。

「明天是『孤家寡人』之夜。我剛搬來附近，想過去認識新朋友。」傑克森說：「只是我完全不曉得去夜店該怎麼穿，每次就我看起來最突兀。」

「牛仔褲就好。」尚恩說：「低調一點，別太誇張。聽著，你想約在哪裡碰面嗎？我認識很多人，可以幫你介紹，讓你更快熟悉環境。我知道在新城市展開新生活的感覺，要不是遇到我的布萊德利，我可能很快就會放棄，滾回貝爾法斯特。」

「我不想給你添麻煩。」傑克森說。

「別說傻話，反正我們每次最後都會去那裡喝幾杯小酒。先約十點，好嗎？我們在門外見。」尚恩說。

「我不推辭了，」傑克森起身。「但你得讓我請客。我得去買新的牛仔褲。明天見。」

克里斯欽等他轉進巷子後，傳訊息給布萊德利。

「我等不及了。我和未婚妻分手果然是正確的。我現在滿腦子都是你，我們明晚可以聊聊嗎？我早一點有事，但十點半可以找地方見面。」他按下傳送鍵。

五分鐘後，布萊德利回覆：「尚恩明晚要去夜店。我找了藉口，如果你想過來，公寓裡只有我們。」

「你可以就好，在室內多點隱私也比較好。傳地址給我，我好期待。」克里斯欽回覆，然後收起手機。他的確要上街採購，但那不是商業區能買到的。他和一個男人約好了，男人只有名字，沒有姓氏，名字恐怕也只是個代號。他想不起來到底叫什麼，阿狼？郊狼？反正是犬科動物，明顯向當局宣示他的行動既不需繳稅、也並不合法。然後克里斯欽需要休息。他疲憊時還是可以行動，但記憶不會太清晰，也無法徹底享受。布萊德利想要他，卻依舊愛著迷你又親愛的尚恩。這一次會是失去與罪疚的異樣結合，就像蘭道。那男孩自殺了，必然的悲劇，克里斯欽從見到他的那一刻就預見了。無論怎麼看，蘭道都是個悲劇人物，受耳語影響而相信自己怨恨母親，開口閉口卻是他多麼依賴她、對她的愛多深。他對克里斯欽談到他暗戀的對象，婊子酒保妮姬，但他很確定她不會多看蘭道一眼。幾瓶啤酒、傾聽、在她床上睡一晚就搞定了這件事。他不能讓男孩蘭道在需要陪伴時找上別人，這樣會破壞他的目標，就像布萊德利。克里斯欽會在他最需要的時候，出現在他身邊。

53

琴衍酒吧人見人愛的女酒保妮姬・布雷克瓦特打開家門，她住在克雷格府聯排街道上，穿了一件T恤和睡褲。她上下打量崔普。「什麼事？你是警察？罰單我早就繳清了。」

「布雷克瓦特小姐，妳沒有任何麻煩。我們能進去聊聊嗎？」崔普問。

「聊什麼？」她問。

「這個男人。」崔普拿起克里斯欽・卡多根的畫像。「琴衍酒吧的經理認為妳應該能和我們聊聊他的事。」

「就五分鐘。」妮姬嘆了口氣。她退回空蕩蕩的屋內，讓崔普跟著她進去，然後一屁股坐在床上，點起香菸。

「妳介意我開窗嗎？」崔普問。

「你介意讓冬天快滾、夏天快來，然後幫我付暖氣帳單嗎？」妮姬一臉不悅。崔普只能盡量在離菸味最遠的地方站定。「你想知道什麼？」

「他在琴衍酒吧用的是什麼名字？」崔普問。

「我叫他克里斯欽，但我想他的真名應該更特別。」妮姬說：「他幹了什麼好事？」

「我們需要排除他參與一連串嚴重犯罪事件的可能性，任何能夠協助我們找到他的資訊都很重要。我們不會公開妳透露的訊息，如果這樣說能讓妳自在一點。」崔普說。

「哦，我的老天，超級專業的條子口吻。你知道多少？」她問。

「我們曉得妳和克里斯欽曾發生關係，抱歉問起隱私，但這一點很重要。」崔普說。

「差不多三個禮拜前上過床，如果你是要問這個。」她說。崔普皺起了臉。「之後那混蛋再也不打電話來，再也不去酒吧，只留下一條該死的髒床單。不管他幹了什麼，我再也不想見到他。」

崔普盯著她正慵懶坐著的床鋪，床單上有一條髒汙的毯子，邊緣發灰，枕頭套上隱隱閃著黃色油光。

「呃，妮姬，接下來的問題可能有點私人，但我並無冒犯的意思。克里斯欽來過夜的那一晚之後，妳洗過床單嗎？」

「你嫌我髒嗎？」妮姬說：「兄弟，這裡可沒有洗衣機，我的薪水連最低工資都不到，而且凌晨三點才下班，你覺得我會想耗在洗衣店？你又多久洗一次床單？」

「我完全沒有貶低妳的意思，我也無法想像妳的生活過得多辛苦，但妳至少有工作，妳得自豪，很多人連工作都懶得找。但如果妳沒洗過床單，克里斯欽的DNA就可能還在上面，我們說不定能因此找到他，妳可以協助我們拯救更多人命。我需要帶走床單和枕套。因為會列為物證，無法歸還。但我可以給妳二十鎊，購買一套新床單。妳只需要提供一份關於克里斯欽的聲明，告訴我們上頭還有誰的DNA，我們就能排除其他人。」

「只有我的DNA！你這下流的混蛋。只因為我是酒保，就以為我很隨便嗎？」

「不、不是這樣，只是程序上我需要確認過。可以請妳起來，讓我拆下床單？」然後崔普從皮夾裡抽出二十鎊的紙鈔交給她，從另一個口袋裡抽出證物袋。十分鐘後，他朝實驗室疾駛而去，警示燈閃個不停，警笛響個不停，同時將狀況回報給勤務中心。

「早就該召開那該死的記者會。」歐韋貝克警司對艾娃說：「我不會站在那裡幫妳開，那個毫無根據的連環殺人魔風暴可和我一點關係也沒有。別推到部屬身上，通納，扛起該負的責任。升官就是要負責。」

「長官，我明白。但可以交給公關部的同仁公開嫌犯畫像，宣讀聲明就好，沒必要我親自出面。」艾娃說。

「因為妳忘了是我叫妳召開的。如果妳想知道，我正準備向警政委員會解釋一名受害者的兒子為何突然自殺，而事發當時，妳和崔普警員就在他家問話。所以我的建議是：聽從命令，別再增加我對重案組的不信任。這樣如何？」歐韋貝克說。

「妳說得非常清楚。」艾娃說：「蘭道．穆爾的報告明天一早會擺在妳桌上。」

「今天午夜之前電郵寄給我。我明天要在委員會上替妳求情，提出讓那票人接受的理由，同時解釋為什麼我認為妳還適合擔任總督察。如果這麼說有幫助的話，妳接下來得讓市民躺上床時不需煩惱連環下毒殺人魔就在愛丁堡街頭、甚至和他們的孩子交朋友，這樣妳或許還能保住妳的飯碗。」歐韋貝克掛斷電話。艾娃看著話筒。很嚴厲，但歐韋貝克只是說出艾娃該負起的責任。不開記者會當然是下下策，但背後的原因只有一個：就算鬼爪和派瑞之前沒認出她，這次鋪天蓋地的報導總該知道了。說這些都太遲了。歐韋貝克是對的，艾娃的確該替蘭道．穆爾的死做點什麼。

她打電話給公關部。「一小時後開記者會，各家媒體統統找來，說明是大消息。我們需要最大量的報導時間與版面，網路媒體也要。」

公關部進入備戰狀態。截稿期限不成問題，這種新聞會增加讀者和銷量，媒體會搶著報導。一小時內電話會響起，一響就是整晚。他們一一聯絡，先打給電視臺，然後是大型新聞平臺，最後聯絡網路新聞，不只寄電子郵件，還撥打手機，確保對方會出席記者會。

聯絡名單最後，公關部的同仁撥打蘭斯．普羅孚特的手機，轉進語音信箱。警官掛斷電話，再撥一次，這次響到一半還沒轉進語音就斷了。只能放棄，聯絡下一名記者。就在同一時刻，蘭斯的手機永遠關機了。

54

波拉克絕對不是格拉斯哥最高級的地段（賴弗利是這樣向卡倫納介紹的），他們開車經過時也證實了這說法。這一趟的目標是「戀乳癖」僱用的壯漢布萊恩・派瑞。附近屋舍顯得死氣沉沉，也許是十二月的緣故，街道上人們都拉起連帽上衣的帽子，避免接觸路人的眼神，感覺不像是一座社區。賴弗利警佐刻意放出風聲，讓狄米崔的幾個警隊熟人得知重案組在路易斯・瓊斯案已取得重大進展，預計凌晨三點，趁嫌犯毫無防備之際進行突襲。下午三點，他們來到派瑞的公寓。事前向附近轄區快速確認過派瑞是獨居，這才挑選他，而不是有三個孩子的鬼爪。今天太漫長了，但卡倫納的理智告訴他，賴弗利這幾個小時的抱怨到頭來會很值得。

他讓賴弗利上前敲門，他站在轉角等。這是賴弗利的主意，用警佐的話說，派瑞不會替一個看起來像女性內衣銷售員的人開門。卡倫納坦承，賴弗利可以再委婉一點，但他說得沒錯。

賴弗利大力敲著門上內嵌的玻璃好幾次。幾分鐘後，巨大模糊的身影出現。

「你搞什麼？」派瑞開了門，語氣顯得很不耐煩。

「我老闆有些資訊要給你老闆。目前案子很熱，不適合直接去奶子店。我們覺得有人跟監。」賴弗利說。

「你怎麼找到我的？這事通常是鬼爪負責。」派瑞口氣上略顯不滿。

「你白痴嗎？我們是條子，找人是我們的工作。狄米崔說你會幫忙。快讓我進去，免得全波拉克都知道條子在你家門口噓寒問暖。」

「媽的就是一堆破事。」派瑞咕噥著開了門。「我已經下班了，應該要躺在床上。我凌晨兩點才離開俱樂部，你們這些混蛋都不休息的嗎？快點滾進來。」

賴弗利走進廚房，掏出電擊槍，正對派瑞裸露的胸膛。「聽我的建議，別想跑。這鬼玩意兒直接接觸皮膚會痛得你想死。」卡倫納從他身後一個箭步進屋，鎖上大門。

派瑞雙眼圓睜，顯得很驚慌。「哦，少來，老兄，我這輩子被電的次數夠多了。狄米崔不能這樣對我，他不會想跟雷蒙搞壞關係。你們腦子壞了嗎？」

「冷靜點，派瑞先生。」卡倫納說：「別擔心，你只要乖乖聽話就不會受傷。你家有咖啡嗎？」

「你是誰？」派瑞大吼：「他又是誰？」他面對賴弗利，指著卡倫納。「我見過狄米崔的人，我肯定沒見過他，這張臉我會有印象。」

「我們只在特殊場合才會派出花瓶警察。」賴弗利說：「好了，你在廚房坐著比較舒服，還是要去客廳？坦白從寬，我們也許會讓你穿上毛衣。你那胳肢窩的高度對著我的鼻子，我覺得自己不是很受歡迎。」

「你不是狄米崔的人。」派瑞咕噥著，朝客廳走去，又回頭望了一眼。

賴弗利微笑。「兄弟，我當差三十年了。你以為我看不出來誰想突襲我嗎？我希望我們能夠更文明一點，但這是你自找的。小子，趴在地上。」

「我夠配合了吧。」派瑞說。

「我很滿意。現在，趴在地上，手指放腦後。」賴弗利將電擊槍前移，離派瑞的脖子不過幾公分。「你該見識這玩意兒留下的傷疤。要是身體不好，說不定還會心臟病發。我希望你不介意我這麼說，但多曬點太陽補充維他命D，還有放下那包薯片會是個好主意。」

派瑞冷不防推開電擊棒，一路沿走廊狂奔。卡倫納快速跟上，猛力踹在巨漢的膝窩，只見他重重跌在地上，膝蓋骨重擊磁磚的聲響讓賴弗利皺起臉。

「哦，拜託，就叫你別跑了。如果膝蓋還沒碎，我可會很訝異。」賴弗利一腳踢向派瑞的肋骨。巨漢縮成一團，緊抱膝蓋。「我別無選擇，只能把你綁起來，這樣你就沒手端我泡給你的茶了。」

卡倫納拉起椅子，抓著派瑞的手臂，拉他起身，拿出手銬固定他的雙手。

「別碰我的腿。」派瑞尖叫著。「我的右膝碎了，我發誓是真的，我得去醫院。你們這些混蛋！先是那該死的女警電我下面，你們又弄斷我的腿。哦，真他媽的痛死我！」

「哪個女警？」賴弗利問卡倫納。

「別問太多。」卡倫納說：「這下跑不掉了吧？」

「我看哪兒都去不了。」賴弗利說：「如果你要泡咖啡，我強烈建議在燒開的水裡燙過杯子。我直覺這位派瑞並不擅長做家事。」

卡倫納笑了笑，問：「加糖嗎？」

「兩顆，謝謝。長官，你真是太好了。」賴弗利說。他的規矩是有茶喝，就要好好享受一番。賴弗利總說，你永遠不知道哪杯茶是你這輩子的最後一杯。

55

艾娃一一檢視英國境內幾份克里斯欽・卡多根的檔案，毫無幫助，全都可以排除。記者會後回應逐漸湧入，重要的是持續追蹤通報進來的消息。琴衍酒吧的常客和柯蒂莉亞・穆爾公司附近的書報攤聯絡警方，成功指認了卡多根，但沒有進一步的消息。

崔普在實驗室等待床單的化驗結果。有些事急不來，但艾娃命令他在現場等候檢測結果出爐。

「假設克里斯欽・卡多根不是真名，一來這個名字只是他企圖浪費警方時間的偽裝，二來也許對他而言具有特殊意義。」孟洛提出想法。

「說下去？」艾娃闔上桌面的卷宗。

「不知道，文學意涵？邪教領袖？還是音樂人？畢竟他刻意前往琴衍酒吧鎖定獵物？也可能是任何人。」孟洛說。

「的確，很難再跟進了，妳看看還能查到什麼。妳有賴弗利警佐的消息嗎？他沒接手機。」艾娃說。

「我一調回卡多根案，他就和卡倫納督察外出，之後沒在案情室見過他們。我請勤務中心確認他們是否有任何回報？」孟洛說。

「不用了，我來聯絡卡倫納督察。」艾娃說，孟洛走出辦公室。

卡倫納也沒回電，沒有人知道他們去哪裡。但不管他們去哪裡，看來沒有開警車，而是私家車。一股不安從內心升起，艾娃心想，卡倫納會照顧好自己和同事。他們分頭追查不同的案子，艾娃需要專注在眼前呼之即出的凶手。

桌上的電話響起，她連忙抓起話筒。

「通納。」她說。

「長官，我是崔普。DNA結果出來了，正在比對資料庫。目前有任何進展嗎？」

孟洛沒敲門就走進來。

「崔普，等等。」艾娃問孟洛：「怎麼了？」

「我們找到另一個很有意思的克里斯欽．卡多根。」孟洛說。

「崔普，我開擴音，你一起聽。」艾娃說：「有地址嗎？」

「不太算。」孟洛說：「除非海田墓園也能叫地址。」

「妳說的克里斯欽．卡多根已經死了？」崔普問：「那怎麼會有幫助？」

「聽我說完。」孟洛說：「這裡有一份檔案，我念大綱給你們聽。其實裡面還有幾張照片，我很少看到照片會感到噁心，但我不得不先將照片塞到後面。檔案中的克里斯欽．卡多根死在警方的拘留所，他之所以被逮捕，是因為幼兒園聯絡社福機構，通報一名男孩幾個禮拜都沒去上課，而他們聯絡不上他母親。男孩當時五歲，剛上學，老師們都不太熟悉他。社福機構還有份報告，來自第一位進入男孩家的警員，那是一份相當黑暗的陳述：

『接到社會福利處通知要求警方介入後，我中午十二點半就到了。我聽到屋內傳出孩子的哭聲，我先按電鈴，又敲了好幾次門。但是屋內都沒有回應。我翻找信箱，想從投遞口往裡看，卻聞到一股可怕的氣味，情況顯然非常不妙。這個階段我還看不到屋內的動靜，也不確定裡面是否有人。公寓在一樓，我繞公寓確認是否有開著的窗戶。這時孩童的哭聲更清楚了，我敲窗戶，想引起室內的人注意。我也呼叫支援，通知其他警員前來協助。』這裡附上建築的平面圖。」孟洛一邊說，將一份文件遞給艾娃。「這些照片是當時屋外的狀況。」

艾娃翻看照片，窗戶髒汙不堪，完全看不到屋裡的狀況。照片中訴說著一個衰敗而孤獨的故事。破掉的玻璃外只蓋上一片木板，似乎沒換過，窗框剝蝕，完全擋不住寒冷，水溝往上的外牆看起來好幾年沒整理過了。

孟洛說：「支援抵達之後，警員繼續他的陳述：『經過商議，我們根據校方與社福機構提供的消息，並且基於未成年人的福祉，決定立刻強行進入。鑰匙沒有插在門鎖上，我們先以警棍敲破後門的玻璃，一邊踢門，破壞門鎖，終於進到屋內。一開始我們別無選擇，裡頭瀰漫著強烈的腐敗氣味，只能先待在屋外，遮住口鼻，我的眼睛幾乎要嗆出淚水。我朝屋裡大喊，表明警察身分，要求住戶立刻出面。這時孩童的哭聲消失了。』」

「『我率先進屋，然後是哈欽森與德拉威爾警員。我們穿過廚房，桌椅都翻倒了，水槽裡大量的毛巾抹布看起來像是用來擦拭人類的糞便。這時客廳傳出動靜，我們再次表明警察身分，並且說明因勤務須強制進入居所。我抽出警棍，準備好自衛，也打算讓可能的襲擊者繳械。但對方沒有反應。』長官，這是廚房的照片。」孟洛將一疊褪色照片交給艾娃。艾娃看了一眼，就扔在辦公桌上。

「繼續。」艾娃低聲說。

孟洛咳嗽一聲，微微皺眉，接著唸：「『我們在客廳看到一個男人抱著小孩，估計孩子約

四、五歲，男人蜷縮在角落的貴妃椅旁，將孩子緊抱在胸口。男孩低聲抽泣，但也緊緊抓住男人，身體明顯顫抖。孩子渾身赤裸骯髒。來到客廳之後，惡臭愈來愈明顯。我們看見扶手椅上有一具裸體女屍，屍體已經腐爛了。這時我的同事從後方跟上來，但味道太可怕，哈欽森警員不得不離開犯罪現場，跑去外頭嘔吐。』要繼續唸嗎？」

「哦，天啊。」崔普說。

「盡快結束。」艾娃說。

「『我請男人交出孩子，但他沒有反應。我試圖說服他，但聽不懂他口中在說什麼，我猜也許是酒精或藥物的影響，或兩者都有。我放下警棍，高舉雙手走向前。這時，男人伸手進沙發坐墊的夾縫間，抽出一把手槍。他拿槍瞄準我，又指自己的頭，最後壓在男孩額上。我連忙退後，男人咆哮起來，孩子放聲大哭。他身體抽搐，變得很不穩定。等我們朝廚房退後時，狀況已無可避免升級為衝突場面。孩子尖叫，聽起來很絕望。男人不斷大吼，叫孩子閉嘴。我企圖再次和男人溝通，沒有奏效。他將槍口用力抵在孩子的額頭上，扣下扳機。那瞬間，子彈沒有射出，我和德拉威爾警員雙雙衝上去擒抱男人。他放下孩子，拒捕，但我們壓制住他，讓他無法行動。我們將他上了手銬，帶離屋子。』接下來是鑑識證據裡相關的段落。」孟洛停頓。

「這是病理學家的陳述：『死者為女性，年紀約二十二到二十五歲。評估已死亡兩週，多處腐爛。屍體下方的座椅材質吸收了滲出的體液，但她可能未斷氣前就大小便失禁。死因是使用鴉片類藥物後引發的呼吸衰竭。她體內與組織樣本中驗出極高劑量的鴉片類藥物。手臂上的針孔說明生前長期濫用藥物，以至於失去意識、呼吸停止，之後腦功能喪失。有一點需要特別注意，她左大腿外側有一處針頭的穿刺傷，刺得很不準，看起來不像死者自行造成。證據顯示死者慣用右手，不太可能從左大腿外側下針。傷口表面口徑較大，暗示了刺入時的晃動與力道，不同於施用毒品者常見的傷口。該針孔下方有個四公分的刮痕，顯示出針時的粗暴與草率。針孔周遭的瘀青符合刺入時的力道。針頭進入的軌跡與大腿外側呈精準的九十度直角，不像一般施用毒品者的手法。她腿上只有這個針孔，該區域的皮膚也沒有發現任何疤痕。她臉上可見撕裂傷與瘀青，死前應該曾與人發生肢體衝突。身上有更早之前造成但沒接回去的骨折，以及較近期的顴骨碎裂，還沒癒合。』以上是主要的驗屍結果。」

「卡多根後來死在警方的拘留所裡。」艾娃說：「死因是什麼？」

「用床單上吊。那是二十年前，拘留所裡沒有監視系統，沒人發現，甚至沒人因此遭到起訴。」孟洛說。

「警方對卡多根了解多少？」崔普問。

「他案底很厚，青少年時期犯下不少輕罪，二十幾歲後幾乎是毒品相關犯罪、持有槍械，販毒過程的暴力和逮捕紀錄，沒有重罪。但警方確定他持續販毒，死亡時三十八歲。之後由政府出錢火化，骨灰撒在墓園。紀錄上沒有家屬姓名，驗屍報告指出長期施用毒品。」

「這和我們這位年輕的卡多根有什麼關聯？」崔普問：「他是男人的家屬，要為死在拘留所裡的家人尋求遲來的正義？」

「似乎不是。」孟洛說：「有意思的是，紀錄顯示男孩長達好幾個禮拜都沒開口，一個字也不說。社工安慰他，告訴他卡多根死了，沒想到男孩崩潰了。社工對此出乎意料。他們原以為他的激動是出於欣喜，沒想到之後出現暴力行為，情緒也變得不穩定。他不斷搖晃身體，還咬傷自己，兩天後終於開口，描述案發時的狀況。這裡有文字陳述，男孩說：『他來，給媽咪東西讓她睡覺。媽咪要我待在廚房。我不想。我想要上學前去看他。媽咪對我吼，要我回廚房，但他笑著想抱我。媽咪說不，開始打他。媽咪對他叫，他笑得很大聲。媽咪打他，他生氣了，不肯走，媽咪對他尖叫。他們打架，他打媽咪，媽咪睡著了。我想叫醒她，她不醒來，他不走。他說我不用去學校，他說他沒有家，可以和我住在一起。我每天都去叫媽咪起床。他說我可以把他當成爹地，因為我已經沒有媽咪了。』這是社工問出來的內容。男孩後來進入不同的寄養家庭，轉介到一般醫院進行後續的心理評估，但沒有掌握他成年後太多資訊。」

「孩子眼睜睜看著母親被殺，然後和凶手一起生活兩個禮拜。凶手照顧他，自稱是他的爸爸，這種恐怖故事是怎麼逃過社會安全網的？」崔普問。

「比你想得容易。」艾娃說。

「男孩後來怎麼了？」崔普問。

「不清楚。他的名字是傑森．艾姆斯，鄰居說他母親都叫他J，當時五歲。但顯然現場警員覺得他年紀較小，應該是體重太輕，看起來營養不良，不像五歲的孩童。青少年時期還有警方紀錄，大多是街頭鬥毆，但之後就消失得無影無蹤，沒有領取福利補助，沒有已知的地址，一點消息都沒有。」孟洛說。

「J。」艾娃打開莉莉．尤思提斯的檔案，翻開手機通聯紀錄。「莉莉的聯絡人裡有個叫做喬（Joe）的人，但回撥是空號。沒有更多線索了，兩人的訊息也都已刪除。」

「可能是任何人。」孟洛說。

「對，但我們有另一個名字傑若米（Jeremy）。這個名字也是假的。」艾娃說：「檔案裡有傑森．艾姆斯的DNA嗎？」艾娃問孟洛。

「有，還有照片，但那是十年前的照片，我猜他的外表有些變化。他當時年紀還小，傷害罪只判社區服務，但有DNA紀錄。」孟洛說。

「崔普，看看你手邊的DNA能否比對出傑森．艾姆斯。孟洛，妳去找肖像師合作，或許傑森拘留時的照片能推測出十年後的長相，再比對目前克里斯欽．卡多根的畫像。」艾娃說。

「長官，還有什麼事嗎？」孟洛察覺艾娃的表情。

「有，讓媒體幫忙曝光。我要做出聲明，宣布畫像裡的男子也許會使用J開頭的名字。我們必須盡快找到傑森．艾姆斯，無論他腦袋裡描繪出多詭異的世界，我都可以向妳保證，他還不打算停手。」

56

事實證明，布萊恩．派瑞沒有受到賴弗利警佐的眷顧。他試圖尿遁，很快在他這輩子注定爬不出去的小窗戶口被拖了下來；他假裝跌倒昏迷，賴弗利使勁擰他大腿內側的皮肉讓他尖叫出聲。兩個小時，綁縛、封口、性命威脅，這些招數賴弗利都用上了。卡倫納還在國際刑警組織時，不曾用過這些控制罪犯的手段；但說起來，賴弗利也完全不像他過去那些夥伴。派瑞的手機響個不停。他們讓手機響，不回電、也不回訊息，誰急著找派瑞，就得親自登門。

差不多五點，門鈴響了。卡倫納稍微整理客廳，威脅派瑞照章行事，不然小命不保。他們讓這名不滿的巨漢手腳恢復自由，讓他坐到舒適的椅子上。一取下封口膠帶，派瑞的髒話如連珠炮般噴發，直到賴弗利將電擊槍塞進他嘴裡，他才閉嘴。接下來，吵鬧的派瑞安靜下來，無比配合。原來極富創意的賴弗利警佐在扶手椅後方開了一個孔，讓他能隱身在椅子後方，持電擊槍穩穩抵住派瑞的背。卡倫納看在眼底，幾乎就要原諒賴弗利所有的挖苦與嘲諷。卡倫納從臥室的窗戶查看街道，然後躲進客廳與走廊間敞開的門後。

「說話。」賴弗利對派瑞低語。卡倫納望向眼前苦著臉的巨漢，電擊槍正抵著他的後背。

「門沒關。」派瑞大喊，毫不掩飾他冷淡的語氣。

廚房門的鉸鏈發出聲響，然後門被甩上，有人接近，腳步聲在黏膩的廚房油氈地板上變得微弱。

「為什麼整天不接電話？你知道警察要去突襲店裡，找出那裡跟……你的眼睛是怎麼回事？」狄米崔不滿質問。

派瑞不住咳嗽。

「起來，穿個鞋子，找地方躲起來。別去俱樂部。再十個小時警方會展開突襲，但他們會先觀察那一帶。雷蒙要你暫時別露臉，直到我們想出搞定這一切的方法。」狄米崔說。

「辦不到。」派瑞嘟囔著。

「辦不到什麼？你這白痴。」狄米崔說。

「我站不起來。」派瑞說。

「最好你站不起來。我說你，快穿鞋子。」狄米崔上前，抓住派瑞的肩膀，想拉他起來。

賴弗利冷不防起身，手裡的電擊槍對著狄米崔的方向。

「搞什麼？」狄米崔怒喝：「你知道我是誰？蠢蛋，放下電擊槍。」

「你看，這就是我不喜歡高層的原因，一點也不謙虛，完全不懂得怎麼好好對下屬說話。」賴弗利說。

派瑞正想靠向牆壁沿一側逃跑，卡倫納從門口走進來，將巨漢推回椅子上。

「你們都坐下。」卡倫納說。

狄米崔立刻轉身，瞪大眼睛。「我認得你。」

「那我就不浪費時間自我介紹了。」卡倫納說：「交出車子的烤漆斑塊。我說的是瓊斯出車禍之後，送去實驗室途中消失的證據。你藏去哪裡了？」

「蠢蛋，早就沒了。」狄米崔說：「你們膽敢提出進一步要求之前，我們務實點吧。我不只官階比你高，我在蘇格蘭警署服務的年資會讓你的陳述變得無足輕重。所以一切到此為止，我這就離開。顯然沒有突襲行動，你們根本找不到證據，也沒有逮捕依據。我建議你們不要再騷擾這位無辜民眾，你們非法囚禁，他可以去提出正式申訴，甚至控告警方傷害。卡倫納督察，你在蘇格蘭的執法生涯會就此畫下句點。還有你，無論你是誰。」他對賴弗利說：「你差不多可以領退休金了，快點申請，快點滾蛋，要不然我會確保你們連下個月的薪水支票都看不到。」

「哎，長官，能不能快點告訴他？那張臉好蠢，我快看不下去了。」賴弗利說。

「我要那把殺害路易斯．瓊斯的槍。」卡倫納說：「還有，別再假裝烤漆斑塊已經銷毀了。如果我是你，我會保存所有證據，以防哪天需要搬出來自保。你放在哪裡？我猜是保險箱，但不在你辦公室。畢竟要是你出事，就會被警方查到。」

「我受夠了。」狄米崔說：「但我離開前需要私下和派瑞先生談話，兩位請走吧。」

「哦，我才受夠了。總督察，你上電視嘍。那裡的花盆，咖啡色、幾百年沒澆水的那盆，旁邊的手機都錄下了。」賴弗利走過去拿起手機，交給卡倫納。

「你們這麼做有什麼好處？」狄米崔說：「虐待一個沒有犯罪事實的人，犯下多條重罪，你們惹上的麻煩可不會比我小。而你們要指控我什麼？不當處置證據？」

「我們會從妨礙司法公正出發，當我足以證明你涉及路易斯．瓊斯的命案，你肯定逃不了謀殺這一條。我猜這應該能說服你配合調查。」卡倫納說。

狄米崔從口袋裡快速掏出手槍。「你知道，對於一名顏面盡失前廣受讚譽的國際刑警組織探員而言，你的準備工作糟透了。你覺得我會空手而來？交出手機的晶片卡，只要將手機和晶片卡丟進熱水，短短幾分鐘就不管用。派瑞，幫忙燒水，好嗎？」

「事實上，國際刑警組織讓我真正學會的是科技的使用與新知。手機已經將影像傳送到我的社交媒體。那裡需要密碼，目前設定不公開，但我可以改變設定，讓每個人看到我們剛剛的對話。」

「你這是要我殺了你。」狄米崔問。

「恐怕沒有幫助。我在座位上留了一個信封給通納總督察，要是我沒回去摧毀信封，她就會看到內容，包括可以觀看影像的密碼。你可以放下槍了。」卡倫納說。

「哦，兄弟，這兩個傢伙快搞死你嘍。」派瑞悄聲地說。

「滾出去。」狄米崔告訴他。

「但我該去……」派瑞說。

「臥房，現在就去，音樂放大聲點，銬上他。」狄米崔對賴弗利說。

卡倫納等派瑞被牢牢銬在另一間房、聽不到他們對話時才坐下。「要是我們拿不出能將殺害瓊斯的凶手定罪的證據，就得交出目前掌握到關於你的證據。我今天就要，別拖時間。」

「你完全不曉得你們攪和進什麼事。」狄米崔說：「這不是你們平常該辦的案子，你們不會想惹這些人。」

「聖萊納分局打電話到路易斯·瓊斯的廢車場，是在瓊斯的車禍通報前沒多久撥打的，是你打的。你威脅他？說他要被逮了？還是幫崔斯柯討債？」賴弗利問。

「你這蠢蛋，我是叫他快跑。你覺得我希望在我的轄區內見血嗎？還以為那兩個傢伙入獄後，我就可以放下過去。沒想到雷蒙出獄後一切打回原形。」狄米崔說。

「為什麼要湮滅證據？你其實有機會結束這一切。」賴弗利說。

「你以為這麼簡單？年輕時做過的事都會留下痕跡，有些痕跡永遠不會消失。我當時做了一些我並不自豪的事，時間無法倒流，我的家人付出了代價，崔斯柯就是這麼幹的。你必須停止你正在做的事。」

「做不到。」卡倫納說。

「拜託，路易斯．瓊斯是他們的人。他陷得可深了，為什麼要幫他討公道？他提供了綁架通納的車子，你還拚了命要找出殺他的凶手？你有什麼毛病？」狄米崔怒吼。

「這不關瓊斯的事。」卡倫納低聲說。

「你說什麼？」狄米崔說。

「賴弗利，讓我和狄米崔單獨談話，好嗎？」卡倫納問。

「長官，恕我直言，他口袋裡有槍，這樣不成。」賴弗利說。

「交出來。」卡倫納對狄米崔說，他不加思索就掏出槍交給警佐。賴弗利微笑收下手槍，然後離開。

卡倫納緩緩開口：「我只說這一次，你聽好。沒錯，我的確不喜歡瓊斯，但我在乎貝格比。那也是你率先趕到的謀殺現場。今天就把我要的東西交給我，因為你涉嫌殺害另一名警官。上了法庭，你當年的豐功偉業都只是兒戲。而我可以從過來人的經驗告訴你，鋃鐺入獄的警察，牢獄生活更難熬。」

57

「ＤＮＡ比對符合。」崔普走回艾娃的辦公室。「結果指出只有一千兩百萬分之一的機率，ＤＮＡ的主人不是傑森．艾姆斯。」

「好，公開消息。」她望向手錶。「七點了，我們錯過了報紙的印刷時間和最早的新聞時段，只剩下晚一點的報導和網路媒體。我會請公關室擬個聲明，指出艾姆斯可能使用克里斯欽或其他J開頭的名字，勝算不高，但目前只有這招。同時，我想將警告等級從『涉案』升級為『具潛在危險性，請勿接觸』，同意嗎？」

「同意。」崔普說：「應該要投入所有人手，我猜。長官，還是沒有卡倫納督察和賴弗利警佐的消息？」

「沒有。」艾娃說：「但現在沒時間擔心他們了，我會留言給卡倫納，讓他知道我們要他們立刻回來。除此之外，我要人力統統上街，加強街頭見警率。通知愛丁堡每一個小隊，所有人加入。」

「正在進行。長官，如果要聯絡妳，妳會在哪裡？」

「和你一起巡邏。孟洛留在勤務中心，得到什麼消息，我希望在車上直接行動。我已經看膩這張桌子了。」艾娃說。

「好，我來調車。出發時通知妳。」

艾娃拿起手機，再度撥給卡倫納。他也消失太久了，而且她完全不曉得該去哪裡找他。

「盧克，」她壓低聲音，留語音訊息給他。「你好幾個小時沒回電了，你和賴弗利在哪裡？如果你找不到我，可以聯絡勤務中心。總之，讓我知道你收到訊息。我們剛查出殺害莉莉與柯蒂莉亞的凶手身分。我晚點傳細節給你。今晚我和崔普一起巡邏。我們已經向媒體公開聲明。我希望你沒事，拜託，回電或傳訊息什麼都好。」

尚恩．歐可霍剛結束一場非常精采的排練，他一邊綁靴子的鞋帶，一邊確認皮夾裡還剩多少錢。

「你確定你不想加入我們？我會先和馬蒂和雷克斯碰面，大夥喝點東西，然後去『失落男孩』找一名劇團演員傑克森，我上次試演時認識的。」他對布萊德利大喊。

「傑克森，他是誰？」布萊德利的聲音從浴室傳來。

「只知道名字，劇團錄取我那天認識的，他也是劇團演員。我知道你在翻白眼。」他說：「不是所有的演員都那麼狂妄，好嗎？」

布萊德利圍著浴巾出現在浴室門口。「真的，只是大多數而已。」他說：「但謝了，說真的，我今天不想出門，和你朋友去吧。我會盯著手錶，讓你玩得不夠盡興。」

「好吧，但別埋怨我沒找你，凌晨一點又傳訊來讓我擔心你。對了，我會晚點回來，等著明天宿醉。我起床時，你最好已經煎好了培根和蛋捲，要不然我會煩你一整天。」

「快出門吧。」布萊德利說：「鑰匙放家裡了？回家時按門鈴，我會開門。」

「你不介意嗎？這樣也好，不需要整晚放口袋裡。」

「才不會再次丟掉鑰匙。」布萊德利說：「要回來的時候打電話給我，給我點時間清醒。」尚恩吻他。「你最棒了，別太想我。愛你。」

布萊德利笑了笑，臉微微紅了，揮手向尚恩道別。

克里斯欽淋浴，擦乾頭髮，穿好衣服。這是人們的日常，但他內心升起異樣感。他不禁思索自己是不是怪物，又覺得他想太多了，不是不重要，他其實不在乎。標籤是為了超市貨架上的商品而存在。他想開收音機，卻曉得會因此分心。早上的新聞時段，他們公開了他的名字，他真正的名字，另一個標籤，很久沒浮上檯面的標籤。看來他們逼近了。他們不至於毀了今晚。他可以逃，身上帶足夠的錢跳上船，換個城市開始，但他煞費苦心花在尚恩和布萊德利上的心血就白費了。他無法忍受。他只需要這一晚，一晚就好，明天就離開，讓失去他的蘇格蘭冷靜下來。也許一年或多年後，他會靜靜回來。如果警方得知他的地址，早就攻堅了。還有他的畫像。病態的好奇心猶如踩扁蜘蛛後還蹲下來戳刺牠的孩子，他從收音機到網路，從追捕者的眼裡凝視他自己。

畫像沒有他本人好看，紙上的他眼神空洞，金髮毛躁又亂，不是理髮師口中「加州海灘居民」那種耀眼的髮色。他現在或許和加州無緣了，畢竟，人生從來就沒給他緣分。無止盡的貧困，低薪工作，人生的起點就是谷底。唯一愛過的母親被奪走了，他從收容所轉移到寄養家庭，然後進了育幼院，最後再來一遍；他覺得自己被綁在一座永遠停不下來的雲霄飛車上。克里斯欽回想他當時聽完育幼院室友的話，隨即刺傷保全，被送往更糟糕的地方。

「在這裡，你得明白三件事。」他的室友說：「第一，對別人來說，你就是個麻煩；第二，他們認為你該心懷感激；最後，你永遠得不到平靜。」克里斯欽想起室友抬起頭、手指壓在唇上，他們耳邊傳來專屬於這類收容機構的聲音：哭泣、喊叫、訓斥、別人的音樂、別人的痛苦、廚房裡鍋碗瓢盆的碰撞聲、女孩為搶浴室大吵、擺脫不了睪固酮的咆哮動粗。永遠、得不到、平靜。

於是他學習尋求自己的平靜。一開始存在於他的想像中，然後是一些人前的小把戲。他第一次嘗試是還在寄養家庭的時候，那是一個他忘了名字的湖邊郊區，他讓那家人七歲的女兒看見她死掉的天竺鼠。他聲稱自己發現的時候，牠就死了，還撫摸牠柔軟的背，看著她淚水盈眶，淚水滴在他握著天竺鼠的雙手。扭斷脊椎，牠就死了，但她一點也沒有察覺。女孩靠著他肩膀哭，喊著死去寵物的名字，此刻她的哀痛與失去填補了克里斯欽，他覺得內心某部分像活了過來，不是全部，但更棒，填補了一半。她父母過來，將天竺鼠從他手中拿走，讓女兒離開他的懷抱，交換了狐疑的眼色，明顯沒說出他們的想法。於是隔天，他又得離開了。他並沒有直接被指控犯錯，但隨著代價增加，他也變得愈來愈精明。

莉莉之前還有別人，但她是他第一次如此深刻揪心的哀痛。他得到滋養，他渴望這滋養，一如漂浮在無盡海面渴求淡水之人。問題在於，再多水都無法滿足他的渴。他可以殺掉城裡所有人，陶醉在屠殺衍生的哀痛裡，但是到了隔天，他會再度渴望。

拋下米娜讓他覺得內疚，但當她接納了最初的恐慌失落，她對他就沒有用了。他要的是鮮明而立即的哀痛，就像今晚，尚恩和布萊德利，微不足道的死亡，這要求不過分吧？

58

在布萊恩．派瑞的客廳，卡倫納思考接下來的策略。他們必須利用所剩不多的時間讓狄米崔鬆口。賴弗利將派瑞從臥房帶出來。

「殺害瓊斯的那把槍是誰的？」卡倫納問。

「鬼爪。」派瑞說：「我不曉得他那天帶了槍，我沒碰過，一次也沒有。我也沒料到計畫是殺死路易斯，我只是跟過去助陣。」

賴弗利槍口放低，瞄準派瑞的膝蓋。「那把槍現在在哪？」

「戀乳癖的保險箱。鬼爪不會帶回家，他擔心孩子們玩槍。」派瑞嘟囔著。

「釘槍呢？」卡倫納問：「也在店裡？」

派瑞不作聲，但眼神供認了。他露出一抹慌張的神色瞥向櫃子，又很快移回狄米崔的槍。

「我不清楚。」

「最好是不清楚。」賴弗利朝櫃子走去，拉開櫃子，滿滿的工具、連身工作服、老舊電線和鐵絲，櫃門開啟後部分工具滾到地面。「我可以統統拿出來，但要是你肯說，咱們就省下了時間，而且你明天還能走路。」

「媽的，別再弄我了。布包起來那個，左邊最上面的架子。」派瑞哀求。「不是我動的手，他們叫我帶點可以嚇唬他的東西。他們只想知道錢在哪裡。動手的是鬼爪。」

賴弗利從布裡拿出釘槍，拍照，然後放進證物袋，貼上標籤。

「現在又依程序來了？」狄米崔說：「讓我知道，你們怎麼找到派瑞的？」

「他打電話來警局要求找我談。我不在，他留下名字和電話，等我回電。」卡倫納說。

「兄弟，你瘋了？你知道這麼做，我會有什麼下場？」派瑞大笑起來。

賴弗利嘆了口氣，槍瞄準巨漢的膝蓋：「拿起電話。」

「你是開玩笑吧？這事有紀錄，我就死定了。」派瑞說。

「你還真為難啊，但我們的心腸可沒那麼軟。」賴弗利說：「快點拿起電話。」

派瑞悶不吭聲，只能照辦。

卡倫納從口中拿出沒點燃的高盧香菸，抬起靴子踩了踩。他們剛抵達「戀乳癖」附近，手機震動，他接起電話。賴弗利從另一頭拉著派瑞下車，又讓他上銬，然後拿他的外套蓋在他手上，遮住手銬。

他聽取艾娃的語音訊息，接著是蘭斯的聲音。卡倫納這才想起他昨天還沒聽完留言。

「……離開時，有個人走過來，塞給我一張戀乳癖的傳單。我不認得他，但我擔心他可能對我起了疑心。只是有點顧慮，跟你說一聲。」

卡倫納嘆了口氣，關掉手機。他已經查出派瑞和釘槍的關聯，這時最不希望蘭斯被捲進來。

「我們速戰速決。」卡倫納說：「你確定崔斯柯不在？」

「聽說出去了。」狄米崔說：「通常傍晚才會過來，他們現在沒理由出現。進去吧。」他掏出手槍，抵著派瑞的後背。賴弗利走到俱樂部大門旁按下電鈴。「別說話，自然點。派瑞，記得我們的協議。」

「嘿，你們這些臭警察仔幹的事，最好有鬼他媽的證人保護計畫能夠保護我。」派瑞說：「不然乾脆現在就開槍。」

「都這副德性了還逞強。」賴弗利低聲嘀咕。

門上貓眼拉開。「我啦。」派瑞說。門開了。

卡倫納心想，目前為止都很順利。派瑞很順從，不過他背後抵了把槍，其實也別無選擇。自從卡倫納提到貝格比之後，狄米崔的態度有了一百八十度轉變；也許是突然良心發現，但應該是狄米崔察覺到，要是他協助卡倫納逮捕崔斯柯，說不定能逃過牢獄之災。這不是最好的計畫，但眼下只有這個計畫。從崔斯柯的保險箱裡帶走手槍，就是瓊斯命案的重大突破，這把槍和派瑞的證詞，他們可以成案。而此時他們需要狄米崔，這個事實讓卡倫納不太自在，但只要這位總督察相信影片已經上傳到社交媒體，而且隨時能公開觀看，他只能配合行事。

狄米崔上前，槍抵在派瑞脖子一側，推擠著走進俱樂部。卡倫納持電擊槍緊跟在後，賴弗利殿後，進來時鎖上門。

來開門的人被迫後退，雙手高舉，略顯吃驚地說：「狄米崔總督察，很少見到你，這次帶朋友來？」這男人似乎是俱樂部的經理。

「多莫，去開保險箱。」狄米崔說：「別喊叫。如果你的行動威脅到我們，我們會適度出手，也包括子彈。」

「我不會攔你們，去吧，你知道在哪裡。」多莫說。

「你不介意的話，我們打算跟著你過去。還有誰在？」狄米崔問。
「鬼爪在地下室整理酒桶，兩個女孩在更衣室準備開門營業。」多莫回答。
「五分鐘，進去出來，」狄米崔說：「時間應該夠。我在這裡等，免得鬼爪上來。多莫交給我吧。」
賴弗利與卡倫納跟著派瑞穿過一樓盡頭的貴賓室，進入一間辦公室。
「打開。」賴弗利對派瑞說。派瑞伸手扶著保險箱，將密碼轉盤左右轉動幾次。門沒有開。「兄弟，別亂來啊。」賴弗利說：「敢耍我們，就讓你在法律和你老闆面前吃不完兜著走。我的建議是選好邊，快點打開。」
「打不開。」派瑞哀號起來。
「前一次是什麼時候開的？」卡倫納問他。
「幾天前，把賺來的現金放進去。崔斯柯每天晚上會再移到樓上他私人的保險箱。」俱樂部大廳傳來腳步聲，逐漸接近貴賓室。卡倫納掐住派瑞的脖子，電擊槍抵著他的太陽穴。
狄米崔率先出現在門口，沒見到他的槍，跟在後頭的是多莫與鬼爪。他們稍微側身，讓一個男人走上前。男人身形精瘦，膚色黝黑，一雙黑色的瞳孔盯著卡倫納。他的笑容意味著，卡倫納一夥人闖進他的地盤，他也毫不意外或感到不安。
「我就知道不該相信收錢的黑警。」賴弗利說：「真這麼貪婪？還是怕了？」
「你閉嘴。」狄米崔說。
「我最好是他媽的會閉嘴。」賴弗利回應：「看來我們要被人包塑膠布抬出去了，我想說什麼就說什麼。」

「賴弗利，夠了。」卡倫納拉近派瑞，回視雷蒙．崔斯柯的眼神。「我有對付你這些嘍囉的證據，當然也包括狄米崔。你脫不了干係。就算殺了我和賴弗利，證據也能提上法庭。你贏不了。」

「卡倫納督察，我認為你不會想威脅我，畢竟你在乎的人也捲了進來，你不會希望你的手染上他們的血。」崔斯柯微笑。

「你說通納的話，她已經讓你的人吃過苦頭。我想她完全不會想漏抓你這條大魚。」卡倫納說。

「哦，我不是說那位迷人的總督察。但我還是要補一句，我知道她住哪，大門是英式賽車綠，對嗎？」崔斯柯說。卡倫納沉默不語。「事實上，我說的是你朋友，我昨晚請他來過夜。一開始他還挺愉快的，到後來恐怕他變得較難以接受。要是他看起來有點狼狽，那我先陪不是。我們花了點力氣，要他解釋為什麼拍我車子的照片。這附近都有隱藏式監視器，那很基本，要查出他的車牌再輕鬆不過；而當你擁有幾個警察朋友，要得到任何人的地址也不難。鬼爪，去地下室帶蘭斯．普羅孚特上來。」

59

尚恩遠遠就看到他的新朋友，傑克森靠在「失落男孩」的外牆，手梳理著頭髮，完全沒發現周遭的人投來的目光。尚恩對朋友指了指他。

「開什麼玩笑？布萊德利讓你跟這傢伙出門？他也太帥了吧！」雷克斯說。

「別因為你管不好下半身，一看到高大的金髮男孩，就覺得每個人都跟你一樣。」馬蒂說：「尚恩和布萊德利很相愛，你也該試試看。」

「如果相愛是要我不能喜歡那種男人，那我還是慢走不送。」雷克斯說。

「別鬧了，他會聽見的。總之，他想來認識新朋友，我們就盡量保持友善，規矩點。」他們走向傑克森，尚恩替大家介紹，然後問：「我們該進去了嗎？」

「我想去領錢。我不確定最近的提款機在哪裡，所以先來找你們。」傑克森說。

「街角那邊有。」雷克斯說：「我們可以一起過去，不會很遠。」

「不了，外面太冷。告訴我怎麼去，我會找到的。」傑克森說。

「你們先進去，我們等等去找你們。我知道提款機在哪裡。而且我才有時間告訴傑克森，進了酒吧該避開哪些人。」尚恩說。

「騷味班納比！」馬蒂和雷克斯異口同聲。

「你們真的很邪惡。」尚恩說：「快進去吧，很快去找你們。」

他們沿著下坡路前往十字路口，傑克森說：「你人真好，抱歉還麻煩你。」

「沒什麼，提款機就在下一個轉角。」尚恩說：「好冷，你那件外套不夠暖。」

「我有個好東西。」傑克森一邊說著，從外套口袋裡掏出一罐瓶子。

「哦，我的老天，愛爾蘭的火焰豬仔威士忌。」尚恩說，吹起口哨，從傑克森手裡接過來。「真不記得上次喝這玩意兒是什麼時候了。記得是在朋友的電影處女秀派對上，他在銀幕上只出現四秒，一句臺詞也沒有，但他是我們一群朋友中第一個名字列在片尾名單上的，真是要命，當時我狂歡得可誇張了。」他扭開瓶蓋，嗅聞一會。「有聞到丁香嗎？」他對傑克森微笑。「你介意我喝一口嗎？」

「別客氣，愛喝多少就喝多少，反正我還很多。」傑克森將提款卡插入提款機。

「你喝得到肉桂味嗎？」尚恩說：「太美好了，好像回到青少年，每天和朋友夜遊的時光。總會有人從爸媽的酒櫃上走私一瓶出來。之後才到夜店，大夥已經醉成一片了。那時真是開心又省錢。」他再喝了一口，將瓶子遞給傑克森。

「等我一下，」傑克森推開酒瓶。「卡好像有問題，我查一下餘額。你幫我拿著，我喝太多了。」

「讚美主！好甜，我應該喝完這禮拜的熱量了。但開心最重要，對吧？」尚恩又喝了一大口。「天底下最暖和的莫過於香料威士忌。」他忽然喘起大氣。

「你沒事吧？」傑克森問。

「當然，好得很。我不應該先喝紅酒，又喝這個。」他靠在牆上。

「你只是頭吹到冷風。我快好了，再喝一口，血液會流動的。」傑克森說。

「答應我，今晚你不會讓我站上舞池。」尚恩大笑起來。「我在『失落男孩』已經出過太多糗了。」他喝了最後一大口，將酒瓶塞給傑克森。「離我遠一點，你這惡魔！」

傑克森接住酒瓶，此時，尚恩滑向地板，重重跌在濕漉漉的人行道上。「你真的不該和紅酒混著喝。」傑克森說：「走吧，我扶你起來。」他手臂攬著尚恩的腰，讓兩人站起來。

「抱歉，我從來不會這麼快就醉了。我知道怎麼了。」尚恩口齒不清地說，睜開雙眼，隨即眼皮又垂下。「我得坐下。」

「等等，」傑克森說：「我的車在這裡。」他掏出鑰匙，打開門鎖。

「運氣真好。」尚恩呢喃起來。「這是個好主意，休息一下。」

「來，」傑克森一手伸到尚恩頭上，讓他放低身子，坐進副駕駛座。「我送你回家。」

「你就停在提款機旁邊，卻沒看見，真妙。」尚恩說：「跟你說我家地址。」他低喃著，頭逐漸低下，貼著胸膛。傑克森替他扣好安全帶。

「別擔心，」傑克森溫柔地說：「我知道你住哪裡。」

60

勤務中心將電話轉去艾娃的手機。

「呃，喂？關於那張畫像上的男人克里斯欽．卡多根，我在網路上看到這消息，上面有通報電話。」男人說。

「對，謝謝你打過來。」艾娃手肘頂了頂正在開車的崔普，要他拿筆記本和筆給她。「方便讓我知道你的名字嗎？」

「小班．米勒。我在布勞頓街的筆名咖啡上班，每週一到四早上八點到下午四點。」

「你提到克里斯欽．卡多根嗎？」艾娃語氣略顯急躁。

「我在店裡看過他。」小班說：「我是說，我覺得是他。畫像上的有戴眼鏡，但我沒見過他戴眼鏡。有時他穿連帽上衣，在店裡也拉起帽子，所以看不清楚他的臉。但兩個禮拜前，我去洗手間時撞見他，當時帽子拉下來，我又站在他旁邊，我發誓是同一個人。」

「他在店裡是用什麼名字？」艾娃問。

「我不知道，店裡總是很忙，幾乎不會聽到客人的對話。我們很尊重客人隱私，對我們這種地方來說，隱私很重要。」小班說。

「你們這種地方？」艾娃問。

「我以為大家都知道。我們的客群大多是愛丁堡的同志族群，我們不會主動問客人姓名。

建立信任感需要時間。有些人就是比較低調。」

「你為什麼認為卡多根是同志族群？」艾娃問。

「其實我不知道，但他常和同一名男性見面，一起吃午餐。他朋友是常客，也和別人來過。」

「你知道卡多根那位朋友是誰嗎？我們很希望聯絡上他。」艾娃問。

「恐怕不清楚。我可以問我老闆，但我說過了，這很敏感。」小班說。

「我明白。」艾娃說：「但你也看到新聞了，這男人或許很危險，目前也被警方鎖定為連環殺人案的嫌犯。我很擔心他那位朋友的處境，如果我們能愈早查出他的行蹤，愈有機會拯救更多性命。我希望你替我向你老闆打聽，再通知我們。小班，你辦得到嗎？」

「沒別的方法了嗎？」小班問。

「我們只有你這條線索了，這表示可能只有你能協助我們阻止凶手下一次的犯罪。你明白嗎？」艾娃說。

「我了解，我試著打幾通電話。」小班掛斷。

「希望我沒嚇到他。」艾娃說。

「希望妳嚇壞他了。」岦普回應。

幾分鐘後，孟洛來電。「長官，筆名咖啡的小班．米勒又打進來，他老闆想起常和卡多根共進午餐的男人，有個男朋友叫做尚恩，但不確定兩人現在還是不是伴侶。尚恩有愛爾蘭的口音，姓氏不明；卡多根的午餐約會對象身分也不明，顯然他很低調。有位員工自拍時，湊巧拍到了來店裡喝咖啡的尚恩，我傳照片過去。」

「孟洛，謝謝。」艾娃說：「至少是個起點。」

「不只是起點。」崔普說：「今天是週五，『失落男孩』肯定人山人海。如果尚恩是同志，那家夜店裡可能會有人見過或認識他，總之應該會聽說過這個人。」

「你介意過去嗎？」艾娃問：「我知道警察很難在職業和生活之間取得平衡。」

「一點也不介意。和前任分手後，我就不常出去玩了，但多半是因為工作太忙。誰知道，也許我今晚會邂逅新的對象呢？」崔普笑了笑，然後來一個磨損輪胎的大迴轉，趕回市中心，朝夜店奔去，警笛和警示燈都開著，清出中央道路。艾娃呼叫額外人力前往支援，同時指示勤務中心向所有外勤人手廣發尚恩的照片。十分鐘後，他們走進「失落男孩」，為了增加效率，他們分頭在兩層樓問話。

艾娃負責一樓，崔普去樓上。她吃力穿過跳舞的人群，不只一杯酒灑在她的褲子上，或濺到她的後背。她拿著尚恩的照片，塞向每一張經過的臉面前，大家都搖搖頭，還想拉她進舞池，雖然是善意，但只是耗費她更多時間。她看到崔普在二樓的露臺上瘋狂朝她揮手，不禁大大鬆了口氣。她快步上樓，一路警告擋路的人。崔普拉著兩個神情困惑的男人到一旁。

「長官，他是雷克斯……」崔普比著較高的男人，又說：「他是馬蒂。他們認識尚恩。」崔普伴隨節奏感強烈的音樂大吼：「顯然尚恩是常客，酒保要我來找雷克斯和馬蒂，因為他見過尚恩和他們在一起，應該還算可靠。」

「尚恩應該已經進來了，我不覺得他會有危險。」雷克斯笑著說：「我、馬蒂和他一起，他剛陪他朋友去領錢。」

「尚恩姓什麼？」艾娃問。

「歐可霍，他是愛爾蘭人。」馬蒂加入。「你們為什麼找他？我可以保證他沒有犯法。尚恩太善良了。」

「我們想找他男友，詢問這個男人的事。」崔普拿出卡多根的畫像。「你們認識尚恩的男友嗎？」

「布萊德利？只打過招呼。」馬蒂說：「這不是……？」他對著畫像瞇起眼睛，然後看了雷克斯一眼。

「應該是，同樣的頭髮，但沒戴眼鏡。很像他。」雷克斯說。

「抱歉，你們說的是誰？」艾娃問。

「這個男人，」雷克斯指著卡多根的畫像。「我們今晚才見過他，尚恩就是陪他去領錢。他們應該回來了。」他看看手錶。「早就該回來了才對。」

「你們最後是在哪裡見到他們？」崔普問。

「夜店外面，差不多四十分鐘前。尚恩沒事吧？聽起來讓人很擔心。」雷克斯說。

「我們必須盡快找到他們。」艾娃說：「他們去哪裡的提款機？」

「山坡下有間銀行，外頭就有提款機。」雷克斯說。

艾娃和崔普朝門口跑去。

61

克里斯欽把車子停在布萊德利和尚恩同居的公寓外，手伸進那名沉睡男子腳邊的袋子裡，拿出皮下注射器。他捲起尚恩的袖子，輕輕將針頭刺進皮膚，將額外的海洛因打進他體內。混合火焰豬仔威士忌的口服溶液只能讓尚恩短暫不省人事，但不足以完成今晚的工作。

他繞到副駕駛座，這時尚恩稍微恢復意識，看起來還能走路，克里斯欽將他從車裡拖出來。

「來吧，」他說：「布萊德利在裡面，他可以讓你舒服一點。」

克里斯欽將尚恩半扶半拖上幾節階梯，來到大門，按響公寓對講機。

「喂？」布萊德利說。

「是克里斯欽。」

「好，我開門讓你上來，左邊第一扇門。」大門開了。

克里斯欽先讓尚恩跨進門檻，抵達走道。克里斯欽伸手前，布萊德利就打開公寓的門，手上揮舞兩個玻璃杯，另一手抓著酒瓶。

「尚恩！哦，我的天啊，發生什麼事？你是怎麼……」

「沙發在哪裡？」克里斯欽問。

「來這邊。」布萊德利說：「我去拿條毯子，你覺得我們該叫醫生嗎？」

「毯子是好主意，也許還要枕頭。我來照顧他。」克里斯欽瞥見室內電話機，正好布萊德利離開，他拔掉接線盒的電源。尚恩的手機在他車裡，接下來才不會分心，只需要處理布萊德利的手機就好。

「來了。說真的，他怎麼了？」布萊德利拿著毯子和幾顆枕頭出來，確保尚恩躺得夠舒適，然後伸手撫摸這位演員的額頭。「抱歉，他應該是和幾個朋友去夜店才對。我沒料到他這麼早就回來了。從來沒見過他醉成這樣。你在哪裡發現他的？」

「他搖搖晃晃地走在路上，我停車詢問他的狀況，一聽到愛爾蘭口音就知道了。」克里斯欽說。

「多虧有你，」布萊德利說：「不然他可能會倒在水溝裡睡上一晚。他的呼吸好淺，是不是該去醫院一趟？」

「我們照顧他就好。」克里斯欽說：「拉起百葉窗，鎖上門，今晚可漫長了。我們還是自在一點吧。我能借用你的手機嗎？我想傳個訊息，但手機沒電了。」

「當然，」布萊德利將手機遞給他。「我來燒水。我知道今晚不如預期，但我很高興你來了。」

克里斯欽等布萊德利走進廚房，快速取下手機的晶片卡，將手機塞進書架。現在不需要它。他凝視尚恩，呼吸又更淺了。克里斯欽拉起尚恩一邊眼皮，輕拍他的臉，叫他的名字。反應很短暫，試圖開口，但僅僅頭稍微抽動一下。眼皮蓋回瞳孔上，尚恩又回到了夢鄉。就快了。

布萊德利端了咖啡回來，他們並肩坐在尚恩對面的沙發上，喝著手中的飲料。

「你說想談談。尚恩在這裡可能有點怪，但我需要讓思緒從他混亂的生活裡抽離開來。自從他加入新的劇團，我覺得我們漸行漸遠。他交了很多新朋友。他剛搬來愛丁堡的時候，身邊只有我一個人。我們打造出共同的生活，只有我們。我以為會永遠下去，但現在，我不知道。我愛他，不是說我不愛了，只是、只是我似乎看不到我們的未來。」

「我希望這不是因為我的關係。」克里斯欽低聲說。

「不是。」布萊德利說：「呃，也許有一點關係。但這不是你的錯，我不希望你這麼想。你只是讓我察覺到生命裡還有其他的可能，僅此而已。」他的手蓋在克里斯欽手上，緊緊握住。「愛有不同的面貌，稍縱即逝。別因為對尚恩產生不同的感覺，就感到內疚。有時我們都需要救贖。」

「我還不至於需要救贖。」布萊德利笑著說：「只是有時要追上尚恩，好難。他這麼外向、有趣，每個人都受他吸引。他那道光背後的陰影很長，你知道嗎？」

「當別人沒辦法滿足你的需求時，看清這點很重要。」克里斯欽說：「然後你學會讓他們走，哀悼，繼續生活。這是自然的循環。」

「你知道嗎？」布萊德利放開克里斯欽的手，走去尚恩身邊。「我覺得他的呼吸很不對勁，他膚色變得好蒼白。國民保健服務那支電話是幾號？我想撥過去諮詢。」

「你反應過度了。」克里斯欽說：「我見過很多處於這種狀態的人。給他幾小時，等他身體代謝，然後就可以叫醒他，讓他喝點咖啡。」

「保險起見，我還是打個電話問問。」布萊德利說。

「我說了，那是個錯誤。」克里斯欽說。這時布萊德利正伸手要拿話筒。

「沒有聲音。」布萊德利困惑地看著話機。「抱歉，我的手機在你那裡嗎？」

「你不需要手機。」克里斯欽說。

「聽著，我知道計畫趕不上變化，但我得照顧尚恩。要是你想先離開，我可以理解。也許這樣最好。不然等他醒來之後會覺得很奇怪。」

「布萊德利，」克里斯欽說：「尚恩不會醒來了。」

「別說傻話。」布萊德利搖搖頭，皺起眉頭，嗓門變得大又尖銳。「他當然會醒來。他還在呼吸，他只是醉了。醫院也許會想幫他洗胃，但他會沒事的。」他咬起指甲，另一手貼著尚恩的額頭。「總之，我想你最好先離開，這樣我會自在點。我得用我的方式照顧他。啊，手機在這裡。」布萊德利從書架上抓起手機，想要撥號。手機沒有反應。「怎麼會這樣？」他說：「還是上樓向鄰居借個電話。你能幫我看著他一分鐘……」

他抬頭看著克里斯欽，目光移到正瞄準自己的霧面銀色手槍，一時說不出話來。

「你不能走。」克里斯欽低聲說：「我要今晚非常完美，你不能毀了它。」

62

「放蘭斯走。」卡倫納對雷蒙・崔斯柯說。

「我是這麼想的，」崔斯柯說：「蘇格蘭警署必須懂得妥協的藝術。我總希望狄米崔總督察能夠搞定一切，但顯然多年過去，他還是一事無成。」

卡倫納眼神飄向正撇開頭的狄米崔。

「蘭斯什麼都不知情，放了他。狄米崔可以提供你要的不在場證明，蘭斯也不可能蠢到報警。」卡倫納說。

蘭斯站在一樓轉角，扶著左側肋骨，護著眼周的瘀青，那片瘀青幾乎擴散到他整個右臉。

「你想怎麼樣？」卡倫納問崔斯柯。

「我要你打電話回辦公室。狄米崔說他小隊裡有個女孩借調去你那，應該會聽命行事。我要她去你的辦公桌，將桌上你留給通納的信封直接燒掉，而且絕不能開啟信封。我要在影像上看到她這麼做。警察的電腦有錄影傳輸，對吧？」崔斯柯說。

「不可能。孟洛一聽到這種指令肯定會提高警覺。還有，那是我的保命策略。」卡倫納說。

崔斯柯揮揮手，鬼爪走到賴弗利面前，從牛仔褲和皮帶間抽出一根鐵撬。他朝卡倫納笑了笑。「你有三次機會。」鬼爪高舉鐵撬。「第一次用掉了。」他舉起鐵撬朝賴弗利的左肩揮落，速度劃破空氣，賴弗利罵出卡倫納這輩子沒聽過的髒話。賴弗利表現得很好，沒有尖叫，沒有逃避，但他撞上牆壁，沿牆面下滑，他雙眼狂眨，不住喘氣，才不致暈厥過去。

「你這些朋友知道你是為了什麼而犧牲他們嗎？你肯定說，這是崇高的使命，你要阻止猖獗的犯罪勢力，保衛社區——太老套了。真相骯髒得多，你不覺得嗎？」崔斯柯說。

「事實是，路易斯．瓊斯的慘死只說明了誰敢不交錢，或不配合你的敲詐行徑，都會落得像他一樣的下場。」卡倫納開始思索，賴弗利目前的狀況適合作戰還是逃跑。

「唔，我們不是應該先聊聊貝格比總督察？」崔斯柯問。癱在地上的賴弗利一聽之下猛然抬頭。「我就知道，你根本沒向警佐解釋任何細節。你很偽善，你指責狄米崔是黑警，卻想維護另一個偷錢的警官。而這位警官此後揮霍著賣淫和販毒而來的大筆金錢，過上好幾年的快活日子。你朋友和別人有不同的道德標準嗎？」

「你逼迫貝格比自殺。」卡倫納說。

「你難道不好奇他做了什麼？」崔斯柯接著說：「我很難相信，你寧可不明就裡地犧牲自己。你知道的，喬治．貝格比透過他的線人路易斯．瓊斯，得到很多不錯的情報。瓊斯很精明，也是個好司機，擅於謹慎地傾聽而不開口，他有時會安靜到我們幾乎忘記他在場。毫無疑問，瓊斯假裝不願配合警方來指控我們，但他只是在等待時機。要是能送我和麥基爾入獄，他就可以趁機撈點油水。之前，我們讓瓊斯幫忙收帳，他每個禮拜都會去附近店家收錢。我們遭到羈押等候判決時，他繼續收了半年以上的錢。貝格比看在眼裡，卻不阻止他。他們平分那筆錢。直到我們罪名成立入獄後才停止。因為人們知道接下來幾年，他們不需要再交錢了。而瓊斯和貝格比撈了一票他們做夢也沒想過的龐大金錢，多到你不敢存進銀行。我不曉得貝格比為什麼會淪落到和瓊斯合作，但你肯定知道，警方派到緝毒掃黃組任職的警員都是有年限的，不然他們眼前的骯髒和墮落，遲早會扭曲他們的價值觀。金錢與性交易也有同樣的效果。起初，你害怕那景象，然後你愈看愈著迷，沒多久，你會坦承你也想分一杯羹。貝格比眼紅太久了，他嫉妒，然後起了貪念，就是這點害死了他，而他又賦予你這悲慘的命運。說真的，你那了不起的前老大就是自找的。」崔斯柯做出結論。

「無論他做錯什麼，他彌補的方式就是耗盡他的職業生涯將你這種人繩之以法。你的手下是怎麼辦到的？槍抵在車窗上，等車內充滿一氧化碳？」

鬼爪放聲大笑。

「卡倫納督察，你太誇張了。既然他蹚了這灘渾水，豈有不付出代價的道理。至少，喬治．貝格比走得很輕鬆，死前還遠眺大海，裝出一副老子錢都花完了、對付我妻子也沒用的姿態。然後艾娃．通納來多管閒事，一切都變了調。我希望你別為此而遺憾，通納為了證明她自己，害死了你。」

「就算你殺死我們，我桌上的信封還是裝了足以定罪派瑞的證據，同時指控狄米崔是共犯，到頭來還是會查到你頭上。」

崔斯柯舉起槍，瞄準派瑞的方向撥動轉輪，直直朝他胸口開了一槍。派瑞倒地，雙腿在水泥地面擺動了幾下，幾秒後斷氣。

「他應該說不出任何不利於我的證詞了。你得到某種程度的正義，以眼還眼，這樣感覺好一點了嗎？」

鬼爪立刻蹲下將朋友的屍體翻轉過來，查看脈搏，然後朝他老闆冒險地瞥了一眼，但沒有開口。

「卡倫納，打電話。」崔斯柯說：「摧毀信封。」他遞過去一支手機。

「兄弟，別聽他的。」蘭斯說：「我們都知道他最後會幹出什麼事，這通電話改變不了什麼。」

崔斯柯點點頭。鬼爪起身，再次舉起鐵撬。賴弗利抬起頭，露出微笑，喃喃唸著：「操你媽的。」

鐵撬在空氣中呼嘯，重擊賴弗利的手肘，加劇了前一記的創傷。卡倫納不願閉眼，直直盯著賴弗利的臉，看到警佐充滿痛楚的神情，還有他的傷勢。

「最後一次機會。」鬼爪說。卡倫納看著手機。事實是，他和賴弗利都很清楚，口口聲聲桌上的信封，完全就是虛晃一招，只是為了騙狄米崔和他們合作罷了。孟洛去他的桌前什麼也找不到，更別說崔斯柯窮追不捨的燒信封畫面。他們沒有任何討價還價的籌碼。「你想看看鐵撬插在他腦袋裡會是什麼模樣嗎？」鬼爪問。

「我回報了我們的位置。」賴弗利咬牙，決定虛張聲勢。「長官，我知道你叫我不要回報，但我還是回報了。我不喜歡在沒有支援的情況下來這種地方。」他抬頭死盯著鬼爪。「就算信封燒了，你的傀儡黑警狄米崔沒事，警方還是會追到你門口。」

鬼爪最後一次舉起鐵撬。

63

「長官，我傳地址給妳。」珍娜．孟洛說：「我們在駕照及行照監理局查到尚恩．歐可霍登記的市內電話，但撥過去沒人接。」

「我們再五分鐘就到。」崔普看著螢幕上的地址，猛力左轉，開啟警笛。

「『失落男孩』裡尚恩的一位朋友撥打了他手機，也直接轉進語音信箱。我猜他現在很危險，除非現在能直接聯絡上他。孟洛，要是妳晚點電話撥通了，請他盡速前往安全的地點，等我們和他當面談話。我們先過去他家。」

街道毫無生氣，艾娃站在公寓門口張望。

「燈開著。」崔普說：「但聽不見聲音。」他將耳朵貼在公寓左側的大門上。

「我們得進去，但不能讓尚恩或布萊德利承擔可能的風險。我來試試其他住戶能不能開門讓我們進去。」艾娃按下二樓公寓的對講機。「晚安，我是蘇格蘭警署的艾娃．通納總督察，不曉得你能不能……」通話切斷。艾娃翻了個白眼，蹙起眉頭，接著按另一間公寓。「晚安，我是……」話沒說完，門就開了。「老天幫忙，崇高到荒謬僅一步之遙。」她一邊嘀咕，拉開公寓大門，等崔普過來。

崔普正經過外頭一排車，摸著每輛車的車頭。忽然他停下腳步，手放在一輛車上，拿出手電筒照進車內。他掏出手機撥號，那輛車的副駕駛座上閃起微弱的光線。

「尚恩的手機就在車裡的副駕駛座上。」他說：「但這不是他在監理局登記的車。」

「快聯絡局裡。」艾娃移動門口的踏墊擋在門口，讓門保持開啟。「也叫上支援和醫護人員，嗚笛趕來。我先去鄰居家看看。」

她一次跨兩個臺階上樓，輕輕敲起她經過的第一扇門。門開了，她亮出警徽。

「我是警察。」她說：「請壓低音量。妳今晚見過樓下公寓的人進出嗎？」

「我晚上都在看電視，但聽得很清楚，剛剛還很用力關門。他們還好嗎？」女人問。

「目前只是詢問狀況。」艾娃說：「請妳待在家裡，確實鎖上門，直到狀況解除。」

「妳能請樓下小聲點嗎？晚上的對話我都聽得一清二楚。一關上電視，交談聲常讓我幾個小時都睡不著。」她說。

「現在聽得見嗎？」艾娃問。

「妳來聽聽。」她退開讓艾娃進屋。

有點模糊，但聽得見，兩個男人，其中一人主導對話。「妳能借我一個杯子？」艾娃將女人遞來的杯子放在地上，杯口朝木頭地板，然後她保持跪姿，耳朵貼上杯底。

「你為什麼要這麼做？」布萊德利問。

「因為你需要我這麼做。」克里斯欽說：「我是來安慰你的。尚恩不適合你，你已經用一百種方法讓我知道了。」

「我不懂你為什麼有槍。」布萊德利說：「他需要醫生，讓我走。」

「坐下。」克里斯欽說。他從口袋裡拿出針筒，指著尚恩。「你再不坐下來，我就將這些液體注射進他體內，幾秒內就會死亡。我的計畫有人性多了，他會聽著我們的聲音逐漸沉睡，彷彿真的只是睡著一樣。你不喜歡這樣？」

布萊德利想坐下，顫抖的雙腿卻在最後一刻背叛他，整個人跌坐在沙發上，他問：「你幹了什麼好事？」

「別用這種責備的語氣。」克里斯欽靠在尚恩腳邊的沙發扶手上。「是你要我來的。要是你陪尚恩去『失落男孩』，這一切就不會發生。而我會知道，不該從你身邊奪走他。反正他也沒顧慮你的心情，淨是和朋友出去找樂子，拋下你一個人。布萊德利，我是為你而來，我了解失去的滋味。我不會讓你獨自承受這種痛苦。」

「我根本不打算承受痛苦。」布萊德利說：「這不是你，你明明溫柔又善良。無論你經歷過什麼，等叫了救護車之後，我們都可以再坐下來談。」

「不會變成那樣的。」克里斯欽說：「必須像之前一樣。尚恩不會受苦。我母親沒有受苦。我看著她，她逐漸死去，花了幾個小時。我想應該是幾個小時，但我那時還很小，不清楚到底過了多久。」

「她出了什麼事？」布萊德利的聲音變得微弱。

「海洛英過量。」克里斯欽說：「我再也不需要去學校。」

「那是意外。」布萊德利說：「你不希望尚恩變成這樣，對嗎？我很遺憾你失去了母親，但我們還可以救他。」

「尚恩體內的劑量幾乎足以致死。」克里斯欽說：「你需要的話，我可以抱著你。」他伸出沒有握槍的手，將針筒放在沙發上。

「抱我？你瘋了。」布萊德利說：「我不要你抱我、碰我或接近我。我不曉得你是怎麼找到尚恩的，但你有病，還很危險。我不允許你利用我心愛的男人來進行你的角色扮演，重現你的變態幻想。」布萊德利起身。「不准擋在我面前，我要出門求救。」

「你只能旁觀這一切。」克里斯欽大吼：「只能如此！」

「我做不到。」布萊德利快步走到克里斯欽左側，垂著頭要接近尚恩。這時，槍柄重重敲上他的後腦，他看著滴在地上的鮮血。克里斯欽一把將他推回沙發上。

「警察！」艾娃已經衝下樓朝屋內大喊：「立刻開門！」

「我們需要協助！」布萊德利痛苦喊著。克里斯欽舉槍對著他的臉。

「離門和窗戶遠一點。」克里斯欽說：「誰都不許進來，我有槍。」

「你得讓我看看尚恩和布萊德利。」艾娃說：「確定他們活著，我就撤退。」

「如果妳企圖闖進來，我就對他們開槍。」克里斯欽說。

「你拉開窗簾，」艾娃說：「讓我確認他們沒事，然後我會給你更多空間，我們能好好談談。」

「拉開窗簾，你們就會開槍了。妳覺得我這麼蠢嗎？我並不想和妳談。」克里斯欽怒吼：「今晚原本屬於我的，你們不該出現。」

「你不需要傷害任何人。」艾娃說：「讓我一個人進去。你可以在我身後鎖上門，我保證不耍花招。如果你讓我進去，我不會讓其他人打亂你今晚的計畫。」她轉頭瞥了一眼身後二十名警員，穿著防彈背心的支援小隊早已團團包圍公寓。她揮手要他們稍微退後。

「外套脫了。」克里斯欽大喊：「只能穿T恤進來，鞋子也脫了。我會開門，但妳一個人進來。敢耍花招，就準備頭上多顆子彈。進來後轉身面對門，跪在地上，雙手抱頭。」

「長官，妳進去只是多送給他一名人質。這樣違反程序。」崔普說。

「我們需要有人確保兩名人質的安危，我不能光是隔著房門和他交涉。我沒有選擇的餘地。我要你在這裡指揮，讓所有人員別接近窗戶，避免他開槍。封鎖道路，誰也不能進出，還有不准逞英雄，好嗎？」

「應該是我對妳說這番話吧。妳要帶槍進去嗎？」崔普問。

「不行，要是他發現了，肯定會失去理智。我進去了。」艾娃說。

公寓門開了，艾娃看見一個蒼白的男人高舉雙手，男人透著恐懼的目光望向她，以及藏在門後的身影。

「走進來。」門後傳來聲音。艾娃聽命走進屋裡。「跪著。」她跪下。門在她身後關上，然後上鎖。她看著眼前高舉雙手的男人，想露出讓他安心的微笑，卻注意到他眼底泛著淚水。

「衣服脫了。」

「傑森，我是艾娃．通納總督察。關於你（With respect）……」艾娃緩緩開口。

「妳才不尊重（respect）我。」克里斯欽說：「話先說在前頭，我不是傑森，那層標籤我早就撕掉了。通納總督察，人會往前、會進化，妳不需要過來張揚我的過往，期待我為此崩潰，對妳掏心掏肺。這可不是荒誕的B級電影，是真實世界，我需要的感受也是真實的。現在我必須檢查妳衣服底下，脫到剩內衣褲，我確定沒有武器藏在裡頭之後，妳再穿回去。」

「好，很公平。」艾娃說：「若我是你，我也會提出同樣的要求。我可以先查看尚恩的狀況嗎？確保他還有呼吸？」

「衣服先脫掉，我確認完再看。」

艾娃脫下襯衫與長褲，緩緩轉身，看著持槍瞄準她頭部的男人。男人異常冷靜，手沒有顫抖，雙眼沒有避開她的目光，眉心沒有冒汗。艾娃一邊穿回衣服，一邊思索自己的下一步。

「沙發上的是尚恩？」她問：「我能過去看他？」

「去吧。」克里斯欽說：「他的脈搏應該非常微弱了，我想正確來說是命在旦夕。別期待他現在還能回應妳。那是深度昏迷的狀態。」

「你也算專家了。」艾娃伸出手指壓在尚恩的手腕內側。「脈搏的確非常微弱，你覺得他還剩多少時間？」

「不到一小時。」克里斯欽說：「當然，我原先計畫今晚和布萊德利共度，但看起來我們得換個方式。」

「別介意我在場。」艾娃說：「你給尚恩用了什麼？」

「海洛因。」他說：「我要妳坐在地上，面對牆壁，雙手放頭上。」

「傑森，槍在你手裡，我面不面牆根本沒有差別。我只是覺得我得看著布萊德利，我擔心他情緒崩潰。但你堅持的話，我會坐在地上。」她坐在靠近尚恩頭一側的地上，雙手抱頭。

「他不叫傑森。」布萊德利吸著鼻涕。「妳為什麼那樣叫他？」

「沒關係，布萊德利，我對你來說就是克里斯欽。」他說：「克里斯欽就是你需要的人。」

「你今晚可以不必成為克里斯欽，你可以讓布萊德利離開，讓尚恩活下去。我明白你的感受。每個人都受困在永遠改變我們人生的那些瞬間，而你經歷了任何孩子都不該體驗的創傷。

傑森，失去母親的那一晚，你還小，你不必反覆回顧那些可怕的經歷。」艾娃說。

「我沒有失去我母親。」克里斯欽變得齜牙咧嘴。「我讓她解脫。妳是因為得知我的經歷才進來嗎？妳想聊我的痛苦，讓我以為妳同情我母親那悲慘的死亡？妳對她有什麼想像？晚上會抱著我入睡，會烤蛋糕，在我打架流血的膝蓋上擦藥？通納總督察，我們不是同一條街上長大的孩子。我懷疑我們根本活在不同的世界。」

「天底下沒有完美的父母，但眼睜睜看著母親斷氣太可怕了。我理解當時沒有人保護你逃離克里斯欽．卡多根的魔掌。我看了警方的報告。每個孩子都有期待美好人生的權利，學校、社福系統、醫療照護人員，他們都該早一步察覺……」

「妳知道嗎？妳只不過是個傲慢的臭女人，我都說了，妳完全沒聽進去。」克里斯欽走到她面前。「我母親會讓我連著幾天餓肚子，因為家裡每一分錢都拿去買酒和毒品了。她沒錢的時候，就當著我的面賣淫。妳以為我年紀小到記不得嗎？卡多根殺死她那天是我生命裡最美好的一天。他像她一樣抱著我，對我說話。那天晚上，他去外頭買炸魚薯條給我吃。他不會在我要求上廁所的時候打我。」他一把扯住艾娃的頭髮，拉著她起身，槍抵在她脖子上。「你們這些壞蛋卻吊死他。他進了警局的拘留所，再也沒有出來。你們奪走了世界上唯一對我好的人。」

布萊德利在他們身後啜泣。「我幾乎聽不見他在呼吸。拜託，求求你，做點什麼。尚恩需要救護車，他要死了。」

「他本來就該死！」克里斯欽大吼：「他對你一點也不好，不重視你、也不珍惜你。你現在還不明白？你需要有人談心的時候，可是我在你身邊。我之所以能來，是因為他要和朋友出去找樂子。你他媽的腦袋是怎麼回事？」他拖著艾娃到尚恩旁邊，槍依舊抵著她，同時拿起他留在坐墊上的注射器。

「克里斯欽，拜託，別這麼做。」艾娃低聲說。

他掉轉槍口對著布萊德利，粗暴推開艾娃。「通納總督察，妳再朝我過來一步，他們兩人都得死。待在那裡，也許他們之中有人能活下來。」

艾娃往後退一步，高舉雙手，臉色變得柔和。「沒有人會死。聽我說，你還有機會扭轉這一切。雖然對莉莉與柯蒂莉亞來說已經太遲了，但你有機會扭轉尚恩的命運。」

「他臉色發紫了！」布萊德利尖叫。

「我是在幫他們。」克里斯欽提高嗓門。「妳知道我認識蘭道・穆爾的時候，他內心多不快樂？他的家人沒有成為他的支柱，沒有鼓勵他，也不認同他的才能。妳說莉莉？完美的莉莉任由她姊姊在她的陰影下凋零。我協助米娜與蘭道逃離，他們的哀痛非常美麗，他們緊抱著我，在我臂膀裡哭泣，他們需要我。妳永遠不會明白那感受，在場參與失去發生的瞬間。」

「家庭的確會失能。但是克里斯欽，莉莉和柯蒂莉亞不應為此而死。你見證的哀痛是虛幻的。別這樣對待布萊德利，不該再有人受傷。」

「你們聽見了嗎?!」布萊德利淒厲的聲音傳來。「尚恩快死了！」

「克里斯欽，最後的機會，」艾娃說：「讓救護人員進來。你可以留我當人質。」

「不。」克里斯欽說：「反正我也玩完了，不是嗎？」

布萊德利尖叫，向前撲在尚恩身上。克里斯欽舉起雙手，橫跨一步阻擋布萊德利的動作。艾娃連忙起身，肩膀放低，撐起身體往前衝撞克里斯欽的腹部。她的腳踝撞到茶几，似乎扭傷了，隨即跌到幾具掙扎的軀體上。布萊德利壓在克里斯欽身上，下方躺著虛弱的尚恩。他們交纏搏鬥，互搶手槍和海洛因注射器。

槍聲迴盪屋內，艾娃猛然回頭，短短半秒鐘的靜默，一聲沉鈍的悶響和氣流聲。布萊德利倒在克里斯欽身邊，翻過身時，手裡握著注射器。血液就像河流，濺上他們的臉頰與雙手。艾娃推開一條腿，一拳擊中克里斯欽的要害，再肘擊他的肋骨。布萊德利也朝克里斯欽的頸部狠狠揮出一拳，氣若游絲地喊了一聲，然後側身跌在地上。

這時大門爆破，四周呼喊命令，武裝人員率先攻入，取走手槍，評估現場。後方醫護快速跟上，分成幾個小組救護現場受傷人員。崔普快步穿過他們，走近艾娃。

「有槍傷！」一名急救人員高喊。

「海洛因過量。」艾娃指著尚恩。

「長官，別動。」崔普從救護包裡拿出乾淨的毛巾，擦拭她臉上的血。刺痛讓艾娃發現這是她的血。

「尚恩會沒事，對嗎？」她問崔普：「告訴我，我們救了他一命。」

她眨了一下眼睛，接著兩下，視線從兩側往內縮，就像希區考克的鏡頭，然後她失去了意識。

64

卡倫納率先進入地下室，然後是蘭斯，最後是在鬼爪扶持下的賴弗利。警佐遭到這名惡棍重創手臂與雙肩。多莫在樓上忙著善後，包覆派瑞的屍體，清理磁磚地板上的血。他拿抹布擦拭血跡、包塑膠布的動作快速俐落，似乎對這種事早見怪不怪。

地下室寬敞潮溼，飄散著灑一地的啤酒與腐爛水果的氣味。牆上較高處有兩扇小欄杆開口，陽光透過蜘蛛網照進來，天花板上懸著一盞昏黃的燈泡。地板略為傾斜，四周朝中央鋪著金屬網格的洞口傾斜，等著派上用場的一刻。

卡倫納與賴弗利四目相視，警佐對他點點頭。

「抱歉。」卡倫納壓低聲音。

「沒事。」賴弗利表示。

「最後機會。」雷蒙·崔斯柯說：「打電話回警局處理掉信封，不然我再殺死一個人。卡倫納督察，你願意背負一條人命嗎？警察可能快來了，但那時你也不再存在於這個世界上。」

「我們現在幾乎和死人沒兩樣，但至少我們確定你會為此入獄。」蘭斯忿忿說著。

「不見得，我隨時可以殺掉你們任何一個人。你們不知道，我們在蘇格蘭警署買通的可不只狄米崔。要是孟洛警員沒聽命銷毀信封，今晚就會有人去她家。要在警方系統裡查她家的地址也不難。她說不定會活下來，但我保證她的孩子不會。」

「你這魔鬼。」賴弗利說：「孟洛是無辜的。」

鬼爪以超乎卡倫納想像的速度，猛烈撞擊賴弗利的下顎。石牆間迴盪著喀啦一聲輕響，那是賴弗利牙齒的聲音。他甩著頭，往後撞在牆上，然後無力滑下髒汙不堪的地板。卡倫納不禁心想，該慶幸嗎，至少賴弗利不是眼睜睜看著子彈朝自己飛來。蘭斯沒有開口，緊盯著牆壁。鬼爪搓揉手臂，露出不懷好意的笑容。多莫出現在階梯上，正掏出他塞在口袋裡的手帕擦手。

「卡倫納，你不是有個屬下曾因為你而流產？我記得狄米崔說過這件事。真是太殘酷、太不幸了，我想這麼說應該恰如其分。你想必非常難過。我可以留你一條命，讓你死前親眼看到照片、親耳聽到消息，你會發現你明明有能力拯救另一個無辜的孩子，卻見死不救。而你是為了什麼？只是為了讓我受到法律制裁？真不曉得孟洛警員得知後會多麼失望。所以，快打給她吧。」

卡倫納面對必然的結果。就算電話接通，他能假意命令孟洛摧毀信封，終究要為賴弗利與蘭斯的死負起責任。

「我辦不到。」卡倫納說。

崔斯柯伸手進口袋，拿出另一支手機，按下速撥鍵，槍口對準蘭斯的腦袋。電話另一端傳來人聲，聲音微弱。「我是雷蒙，有麻煩需要解決。你認識狄米崔手下一個叫做孟洛的警員？暫時借調去重案組的女孩？」崔斯柯說。

他對卡倫納露出得意的微笑，偏著頭等對方回答。卡倫納屏住呼吸，暗自祈禱，他也許又無法保護屬下最珍貴的寶寶，甚至要為這小生命的死負責，他知道他內心永遠擺脫不了罪惡感。

「你認識她？很好，查得到她家的地址嗎？」崔斯柯接著說。

這時，狄米崔站穩左腳，手從口袋裡抽出來，槍口對準直接開槍。卡倫納肉身護著蘭斯的背，將他推到地上，子彈在橡木桶間彈射。狄米崔的槍擊發完這輪子彈。

崔斯柯勉強退後兩步，彈藥穿透他的胸膛，鮮血從胸口泉湧而出。崔斯柯的手指摸索著槍，另一手想掩住胸口。他還不忘朝狄米崔咒罵，向前踉蹌幾步，撲倒在地板，他一雙腿死前仍在顫抖。鬼爪見狀從牆上抓起一條長鎖鏈，往一側使勁揮擊。

蘭斯正想抬頭，「蹲低一點。」卡倫納小聲說著。他聽到鐵鏈在空中飛舞的颼颼聲。鐵鏈砸到狄米崔拿槍的手，槍飛到昏暗的角落。卡倫納趁機撲向驚愕的多莫，在能承受的力道下衝撞多莫的額頭，他們各自往後跌。遭子彈擊穿的橡木桶流出啤酒。卡倫納還沒意識到額前的痛楚，臉上已流滿鮮血。他勉強睜開眼睛，察覺鬼爪再度甩起鐵鏈，正中狄米崔的臉，鐵鏈甩離時還扯下一大塊皮。狄米崔手摸到臉上，手指卻抹下一顆浸泡在血紅醬汁的白色球狀體。

卡倫納伸手要拉狄米崔，身負重傷的總督察整個人倒向他，他立刻往後倒，這時賴弗利在空中以驚人的拋物線扔出酒瓶，重重砸在鬼爪頭上，酒瓶當場碎裂，下了一陣紅雨。鬼爪倒地，跪在水泥地上，痛楚間仍從襯衫裡抽出刀子，在身旁亂砍。

「對不起。」狄米崔呢喃著，從卡倫納的懷裡滑下，另一隻完好的眼睛裡泛著懊悔的淚水。蘭斯在地上哀號。卡倫納搖搖晃晃走過去，目光對不了焦，感到天旋地轉。他扶著額頭，覺得腦袋腫脹無比，同時注意到蘭斯頭部的傷勢，一碰觸手上滿滿的血，他大喊要他朋友清醒過來。他想確定蘭斯怎麼受的傷，但地下室裡太多子彈、玻璃與武器，所幸蘭斯仍有呼吸，目前還有。賴弗利在角落撿到槍，持槍托重擊鬼爪的後頸，讓他無力再反抗，然後轉向多莫。

「跪下。」賴弗利大喊。縮在角落的多莫連忙配合，驚慌的神情顯示已束手就擒。

「上去叫救護車。」卡倫納低聲說：「我擔心其他人能不能撐到救援來。」他脫下外套，披在蘭斯顫抖的身軀上，然後伸手摸狄米崔的手腕。但卡倫納目前心臟跳動得太劇烈，眼下根本無法去感覺別人的脈搏。時間過得很慢。蘭斯時醒時暈，地下室猶如青少年電影中主角群一片病懨懨的場景，而劇組的化妝稍微過頭了些。卡倫納分神盯著多莫與鬼爪，鬼爪頭上插著一片地標般的玻璃碎片。卡倫納暫時閉上眼，他無力對抗疼痛的腦袋。又過了好幾分鐘。

終於，溫柔的雙手扶著卡倫納的肩膀讓他起身，命令下達，他掙扎想聽明白。一雙雙靴子在他頭上匆忙往返，高喊的話語，警察與急救人員湧入。蘭斯癱軟的身體移上了擔架。卡倫納在救護人員攙扶下走上臺階，回到他以為再也看不到的陽光裡。

65

艾娃坐在救護車的後門階梯上。崔普指揮鑑識人員。艾爾莎・藍伯特依舊一貫直率的氣勢，抵達後快速檢查艾娃的傷勢，然後責備她的愚蠢，居然陷入與犯人對峙的不利情勢中。先運出來的是屍袋。急救人員還在尚恩與布萊德利的公寓裡進行急救。

珍娜・孟洛下了警車，她右手護著肚子，一路走過街旁的車輛、救護車與鑑識小組的交通工具。

「長官，」她走近艾娃。「妳沒事吧？」

「只是擦傷。」艾娃說：「醫護人員正在急救尚恩・歐可霍，企圖逆轉海洛因的毒性。」

「屍袋裡是誰？」孟洛問。

「傑森・艾姆斯，也是克里斯欽・卡多根。他和布萊德利最後扭打起來，布萊德利搶到注射器，刺向傑森的脖子，傑森幾乎當場死亡。」

「也許這是最好的結果。」孟洛說：「我永遠不知道受害者家屬寧可見到凶手死亡，還是看他們終身監禁。對我來說，這樣似乎更明快一點。」

「但不是這一次。」艾娃說：「布萊德利想阻止卡多根將致死劑量的海洛因打入尚恩體內，於是擋在卡多根和尚恩之間，沒想到槍枝走火。急救人員無計可施。要是尚恩能活下來，就會陷入男友慘遭槍殺的陰霾，同時震驚於凶手早在這之前就假意接近他們。」

「我需要一份能常常看見快樂結局的工作。」孟洛拍拍肚皮。「抱歉，我忘了，我是來通知妳，我們收到通報，一支小隊正前往格拉斯哥一間叫做戀乳癖的俱樂部。這是同事告訴我的，因為狄米崔總督察疑似涉案。不久前，我和卡倫納督察可能找到了足以起訴狄米崔總督察與路易斯．瓊斯命案凶手的證據……」

「卡倫納在哪裡？」艾娃焦急地問。

「還是沒有消息。」孟洛說：「他沒接電話，賴弗利警佐也是。」

艾娃雙手掩面好一會兒，然後起身。「這一切是我的錯。孟洛，妳現在能打電話給妳同事嗎？」

「等我一下。」孟洛說。

艾娃走去救護車旁，負責救治尚恩的急救人員正要離開。她問：「他狀況如何？」

「穩定下來了。」急救人員回答：「接下來要觀察長期的損害，但要我說，我會說他捱過來了。」

「他的家人在愛爾蘭。」艾娃說：「但他醒來時，應該要有人在身邊，讓他明白他的伴侶是多麼勇敢保護他。他恢復意識時，請醫生聯絡我，好嗎？」

急救人員點點頭，關上車門，救護車閃著警示燈駛離。

「我不確定是嫌犯死了要寫的報告多，還是送他們上法庭時寫的多。」艾爾莎來到她身後。

「一樣多。」艾娃說：「嫌犯死了，至少不需要擔心獲判無罪後，上街尋找下一名受害者。」

「妳知道他為什麼會犯下這些命案嗎？」艾爾莎脫下手套，謹慎塞進袋子裡，之後要消毒才能丟棄。

艾娃深吸一口氣。「這個社會在他童年時沒有好好保護他。他的成長過程中，周遭人們以為自己做了對的事，卻只是讓他反覆受傷。艾爾莎，我們到底創造了多少怪物？這個體制照顧不到的孩童，沒人見到、也沒人聽到他們的痛苦，然後一切都太遲了。」

「如果妳和我知道這個問題的答案，我想我倆這輩子都別想安心睡覺了。」艾爾莎說：「每一個小時、每一天，盡力就好，努力協助妳身邊的人。我該去我的檯子上陪伴那些失落的靈魂了。親愛的，下禮拜找一天來我家吃晚餐。妳看起來需要好好吃一頓。」艾爾莎離開，嬌小的她背著一個看起來太大的袋子，她微微駝起的背讓艾娃驚覺，這位頑固的病理學家已經有些歲數了。

「長官，是格拉斯哥現場的柯林斯警佐。」孟洛將一支手機塞給艾娃。

「柯林斯，」艾娃說：「我的兩名警官不見人影，你那裡有任何卡倫納督察或賴弗利警佐的消息嗎？」

「抱歉，長官，我聽不清楚，救護車正要開出去。」柯林斯說。

「卡倫納或賴弗利。」艾娃大喊。

「我向正在處理現場的病理學家確認過，」柯林斯說：「他們從俱樂部裡抬出三具屍體。」

艾娃一個沒站穩，靠在一旁的車頭上。「三個人死了？出了什麼事？」她問。

「等等，有一名警官正要上救護車。妳要找的包含一名五十多歲、身材結實，感覺樂於鬥嘴的人嗎？」

「賴弗利。」艾娃輕聲地說：「警佐，幫我確認他的身分，然後讓他聽電話。」

「長官，我是賴弗利。」

「謝天謝地你沒事。」艾娃說：「傷勢嚴重嗎？」

「肩膀和手肘受傷，頭被打了，但應該比不上接下來幾天醫院的餐點那麼難熬。長官，妳知道，一名警察死了，格拉斯哥的高層非常關注，媒體像禿鷹不斷盤旋。我猜會颳起一些風暴。」

「賴弗利，快說，卡倫納怎麼了？」艾娃忍不住大吼。

「我現在看過去，我會說他滿享受關注的。至少四名醫護人員在伺候他，三個是女的。他現在正脫下襯衫，露出我認為頂多是擦傷的傷口，但他會說那是槍傷。簡單來說，傷勢不重，但享有貴族的待遇。長官，最不幸的是他的小臉蛋兒完好無缺。」

「好，賴弗利，到此為止。」艾娃露出微笑。又正色問道：「是誰死了？」

賴弗利這一次開口，刻意壓低聲音，艾娃聽得出來他將手掩在嘴上。「長官，是狄米崔總督察，我們之後得回答一些困難的問題。卡倫納督察察覺，狄米崔多年來都是崔斯柯的內應；我們去戀乳癖找凶器時，狄米崔還扯我們後腿。但是當崔斯柯威脅要傷害珍娜．孟洛和她的寶寶，這位總督察又站到正義的一方。我只能說他這一路走來做了許多蠢事，但骨子裡不是壞蛋。」

「賴弗利，雖然很難啟齒，但我想了解卡倫納是否對你提過……」

「妳說老大？」賴弗利打斷她。「不小心聊到了。長官，我們都幹過不光彩的事，而貝格比總督察和我們並沒有不同。他也做了蠢事，而且付出了代價。其他人完全不需要知道。雷蒙．崔斯柯也在屍袋裡，是狄米崔開的槍。緊接著崔斯柯的手下鬼爪就揮刀砍上狄米崔的脖子。我努力透過警方的專業制伏鬼爪。哦，還有一個碎掉的酒瓶。」

「第三具屍體是誰？」艾娃問。

「布萊恩．派瑞，鬼爪的朋友，我猜妳和他很熟。」賴弗利說。

「我記得他。」艾娃說：「還有誰受傷？」

「崔斯柯的爪牙多莫現在頭很痛，因為卡倫納督察對他來了一記法式的格拉斯哥接吻，了不起，我頭一次曉得這孩子不在乎自己的小臉蛋兒，但該誇獎的還是要誇獎。只是督察的記者朋友狀況就不大妙，他受到崔斯柯『招待』了幾個小時……」

「什麼？」艾娃問。

「狄米崔查到記者的車牌，讓崔斯柯的手下去他家綁人。」賴弗利說。

「現場有記者？」艾娃壓低聲音。

「對，以為妳聽了會很高興呢。」賴弗利說：「還來了一個叫糖糖的女孩，想知道她還能不能在戀乳癖上班。長官，妳要找卡倫納督察嗎？他的救護車正要離開。」

「警佐，不用，不麻煩了。你們脫離險境就好。我和卡倫納督察有很多時間談這件事，應該就等接下來幾個禮拜，我們都被停職的時候。」

「長官，妳知道我和卡倫納督察一直不太對盤，除了他以外，重案組裡任何人當我主管，我都沒有意見，對吧？」

「我注意到了。」艾娃說。

「我現在想說，他其實沒那麼混蛋，以供記錄，要是『邪惡警司頭子』想找麻煩，這點意見可以給她參考。」

「警佐，謝謝你。」艾娃說：「你的陳述裡肯定要加入這點，但麻煩使用較恰當的字眼。」

「那還有什麼意思？」賴弗利說。艾娃掛斷電話。

艾娃心想，三個人死了。要是她袖手旁觀，這三個人還活得好好的，監獄裡也不會爆發暗殺未遂事件。她勢必要再次探望格莉妮絲，一想到就讓艾娃略感畏縮。她可以搬出一千種理由，但說到底，真相是前總督察一度走上墮落的道路，就像那些他曾親手送進監牢的罪犯。貝格比那筆錢來自受害者，販毒、賣淫而來的保護費，誰曉得還有哪些名目。那是髒錢，艾娃很清楚格莉妮絲會覺得手一輩子再也洗不乾淨。艾娃同情她，罪惡就在身邊。狄米崔也死了，那是染上汙點的正義，貝格比與狄米崔皆因多年前犯下的惡行而死。賴弗利說得對，貝格比做了蠢事，但木已成舟。有句老話是這麼說的：謹言慎行，以防永遠無法彌補的傷害。真是對極了。

艾娃起身伸懶腰，活動肩膀。周遭的世界似乎不像過去明亮了。警察這份工作多數時刻是黑暗的，但大多數的夜裡你仍睡得著、相信你的手下是好人。貝格比撼動了她的信念。傷口會好，但需要時間。

她嘆了口氣，心想，你永遠看不透人心。

66

幾天後，艾娃抓著電影票與家庭號袋裝爆米花來到奧巴尼街。天色暗了，路燈很快就會亮起。街上靜悄悄的，幾百公尺外的約克廣場卻相當喧鬧。一路經過林立的精品酒店與住家，艾娃不禁好奇要是卡倫納回到法國，重新展開生活，會不會變得更快樂一點。至少他不會再抱怨雨天。但那樣一來，她就會想念他了。生命裡能夠真正支持你的人不多，艾娃屈指數著親密的盟友，的確，一隻手再減幾根指頭就能數完。

電影票塞進口袋，爆米花藏進外套，她爬上樓梯抵達他的公寓，輕輕敲門。

「來了！」他喊著。他開門，看到她時，詫異地睜大眼睛。

「我知道。」她說：「我該先來個電話，而我現在看起來一團糟，我懂。只是懶得打扮。可以進去嗎？」她走進他家客廳，一屁股坐在沙發上。

「我正想找妳。腦震盪讓我花了幾天才恢復視覺和聽覺，我再也不會拿我的頭當武器了。要是因為我缺席，造成局裡忙不過來，那我先說聲抱歉。」卡倫納說：「我聽說卡多根的事了，妳真的很勇敢。」

「艾爾莎可能再也不理我了，她說我是找死。」艾娃說：「賴弗利也沒事了。醫院宣稱他忍不住鬧起脾氣，爭辯自己吃得下多少布丁後就自行出院了。我聽說你在醫院很受護理師歡迎。」

「少來。」卡倫納說：「聽著，關於蘭斯，我很抱歉我讓一般民眾捲入案件。」

「一般民眾？」艾娃大笑。「你不只是讓這名記者被捲入，還害他淪為人質、面對死亡威脅。他還好嗎？」

「還好，唔，可能不太好，撕裂傷，肋骨斷兩根，還有腦震盪。但我很慶幸他沒事。」卡倫納低頭看看手錶。「說來奇妙，我總覺得他還滿享受這一切，但應該不包括被綁架或毆打。他說那天的混亂結束後，回想起整個過程，反而覺得有活著的感受。我不確定我同意他的看法，但蘭斯就是一個特別的傢伙。」

「他之後要小心點。」艾娃說：「崔斯柯的弟弟在格拉斯哥警隊還有很多內應。」

「我想一般人更在乎自己的生活，不一定想替別人報仇。雷蒙．崔斯柯死了，舊幫派會失勢。貝格比夫人狀況如何？」卡倫納問。

艾娃深吸一口氣。「案件平息了，她鬆了口氣。她很關心你和賴弗利，以及蘭斯．普羅孚特的傷勢。她覺得她可能多少知道這一切，後悔自己沒及時阻止他。我也感到很內疚。」

「妳最初怎麼發現貝格比牽涉其中？我看過路易斯．瓊斯的檔案，但妳肯定不只看過檔案，對吧？」卡倫納說。

「這件事我們知道就好。他家閣樓的木板夾層裡，存放一大筆流通過的無連號紙鈔，遠超過我和格莉妮絲一開始發現的數量。接著路易斯．瓊斯失蹤了，我暗中調查，發現一切指向剛出獄的雷蒙．崔斯柯。」

「格莉妮絲不要緊吧？」卡倫納問：「她要獨自承受那麼多事。」

「事實上，狀態好過我們預期。保險公司原先不肯理賠自殺案，格莉妮絲請律師出面；艾爾莎也提供證據，指出警察會因長期未診斷出的創傷後壓力症候群走向自殺。保險公司不希望民眾誤會他們不想善待人民公僕，最後決定理賠；加上最近有幾場類似的官司，律師認為這類判例會有幫助。」

「看起來經濟上應該沒問題了。」卡倫納說。

「她完全不需要仰賴那筆錢。事實上那筆錢交給了艾爾莎，讓她捐贈可靠的慈善機構。就像我之前請你讓記者幫忙刊出的報導，沒想到成了過去幾個禮拜不算謊言的謊言。」艾娃說。

「妳呢，都好嗎？」

「我很氣貝格比，但也很想他。我忍不住想，他是否曾因自己的行為難以入睡。最可怕的是，我居然慶幸他已不在人世，而不是丟盡了臉在監獄度過餘生。我這樣想很糟嗎？」

「一點也不會。我想要是貝格比可以選擇，他會選擇接受法律的制裁。不管怎麼說，他已經安息了。蘭斯不會聲張這件事。雖然他是記者，但他是老派、富人情味的記者。艾娃，別忘了喬治．貝格比做過的事，他依舊拯救了民眾的生命，甚至讓自己身陷險境。公平一點，妳要蓋棺論定，得看他這一生，而不是擷取一張快照就做出評論。」

「你說得對。」她露出淺淺的微笑。「我猜這也能適用在你母親身上。我知道我不該多管閒事，但你們……」疑問懸宕在他們之間。

「自從她離開之後，我們談過不只一次。不好啟齒，但這樣很好。原來我不曉得很多事，要不是妳逼我，我們母子關係直到現在也不會改善。我還沒有好好謝謝妳。」他說。

「的確，一句謝謝都沒有呢。」她賊賊地竊笑起來。「好，說夠了。我這一趟是要來拯救你逃離無聊的夜晚。深夜經典老片電影季開始嘍，我一看到這部片就想到你。」

「艾娃，我今天有……」卡倫納的聲音變小。

「哦，拜託，是《公司債務清算人》吔，改編自約翰．加德納的小說，還是羅德．泰勒飾演波希．奧茲！不同風格的龐德！宣傳海報超棒的。『他的脣熱情如火，他的槍準備開火，他點燃女孩的慾火！』說真的，連這部電影你都不欣賞的話，那我就不知道還能找什麼電影給你看了。」艾娃大笑起來。

「我沒有不想看，只是時機不對。」卡倫納說。

「聽著，我們都有一堆報告要寫，我甚至還沒親自提頭去見歐韋貝克。關於崔斯柯的案子，我真不曉得怎麼寫，也不曉得怎麼解釋你和賴弗利遇上的危機——我指的是職涯與性命的危機。但，那些事就丟到明天再說吧。我只想一起度過這晚，就像之前一樣，你不肯在電影院吃爆米花，我不准你在片尾名單跑完前就開口。全場只有我們，整個愛丁堡顯然沒有人會在深夜陪我去看幾十年前的老電影，只有你。也許職場上有階級之分，但我只想和我的朋友共度這個夜晚。不聊工作、不管形式。總之，陪我一起去吧，因為……」

敲門聲短暫也充滿自信。卡倫納連忙起身。

「嗨，好了嗎？」女人走進來，聲音迴盪屋內。「哦，抱歉，我不知道你有客人。」

「沒事。」卡倫納說：「瑟琳娜．韋加，艾娃．通納。」

艾娃起身，放開她握在掌心裡的電影票。伸手握住瑟琳娜的手。

「瑟琳娜是柯蒂莉亞．穆爾死亡當天的住院醫師。」卡倫納簡單介紹。

「我知道妳是盧克的上司。」瑟琳娜說：「抱歉打斷你們開會。」

「別道歉，我只是來看看我的督察目前身體恢復得如何。不打擾兩位的夜晚了。瑟琳娜，很高興見到妳。」艾娃說：「完全康復再回局裡就好，別急。報告可以緩一緩。需要的話，你還有加班可以換補休。」

「其實不需要。」卡倫納說：「我禮拜一就回去。」艾娃點點頭，朝門口走去。他跟上去。

「艾娃，如果我知道妳要過來……」

「祝今晚愉快。」艾娃說：「禮拜一早上有小組彙報，大家都很高興你沒事。」她說完快速轉身離開。

「我們要在這裡喝點東西，還是直接去餐廳？」瑟琳娜拿出一瓶紅酒。

「出門吧。」卡倫納說，瞥見艾娃在沙發留下的凹陷，沙發布上還有她的餘溫。「去新餐廳很不錯。」

「聽起來很棒。」瑟琳娜走上前，靠在他身上。「出門前可以先……」她貼著他，稍微踮腳吻他。卡倫納閉上雙眼，在戀乳癖的大廳，他將艾娃抱入懷裡，他們幾乎要接吻。他強迫自己睜開雙眼，回到這一刻，回到瑟琳娜面前。

他穿上外套，又想起戀乳癖的地下室。那不是他頭一次面對死亡；其餘的日子裡他會害怕死亡，在某些日子裡，他更害怕好好生活。卡倫納將圍巾繞在脖子上，一手梳理頭髮。他覺得已經夠了，過去不能再支配他。終於，是時候正眼瞧瞧愛丁堡能帶給他什麼樣的人生。

致謝

我要誠摯感謝（不照順序）所有協助這本書從構思走上書架的人，你們在成書過程支持我，簡單而一再鼓勵我。如果我漏了誰，請原諒我，就像那句老話說的，忘了上緊腦袋裡的螺絲？對，就是我。

感謝我的編輯海倫．惠偉德（Helen Huthwaite），對本書貢獻良多，應該是妳的名字出現在封面才對。感謝妳所有的協助、耐心、指導（總在連我都還沒意會到的時候，就知道我要說什麼），妳是一顆明星。感謝莎芭．康（Sabah Khan），Avon出版社的公關，謝謝妳永遠容忍我（或掩飾得極好）。也感謝Avon與HarperCollins的團隊同仁，從設計師、行銷、業務（你們超棒），以及替這部機器上油的每個人，我滿懷感激。

感謝我的經紀人卡洛琳．哈德曼（Caroline Hardman）以及哈德曼與史汪森經紀公司的每一位可愛的人，感謝你們的支持與建議，謝謝你們。感謝「報喪女妖」團隊製作動畫、網站、宣傳片，搞定書本所有的科技問題。我永遠感激，抱歉問了一堆蠢問題。

特別要提到我的朋友賽門．加德納（Simon Gardner,），他是傑出作家約翰．加德納之子。感謝你讓我提及《公司債務清算人》和波希．奧茲，令尊實在才華洋溢。

感謝安卓雅．吉布森（Andrea Gibson）與阿曼達．帕契特（Amanda Patchett），妳們是本書的首批讀者，沒有妳們，我連初稿都撐不下去。還要感謝妳們的茶、雞尾酒、餐點、笑聲、面紙、閒聊，滿滿的愛。

感謝世界各地的書商，特別是大力宣傳本系列的書店，將這些書送到人們手中，有血有肉的讀者手中。非常感謝你們每一位。

感謝克莉絲汀（Christine）、瑪格麗特（Margaret）、茹絲（Ruth）、嘉布瑞（Gabriel）、所羅門（Solomon）與伊凡潔琳（Evangeline）聽我傾訴、擁抱我。然後是大衛（大衛永不缺席），你讓我勇敢，也在今年冒了一個大險。你說得沒錯，人只會後悔未曾嘗試的事。你也負責燒飯、打掃、開車、自告奮勇成為我的私人技術支援、換燈泡、娛樂孩子、讓我寫作。你是我最好的朋友。

【Mystery world】MY0022

完美死亡

Perfect Death

作　　者❖海倫・菲爾德 Helen Fields
譯　　者❖楊沐希
封面設計❖許晉維
排　　版❖張彩梅
總 編 輯❖郭寶秀
特約編輯❖周奕君
行　　銷❖許純綾

發 行 人❖凃玉雲
出　　版❖馬可孛羅文化
10483台北市中山區民生東路二段141號5樓
電話：(886)2-25007696
發　　行❖英屬蓋曼群島商家庭傳媒股份有限公司城邦分公司
10483台北市中山區民生東路二段141號11樓
客服服務專線：(886)2-25007718；25007719
24小時傳真專線：(886)2-25001990；25001991
服務時間：週一至週五9:00～12:00；13:00～17:00
劃撥帳號：19863813　戶名：書虫股份有限公司
讀者服務信箱：service@readingclub.com.tw
香港發行所❖城邦（香港）出版集團有限公司
香港灣仔駱克道193號東超商業中心1樓
電話：(852)25086231　傳真：(852)25789337
E-mail：hkcite@biznetvigator.com
馬新發行所❖城邦（馬新）出版集團【Cite(M) Sdn. Bhd. (458372U)】
41-3, Jalan Radin Anum, Bandar Baru Sri Petaling,
57000 Kuala Lumpur, Malaysia.
電話：(603)90578822　傳真：(603)90576622
E-mail：services@cite.com.my
輸出印刷❖前進彩藝有限公司
一版一刷❖2022年7月
定　　價❖400元

ISBN：978-626-7156-08-7（平裝）
ISBN：9786267156094（EPUB）

城邦讀書花園
www.cite.com.tw

國家圖書館出版品預行編目（CIP）資料

完美死亡／海倫・菲爾德（Helen Fields）作；
楊沐希譯. -- 一版. -- 臺北市：馬可孛羅文化
出版：英屬蓋曼群島商家庭傳媒股份有限公司
城邦分公司發行, 2022.07
368面；14.8×21公分--(Mystery world; MY0022)
譯自：Perfect Death
ISBN 978-626-7156-08-7（平裝）

873.57　　111008798